KB166585

영혼의 집 1

La Casa de los Espíritus

LA CASA DE LOS ESPÍRITUS
by Isabel Allende

Copyright © Isabel Allende, 1982
All rights reserved.

Korean Translation Copyright © 2003 by Minumsa

Korean translation edition is published by arrangement with
Agencia Literaria Carmen Balcells, S.A..

세계문학전집 78

영혼의 집 1

La Casa de los Espíritus

이사벨 아옌데

권미선 옮김

민음사

차례

나의 어머니와 외할머니,
그리고 이 이야기 속에 등장하는
평범하지 않은 모든 여인들에게 바칩니다.

결국, 인간은 얼마나 사는 걸까?
천 년? 단 하루?
일주일? 수 세기?
인간은 얼마나 오랫동안 죽는 걸까?
'영원히'라는 말은 무슨 의미가 있는 걸까?

—파블로 네루다

1
아름다운 로사

"바라바스가 바다를 건너 우리에게 왔다." 어린 클라라는 섬세한 필체로 이렇게 메모해 놓았다. 클라라는 이때부터 이미 중요한 일을 기록하는 습관이 있었으며, 그 뒤 벙어리로 지낼 때에도 자질구레한 일까지 모두 기록해 두었다. 그렇지만 클라라도 오십 년 후에 자신의 노트가, 내가 과거의 기억을 되살리고 공포를 극복하는 데 큰 버팀목이 되어주리라고는 전혀 생각지 못했을 것이다.

바라바스는 성(聖) 목요일에 도착했다. 바라바스는 똥오줌에 뒤범벅이 된 채 더러운 우리 안에 갇혀서 왔는데, 무기력하고 비참한 죄수처럼 넋 나간 표정이었다. 그렇지만 큼지막한 두상과 골격의 크기로 미루어 장차 엄청난 거구로 자랄 것 같았다. 그날은 어린 클라라가 노트에 적어놓은 그 일과는 아무런 상관도 없을 것 같은 나른한 가을날이었다. 사건은 어린 클라라가 온 가족과 함께 참석한 성 세바스티안 교구의 정오 미사가 진행되는 가운데 일어났다.

성자(聖者) 조각상들은 그리스도의 죽음을 애도하는 뜻에서 자줏빛 천에 휘감겨 있었다. 신앙심이 강한 여신도들이 성물 보관소에서 자줏빛 천을 꺼내 일 년에 한 번씩 먼지를 털어냈다. 이러한 제의(祭衣)를 뒤집어쓴 하늘의 시종들은 흡사 이사를 앞두고 마구잡이로 쌓아놓은 가구 더미 같았다. 양초와 향, 흐느끼는 듯한 오르간 연주 소리도 이 지저분한 인상을 떨쳐내기에는 역부족이었다. 실물 크기의 성자들은 감기에 걸린 듯한 나른한 얼굴에 죽은 사람의 머리카락으로 만든 가발을 뒤집어쓰고, 색유리로 만든 루비, 진주, 에메랄드를 두르고, 피렌체 귀족풍의 호화로운 옷을 걸치고 서 있었다. 그렇지만 성자가 아니라 무시무시하고 음침한 짐짝이 들어서 있는 듯한 인상이었다. 그나마 제의가 잘 어울리는 성자는 그 성당의 수호 성자인 성 세바스티안 단 하나뿐이었다. 성 세바스티안은 온몸에 대여섯 발의 화살이 관통하여 몸이 흉측하게 뒤틀린 채 피와 눈물을 흘리는 끔찍한 모습이었지만, 성주간 기간에는 눈물을 질질 짜며 고통을 호소하는 호모 같은 이 모습이 제의에 뒤덮여 신자들에게 공개되지 않았다. 더군다나 성 세바스티안의 상처 자국은 레스트레포 신부의 붓놀림으로 늘 기적처럼 생생하게 보존되었는데, 클라라는 이 끔찍한 상처 자국을 볼 때마다 기겁했다.

성주간은 고행과 금식으로 채워지는 지루한 기간으로, 이때는 카드도 칠 수 없고, 방종이나 망각을 연상시키는 노래도 연주할 수 없으며, 가능한 한 애도하고 순결을 지키며 생활해야 했다. 그렇지만 나약한 가톨릭 신자의 육신을 악마가 가장 집요하게 창끝으로 쿡쿡 쑤셔대며 유혹하는 시기도 바로 이때이다. 잘 바스러지는 페이스트리 빵과 희멀건 야채수프, 딱딱한 토르티야, 그리고 시골에서 만든 큼지막한 치즈만 먹으며 절식해야 했다. 식구들과 함께 그리스도의 수난을 되새기면서 고기나 생선은 일절 가까이할 수 없었다. 레스트레포 신부는 단 한 조각이라도 고기나 생선을 입에 댔다가는 교회에서 파문당할 것이라며 거듭 으름장을 놓았다. 물론, 감히 신부의 말을 거역하려는 사람은 단 한 명도 없었다. 레스트레포 신부는 거침없이 집게손가락을 들어 사람들이 모두 보는 앞에서 죄인들의 죄상을 낱낱이 고발했으며, 빼어난 언변으로 사람들의 감정을 한껏 격양시켰다.

"저기, 헌금함에서 돈을 훔친 도둑이 있습니다!"

신부는 고개를 푹 숙인 채 양복 깃의 보푸라기를 열심히 뜯으며 딴청을 부리고 있는 신사를 가리키면서 설교단에서 버럭 소리를 질렀다.

"부둣가에서 몸을 파는 더러운 여자가 저기 있습니다!"

신부는 카르멘 성녀의 신봉자이자 관절염으로 몸을 못 쓰는 에스테르 트루에바 부인을 가리키며 질책했다. 하지만 에스테르 트루에바 부인은 그 말이 무슨 뜻인지, 하다 못해 부둣가가 어디에 있는지도 몰라 두 눈만 동그랗게 뜰 뿐이었다.

"회개하시오! 죄인들이여! 주님의 크나큰 희생을 누릴

자격도 없이 더럽게 타락한 자들이여! 단식하시오! 참회하시오!"

신부는 광적인 사명감에 휩싸여 있었지만, 상급 성직자들의 지시를 대놓고 거역할 수도 없었기 때문에 가급적 자제해야 했다. 상급 성직자들은 신식 물결의 영향을 받아 말총 속옷과 채찍을 쓰는 것을 반대했다. 그렇지만 레스트레포 신부 자신은 영혼의 나약함을 극복하기 위해서는 가차 없이 육신에 채찍질을 가해야 한다고 믿었으며, 거침없는 웅변술로도 유명했다. 독실한 신도들은 이 교구에서 저 교구로 그를 따라다니면서, 그가 지옥에 빠진 죄인들의 고통을 묘사하는 것을 들으며 진땀을 흘렸다. 온갖 희한한 고문 기구들에 찢겨 나간 몸뚱이들, 남자의 성기를 꿰뚫은 갈고리, 여성의 음부 속으로 스멀스멀 기어 들어가는 구역질 나는 파충류 등. 신부는 하느님에 대한 두려움을 퍼뜨리기 위해 설교 때마다 서슴지 않고 여러 가지 끔찍한 예를 들었다. 심지어 사탄까지도 신부의 갈리시아 억양과 어우러져 이상한 부조화를 이루며 자주 묘사되었다. 이 세상에서 레스트레포 신부의 사명은 게으른 크리올*들의 의식을 뒤흔들어 깨우는 것이었다.

세베로 델 바예는 무신론자이자 프리메이슨 단원이었다. 그래서 썩 내키지는 않았지만 정치적 야심 때문에 일요일과 축일 등 사람들이 많이 모이는 날의 미사는 빠지지 않고 참석했다. 그때야말로 많은 사람들에게 눈도장을 찍을

---

* 스페인을 부모로 하여 라틴 아메리카에서 태어난 백인을 가리킨다.

수 있는 좋은 기회였다. 아내인 니베아는 중재자 없이 직접 신과 접촉하는 것을 훨씬 더 좋아했다. 그녀는 성직자들을 깊이 불신했으며, 천국이니 연옥이니 지옥이니 하는 묘사에는 넌덜머리를 냈다. 그렇지만 그녀 역시 의회에 진출하려는 남편의 야망에 동조하였다. 남편이 의회에 의석을 얻게 되면 그토록 바라던 여성 투표권을 확보할 수 있을지도 모른다는 기대감 때문이었다. 니베아는 쉬지 않고 아이를 뱄지만 전혀 굴하지 않고 지난 십 년 동안 부단히 여성 투표권을 위해 힘써 왔다.

그날 성 목요일에도 레스트레포 신부는 그 묵시론적 환상으로 청중을 인내심의 한계까지 끌고 갔으며, 니베아는 서서히 현기증을 느끼기 시작했다. 니베아는 또 임신을 한 게 아닐까 의심했다. 피임하기 위해 식초로 씻어내고 담즙으로 닦아도 보았지만 결국 열다섯 명의 아이를 낳았고, 그중에서 열한 명이 살아남았다. 그렇지만 막내딸인 클라라가 벌써 열 살이나 되었으니 이제는 자신도 갱년기에 접어들 때가 되었다고 생각했다. 왕성한 생산력도 마침내 한풀 꺾인 것 같았다. 니베아는 레스트레포 신부가 설교 중에 사생아와 종교의식을 치르지 않는 법률혼을 정당화시키고자 했던 바리새인들 이야기를 하면서 자신을 지목했기 때문에 속이 메스껍고 어지러웠던 것이라고 미루어 짐작했다. 신부는 바리새인들이 가정과 조국, 사유 재산과 교회를 해체하고, 신의 율법에 노골적으로 도전하면서 여자를 남자와 동등한 위치에 놓으려 했으나, 이 점에 있어서 신의 율법은 확고부동하다고 했다.

니베아와 세베로 델 바예는 자녀들과 함께 셋째 줄 의자에 앉아 있었고, 클라라는 엄마 옆에 앉아 있었다. 신부의 설교가 육신의 죄악에 대해 지나치게 오랫동안 주절주절 늘어놓을 때는 엄마가 초조한 마음으로 딸의 손을 꼭 쥐었다. 엄마는 어린 클라라가 그 얘기를 들으며 현실 세계 너머의 이상한 환상을 떠올린다는 것을 잘 알고 있었다. 어린 클라라가 하는 질문에 대답해 줄 수 있는 사람이 아무도 없는 것만 보아도 확실히 알 수 있었다. 클라라는 지극히 조숙한 아이였으며, 그 집안 외가 쪽 여인들로부터 도에 넘치는 어마어마한 상상력을 물려받았다.

성당 안의 온도가 올라가 후덥지근한 데다 촛불과 향의 찌르는 듯한 냄새, 그리고 빽빽이 들어찬 사람들 때문에 니베아는 더욱 지치고 피곤했다. 니베아는 미사가 어서 끝나기만을 바랐다. 시원한 자기 집으로 돌아가 화분이 잔뜩 들어찬 발코니에 앉아 유모가 축제 때마다 준비해 두는 시원한 오르차타 한 사발을 쫙 들이켜고 싶은 마음이 간절했다. 니베아는 아이들을 둘러보았다. 어린 아이들은 일요 미사 때 입는 나들이옷이 구겨지지 않도록 똑바로 앉아 있느라 지쳐 있었고, 큰 아이들은 슬슬 다른 데 한눈팔기 시작했다.

니베아는 큰딸 로사에게 시선을 멈추었다가 언제나 그렇듯 깜짝 놀랐다. 로사의 이상야릇한 미모를 보고 있노라면 사람들은 왠지 모르게 불안감을 느꼈는데, 아이의 엄마도 예외는 아니었다. 로사는 보통 사람들과는 다른 물질로 만들어진 것 같았다. 니베아는 이미 꿈속에서부터 로사를 보았기 때문에 태어나기 전부터 로사가 이 세상 사람들과는 다르다는 것을 알고 있었다. 그래서 산파가 아이를 받으며 비명을 질렀을 때도 전혀 놀라지 않았다. 태어났을 때 로사는 도자기 인형처럼 주름살 하나 없이 매끄럽고 하얀 피부에, 초록색 머리카락과 노란 눈을 지니고 있었다. 산파가 성호를 그으며 한 말에 따르면, 인간이 원죄를 지은 이후 이 세상에 태어난 가장 아름다운 아기였다. 유모는 맨처음 로사를 목욕시킬 때부터 초록색 머리 색깔이 누그러지고 낡은 구릿빛 색조를 띠도록 카밀레를 물에 풀어 머리를 감겨주었다. 그러고는 로사를 벌거벗긴 채 햇볕에 내놓아 피부를 튼튼하게 만들었다. 배와 겨드랑이 부분의 섬세한 피부는 너무 투명해서 정맥과 숨겨진 근육 조직까지 그대로 드러나 보일 정도였다. 그러나 유모의 이러한 집시식 육아법도 별 효과를 발휘하지 못하고 니베아가 천사를 낳았다는 소문이 순식간에 퍼져 나갔다.

니베아는 로사가 성장하면서 뜻하지 않게 이런저런 일들을 겪다 보면 미모도 수그러지리라 기대했지만, 그런 일은 일어나지 않았다. 그러기는커녕, 이제 열여덟 살이 되었는데도 여전히 가녀린 몸매를 지녔으며, 여드름 하나 나지 않았다. 오히려 싱그러운 바다를 연상시키는 우아함만 더 깊게 몸에 배었다. 부드럽고 푸르스름한 광채를 띤 살결과 머리 빛깔, 느릿느릿한 몸동작과 차분한 성격은 수중 세계에 사는 무언가를 연상시켰다. 로사에게는 물고기와 비슷한 데가 있었다. 비늘로 뒤덮인 꼬리만 달렸더라면 인어라 해도 손색이 없을 정도였다. 그렇지만 미끈한 두 다리로 인해 로사는 인간과 신화적 존재 사이의 불분명한 경계에 놓여 있었다. 그럼에도 불구하고 로사는 거의 정상적인 생활을 하고 있었다. 애인도 있고, 언젠가는 결혼도 할 것이다. 그러면 그때부터는 남편이 로사의 미모를 책임지게 될 것이다.

로사가 고개를 숙이자, 한 줄기 햇살이 성당의 고딕풍 색유리 사이로 들어와 로사의 얼굴 윤곽을 환한 후광으로 감쌌다. 로사가 지나갈 때면 흔히 그렇듯, 몇몇 사람들이 로사 쪽을 뒤돌아보면서 자기들끼리 뭐라 수군거렸지만 로사는 전혀 눈치도 채지 못하는 것 같았다. 로사는 자만이라고는 알지 못했으며, 그날은 테이블보에 수놓을 새로운 짐승들을 생각하느라 평소보다 훨씬 더 얼이 빠져 있었다. 반은 조류이고 반은 포유류로, 무지개 빛깔의 깃털로 뒤덮이고, 뿔과 발굽이 달린 데다 아주 두툼하고 짧고 억센 날개가 달린 짐승들을 생각하고 있었다. 그렇지만 그 짐승들은 생물학이나 공기 역학의 법칙에서 볼 때 말도 안 되는 것이었다.

로사는 애인인 에스테반 트루에바 생각은 거의 하지 않았다. 사랑이 부족해서라기보다는, 워낙 천성적으로 잘 잊어버리기도 하거니와 이 년이라는 긴 세월을 떨어져 지냈기 때문이다. 에스테반 트루에바는 북쪽 지방의 광산에서 일하고 있었다. 그는 규칙적으로 로사에게 편지를 보냈으며, 로사도 양피지 종이에다가 먹물로 시구절과 꽃 그림을 베껴서 이따금 그에게 답장을 보냈다. 이런 편지 왕래를 통해 로사는 광부라는 직업의 위험한 생활상에 대해 어느 정도 알게 되었으며, 엄마인 니베아도 가끔씩 그 편지들을 몰래 훔쳐보았다. 에스테반 트루에바는 늘 산사태의 위협에 가슴 졸이며, 신기루와도 같은 광맥을 찾아 언젠가 찾아올 행운을 담보로 대출을 받아 생활했다. 그는 편지를 끝맺을 때마다 쓰는 얘기처럼, 언젠가는 어마어마한 금광을 찾아 순식간에 부자가 되어 돌아와 로사의 팔짱을 끼고 제단을 향해 걸어가는, 이 세상에서 가장 행복한 남자가 될 거라고 굳게 믿었다.

그렇지만 로사에게 결혼은 전혀 급한 일이 아니었고, 애인과 작별할 때 나누었던 단 한 번의 키스도 거의 잊혀진 상태였다. 이제는 그 집요한 구혼자의 눈동자가 어떤 색깔이었는지도 생각나지 않았다. 유일한 읽을거리였던 로맨틱한 소설의 영향으로, 로사는 에스테반을 밑창이 두툼한 장화를 신고 사막의 바람으로 피부가 검게 그을린 채, 해적들이 숨겨놓은 보물과 스페인 금화와 잉카의 보석을 찾아 땅을 파헤치는 모습으로 그려보는 걸 좋아했다. 니베아가 광산의 보물은 바윗돌 속에 있다고 아무리 설명해 줘도 소용없었다. 복잡한 소각 과정을 통해 바위 수천 톤에서 고작 1그램의 금 조각을 얻겠다는 희망으로 에스테반 트루에바가 그 많은 바위 덩어리를 주워 모으고 있다는 건 로사로서는 전혀 상상도 할 수 없는 일이었다.

그 이 년이라는 세월을, 로사는 스스로 엄청난 일을 떠맡아 차분하면서도 전혀 지루한 기색 없이 에스테반을 기다리며 보냈다. 바로 세상에서 가장 큰 테이블보를 수놓는 일이었다. 처음에는 개와 고양이, 나비를 수놓는 것으로 시작했지만, 곧 상상력이 머릿속을 점령하면서 듣도 보도 못한 짐승들로 가득 찬 지상 낙원이 로사의 바늘땀 아래에서 태어났다. 로사의 아빠는 그 과정을 근심 어린 눈길로 지켜보았다. 아빠인 세베로는 이제 딸이 뜬구름에서 내려와 현실에 발을 딛고 착실하게 살림을 배워 결혼 준비를 할 때가 되었다고 생각했다. 그렇지만 엄마인 니베아의 생각은 달랐다. 니베아는 로사가 천상의 존재일 거라고 막연하게 믿고 있었던 탓에 괜히 속세의 자질구레한 일로 딸을 괴롭히고 싶지 않았다. 니베아는 로사가 이 세상의 세파 속에서 그리 오래 머물지 않으리라는 예감이 들었기 때문에 딸이 수놓는 일에 매달려도 그냥 내버려 두었으며, 악몽에서나 나올 법한 짐승들에 대해서도 아무 말 하지 않았다.

　니베아가 입은 코르셋의 살 하나가 부러져, 그 끝이 갈비뼈 마디 사이를 찔러댔다. 푸른 벨벳 드레스를 입은 니베아는 숨이 막힐 것만 같았다. 레이스 달린 칼라가 목까지 올라오고, 소매는 있는 대로 꼭 끼었으며, 허리도 지나칠 정도로 꼭 맞아 코르셋을 벗은 다음에도 배가 삼십 분간은 꿈틀거려야 창자가 본래의 위치를 찾을 수 있을 것 같은 그런 옷이었다. 니베아는 가끔 여성 참정권론자인 친구들과 이야기를 나누었다. 그들은 드레스와 머리 길이를 짧게 하고, 페티코트를 벗어던지기 전까지는 여자들이 의학을 공부하든 투표권을 갖든 달라질 게 아무것도 없다는 데 의견을 모았다. 그러지 않고서는 여자들은 절대 그런 일을 할 만한 용기를 내지 못할 것 같았다. 하지만 니베아 자신도 맨 먼저 앞장서서 그런 패션을 포기할 만큼 용감하지는 못했다.

그때 니베아는 자신의 골치를 지근지근하게 울려대던 갈리시아 출신 신부의 목소리가 그쳤음을 깨달았다. 레스트레포 신부는 자기가 설교 중에 갑작스럽게 침묵을 지키면 사람들이 불안해하며 안절부절못한다는 것을 잘 알고 있었기 때문에 자주 그 방법을 사용했는데, 이때 바로 그런 침묵이 감돌고 있었다. 신부의 이글거리는 두 눈이 신자들을 한 명씩 찬찬히 훑어 내려갔다. 니베아는 클라라의 손을 놓고서, 목에 흘러내린 땀방울을 닦기 위해 옷소매에서 손수건을 꺼냈다. 침묵은 점점 깊어갔으며, 시간은 성당 안에서 그대로 멈춰버린 것 같았다. 그러나 그 누구도 레스트레포 신부의 눈길을 끌고 싶지 않았기 때문에 감히 기침을 하거나 자세를 바꾸려 하지 않았다. 신부가 마지막으로 내뱉은 말이 아직도 성당 안의 기둥들 사이에서 윙윙 울리고 있었다.

바로 그 순간, 묵직한 불안감과 적막이 감도는 가운데, 어린 클라라의 목소리가 아주 맑고 또랑또랑하게 들려왔다. 니베아는 몇 년이 흐른 후에도 그 순간을 확실하게 기억했다.

"치! 레스트레포 신부님! 만일 그 지옥 이야기가 새빨간 거짓말이라면 우리는 완전히 놀림받은 거잖아요……."

또 다른 고통들을 제시하기 위해 이미 높이 치켜져 있던 예수회 신부의 집게손가락이 그의 머리 위에서 피뢰침처럼 그대로 멈춰버렸다. 사람들이 숨을 죽였고, 고개를 끄덕거리며 졸고 있던 사람들이 후다닥 깨어났다. 델 바예 부부는 두려움이 서서히 압도해 오면서 아이들이 초조해서 안절부절못하는 걸 보고는 제일 먼저 반응을 보였다. 세베로는 사람들이 우와 하고 한꺼번에 웃음을 터뜨리거나 신의 재앙이 나타나기 전에 행동을 취해야 한다는 것을 깨달았다. 그는 아내의 팔과 클라라의 목을 움켜잡고는, 그들을 질질 끌다시피 하면서 성큼성큼 서둘러 걸어 나갔다. 그리고 그 뒤를 따라서 나머지 자식들도 서둘러 문을 향해 우르르 몰려 나갔다. 신부가 번개를 내리쳐서 그들 모두를 소금 기둥으로 만들기 전에 용케 밖으로 빠져나오긴 했지만, 문턱을 넘을 때에는 성난 대천사장처럼 노발대발한 신부의 목소리가 들려왔다.

"악마가 씌었어! 악마가 씌인 오만한 것 같으니!"

레스트레포 신부의 이 말은 끔찍한 진단을 받을 때와 같은 충격으로 가족 모두의 뇌리에 깊이 각인되었으며, 그 후에도 식구들은 자주 이 말을 떠올렸다. 그 말을 두 번 다시 떠올리지 않은 사람은 클라라 하나뿐이었다. 클라라는 그날 일을 일기장에 적어놓았을 뿐, 그 이후에는 까마득하게 잊어버렸다. 그렇지만 클라라의 부모는 악마가 씌었다거나 오만하다거나 하는 엄청난 죄를 짓기에는 아이가 너무 어리다고 생각하면서도 신부의 말을 그냥 흘려들을 수가 없었다. 그들은 사람들의 수군거림과 레스트레포 신부의 광신적인 행동이 두려웠다. 그날까지 그들은 막내딸의 돌출 행동에 대해 구체적으로 얘기해 본 적이 없을뿐더러, 그것을 사탄의 영향과 연관 지은 적은 더더욱 없었다. 클라라의 이상한 행동은 루이스가 다리를 저는 것이나 로사가 아름다운 것처럼 막내딸만의 특성이라고 생각했다. 클라라의 영적 능력은 누구를 해코지하거나 큰 혼란을 일으킨 적이 없었다. 클라라의 영적 능력은 대부분 그다지 중요하지 않은 일들에서, 집안사람들끼리 쉬쉬하는 가운데 일어났다.

식구들 모두가 위계질서에 따라 품위 있게 식당에 모여 식사할 때 가끔 식탁 위에 놓여 있던 소금 그릇이 덜커덕거리며 흔들거리다가 갑자기 접시와 잔 사이로 움직인 적이 몇 번 있었다. 물론 소금 그릇을 움직일 만한 힘이 나올 곳은 없었고, 마술사가 트릭을 쓴 흔적도 없었다. 그때 니베아가 얼른 클라라의 댕기 머리를 잡아당기면 클라라는 혼자 멍하니 환상의 세계에 잠겨 있던 상태에서 벗어나 금세 본래의 모습으로 돌아와 소금 그릇을 제 위치에 되돌려 놓았다. 형제들끼리도 행동 방침을 정하고 손님이 오실 경우에는 손님이 눈치 채 소스라치게 놀라기 전에 가장 가까이 있던 사람이 얼른 손을 뻗어 식탁 위에서 움직이고 있던 물체를 멈추게 했다. 그러고 나서도 식구들은 아무 말 하지 않고 묵묵히 식사만 계속했다.

식구들은 또한 막내딸의 예언에도 익숙해 있었다. 클라라는 지진이 일어나기 전에 미리 알려주었다. 그러면 비싼 접시들을 미리 치워두고, 또 한밤중에 뛰어나가야 할 경우에 대비해 신발을 손이 닿는 곳에 챙겨둘 수 있었기 때문에 지각 변동이 많은 그 나라에서는 매우 쓸모 있는 예언이었다. 여섯 살 때 클라라는 루이스가 말에 채일 거라고 예언했다. 하지만 루이스는 클라라의 예언을 귀담아듣지 않았고, 그 이후로 그는 관절이 탈구된 엉덩이로 살아야 했다. 시간이 흐르면서 왼쪽 다리가 점점 짧아져 루이스는 자신이 직접 제작한 한쪽 굽이 높은 특수 신발을 신어야 했다. 당시 니베아는 클라라 때문에 걱정이 태산이었다. 그렇지만 유모가 파리처럼 날아다니고, 꿈을 알아맞히고, 귀신과 얘기를 나누는 아이들이 많지만, 동심이 사라지면 곧 그런 증상도 사라질 거라고 말해 니베아를 안심시켰다.

"그런 상태로 어른이 되는 아이는 아무도 없어요."

유모가 설명했다.

"클라라도 곧 그렇게 될 테니 기다려보세요. 가구를 움직이고 재난을 예언하는 고약한 습관은 이제 곧 없어질 테니까요."

클라라는 유모의 귀염둥이였다. 유모는 클라라가 태어날 때부터 옆에 있었고, 클라라의 돌출된 행동을 진정으로 이해해 주는 유일한 사람이었다. 클라라가 엄마의 뱃속에서 나왔을 때부터 유모가 클라라를 받아서 씻겨주었다. 그때부터 유모는 불면 꺼질 것 같은 이 연약한 아이에게 헌신적인 사랑을 베풀었다. 아이는 폐에 가래가 가득 차서 금세라도 숨이 끊어질 듯 얼굴이 시뻘게졌다. 그러면 유모가 숨이 차서 헐떡거리는 아이를 자신의 큰 가슴 사이에 꼭 파묻고는 가슴의 열기로 아이를 진정시켰다. 유모는 그 방법이 천식을 치료하는 유일한 방법이며, 쿠에바스 박사가 주는 술 냄새가 진동하는 시럽보다 훨씬 더 효과적이라 믿었다.

성 목요일인 바로 그날, 세베로는 막내딸이 미사 중에

일으킨 불미스러운 사건 때문에 걱정이 되어 응접실 안을 서성거리고 있었다. 그는 과학과 기술, 문명의 세기이자 악마마저 그 명성을 완전히 실추한 이 20세기 한복판에서 악마에 씌었다는 얘기를 믿을 사람은 오로지 레스트레포 신부 같은 광신자 하나뿐일 거라고 생각했다. 그렇지만 니베아가 문제는 그게 아니라며 세베로의 생각을 가로막았다. 딸의 특출한 능력이 집 밖으로 알려져 신부가 직접 조사를 시작하게 되면 온 세상이 다 알게 될 테니 그게 더 큰 일이라고 말했다.

"클라라가 무슨 괴물이라도 되는 것처럼 사람들이 그 애를 보려고 몰려들 거예요."

니베아가 말했다.

"그러면 자유당은 완전히 망하는 거지."

세베로가 덧붙였다. 그는 가족 중에 악마에 씌인 사람이 있다는 것이 자신의 정치 경력에 큰 타격을 줄 수도 있다고 생각했다.

그러고 있는데, 유모가 신발을 질질 끌면서 풀 먹인 치마 스치는 소리를 내며 안으로 들어와서는, 한 떼거지의 사람들이 몰려와 안뜰에다가 시체를 내려놓고 있다고 알렸는데, 유모의 말은 사실 그대로였다. 말 네 필이 끄는 마차가 안뜰을 가득 메우며 들어왔다. 동백꽃을 짓밟고, 반질거리는 포석이 깔린 길을 말똥으로 더럽히면서 먼지 구름을 일으키며 돌풍처럼 밀고 들어왔다. 말들은 앞발질을 하며 요동을 치고 있었고, 미신을 믿는 사람들은 저주를 쫓아내겠다며 무어라고 중얼거리고 있었다. 그들은 마르코스 외삼촌의 유해와 유품을 전해 주러 온 것이었다. 프록코트에 보기에도 커 보이는 큼지막한 모자를 쓰고 온통 검은색으로 치장을 한 귀엽게 생긴 자그마한 몸집의 사내가 그 소란스러운 행렬을 이끌고 왔다. 그는 사건 경위를 설명하기 위해 제법 엄숙하게 연설 조로 말문을 열었지만, 니베아가 가장 사랑하는 동생의 유해가 담긴 먼지 쌓인 관 위로 울부짖으며 쓰러지는 바람에 그의 연설은 여지없이 중단되었다. 니베아는 자기 두 눈으로 확인해 보겠다며 관 뚜껑을 열라고 소리소리 질러댔다. 전에도 한번 동생을 묻은 적이 있기 때문에 이번 역시 동생의 죽음이 사실이 아닐 수도 있다고 생각했던 것이다. 니베아의 통곡 소리에 집 안에 있던 하인들이 줄줄이 달려 나왔으며, 아이들도 외삼촌의 이름이 초상집에서처럼 서글피 불리는 것을 듣고는 밖으로 뛰어나왔다.

클라라는 이 년 전에 마르코스 외삼촌을 마지막으로 본 것이 전부였지만 그의 모습을 생생하게 기억했다. 마르코스 외삼촌은 클라라의 어린 시절 중 뚜렷한 이미지로 간직되어 있는 유일한 사람으로, 외삼촌의 모습을 떠올리기 위해 응접실에 있는 은판 사진을 볼 필요는 없었다. 그 사진 속에서 마르코스 외삼촌은 탐험가 복장을 하고 구식 이연발 라이플총에 기대어 선 채 오른발을 말레이시아 호랑이의 목에 얹고 있었다. 그리고 그 모습은 클라라가 성당 제단에 걸린, 잿빛 구름과 창백한 천사들 사이로 쓰러져 있는 악마를 짓밟는 성모 마리아에게서 본 것과 같은 위풍당당한 모습이었다. 클라라는 외삼촌이 보고 싶으면 눈만 감으면 되었다. 그러면 전 세계를 돌아다니며 온갖 세파에 단련된 여윈 외삼촌의 모습이 살아 있는 듯 생생하게 떠올랐다. 해적처럼 기른 콧수염 사이로, 상어 이빨과 조화를 이루는 이상야릇한 미소가 흘러나왔다. 그런 외삼촌이 안뜰 한가운데에 놓인 저 검은 상자 안에 들어 있다는 것이 도저히 믿기지 않았다.

마르코스 외삼촌은 누나인 니베아의 집을 방문할 때마다 몇 달씩 머물며 조카들에게, 그중에서도 특히 클라라에게 큰 기쁨을 안겨주었다. 마르코스 외삼촌만 왔다 하면 폭풍이 몰아친 듯 가정의 질서는 순식간에 무너졌다. 궤짝과 포르말린 병에 담긴 동물, 인디오의 창, 선원들이나 쓰는 물건 보따리로 집 안은 난장판이 따로 없었다. 집 안 곳곳에서 사람들은 외삼촌이 갖다 놓은 희한한 연장들에 걸려 넘어지기 일쑤였으며, 평생 듣도 보도 못한 벌레들도 스멀스멀 기어 나왔다. 그렇지만 벌레들은 유모의 인정사정없는 빗자루 세례를 맞고 집 안의 한쪽 구석에서 쓸쓸한 최후를 맞이하기 위해 머나먼 나라에서부터 힘든 여행을 한 꼴이 되었다.

세베로의 표현에 의하면, 마르코스의 매너는 식인종과 별반 다를 것이 없었다. 마르코스 외삼촌은 응접실에서 이해할 수 없는 기이한 동작을 취한 채 밤을 지새우기 일쑤였다. 나중에 알고 보니 그 이상한 동작은 육체를 지배할 수 있다는 마인드 컨트롤 능력을 숙련시키고, 소화가 잘되게 하기 위한 것이었다. 부엌에서 연금술을 실험하느라 온 집 안을 고약한 냄새로 가득 채우기도 했고, 바닥에 들러

붙어 떼어낼 수도 없는 딱딱한 찌꺼기 때문에 솥과 냄비를 아예 못쓰게 만들기도 했다. 다른 집안사람들이 모두 잠들려 할 때 마르코스 외삼촌은 트렁크를 질질 끌고 복도를 서성거렸으며, 원시적인 악기로 고음을 내는 연습을 하고, 아마존 유역의 지방 사투리가 모국어인 앵무새에게 스페인어를 가르치려 들었다. 낮에는 복도 기둥 사이에 그물 침대를 묶어놓고 팬티 하나만 달랑 걸치고 잠을 자서 세베로의 심기를 많이 거슬렀지만, 나사렛 예수가 그런 차림으로 설교를 했다는 마르코스의 말을 곧이곧대로 믿은 니베아가 역성을 들어주었다.

클라라는 그 당시 나이가 아주 어렸는데도 마르코스 외삼촌이 수없이 여행을 다니다가 한 여정을 마치고 자기 집에 처음으로 왔을 때를 생생하게 기억했다. 마르코스 외삼촌은 그곳에서 영원히 살듯 아예 눌러앉았다. 시간이 조금 지나자, 마르코스 외삼촌은 안주인이 고상하게 피아노를 치는 모임에 나가거나 카드를 치는 것도 지겨워졌다. 게다가 정신 차리고 세베로 델 바예의 법률 사무실에서 사무원으로 일하라는 친척들의 압력을 피해 다니는 것도 넌덜머리가 났다. 그러자 마르코스 외삼촌은 사촌 누이인 안토니에타를 유혹하고, 그와 더불어 손잡이가 달린 악기로 일반 대중도 즐겁게 해주자는 마음으로 손풍금을 하나 사서 거리로 나갔다. 손풍금은 바퀴가 달린 녹슨 상자에 불과했지만, 마르코스 외삼촌이 거기에 바다와 관련된 그림을 그리고 배의 굴뚝까지 만들어 달자 막판에는 석탄 난로 비슷한 모양이 되었다.

마르코스는 손풍금으로 군인 행진곡과 왈츠를 번갈아 연주했고, 손풍금 손잡이가 돌아가는 틈틈이 아직 외국어 악센트가 완전히 가시지는 않았지만 그동안 용케 스페인어를 배운 앵무새가 찢어지는 듯한 고음으로 군중을 끌어 모았다. 앵무새는 또한 부리로 상자에서 종이쪽지를 집어내 호기심 많은 사람들에게 점을 쳐주기도 했다. 분홍색, 초록색, 하늘색 종이쪽지들은 신통하게도 고객들이 남몰래 바라던 비밀스러운 소망을 족집게처럼 정확하게 맞혀냈다. 점을 치는 일 이외에도, 아이들이 재미있게 갖고 놀 수 있도록 톱밥으로 만든 작은 공도 팔았고, 발기 불능을 낫게 해준다는 가루약도 팔았다. 마르코스는 그 증상으로 고생하는 행인들에게 나지막한 목소리로 소곤거리며 약을 팔았다.

손풍금은, 안토니에타의 마음을 얻고자 써보았던 통상적인 방법이 모두 실패로 돌아간 후 그가 생각해 낸 필사적인 최후의 시도였다. 마르코스는 웬만한 여자라면 손풍금 세레나데 앞에서 계속 냉담할 수 없을 거라고 생각하고는 그대로 실천으로 옮긴 것이다. 어느 날 해 질 무렵, 안토니에타가 자기 친구들과 함께 차를 마시고 있을 때, 마르코스가 안토니에타의 창가 아래 자리를 잡고 군대 행진곡과 왈츠를 연주했다. 안토니에타는 그 음악이 자기에게 바치는 것인지 모르고 있다가 앵무새가 자기 이름을 부를 때에서야 창가로 모습을 드러냈다. 그렇지만 안토니에타의 반응은 사랑하는 연인이 바랐던 것과는 거리가 멀었다. 안토니에타의 친구들은 서로 앞다투어 시내에 있는 살롱이란 살롱에 모조리 그 소식을 퍼뜨렸다. 그러자 그 이튿날 세베로 델 바예의 처남이 지저분한 앵무새 한 마리를 들고서 손풍금을 연주하며 톱밥으로 만든 공을 파는 것을 직접 자기 눈으로 구경하기 위해 사람들이 시내 중심가로 몰려들었다. 사람들은 최고의 명문가 사람들도 부끄러워할 일이 있다는 것을 직접 확인하려는 즐거움 하나로 몰려들었다.

이렇게 집안 망신을 시키는 상황이 되자, 마르코스는 손풍금을 포기하고, 사촌 누이인 안토니에타의 마음을 살 수 있도록 좀 더 점잖은 방법을 찾아야 했지만 절대 포기하지는 않았다. 그렇지만 안토니에타가 자기보다 스무 살이나 연상인 외교관과 어느 날 갑자기 결혼해 버리는 바람에 결과적으로는 성공을 거두지 못했다. 안토니에타는 남편과 함께 열대 나라로 떠났다. 그 나라 이름을 기억하는 사람은 아무도 없었지만, 흑인이나 바나나, 야자수와 관련되어 있다는 건 어렴풋이 생각났다. 그곳에서 안토니에타는 군대 행진곡과 왈츠로 자신의 열일곱 살을 완전히 망쳐버린 구혼자에 대한 기억을 떨쳐낼 수 있었다.

마르코스는 이삼 일 정도 침울해 있다가, 자기는 절대 결혼하지 않겠다고 독신 선언을 하는 한편 세계 일주를 하겠다고 공포했다. 마르코스는 손풍금을 장님에게 팔아넘기고, 앵무새는 클라라에게 유산으로 남겨주었다. 그렇지만 유모가 몰래 앵무새에게 대구의 간유를 잔뜩 먹여 독살시켰다. 유모는 앵무새의 음흉한 눈빛과 그 몸통에 잔뜩 달라붙어 있는 벼룩을 참을 수가 없었으며, 앵무새가 점을 보라거나 톱밥 공과 발기 불능 치료제를 사라며 느닷없이 소리 지르는 통에 견딜 수가 없었던 것이다.

그 여행은 마르코스에게 있어 가장 긴 여행이 되었다. 마르코스는 큼지막한 상자들을 잔뜩 가지고 돌아와, 겨울이 끝날 때까지 닭장과 땔감을 쌓아놓는 헛간 사이에 있는 뒤뜰에 쌓아두었다. 봄이 서서히 기지개를 펴자, 마르코스는 그 상자들을 열병장으로 옮기도록 했다. 그곳은 국경일이 되면 군인들이 프러시아인들을 흉내 내 구스 스텝*으로 행진하는 모습을 구경하기 위해 사람들이 몰려드는 허허벌판이었다. 상자들을 열자 그 안에는 목재와 철재, 채색된 천 조각들이 조립되지 않은 채 낱개로 가득 들어 있었다. 마르코스는 영어로 쓰여진 사용 설명서의 지시에 따라 부품들을 조립하는 데 꼬박 이 주일을 보냈다. 그는 특유의 불굴의 상상력과 작은 사전 하나를 가지고 그 설명서를 해독해 냈다.

다 조립해 놓고 보니, 선사 시대에나 있을 법한 어마어마하게 커다란 새 모형이었다. 앞부분에는 사나운 독수리의 모습이 그려져 있었고, 움직이는 큰 날개와 함께 등 쪽에는 프로펠러가 달려 있었다. 이 새는 그야말로 엄청난 센세이션을 불러일으켰다. 소수 명문가 사람들은 곧 손풍금 사건을 잊어버렸으며, 마르코스는 당대의 새로운 관심거리가 되었다. 일요일이 되면 사람들은 새를 보기 위해 그곳으로 몰려들었으며, 기념품 노점 상인들과 거리의 사진사들은 때 아닌 호황을 누렸다. 그렇지만 얼마 가지 않아 대중의 관심은 수그러들었다.

---

* 무릎을 굽히지 않고 다리를 높이 들어 걷는 행진 보조를 가리킨다.

그러자 마르코스는 날씨가 풀리는 대로 그 새를 타고 산악 지대를 횡단할 계획이라고 밝혔다. 그 소식은 삽시간에 온 동네로 쫙 퍼졌으며, 그해 사람들의 입에 가장 많이 오르내린 사건이 되었다. 육중하고 어설프게 생긴 기계가 땅바닥에 배를 깔고 누워 있는 모습은 북미에서 생산되기 시작한 신형 비행기라기보다는 부상당한 오리에 더 가까웠다. 어디로 봐도 그 기계는 움직일 것 같지가 않았다. 그러니 그 기계가 하늘로 올라가 눈 내린 산악 지대를 통과하리라고는 더더욱 상상하기 힘들었다. 신문 기자와 구경꾼들이 떼 지어 몰려들었다. 마르코스는 쏟아지는 질문 공세 앞에서 변함없는 미소로 일관했으며, 자신의 계획을 어떻게 실행에 옮길 수 있을지에 관련된 기술적이거나 과학적인 설명은 일체 생략한 채 사진사들 앞에서 포즈를 취했다. 그 진풍경을 보기 위해 시골에서부터 올라온 사람들도 있었다.

사십 년 뒤에 마르코스는 보지 못했지만, 그의 조카 손자가 되는 니콜라스가 대대로 그 집안 남자들에게 이어져 오는 하늘로 오르고 싶어 하는 열망을 밖으로 표출시켰다. 니콜라스는 탄산음료 광고문이 인쇄된 거대한 소시지 모양의 열기구를 타고 나는, 상업적 목적의 비행에 관심이 있었다. 그러나 마르코스가 횡단 계획을 공포했을 시절에는, 뭔가 유용한 목적으로 그 이상한 발명품을 쓸 수 있을 거라고 믿는 사람이 아무도 없었다. 마르코스는 순전히 모험가의 정신으로 비행하고자 했을 뿐이었다.

비행하기로 정한 날은 구름이 잔뜩 낀 날씨였지만, 너무

나도 많은 사람들이 기대하고 있어서 마르코스는 날짜를 연기하고 싶지가 않았다. 그는 정확히 약속한 시간에 장소에 나타나, 잿빛 먹구름이 잔뜩 낀 하늘에는 눈길조차 주지 않았다. 신기해하는 군중이 근처 골목길까지 빼곡히 들어찼으며, 심지어 지붕 위나 근처 집의 발코니로 올라간 사람들도 있었다. 공원은 구경꾼들로 발 디딜 틈 없이 인산인해를 이루었다. 어느 정치 집회 때에도 사람들이 그렇게 많이 모이지는 않았다. 최초의 마르크스주의 후보가 완전히 민주적인 방법으로 대통령의 자리에 오르려 했을 때인 오십 년 후에나 그 정도로 많은 사람들이 모여들었다.

클라라는 그 축제날을 평생 기억했다. 사람들은 계절보다 조금 앞서서 봄옷으로 단장하고 나왔다. 남자들은 흰 마 정장을 입었으며, 여자들은 그해 대유행이었던 이탈리아식 밀짚모자를 쓰고 있었다. 여러 무리의 초등학교 학생들이 영웅에게 바칠 꽃다발을 움켜쥔 채, 교사들의 손을 잡고 줄지어 왔다. 마르코스는 꽃다발을 받으며, 자기가 추락하면 장례식 때 꽃다발을 가지고 와야 할 테니 그때까지 기다리라며 농담을 했다. 청하지도 않았는데 주교가 직접 향 나르는 시동 두 명을 거느리고 나타나 그 새를 축복했으며, 경찰 악대는 대중을 즐겁게 해주겠다는 단순한 목적으로 경쾌한 음악을 연주했다. 창을 든 기마 경찰들은 공원 중심으로부터 군중을 멀리 떼어놓느라 애를 먹었다. 공원 한가운데에서는 마르코스가 기계공들이 입는 작업복 바지에, 자동차 경주자들이 쓰는 커다란 보호 안경과 탐험가 모자를 쓰고 있었다. 그는 또한 비행에 필요한 나침반과 망원경, 그리고 레오나르도 다빈치의 이론과 잉카인의 극지(極地)에 대한 지식을 토대로 자기가 직접 만든 이상한 항공 지도 몇 장까지 가지고 있었다.

모든 사람들이 추측했던 것과는 달리, 새는 두 번째 시도에서 시간을 지체하지 않고 별 탈 없이, 심지어 우아하기까지 한 모습으로 날아올랐다. 물론 마디 사이가 삐걱이거나 우르릉거리는 엔진 소리는 크게 들렸다. 새는 힘찬 날갯짓을 하며 이륙하여 구름 사이로 사라졌다. 사람들의 박수갈채와 휘파람, 경찰 악대의 북소리가 한데 어우러진 환호성을 받으며, 손수건과 깃발이 정신없이 흔들리는 가운데 뜨거운 전송을 받으며 이륙했다. 물론 성수의 축복도 빠지지 않았다. 땅에는 신기해서 얼이 빠진 군중과 이 기적적인 사건에 대해 나름대로 합리적인 설명을 부여해 보려는 전문가들의 뒷얘기만 무성하게 남았을 뿐이었다.

클라라는 마르코스 외삼촌이 보이지 않게 된 후에도 한참을 계속해서 하늘만 바라보았다. 클라라는 십 분쯤 후에 마르코스 외삼촌이 보였다고 생각했지만, 그건 지나가는 참새일 뿐이었다. 사흘이 지나자 그 나라 최초의 비행과 관련된 흥분의 도가니는 점차 수그러들었고, 클라라를 제외하고는 그 일을 떠올리는 사람조차 없게 되었다. 클라라는 지칠 줄 모르고 하늘만 바라보았다.

비행기를 타고 날아간 마르코스로부터 아무런 소식도 없이 일주일이 지나자 사람들은 그가 우주 천체 쪽으로 사라져버린 게 아닐까 하고 추측하기 시작했고, 아주 무식한 사람들은 마르코스가 달에 도착했을 거라고 생각하기도 했다. 슬픔과 안도감이 뒤섞인 채로 세베로 델 바예는 처남과 그의 비행기가 찾을 수 없을 정도로 깊은 산중의 아주 험준한 계곡에 추락했을 거라고 단정 지었다. 니베아는 서럽게 울며, 잃어버린 물건들의 수호 성자인 성 안토니오에게 촛불을 켜고 간곡히 기도했다. 세베로는 미사를 올린다고 해서 천국에 갈 것도 아니고, 다시 살아날 일은 더더욱 아니라고 생각했기 때문에 미사를 올리자는 생각에는 반대했다. 그리고 세베로는 미사나 종교적 서원(誓願)은 면죄부나 성상, 가슴에 두르는 성모상의 백포 부적을 파는 것과 마찬가지로 부정한 짓이라고 주장했다. 이처럼 세베로가 강경하게 나오자 니베아와 유모는 아버지 몰래 아이들에게 아흐레 동안 기도를 드리게 했다.

그러는 동안에 자원한 탐험가들과 산악 등반인들이 몇 그룹으로 나뉘어 산봉우리와 고갯길을 열심히 수색했다. 접근할 수 있는 곳이면 어디든 빠뜨리지 않고 샅샅이 뒤지더니 마침내 의기양양하게 돌아와, 세베로와 그의 가족들에게 고인의 유해가 담긴, 밀봉된 검고 초라한 관을 넘겨주었다. 곧 용맹스러운 여행가를 위해 장엄한 장례식이 치러졌다. 그는 죽음으로 인해 영웅이 되었으며, 며칠 동안은 신문마다 일면 머리기사에 그의 이름이 등장했다. 마르코스가 새를 타고 날아갔던 날 그를 배웅하기 위해 모였던 수많은 군중이 다시 그의 관 앞에서 긴 행렬을 이루었다. 클라라만 빼놓고는 가족 모두가 그의 죽음을 애도하며 슬퍼했다. 클라라는 천문학자와도 같은 인내심으로 줄곧 하늘만 바라보았다.

장례식 일주일 후에 니베아와 세베로 델 바예의 저택 문 앞에 마르코스 외삼촌이 모습을 드러냈다. 해적 같은 콧수염 사이로 기분 좋은 미소를 지으며 멀쩡한 몸으로 나타난 것이다. 외삼촌 자신도 인정했듯이, 그 집안 여자들과 아이들이 몰래 극진히 기도를 올린 덕분에 그는 건강하게 살아 있었고, 유머 감각을 비롯한 그 특유의 다른 성격도 그대로 온전히 간직할 수 있었다. 고귀한 전통을 지닌 항공 지도에도 불구하고 그 비행은 완전히 실패로 돌아갔다. 그는 비행기를 잃어버리고 걸어서 돌아와야만 했다. 하지만 뼈 하나 부러지지 않았고, 그의 모험 정신도 그대로 남아 있었다. 이런 이유로 그 집안 식구들은 영원토록 성 안토니오를 신실히 섬겼다. 그러나 그 일이, 비록 다른 경로를 통해서이기는 하지만 역시 하늘로 높이 비상하고자 했던 후손들에게는 큰 경고가 되지 못했다.

　그렇지만 법적으로 마르코스는 죽은 사람이었다. 세베로 델 바예는 처남을 되살리고 시민권을 되찾기 위해 모든 법적 지식을 동원해야 했다. 관계 담당자들이 지켜보는 가운데 관을 열어보니, 모래 자루를 매장한 꼴이 되었다. 그 전까지만 해도 흠 잡을 곳 없었던 탐험가들과 산악 등반인들로 구성된 자원 봉사자들의 명예는 그 일로 크게 실추되어, 그날 이후로는 산적 무리보다 별로 나을 게 없다는 평판을 듣게 되었다.

　마르코스가 영웅적으로 부활하면서 사람들은 모두 그의 손풍금 사건을 잊어버렸다. 시내에 있는 살롱이란 살롱 모두 그를 초대했으며, 적어도 당분간은 그의 이름이 주가를 올렸다. 마르코스는 누나의 집에서 몇 달간 머물렀다. 그러다가 어느 날 밤 그는 트렁크와 책, 무기, 장화를 비롯한 다른 물건들을 모두 남겨둔 채, 작별 인사도 하지 않고 훌쩍 떠났다. 그의 마지막 방문이 너무 길어졌던 터라 세베로와 심지어 누나인 니베아까지도 안도의 한숨을 내쉬었다. 그렇지만 클라라는 큰 충격을 받아 일주일 동안 몽유병 환자처럼 돌아다니고 손가락을 빨았다. 당시 일곱 살이었던 클라라는 마르코스 외삼촌의 이야기책들을 읽었으며, 예언 능력 때문에 집안의 어느 식구보다 더 마르코스 외삼촌에게 강한 유대감을 느꼈다.

마르코스는 조카딸의 능력으로 수입도 올리고, 자신의 투시 능력도 증진시킬 수 있다고 생각했다. 그는 모든 인간이, 그중에서도 특히 자기네 집안 식구가 그런 투시 능력을 가지고 있지만, 제대로 그 능력을 발휘하지 못하는 것은 연습 부족 때문이라는 주의였다. 그래서 그는 페르시아 잡화 시장에서 수정 구슬을 사와 검은 벨벳 위에 올려놓고는 한 번에 5센타보씩만 받고 사람들의 운세를 알려주고, 저주를 풀어주고, 과거를 알아맞히고, 꿈 해몽을 해준다고 선언했다. 마르코스의 얘기에 따르면 그 수정 구슬은 동양에서 온 것으로 마술적인 신통력을 가지고 있었다. 그렇지만 나중에 알고 보니, 그것은 어선의 부표에 불과했다.

이웃집 하녀들이 맨 먼저 그를 찾아온 손님이었다. 그중한 명의 주인이 반지를 잃어버리고는 하녀에게 훔쳤다고 누명을 씌웠던 것이다. 수정 구슬이 문제의 그 보석이 있는 곳을 정확히 알려주었다. 반지는 옷장 아래에 떨어져 있었다. 그러자 그 이튿날 집 앞에는 사람들이 길게 줄을 섰다. 마부, 상인, 우유 배달원, 물 배달원이 찾아왔으며, 나중에는 시청 공무원과 부잣집 마나님도 몰래 찾아왔다. 그들은 사람들의 눈에 띄지 않도록 벽담을 따라 슬금슬금 걸어오다가 슬며시 집 안으로 들어왔다. 손님맞이는 유모가 맡아서 했다. 유모가 손님들을 대기실로 안내하고 복채를 거두어들였다. 유모는 거의 하루 종일 그 일에 매달려야 했는데, 나중에는 너무 그 일에만 전념하다 보니 부엌일에 소홀해지게 되었다. 식구들은 저녁 식사 때 고작 묵은 강낭콩 요리와 마르멜로 젤리밖에 내놓지 않는다며 불평하기 시작했다.

마르코스는 낡은 커튼으로 마차 창고를 단장했다. 옛날에는 살롱에 걸었지만 오랫동안 쓰지 않고 내버려 둔 데다 많이 낡아서 이제는 먼지만 풀풀 날리는 넝마가 된 커튼이었다. 그곳에서 마르코스는 클라라와 함께 손님을 받았다. 이 두 명의 점쟁이들은 마르코스에 따르면 '지혜의 빛을 지닌 사람의 색깔', 즉 노란색 튜닉을 입었다. 유모가 음식 하는 솥단지에 튜닉을 넣어 펄펄 끓이며 사프란 가루를 넣어 노랗게 염색해 주었다. 마르코스는 튜닉 말고도 머리에는 터번을 둘렀으며 이집트 부적을 목에 걸었다. 수염과 머리를 길게 길렀는데, 평소보다 훨씬 여위어 있었다.

마르코스와 클라라는 꽤 용한 편이었다. 특히 클라라는 수정 구슬 없이도 사람들이 무슨 말을 듣고 싶어 하는지 알아맞힐 수 있었다. 클라라가 사람들이 원하는 말을 마르코스 외삼촌에게 귓속말로 해주면, 그가 손님들에게 전해

주었다. 또 때에 따라서는 그가 적절하다고 생각되는 충고도 즉흥적으로 덧붙여 얘기해 주었다. 축 처진 어깨에 슬픔으로 만신창이가 되어서 온 사람들도 그곳을 나갈 때는 희망에 가득 찼기 때문에 그들의 명성은 즉시 퍼져 나갔다. 짝사랑으로 마음을 끓이던 연인들은 마음을 비우는 법을 배웠으며, 가난한 사람들은 개 경주에서 내기를 걸 때 그 누구도 틀릴 수 없는 확실한 비책을 전수받았다. 사업이 날로 번창하여 대기실은 늘 만원이었고, 유모는 너무 오래 서 있어서 어지럼증까지 생겼다. 그렇지만 이번에는 세베로가 처남의 사업을 중단시키기 위해 따로 나설 필요가 없었다. 마르코스와 클라라는 손님들이 자기들의 조언을 너무나도 철저하게 따르기 때문에 자기들의 예언이 손님들의 운명까지 바꿔놓을 수 있다는 것을 깨닫고는 깜짝 놀라, 그 일은 사기꾼들이나 하는 것이라고 결론지었다. 마르코스와 클라라는 마차 창고 안에서의 점술 사업을 집어치우고 이익을 공평하게 나눠 가졌다. 그렇지만 사실 이 사업의 물질적인 면에 관심을 가진 사람은 유모뿐이었다.

델 바예 가문의 아이들 중 마르코스 외삼촌이 해주는 이야기를 열심히 귀담아듣는 아이는 클라라 한 명뿐이었다. 클라라는 그 이야기들을 하나하나 되풀이해서 얘기할 수 있을 정도였다. 인디오 말로 된 단어를 여러 개 외웠으며, 인디오들의 관습도 잘 알았다. 또한 클라라는 인디오들의 통과 의례뿐만 아니라, 인디오들이 나무 꼬챙이로 입술과 귓불을 어떻게 뚫는지도 생생하게 묘사할 수 있었다. 그리고 어느 뱀이 가장 독이 많은지, 해독제는 어떤 것인지 확실하게 말할 수 있었다. 마르코스 외삼촌이 워낙 달변이라 클라라는 뱀에 물릴 때의 톡 쏘는 아픔을 제 살갗으로 몸소 느끼고, 홍목으로 만든 칸막이 다리 사이에 깔린 양탄자 위로 파충류들이 스멀스멀 기어가는 것을 직접 제 눈으로 보고, 응접실 커튼 사이에 있는 금강 앵무새의 외침 소리를 제 귀로 듣는 것 같았다. 클라라는 엘도라도를 찾아 나선 로페 데 아기레가 어느 곳을 거쳐 갔는지 조금도 막힘없이 기억해 냈다. 너무나도 멋진 외삼촌이 보았거나 아니면 지어낸 식물과 동물의 발음하기조차 어려운 이름도 거리낌없이 소리 내어 말할 수 있었다. 또한 들소 기름을 탄 짭짤한 차를 마시는 라마교 승려들에 대해서도 알았으며, 타히티 섬의 풍만한 여인들, 중국의 논, 북극 나라들의 하얀 설원에 대해서도 자세히 묘사할 수 있었다. 백설이 깔린 북극의 하얀 설원에서는 동물이나 사람이 잠시라도 방심했다가는 빙하에 깔려 죽을 수 있으며, 그 즉시 돌처럼 꽝꽝 굳어버린다고 했다. 마르코스는 자신의 여정과 인상을 기록한 다양한 여행 일지뿐만 아니라, 수집한 지도와 이야기책, 모험담, 심지어 동화책까지 갖고 있었다. 그는 책들을 궤짝 속에 넣어 뒤뜰 제일 구석에 있는 창고 안에 보관해 두었다. 그 책들은 반세기 후에 실수로 화형대에서 모두 불살라질 때까지 그 집안 후손들의 꿈을 키워주었다.

그런데 그런 마르코스 외삼촌이 마지막 여행에서 관에 안치된 채 돌아왔다. 그는 원인 불명의 아프리카 전염병에 걸려 양피지처럼 누렇고 쭈글쭈글해진 채 죽어갔다. 그는 자신이 병에 걸렸다는 것을 알고는, 누나의 간호와 쿠에바스 의사의 의술이 자신의 건강과 젊음을 회복시켜 줄 거라 기대하며 본국을 향해 출발했지만 육십 일간의 긴 항해를 끝내 견디지 못했다. 사향 냄새가 나는 여인들과 숨겨진 보물들이 나타나는 환각에 시달리며 신열로 몸이 망가져 과야킬 위도 선상에서 숨을 거두었다.

롱펠로라는 성을 가진 그 배의 영국인 선장이 마르코스를 깃발로 둘둘 말아 갑판에서 바다로 내던지려 했지만, 마르코스가 흉측한 몰골에 심각한 환각 상태에 있는 동안에도 배 위에서 친구를 많이 사귀었고, 여러 여자들의 마음을 사로잡았기 때문에 승객들의 거친 반대에 부딪혔다. 선장은 하는 수 없이 배의 목수가 임시변통으로 관을 짤 때까지는 시신을 열대 지방의 열기와 모기로부터 보호하기 위해 중국인 요리사가 쓰는 채소 옆에 나란히 놔둘 수밖에 없었다. 그러다가 엘 카야오에서 적당한 관 하나를 간신히 구했다. 며칠 뒤에 선장은 승객 하나 때문에 선박 회사는 물론, 자기까지 무진 애를 먹은 데에 화가 나 아무런 미련 없이 부둣가에다 시신을 내려놓았다. 그렇지만 시체를 인수하거나, 그동안 들어간 추가 비용을 변상해 줄 사람이 단 한 명도 나타나지 않자 다시 한번 의아해했다. 나중에서야 선장은 그 지역의 우체국이 머나먼 영국의 우체국처럼 신뢰할 수 있는 곳이 아니며, 자신이 보낸 전보가 모두 중간에 사라졌다는 것을 알게 되었다. 그러나 델 바예 가문과 면식이 있는 한 세관 변호사가 나타나 자기가 책임지겠다고 나서서 그나마 롱펠로에게는 천만다행이었다. 그 사람이 마르코스와 그의 유품 일체를 마차에 싣고서, 수도에 있는 고인의 유일한 주소, 즉 그의 누나의 집으로 보낸 것이다.

바라바스가 마르코스 외삼촌의 유품과 함께 섞여서 오지 않았더라면, 그 순간은 클라라의 인생에서 가장 고통스럽고 끔찍한 순간이 되었을 수도 있다. 클라라는 안뜰에서 벌어지는 왁자지껄한 대소동은 무시한 채, 본능에 이끌려 우리가 버려져 있던 구석으로 곧바로 향했다. 그 안에 바라바스가 있었다. 바라바스는 정확히 무슨 색깔이라 말할 수 없는 살가죽을 뒤집어쓴 뼈 뭉치에 불과했다. 병균에 감염된 피부에 한쪽 눈은 감겨 있고, 다른 쪽 눈은 눈곱이 떡이 져 있었으며, 거기에다 자기가 싸놓은 배설물을 뒤집어쓴 채 송장처럼 꼼짝 않고 가만히 있었다. 이런 흉측한 몰골에도, 클라라는 그 짐승이 무엇인지 어렵지 않게 알아볼 수 있었다.

"강아지다!"

클라라가 소리 질렀다.

그러고 나서 클라라는 그 짐승을 책임지기로 했다. 클라라는 우리에서 강아지를 꺼내 자기 품에 안고 얼러주었다. 그러고는 선교사와도 같은 정성으로 갈라지고 부어오른 주둥이에 간신히 물을 떠 넣어주었다. 롱펠로 선장이 다른 짐짝과 함께 강아지를 부두에 떨어뜨리고 간 이후로는 아무도 그 강아지에게 먹을 것을 준 사람이 없었다. 그나마 롱펠로 선장이 다른 영국인들처럼 인간보다는 동물에게 더 관대해서 다행이었다. 죽어가는 주인과 함께 선상에 있을 때는 선장이 손수 개에게 먹을 것도 주고, 갑판 위로 산보도 데리고 다니면서 마르코스에게는 보이지 않았던 온갖 관심과 정성을 개에게 쏟았지만, 일단 육지에 내려지자 개도 짐짝의 일부로 취급받았다. 결국 그 개를 맡겠다고 나서는 사람이 아무도 없어서 클라라가 강아지의 엄마 노릇을 할 수 있었다. 그리고 얼마 지나지 않아 클라라는 개를 다시 소생시켰다. 며칠 후, 시체가 도착하면서 생긴 대소동이 일단 진정되고, 마르코스 외삼촌의 장례식이 끝난 후, 세베로는 딸의 품에 안긴 털이 숭숭 난 짐승을 주목하게 되었다.

"그게 뭐니?"

세베로가 물었다.

"바라바스예요."

클라라가 대답했다.

"정원사에게 갖다주고 없애라고 해라. 전염병을 옮길 수도 있다."

세베로가 명령했다.

그렇지만 클라라가 이미 그 개를 양자로 삼은 후였다.

"아빠, 이 강아지는 제 거예요. 나한테서 강아지를 뺏으면, 나는 숨도 안 쉬고 그대로 콱 죽어버릴 거예요. 맹세할 수 있어요."

그렇게 해서 바라바스는 그 집에 남게 되었다. 얼마 뒤에 바라바스는 곳곳을 뛰어다니면서 커튼의 가장자리와 양탄자와 가구 다리를 마구 갉아 먹었다. 개는 끔찍한 몰골에서 빠르게 회복하여 쑥쑥 자라나기 시작했다. 목욕을 시켜놓고 보니 네모난 머리에 제법 기다란 다리와 짧은 털을 가진 검은 개였다. 유모가 좀 더 세련돼 보이게 꼬리를 잘라버리자고 했지만 클라라가 발끈해서 성질을 부리다 천식 발작을 일으키는 바람에 그 이야기는 두 번 다시 나오지 않았다. 그 덕에 바라바스는 꼬리를 있는 그대로 보존할 수 있었다. 시간이 흐르면서 꼬리는 골프채만 한 길이로 자라났는데, 너무 긴 나머지 주체할 수가 없어 탁자 위에 놓인 램프와 도자기를 몽땅 쓸고 다녔다.

바라바스는 알려지지 않은 혈통의 개였다. 길거리에 떠돌아다니는 똥개들과도 아무런 공통점이 없었고, 귀족들이 기르는 순수 혈통의 개들과는 더더욱 공통점이 없었다. 수의사조차도 바라바스의 혈통을 알아맞히지 못했다. 그래서 클라라는 마르코스 외삼촌의 짐이 대부분 머나먼 중국에서 왔기 때문에 바라바스도 중국에서 왔다고 결론 내렸다. 바라바스는 끝도 없이 성장할 것 같았다. 육 개월 만에 양만 한 크기로 자라나더니, 일 년이 되어갈 무렵에는 망아지만 큼이나 커졌다. 가족들은 망연자실하여 개가 얼마나 더 클 것인지, 진짜 개이기는 한지 의심하기 시작했다. 식구들은 바라바스가 모험가인 마르코스 외삼촌이 오지 중의 오지에서 사냥한 이국적인 동물로, 원래는 야생 동물일지도 모른다고 추측했다. 니베아는 바라바스의 악어 발톱과 작고 날카로운 이빨들을 쳐다보았다. 그러고는 엄마의 마음으로, 그 짐승이 어른의 머리를 한입에 덥석 물어버릴 수 있다면, 아이들은 더 쉽게 먹어치울 수 있을 거라고 생각하며 진저리를 쳤다.

그러나 이런 추측과는 정반대로 바라바스는 사나운 짐승의 징후는 전혀 보이지 않았다. 오히려 고양이처럼 귀엽게 재롱을 피웠다. 바라바스는 추위를 많이 탔기 때문에 이불을 목까지 뒤집어쓰고, 클라라의 침대 안에서 깃털 베개를 베고, 클라라를 꼭 껴안은 채 잠들었다. 그렇지만 나중에 너무 커서 침대에서 잘 수 없게 되자 말처럼 큰 주둥이를 클라라의 한쪽 손 위에 올려놓은 채 클라라의 옆 바닥에서 잤다. 바라바스는 절대 짖거나 으르렁대지 않았다. 흑표범처럼 검고 조용했다. 바라바스는 햄이나 저장 과일을 좋아했다. 그리고 손님이 왔을 때 누군가 깜빡 잊고 식당 문을 닫지 않으면 몰래 식당 안으로 들어와 식탁 주위를 살금살금 맴돌며 자기가 좋아하는 음식들을 순식간에 먹어치웠다. 그래도 식탁에서 식사하는 사람들은 바라바스를 제지하려 들지 않았다.

바라바스는 온순한 처녀처럼 얌전한데도 사람들에게 공포를 불러일으켰다. 배달부들은 바라바스가 거리에 모습을 드러낼 때마다 놀라서 질겁하고 달아났다. 한번은 우유 배급 마차 앞에서 줄 서서 기다리고 있던 여자들을 기겁하게 한 적도 있었다. 마차를 끄는 말이 바라바스를 보고 깜짝 놀라서 우유 양동이를 길바닥에 쏟아 난장판을 만들고는 그 위를 총알처럼 달려갔던 것이다. 결국 세베로가 모든 손해를 배상해 줘야 했다. 그는 개를 안뜰에 묶어두라고 지시했지만, 클라라가 또다시 발작을 일으키는 바람에 그 결정은 무기한 연기되었다.

사람들의 상상에 바라바스의 혈통에 대한 무지가 덧붙여

지면서 바라바스에게는 신화적인 특성들이 부여되었다. 잔인한 백정이 그 개의 목숨을 끊어놓지 않았더라면 바라바스는 성장을 멈추지 않고 낙타만큼 커졌을지도 모른다고 사람들은 얘기했다. 바라바스가 암말과 개 사이에서 태어난 잡종일지도 모른다고 생각하는 사람들도 있었다. 그리고 로사가 어마어마하게 큰 테이블보에 수놓는 짐승들처럼, 바라바스도 용처럼 날개와 뿔이 돋아나고, 유황을 내뿜을 수 있다고 생각하는 사람들도 있었다. 깨진 도자기를 치우는 일과, 보름달이 뜨면 바라바스가 늑대로 변한다는 소문에 넌덜머리가 난 유모가 앵무새에게 했던 것과 똑같은 방법으로 바라바스에게도 대구 간유를 먹였지만 바라바스는 끄떡없었다. 다만 나흘 동안 설사를 해대서 집 안을 온통 설사로 뒤덮었을 뿐인데, 그것도 결국 유모가 모두 치워야 했다.

그 당시는 어려운 시절이었다. 그때 나는 스물다섯 살이었지만, 내가 원하는 미래를 건설하고 지위를 얻기 위해서는 시간이 얼마 없었다. 나는 짐승처럼 일했고, 일요일 오후에는 나른함 때문에 어쩔 수 없이 가끔 쉬기는 했지만, 그럴 때는 마치 내 인생의 귀중한 순간을 그냥 흘려보내는 것 같았다. 일하지 않고 지내는 일분일초가 그만큼 로사와 떨어져 있어야 하는 영원 같은 시간을 의미했던 것이다.

나는 광산에서 날품팔이꾼 두어 명의 도움을 얻어 직접 양철 지붕을 올린 판잣집에서 살았다. 네모난 단칸방이 전부로, 그 안에 내 소지품들을 모두 정리해 두었다. 그 집에는 벽마다 작고 허름한 창문이 달려 있어 낮에는 숨 막힐 듯한 뜨거운 공기를 환기시켜 주었고, 또 그 위에 덧문을 달아 여닫을 수 있도록 해서 밤에는 얼음장같이 차가운 바람을 막았다. 내가 가진 가구라고는 고작해야 의자 하나, 간이침대 하나, 투박한 탁자 하나, 타자기 한 대, 그리고 노새 등에 실어 사막을 가로질러 끌고 왔던 무거운 금고 하나뿐이었다. 나는 그 금고 안에다가 광부들에게 지급할 일당과 서류 몇 장과 내 모든 노력의 결정판인 반짝이는 금 조각들이 담긴 작은 헝겊 주머니를 보관했다.

쾌적한 집은 아니었지만, 나도 불편함에는 꽤 익숙한 사람이었다. 나는 그때까지 뜨거운 물로 목욕을 해본 적이 없었고, 어린 시절에 대해 기억나는 것이라고는 추위와 외로움, 늘 텅 비어 있던 굶주린 창자뿐이었다. 나는 그 집에서 이 년 동안 먹고 자고 편지를 썼다. 수도 없이 되풀이해서 읽은 몇 권 안 되는 책들과 뒤늦게 도착한 신문 더미, 훌륭한 언어인 영어의 기본 문법을 배울 수 있게 해주었던 영어책 몇 권과 로사와 주고받은 편지를 보관하는 자물쇠 달린 상자 하나가 나의 유일한 오락거리였다. 나는 로사에게 보내는 편지를 전부 타이핑해서 복사본 한 장은 내가 갖고 로사한테서 받은 몇 장 안 되는 편지와 함께 날짜별로 정리해 두는 습관이 있었다.

나는 다른 광부들과 똑같은 음식을 먹었고, 광산 내에서는 절대 술을 마시지 못하게 했다. 나는 평소에도 외로움과 권태가 심하면 알코올 중독자가 되기도 더 쉽다고 생각했기 때문에 집에도 술병 하나 갖다 놓지 않았다. 어쩌면 아버지에 대한 기억 때문에 엄격한 금주주의자가 된 건지도 모른다. 늘 젖혀진 옷깃, 느슨하게 풀린 때 묻은 넥타이, 흐리멍덩한 눈, 씨근덕거리는 숨소리, 손에 들린 잔이 아버지에 대한 기억 전부였다. 게다가 나는 술에 금세 취하고 잘 이기지도 못했다. 내가 술에 약하다는 사실은 열여섯 살 때 일찌감치 깨달았으며, 지금까지도 그 점은 절대 잊지 않고 있다.

언젠가 손녀딸이 문명 세계로부터 멀리 떨어진 곳에서 어떻게 그렇게 혼자 오랫동안 지낼 수 있었느냐고 나한테 물은 적이 있다. 어떻게 그럴 수 있었는지는 나도 잘 모르겠다. 하지만 나는 그다지 사교적이지 못했으며, 친구도 별로 없고, 파티나 흥청망청하는 모임을 좋아하지 않았기 때문에 사실 다른 사람들보다는 훨씬 수월했는지도 몰랐다. 나는 오히려 혼자 있을 때가 더 마음이 편했다. 나는 웬만해서는 사람들하고 쉽게 친해지지 못했다.

그 당시 나는 여자와 함께 살아본 경험이 없었다. 그러니 알지도 못하는 것을 그리워할 수도 없었다. 거울 속에 비친 내 모습이 너무 늙어 스스로도 알아보기 어려워진 지금도, 여자의 겨드랑이나 유연한 허리 곡선, 여자의 무릎 사이로 슬쩍 비치는 틈새만 봐도 머릿속에 온갖 상상이 떠오르지만 나는 쉽게 사랑에 빠지는 타입이 아니다. 지금까지도 그런 적은 한번도 없었으며, 한 여자에게만 충실한 편이었다. 나는 비비 꼬인 나무 같았다. 본능을 억제할 수가 없어서 그랬다는 둥의 구차한 변명으로 내 젊은 날의 죄를 정당화하지는 않겠다. 그리고 그러고 싶지도 않다.

그 당시 나는 다른 부류의 여자들과 접할 기회가 없었기 때문에 쉽게 정조를 파는 여자들과 미래에 대한 부담 없이 관계를 맺는 일에 익숙해 있었다. 우리 세대의 사람들은 여자들을 정숙한 여자와 그렇지 못한 여자로 구분 지었으며, 거기서 또 정숙한 여자를 내 여자와 남의 여자로 구분 지었다. 나는 로사를 만날 때까지는 사랑에 관해 생각해 본 적도 없었고, 낭만적인 것 자체를 내게는 위험스럽고 불필요하다고 여겼다. 거절당해서 우스운 꼴이 될까 봐 두려웠기 때문에 마음에 드는 젊은 여자가 있어도 나는 감히 접근하지 못했다. 나는 늘 자존심이 세었고, 그 잘난 자존심 때문에 다른 사람들보다 훨씬 더 고통을 받았다.

오십 년이 넘는 세월이 흘렀어도 아름다운 로사가 내 인생에 들어왔던 그 순간은 지금도 생생하게 기억할 수 있다. 로사가 내 곁을 스쳐 지나가던 순간, 그녀는 순식간에 내 영혼을 송두리째 앗아간 무심한 천사와도 같았다. 로사는 유모와 동생인 듯한 꼬마 여자아이와 함께 있었다. 확신할 수는 없지만 그녀가 연보라색 드레스를 입고 있었던 것 같다. 내겐 여자들의 옷을 보는 안목이 없었고, 로사가 너무 아름다워 설령 그녀가 담비 망토를 입고 있었더라도 내 눈에는 그녀의 얼굴만 보였을 것이다. 나는 평소 여자들 뒤꽁무니나 쫓아다니는 그런 사내가 아니었다. 그렇지만 어느 누구라도 얼간이가 아닌 이상은 로사의 아름다운 모습을 보고 그냥 지나치지 못했을 것이다. 황홀한 모자처럼 얼굴 전체를 감싸는 기가 막힌 초록빛 머리카락, 선녀 같은 고운 자태, 나는 듯한 사뿐한 몸놀림으로 로사가 가는 곳마다 술렁거리는 동요가 일었으며, 그 일대의 교통이 마비되었다.

　로사는 나를 보지 못한 채 바로 내 앞을 가로질러, 아르마스 광장에 있는 제과점 안으로 들어갔다. 그녀가 아니스 사탕을 사는 동안 나는 얼이 빠진 채 길거리에 그냥 서 있었다. 그녀는 방울 소리처럼 경쾌하게 웃으며 사탕을 하나씩 골라 몇 개는 자기 입에 집어넣고, 몇 개는 동생에게 주었다. 최면에 걸린 사람은 나 하나뿐이 아니었다. 몇 분 지나지 않아 남자들이 떼로 모여들더니 상점 진열대 앞에 코를 박고 서 있었다. 그때 나는 즉각적인 반응을 보였다. 나는 재산도 없고 미래도 불투명하니 훌륭한 신랑감과는 거리가 멀어도 한참 멀었는데도, 천상에서 내려온 듯한 그 아름다운 아가씨에게 내가 이상적인 배필이 될 수 없다는 생각을 꿈에도 하지 못했다. 게다가 나는 그 여자가 누군지도 알지 못했다! 그렇지만 나는 한눈에 반해 정신이 혼미했으며, 바로 그 순간, 그녀만이 내 아내가 될 수 있는 유일한 여자이며, 그녀를 얻지 못한다면 영원히 독신으로 남겠다고 결심했다.

　나는 집으로 돌아가는 그녀의 뒤를 줄곧 따라갔다. 그녀와 같은 전차에 올라타서 그녀의 뒷좌석에 앉았다. 그녀의 완벽한 목덜미와 둥근 목, 머리핀에서 흘러내린 초록빛 곱슬머리가 애교스럽게 간지러움을 태우는 부드러운 어깨에서 눈을 뗄 수가 없었다. 나는 꿈을 꾸듯 비몽사몽이었기 때문에 전차의 진동조차 느낄 수 없었다. 갑자기 그녀가 복도 쪽으로 미끄러지듯 나갔다. 그녀가 내 옆을 지나칠 때는 눈이 부시도록 아름다운 그녀의 황금빛 눈동자가 한 순간이나마 내게 머물렀다. 그 순간 나는 죽는 줄만 알았다. 숨을 쉴 수도 없었고 맥박은 순간 멈춰버렸다. 냉정을 되찾았을 때 나는 어디 한 군데 뼈가 부러질 각오를 하고 보도로 뛰어내려, 그녀가 사라진 골목 쪽을 향해 정신없이 뛰어야 했다. 대문 뒤로 사라진 보랏빛 여운 덕분에 나는 그녀가 어디에 사는지 알게 되었다.

그날부터 나는 줄곧 그 집 밖을 지키고 서서 주인 잃은 강아지처럼 거리를 서성거렸다. 집 안을 염탐하고, 정원사에게 뇌물도 건네주고, 하녀들에게 괜히 말을 시켜보다가 급기야는 유모에게도 말을 건넬 수 있게 되었다. 고맙게도 유모는 나를 가엾게 여겨, 내가 쓴 연애편지와 꽃, 수많은 아니스 사탕 상자를 로사에게 전달해 주겠다고 약속했다. 나는 그런 선물로 로사의 애정을 사려고 했다. 시도 보냈다. 시를 쓰는 법은 잘 모르지만, 아는 사람 중에 시를 아주 잘 짓는 스페인 책 장사가 있어 그에게 시든 노래든 종이와 잉크를 원료로 만들어낼 수 있는 것이라면 뭐든지 주문했다.

페룰라 누나가 우리 두 가문의 먼 친척 관계를 들춰내고, 또 미사를 보고 나올 때마다 인사를 나눌 수 있도록 기회를 마련해 내가 델 바예 가족과 좀 더 친해질 수 있도록 도와주었다. 그렇게 해서 나는 로사의 집을 방문할 수 있게 되었다. 그러나 내가 로사의 집을 방문해 로사와 지척에서 이야기할 수 있게 되었을 때, 나는 순간 머리가 텅 비어 아무 말도 할 수가 없었다. 이런 증상에 익숙해 있던 로사의 부모가 나에게 구원의 손길을 뻗어줄 때까지 나는 손에 모자를 쥐고 입만 딱 벌린 채 아무 말도 못하고 그 자리에 가만히 서 있었다. 로사가 내게서 어떤 면을 봤는지, 시간이 흐르면서 어떻게 나를 남편감으로 받아들이게 되었는지 나는 지금도 그 이유를 모르겠다. 로사는 초인적인 미모와 셀 수도 없이 많은 장점에도 불구하고 구혼자가 없었기 때문에 나는 별다른 힘도 들이지 않고 로사의 정식 정혼자가 될 수 있었다.

로사 어머니의 얘기에 의하면 평생 뭇 남자들의 유혹으로부터 로사를 보호할 만큼 강한 남자가 없었다고 했다. 많은 남자들이 정신을 못 차리고 그녀의 주위를 맴돌기는 했지만 내가 나타날 때까지 마음을 굳힌 사람은 아무도 없었다. 로사의 아름다움은 오히려 두려움을 불러일으켰고, 그래서 그들은 감히 가까이 다가가지 못하고 멀리서 바라만 보았다. 사실 나는 그 점은 생각도 하지 못했었다. 문제는 내가 빈털터리라는 데 있었다. 그렇긴 하지만 내 사랑을 위해 부자가 될 자신은 있었다. 어렸을 때부터 몸에 밴 도덕관념을 저버리지 않는 범위 내에서 가장 손쉽고 빠르게 돈을 벌 수 있는 길을 찾아 주위를 둘러보았다. 그리고 성공하기 위해서는 학연과 지연, 그리고 돈이 필요하다는 사실을 깨달았다. 좋은 가문에서 태어난 것만으로는 충분치 않았다. 그때 뭐라도 시작할 만한 돈이 있었다면 도박이나 경마에 내 운을 맡겨보았을 테지만, 그것도 사정이 여의치 않았다. 위험이 따르더라도 한몫 단단히 잡을 수 있는 일을 생각해야만 했다.

금광과 은광은 모든 모험가의 꿈이었다. 광산은 사람을 처절한 가난의 나락 속으로 밀어 넣을 수도, 결핵으로 죽게 할 수도, 아니면 졸지에 벼락부자로 만들 수도 있었다. 모두 운에 달린 일이었다. 명문가인 외가 덕분에 나는 북부 광산의 채굴권을 따낼 수 있었고, 그것을 담보로 은행에서 대출을 받을 수 있었다. 설령 내 손으로 산을 깨부수고 내 발로 바위를 갈아 으깨야만 할지라도, 나는 마지막 1그램의 금까지 모두 캐내고야 말겠다고 다짐하고 또 다짐했다. 로사를 위해서라면 그 정도의 일은 물론, 그 이상도 할 각오가 되어 있었다.

가을이 끝나갈 무렵, 주교가 직접 나서서 레스트레포 신부에게 델 바예 가문의 어린 클라라를 내버려 두라고 명했기 때문에 신부는 더 이상 종교 재판관처럼 굴 수가 없었으며, 이에 따라 델 바예 가족의 불안도 진정되었다. 그리고 마르코스가 정말로 죽었다는 사실을 모두가 받아들이게 되면서 세베로의 정치적 야심이 서서히 모습을 드러내기 시작했다. 그는 정치적 목적을 위해 오랜 세월 공을 들여 왔다. 그래도 한번 가본 적도 없고 지도에서 제대로 찾지도 못하는 남부의 한 지방을 대표하며 다가오는 의회 선거에서 자유당 후보로 공천받은 것은 큰 승리였다. 자유당은 사람이 많이 부족했고, 세베로는 의원 자리에 혈안이 되어 있었기 때문에 세베로를 후보자로 공천하도록 남부의 억눌린 유권자들을 설득하는 데는 별다른 어려움이 없었다.

세베로의 공천을 지지한다는 뜻에서 남부의 유권자들이

직접 델 바예 후보의 집으로 발그스름하게 구운 큼지막한 통돼지 한 마리를 선물로 보내왔다. 큰 나무 쟁반 위에 토마토를 깔고 그 위에 통돼지를 얹은 다음, 입에는 파슬리를 물리고 엉덩이는 당근으로 장식한 이 윤기 흐르는 음식은 맛있는 냄새를 풍기며 델 바예 후보의 집에 도착했다. 통돼지 뱃속은 메추리들로 가득 채운 다음 실로 꿰매져 있었으며, 그 메추리 뱃속은 다시 자두로 가득 채워져 있다. 통돼지와 함께 그 나라에서 최고로 손꼽히는 토속주 반 갤런이 담긴 병도 도착했다. 하원의원, 아니 거기서 더 나아가 상원의원이 되는 것은 세베로의 오랜 숙원이었다. 세베로는 오랫동안 온갖 교제와 친분관계, 비밀 회합을 통해 신중하면서도 효과적으로 대중들 앞에 모습을 드러내는 한편, 적지적시에 기부하고 호의를 베풀면서 착실하게 정치적 기반을 다져왔다. 비록 그 남부 지방이 멀리 떨어져 있는 오지이기는 하지만 그가 오랫동안 바라고 기다리던 곳이었다.

통돼지는 화요일에 도착했다. 통돼지가 이젠 살 껍질과 뼈만 남아 바라바스의 차지가 된 금요일, 클라라가 델 바예 식구들 중 한 명이 곧 죽게 될 거라고 예언했다.

"하지만 실수로 죽게 될 거예요."

클라라가 말했다.

토요일 날 클라라는 밤새 뒤척이다가 소리를 지르며 깨어났다. 그러나 식구들 모두 아버지의 남부 여행 준비로 분주한 데다 아름다운 로사가 오한을 일으켰기 때문에 아침에 보리수 차 한 잔을 가져다준 유모를 빼면, 아무도 클라라에게 관심을 기울이지 않았다. 니베아는 로사에게 침대에서 나오지 말라고 명했다. 그러나 쿠에바스 박사는 그리 걱정할 일은 아니라며 설탕을 충분히 탄 미지근한 레모네이드에 술을 한 방울 떨어뜨린 후 마시게 해서 열을 푹 내면 곧 괜찮아질 거라고 했다. 세베로가 딸을 보러 안으로 들어가 보니 로사가 고열로 얼굴이 발그스름해진 채 초롱초롱한 눈을 뜨고서 이불 시트와 같은 색인 버터 색 레이스에 푹 싸여 있었다. 세베로는 로사에게 댄스파티 카드 한 장을 선물로 주고는, 유모에게 토속주 병을 따서 레모네이드에 따라주도록 했다. 로사는 레모네이드를 마신 후 양모 숄로 몸을 감싼 채, 방을 같이 쓰는 클라라의 곁에서 금세 곯아떨어졌다.

그 비극적인 일요일 아침, 유모는 여느 때처럼 일찍 일어났다. 유모는 미사를 보러 가기 전에 식구들의 아침 식사를 준비하기 위해 부엌으로 향했다. 전날 미리 부엌에 땔감과 석탄을 준비해 두었기 때문에 아직 따스한 열기가 남아 있는 숯불 불씨로 아궁이에 불을 지폈다. 물이 끓고 우유가 데워지는 동안 유모는 식당으로 가지고 갈 접시들을 준비했다. 그러고는 오트밀을 끓이고, 커피를 내리고, 빵을 굽기 시작했다. 유모는 쟁반을 두 개 준비했다. 하나는 언제나 침대에서 아침 식사를 하는 니베아를 위한 것이고, 또 하나는 아픈 덕에 엄마와 똑같은 대접을 받게 된 로사를 위한 것이었다. 유모는 커피가 식거나 파리가 들어가지 않도록 수녀들이 수놓은 리넨 냅킨으로 로사의 쟁반을 덮고는, 마당으로 고개를 내밀어 혹시 바라바스가 근처에 없나 둘러보았다. 바라바스는 유모가 조반 쟁반을 들고 지나갈 때마다 유모에게 달려들어야 직성이 풀렸다. 유모는 바라바스가 한쪽 구석에서 암탉에게 장난치고 있는 것을 보고는 이 틈을 타 여행을 시작했다. 마당 몇 개를 지나 복도를 굽이굽이 통과해 부엌에서부터 여자애들의 방까지, 집의 한쪽 끝에서 다른 쪽 끝에 이르는 긴 여행이었다.

로사의 방문 앞에 이르렀을 때 유모는 별안간 좋지 않은 예감에 사로잡혀 잠시 멈춰 섰다. 유모는 평소처럼 노크를 하지 않고 방으로 들어서는 순간, 장미 철이 아닌데도 장미 향이 나는 것을 알아차렸다. 그제야 유모는 돌이키려 해도 돌이킬 수 없는 엄청난 재앙이 일어났음을 직감했다. 유모는 쟁반을 침대 옆 탁자 위에 조심스럽게 내려놓고는 천천히 창가 쪽으로 걸어갔다. 무거운 커튼을 열어젖히자 창백한 아침 햇살이 방 안에 가득 퍼졌다. 유모는 슬픔에 잠긴 채 몸을 돌려 로사가 죽은 채 침대 위에 누워 있는 것을 보았지만 조금도 놀라지 않았다. 푸르디푸른 초록빛 머리칼과 아이보리 색 피부를 하고 벌꿀 같은 황금빛 두 눈을 뜬 로사는 평소보다 더 아름다운 모습이었다. 어린 클라라가 침대 발치에서 언니를 바라보고 있었다. 유모는 침대 곁에 무릎을 꿇고 앉아 로사의 손을 붙잡고 기도를 올리기 시작했다. 길 잃은 배가 요란스럽게 고동을 울려대는 것 같은 끔찍한 소리가 온 집 안을 뒤흔들 때까지 유모는 계속 기도만 드렸다. 사람들은 그때 처음이자 마지막으로 바라바스의 울음소리를 들었다. 좌초당한 듯 처절하게 울부짖는 소리에 달려 나온 이웃 사람들과 집안 식구들의 신경이 너덜너덜 해어질 때까지 그날 온종일 바라바스는 로사의 죽음을 슬퍼하며 울부짖었다.

　로사의 시신을 보고 나서, 쿠에바스 박사는 로사가 죽은 것이 흔한 열병 때문이 아니라 훨씬 더 심각한 사인에서 연유했음을 한눈에 알아보았다. 그는 집 안을 샅샅이 뒤지기 시작했다. 그릇 안에 손을 집어넣어 보기도 하고, 밀가루 자루와 설탕 봉투를 뜯어보기도 하고, 말린 과일 상자의 뚜껑을 열어보기도 했다. 박사가 지나간 자리는 폭풍이 휩쓸고 지나간 듯 모두 난장판이 되었다. 박사는 로사의 서랍을 남김없이 뒤지고, 하인들도 일일이 대질 심문했다. 그러고는 유모가 정신을 쏙 빼놓을 때까지 물어보고 또 물어본 끝에 마침내 로사의 죽음이 토속주 병에서 비롯되었음을 알고는 당장 조사에 임했다. 박사는 자기가 의심쩍게 생각하는 점을 일절 발설하지 않았지만, 술병은 실험실로 가지고 갔다. 세 시간 후 그가 돌아왔을 때는 발그스레 혈색 좋던 얼굴이 공포에 질려 창백하게 변해서, 그 끔찍스러운 사건이 일단락될 때까지 계속 하얗게 질려 있었다. 박사는 세베로에게 다가가 그의 팔을 잡더니 한쪽 구석으로 끌고 갔다.

　"저 술 안에는 황소 한 마리도 때려잡을 만한 독이 들어 있습니다."

　쿠에바스 박사가 세베로를 붙잡고 다짜고짜로 얘기했다.

　"하지만 정말 그 독 때문에 로사가 죽었는지는 시체 부검을 해봐야 알겠습니다."

　"저 애 몸을 가르겠다는 말씀입니까?"

세베로가 신음을 토해 냈다.

"전신은 아닙니다. 머리는 손댈 필요가 없습니다. 소화 기관만 열어볼 겁니다."

박사가 설명했다.

세베로는 무력감에 빠지면서 갑자기 들이닥친 피곤을 주체할 수가 없었다.

그 시간 니베아는 울다가 지쳐서 완전히 탈진했지만 의사와 남편이 딸을 시체 검시소로 데려가려 한다는 것을 알고는 순식간에 기운을 되찾았다. 그러고는 그들이 로사를 집에서 곧장 가톨릭 묘지로 옮기겠다고 맹세한 다음에야 가까스로 진정했다. 그때서야 니베아는 박사가 준 약을 먹고는 스무 시간 동안 잠을 잤다.

저녁이 되자 세베로는 준비 작업에 들어갔다. 그는 아이들을 잠자리에 들게 했으며, 하인들에게는 일찌감치 물러가 쉬도록 명했다. 그 일로 클라라가 큰 충격을 받았기 때문에 세베로는 그날 밤 클라라를 다른 언니의 방에 가서 자도록 했다. 모든 불빛이 꺼지고 집 안이 고요해졌을 때 쿠에바스 박사의 조수가 도착했다. 비쩍 여위고 근시인 데다 말까지 더듬는 젊은이였다. 박사와 조수는 세베로를 도와 로사의 시신을 부엌으로 옮겨 가 유모가 빵을 반죽하고 채소를 다질 때 사용하는 대리석 위에 조심스럽게 내려놓았다.

세베로는 강한 사람이었지만, 딸의 잠옷이 벗겨져 인어와도 같은 아름다운 몸매가 드러났을 때에는 더 이상 그 자리에 있을 수가 없었다. 세베로는 슬픔에 겨워 비틀거리며 그곳을 빠져나가더니 응접실 바닥에 털썩 주저앉아 어린아이처럼 흐느꼈다. 로사가 이 세상에 태어나는 것을 지켜보았고, 그녀를 자기 손바닥처럼 훤히 알고 있는 쿠에바스 박사조차도 로사의 벌거벗은 몸을 보고는 놀라서 주춤했다. 젊은 조수도 완전히 압도당해 숨을 헐떡이기 시작했으며, 그 이후에도 부엌 탁자 위에 벌거벗은 채 잠들어 있는 황홀한 로사의 모습이 떠오를 때마다 계속 헐떡거렸다.

그들이 그 끔찍한 작업을 진행하는 동안, 유모는 흐느끼며 기도하다가 지쳐 쓰러져 있었다. 그러다가 뭔가 꺼림칙한 일이 자기 구역에서 벌어지고 있다는 느낌이 들자, 어깨에 숄을 두르고 나와 부엌으로 향했다. 부엌에는 불이 켜져 있었지만 부엌문과 창문의 덧문까지 모두 꼭꼭 닫혀 있었다. 유모는 얼어붙은 것처럼 고요한 복도를 통해 중앙 건물 세 채를 지나 응접실에 도착했다. 열려 있는 문을 통해 유모는 외로운 모습으로 혼자 서성거리고 있는 주인의 모습을 볼 수 있었다. 벽난로의 불은 꺼져 있었다. 유모가 응접실 안으로 들어섰다.

"로사는 어디 있나요?"

유모가 물었다.

"쿠에바스 박사와 함께 있소, 유모. 제발 여기서 나랑 같이 있어주시오. 나하고 한잔합시다."

세베로가 간곡히 청했다.

유모는 양손으로 숄을 잡아 가슴에 얹은 채 팔짱을 낀 자세로 가만히 서 있었다. 세베로가 소파를 가리키자 유모가 수줍게 다가가 주인 곁에 앉았다. 유모가 그 집에 머문

이후 주인과 이렇게 가깝게 있어본 적은 이번이 처음이었
다. 세베로는 잔 두 개에 셰리 주를 따르고는 자기 잔을
단숨에 들이켰다. 그는 양손으로 머리를 감싸고 머리카락
을 쥐어뜯으며 뭐라 알아들을 수 없는 슬픈 비명을 토해
냈다. 유모는 의자 가장자리에 경직된 자세로 엉거주춤 걸
터앉아 있다가, 주인이 우는 모습을 보고는 긴장을 풀었
다. 유모는 거친 손을 뻗어 지난 이십 년 동안 아이들을
달랬던 것처럼 아무 생각 없이 그의 머리를 다정스럽게 쓰
다듬었다. 그가 고개를 들어 유모를 바라보았다. 나이를
가늠할 수 없는 얼굴과 인디오 혈통을 보여주는 광대뼈,
쪽 진 검은 머리. 자기 자식들을 올려 앉히고서 트림을 시
키고 얼러서 잠재웠던 넓적한 무릎을 보면서 세베로는 대
지처럼 넉넉하고 따뜻한 이 여자에게서 위로를 얻을 수 있
을 것 같았다. 그는 유모의 치마폭에 얼굴을 파묻고 풀 먹
인 앞치마의 정겨운 냄새를 들이마시다가 마침내 어린 소
년처럼 울음을 터뜨리고 말았다. 그러고는 남자로서 평생
참아왔던 눈물을 한꺼번에 다 쏟아냈다. 유모는 세베로의
등을 부드럽게 쓸어내리면서 아이들을 잠재울 때 흥얼거리
던 뜻 모를 소리를 중얼거리고, 농부들이 부르는 민요를
나지막하게 부르면서 그의 마음을 진정시켰다. 유모와 세
베로는 나란히 앉아서 술을 홀짝홀짝 마시다 이따금씩 울
기도 하면서, 로사가 바다 속 인어처럼 황홀하게 아름다운
모습으로 나비들을 놀래키며 정원에서 깡충깡충 뛰어놀던
행복한 시절을 회상했다.
부엌에서는 쿠에바스 박사와 조수가 섬뜩한 도구와 고약

한 악취가 풍기는 약병들을 준비하고 고무 앞치마를 두른 다음, 소매를 걷어붙이고서 로사의 사체를 부검하기 시작했다. 마침내 로사가 엄청난 양의 쥐약을 삼킨 사실이 밝혀졌다.

"이건 세베로를 암살하려던 거였어."

쿠에바스 박사는 개수대에서 손을 씻으면서 이렇게 결론을 지었다.

죽은 여인의 아름다움에 완전히 압도된 조수는 그녀를 자루 꿰매 놓듯이 대충 꿰맬 수 없다며 좀 더 손을 보자고 제안했다. 그래서 두 사람은 부패를 막기 위해 고약을 바르고 박제사들이 쓰는 약품으로 시신의 몸속을 채워 넣었다. 두 사람은 새벽 4시까지 그 일에 매달렸다. 4시가 되자 쿠에바스 박사가 피곤과 슬픔에 지쳐 먼저 나가고, 부엌에는 조수만이 남아 로사를 돌보았다. 조수는 스펀지로 로사의 몸에 남은 핏자국을 닦아내고, 목구멍에서부터 성기까지 가른 자국을 감추기 위해 수놓인 잠옷을 도로 입힌 후 머리카락도 매만졌다. 그리고 나서는 부검 후의 나머지 뒤처리까지 깨끗이 마쳤다.

쿠에바스 박사가 응접실로 나와 보니 세베로와 유모는 눈물과 셰리 주에 취해 몽롱한 상태였다.

"다 끝났습니다. 로사의 엄마가 봐도 상관없을 정도로 손도 봐놨습니다."

박사가 말했다.

박사는 세베로에게 자신의 의심이 괜한 기우가 아니었으며, 로사의 뱃속에서 선물로 받은 술병에서 나온 것과 똑같은 치명적인 성분이 나왔다고 말했다. 그제야 세베로는 클라라의 예언을 떠올리고서, 그나마 남아 있던 침착함까지도 모두 잃어버렸다. 세베로는 딸이 자기 때문에 죽었다는 사실을 받아들일 수가 없었다. 그는 바닥에 풀썩 주저앉아, 야망과 허세 때문에 이런 불상사가 일어났다며 자신을 원망했다. 자기에게 정치하라고 권한 사람도 없었는데 괜히 욕심을 부려서 이렇게 되었다며, 그냥 평범한 변호사이자 한 가족의 가장으로서 살았을 때가 훨씬 더 행복했다며 탄식했다. 이제 당장 그 빌어먹을 의원 후보 자격을 포기하고 자유당이나 모든 공적인 활동으로부터 물러날 것이며, 정치란 백정이나 산적이 하는 짓으로 자식들 중에는 그 누구도 정치판에 휩쓸리지 않기를 바란다며 흐느꼈다. 결국 보다 못한 쿠에바스 박사는 세베로에게 술을 잔뜩 먹여 완전히 취해 버리게 해주었다. 그나마 셰리 주가 그의 고통과 죄의식을 가라앉혀 주었다. 유모와 의사는 세베로를 질질 끌다시피 해서 2층의 침실로 데려간 다음, 옷을 벗겨 침대에 눕혔다. 그리고 그들은 조수가 로사에게 마지막 손질을 하고 있는 부엌으로 향했다.

니베아와 세베로는 다음 날 아침 늦게서야 일어났다. 친척들이 장례식에 걸맞게 집 안을 장식했다. 창문마다 내려진 커튼에는 검은 상장이 달려 있었다. 그리고 복도를 따라 화환들이 나란히 정렬되어 있어 집 안에 달콤한 꽃향기가 가득했다. 장례 예배소는 식당에 차려졌다. 금술이 달린 검은색 천으로 덮인 커다란 테이블 위에, 은 리벳이 달린 로사의 흰 관이 놓여 있었다. 청동 촛대에 꽂힌 열두 개의 촛불이 로사를 희미하게 비추었다. 로사는 결혼식 날 입으려고 준비해 두었던 웨딩드레스와 밀랍으로 만든 오렌지 꽃 화관을 쓰고 있었다.

12시가 되자 친척들과 친구들, 지인들이 델 바예 가족에게 조의를 표하기 위해 행렬을 이루며 모여들기 시작했다. 심지어는 정적들까지도 그의 집에 모습을 나타냈다. 세베로 델 바예는 암살자의 정체를 밝혀낼 수 있으리라는 기대에 한 명도 빼놓지 않고 심문하듯 뚫어져라 살펴보았지만, 그들에게서 볼 수 있는 것이라곤——심지어 보수당 당수에게서도——결백과 슬픔뿐이었다.

조문객들은 응접실과 복도를 서성거리며 나지막한 소리로 사업 이야기를 나누었다. 그러다가 집안 식구들 중 누군가가 다가오면 점잖게 침묵을 지켰다. 식당에 들어가 로사에게 마지막 작별 인사를 할 시간이 다가왔을 때, 그곳에 있던 사람들 모두가 온몸에 전율을 느꼈다. 로사의 미모는 죽음을 거치며 한층 더 빛을 발했던 것이다. 부인들은 의자가 둥글게 배치된 응접실로 자리를 옮겼다. 그곳에서 여자들은 마음 놓고 울 수 있었으며, 남의 죽음을 애도하면서 자신의 묵은 슬픔까지도 덜어낼 수 있었다. 많은 사람들이 서글피 울긴 했지만 점잖게 소리 죽여 울었다. 몇몇 여자들은 나지막하게 중얼거리며 기도문을 외우기도 했다. 하녀들이 응접실과 복도를 오가며 차와 코냑, 여자들을 위해 마련한 손수건, 그리고 집에서 만든 다과를 건네주었다. 닫힌 공간에서 나는 짙은 촛불 향과 자기 감정을 못 이겨 현기증을 일으키는 여자들에게는 암모니아수를 적신 차가운 물수건도 나눠주었다.

아직 어린아이인 클라라를 제외한 델 바예 가문의 자매들은 모두 머리끝에서 발끝까지 검은 상복을 입고서, 까마귀 떼처럼 엄마 곁에 앉아 있었다. 마지막 남은 눈물 한 방울까지 모두 쏟아낸 니베아는 한숨도 쉬지 않고, 한 마디 말도 없이 의자에 꼿꼿이 앉아 있었다. 그녀는 암모니아에 알레르기가 있어서 물수건도 사용할 수가 없었다. 조문객마다 니베아에게 들러서 애도를 표했다. 니베아의 양 볼에 키스를 하는 사람도 있었고, 몇 초 동안 그녀를 가만히 껴안는 사람도 있었다. 그렇지만 니베아는 제일 친한 친구들조차 알아보지 못하는 것 같았다. 니베아는 태어나자마자 죽었거나 갓난아기 때 죽은 자식도 여럿 있었지만, 지금과 같은 상실감은 한번도 느껴본 적이 없었다.

클라라를 제외한 로사의 형제들은 한 명씩 차례로 로사의 차디찬 이마에 키스하며 작별 인사를 나누었다. 클라라는 식당 근처에 얼씬도 하려 하지 않았다. 그렇지만 식구들은 클라라가 지극히 예민한 데다 일단 상상력이 한번 발동했다 하면 몽유병 환자처럼 돌아다닌다는 것을 잘 알고 있었기 때문에 클라라에게 강요하지는 않았다. 클라라는 정원에서 바라바스의 곁에 웅크린 채 혼자 있었다. 먹는 것도 거부하고, 장례식에도 참석하려 하지 않았다. 유모만이 클라라를 신경 쓰고 위로해 주려 했지만, 클라라는 그런 유모마저 밀쳐냈다.

세베로가 무성히 나도는 소문들을 잠재우기 위해 여러 조치를 취하기는 했지만, 결국 로사의 죽음은 공공연한 스캔들이 되었다. 쿠에바스 박사는 사람들을 만날 때마다 로사는 급성 폐렴으로 사망한 거라고 최대한 논리적으로 해명하려 했지만 로사가 실수로 아버지 대신에 독살되었다는 소문이 순식간에 퍼져 나갔다.

당시 그 나라에는 정치적 암살이란 없었으며, 이유 여하를 막론하고 독살은 천하디천한 매춘부나 사용하는 치졸한 방법이었다. 심지어 치정에 얽힌 범죄도 서로 얼굴을 맞대고 해결했기 때문에 독살은 식민지 시대 이후로는 쓰이지 않던 방법이었다. 그 사건으로 항의의 목소리가 높아지더니 세베로가 어떻게 손쓰기도 전에 야당의 회보에 기사화되어 실리기까지 했다. 소수 집권 계급을 은근히 범인으로 몰면서, 세베로 델 바예가 자신의 사회적 계급에도 불구하고 진보주의자들과 함께했기 때문에 보수주의자들이 그런 짓까지 서슴지 않았다는 내용이었다.

경찰은 술병과 관련된 단서를 추적하려 애썼지만, 알아낸 거라고는 그 병의 출처가 메추리로 속을 채운 구운 통돼지의 출처와 일치하지 않으며, 남부 유권자들과는 아무 상관도 없다는 것이 고작이었다. 문제의 그 술병은 통돼지 구이가 배달되었던 바로 그날 같은 시각에 델 바예 저택의 부엌 뒷문에서 우연히 발견되었다. 요리사는 그 술병도 같이 딸려온 선물이거니 생각했던 것이다. 경찰의 열성적인 노력도, 세베로가 직접 고용한 사립 탐정의 수사도 암살자의 정체를 밝혀내지는 못하였고, 결국에는 유예된 복수의 그림자가 다음 몇 세대에 걸쳐 계속 드리워지게 되었다. 이 사건은 델 바예 가문의 운명을 결정짓는 파란만장하고 잔인한 수많은 사건들의 서막이었다.

　나는 지금도 그날을 또렷하게 기억하고 있다. 그날은 가슴 벅차도록 행복한 날이었다. 온갖 고생과 외로움을 무릅쓰고 실낱같은 희망으로 근근이 버티었던 그 시절, 그토록 열망하고 간절히 바랐던 부(富)를 거머쥘 수 있는 두텁고 근사한 새로운 광맥 층을 마침내 발견한 것이다. 육 개월 내에 결혼식을 올릴 수 있을 정도로 충분히 돈을 벌 수 있으며, 일 년 안에 스스로를 부자라 생각하게 되리라고 확신했다. 나는 무척 운이 좋은 편이었다. 광산에서는 한몫 잡는 사람보다 그나마 갖고 있던 얼마 안 되는 밑천까지 모두 날려버리는 사람이 더 많았다. 그날 오후에 나는 바로 그런 내용을 로사에게 편지로 쓰고, 얘기하고 있었다. 너무나도 흥분하고 감정이 격앙된 나머지 낡은 타자기를 두드리는 손가락이 꼬여, 단어들이 서로 엉키고 뒤죽박죽이 되었다. 한참 편지를 쓰느라 정신이 없는 와중에 들려온 노크 소리는 내 흥분과 감격을 영원히 두 동강 내버렸다. 노새 두어 필을 끌고 온 마부였는데, 그가 로사의 죽음을 알리는 페룰라 누나의 전보를 마을에서부터 가져온 것이다.

　나는 그 종이쪽지를 세 번이나 읽고 나서야 내게 밀어닥친 슬픔의 실체가 얼마나 어마어마한 것인지 비로소 깨달았다. 나는 로사가 죽을 수도 있다는 생각은 단 한 번도 해본 적이 없었다. 로사가 나를 기다리다가 지쳐서 다른 사람과 결혼한다거나, 내게 한몫 단단히 챙겨줄 그 빌어먹을 광맥을 영영 발견할 수 없게 된다거나, 광산이 무너져 내려 바퀴벌레처럼 깔려 죽을지도 모른다는 생각을 하면서 나는 무척 괴로워했었다. 언제나 최악의 시나리오를 염두에 두는 나의 유별난 비관주의에도 불구하고, 일어날 수 있는 상황이란 상황에 대해서는 모두 생각해 보았지만, 그래도 로사의 죽음에 대해서는 한번도 생각해 본 적이 없었다. 로사가 없는 삶은 더 이상 아무런 의미도 없게 느껴졌다. 마치 바람 빠진 풍선처럼 맥이 탁 풀렸고, 흥분도 순식간에 사그라들었다. 나는 창밖의 황무지를 바라보면서 그냥 멍하니 의자에 앉아 있었다. 조금씩 제정신이 돌아올 때까지 한참을 그렇게 있었다. 그러고 나서 보인 첫 번째 반응은 분노 그 자체였다. 손마디에서 피가 흘러나올 때까지 허술한 나무판자 벽을 정신없이 치고 때리고, 로사의 편지와 그림, 로사에게 보냈던 편지 사본들까지 모두 갈기갈기 찢어버렸다. 그러고는 옷과 서류, 금이 담긴 두꺼운 천 주머니를 여행 가방에 서둘러 집어넣고, 인부들에게 지불할 일당과 창고 열쇠를 맡기기 위해 십장을 찾아갔다.

마부가 나를 기차가 있는 곳까지 데려다 주겠다며 나섰다. 짙은 안개를 막아줄 유일한 방패로 카스티야 산(産) 담요를 둘러쓰고 노새의 등에 올라탄 채, 우리는 밤새 길을 가야만 했다. 끝없이 광활하게 펼쳐진 황무지 그 어디에도 표지판 하나 없었기 때문에 우리의 발걸음은 더디었다. 제대로 목적지에 도착하기 위해 의지할 것이라곤 안내자인 마부의 본능 하나밖에 없었다. 그날 밤은 청명했고 밤하늘에는 별들이 총총 떠 있었다. 뼛속까지 파고드는 추위가 영혼 속으로 스며드는 것 같았으며, 손도 모두 오그라들었다. 나는 로사를 생각하면서, 그녀의 죽음이 사실이 아니기를 간절히 기원했고, 모두 단순한 착각이게 해달라고 필사적으로 하늘에 빌었다. 또한 그녀가 내 사랑의 힘으로 되살아나 나사로처럼 무덤에서 일어나게 해달라고 빌고 또 빌었다. 나는 얼음장처럼 차가운 밤에 파묻혀, 내 슬픔에 파묻혀 마음속으로 울면서 갔다. 너무도 더디게 발걸음을 옮기는 노새를 저주하고, 비보를 전해 준 페룰라 누나를 저주하고, 죽은 로사를 저주하고, 그녀를 죽게 내버려 둔 신을 저주하면서 길을 재촉했다. 그러다 보니 어느새 지평선 너머가 서서히 밝아오면서 별들이 조금씩 사라지고, 새벽의 첫 여명으로 그곳 풍경이 붉은색과 오렌지색으로 발그스름하게 물들었다. 날이 밝으면서 나도 어느 정도 이성을 되찾았다. 나는 모든 것을 체념하고 내 불행을 받아들이기 시작했다. 로사가 되살아날 수 있는 것도 아니었으니까. 그녀를 묻기 전에 마지막으로 한 번만이라도 볼 수 있도록 그저 제때에 도착하기만을 바랐다. 발걸음을 재촉해, 한 시간 후에는 협궤 열차가 통과하는 조그마한 기차역에서 마부와 작별 인사를 나누었다. 이 년이란 세월을 보냈던 황무지와 문명 세계를 연결해 주는 협궤 열차에 드디어 올라탔다.

나는 배고픔도, 갈증도 잊은 채 쉬지 않고 서른 시간 이상을 여행한 끝에 간신히 장례식 전에 델 바예 저택에 도착할 수 있었다. 사람들은 내가 모자도 쓰지 않고, 온몸에 먼지를 뒤집어쓴 채 지저분하고 덥수룩하게 수염이 난 모습으로, 조급하면서도 화가 잔뜩 난 얼굴로 내 신부를 큰 소리로 부르며 찾았다고 했다. 내가 안뜰로 들어서자 클라라가 나를 맞으러 나와 내 손을 잡고 말없이 식당 쪽으로 안내했다. 그때 클라라는 깡마르고 못생긴 어린아이에 불과했다. 그곳에서 하얀 관 속에, 하얀 천의 하얀 주름들 사이로 로사가 누워 있었다. 죽은 지 사흘이나 지났는데도 여전히 변함없는 모습으로, 아니 내가 기억하는 로사보다 천 배는 더 아름다운 모습으로 누워 있었다. 로사는 죽어서 자신의 원래 모습인 인어로 되돌아간 것이다.

"빌어먹을! 내 손에서 빠져나가다니!"

사람들 말로는 내가 로사 곁에 무릎을 꿇고 주저앉아 그렇게 소리를 지르자 친지들이 눈살을 찌푸렸다고 한다. 기필코 로사를 결혼식장으로 데려가겠다는 목표 하나로 이 년 동안 땅만 파왔는데, 한순간에 죽음에게 그녀를 빼앗긴 데서 오는 그 좌절감을 이해할 사람은 아무도 없었던 것이다.

잠시 후에 마차가 도착했다. 깃털로 장식한 말 여섯 필이 끌고 제복을 입은 마부도 두 명이나 딸린, 엄청나게 크고 번쩍거리는 검은색 마차로 그 당시 많이 사용되던 것이었다. 늦은 오후쯤 해서 마차가 보슬비를 맞으며 집을 떠났고, 가족과 친구들, 화관들을 실은 마차의 행렬이 그 뒤를 이었다. 그 당시에 장례식은 남자들만의 영역으로 간주되었기 때문에 여자와 아이는 장례식에 참가하지 않는 것이 관례였지만, 클라라가 로사 언니가 가는 마지막 길을 동행하기 위해 막판에 용케 그 행렬에 끼어들었다. 장갑

긴 조그만 손이 내 손을 꼭 붙잡았다. 클라라는 장지에 도착할 때까지 내 곁에 있었다. 내 영혼 속에 알 수 없는 연민을 불러일으키는, 아무 말 없는 작은 그림자와도 같았다. 그때에는 클라라가 이틀 동안 말하지 않고 지냈다는 것을 알지 못했다. 클라라의 가족들도 사흘이 더 지난 다음에야 클라라가 말을 하지 않는다는 것을 알고는 깜짝 놀랐다.

세베로 델 바예와 그의 장성한 아들들은 직접 은 리벳이 박힌 로사의 흰 관을 어깨에 메고, 가족 묘지의 묘 구덩이에 관을 내려놓았다. 점잖게 추도하는 이 나라의 애도 규범에 따라 그들은 검은 상복을 입은 채 입을 다물고 눈물도 흘리지 않았다. 묘지의 철창이 닫히고 가족과 친구들과 묘지기들이 물러가고 난 뒤, 바라바스의 왕성한 먹성에서도 용케 살아남아 로사와 함께 실려 온 화환들 사이로 나만 홀로 남게 되었다. 페룰라 누나의 저주가 실현되어 쭈그러들기 전인 그때 나는 키가 크고 야위었기 때문에 재킷 밑자락이 바람에 나풀거리는 모습이 시커먼 겨울새처럼 보였을 것이다. 하늘은 잔뜩 흐렸고 큰비가 올 것 같았다. 추웠을 테지만 나는 분노에 휩싸여 추위도 느끼지 못했다.

나는 작고 네모난 대리석에서 눈을 뗄 수가 없었다. 거기에는 아름다운 로사의 이름과 그녀가 이 세상에 머물다 간 짧은 기간이 길쭉한 고딕체로 새겨져 있었다. 로사를 위해 일하고, 로사에게 편지 쓰고, 로사를 갈망하며, 로사를 꿈꾸어 왔던 지난 이 년이 허송세월한 셈이 되었다는 생각이 들었다. 게다가 나중에 그녀 곁에 나란히 묻힐 수 있으리라는 위안조차 얻지 못할 거라는 사실을 깨달았다. 나는 앞으로 더 살아야 할 세월에 대해 생각해 보고는, 로사가 없다면 살 가치가 없다는 결론을 내렸다. 우주 전체를 다 뒤진다 해도 초록색 머리카락을 지닌, 인어처럼 아름다운 여자는 로사 이외에는 아무도 없을 것 같았다. 만일 누군가 그때 내가 아흔 살 넘게 살 거라고 얘기해 주었다면 아마 그 자리에서 방아쇠를 당겼을 것이다.

나는 묘지 관리인이 뒤에서부터 다가오는 발소리를 듣지 못했다. 그래서 그가 내 어깨를 잡았을 때 깜짝 놀랐다.

"어디 감히 내 몸에 손을 대!"

내가 크게 호통 쳤다.

그 가엾은 사람이 흠칫 놀라서 뒤로 물러섰다. 죽은 자를 위해 바쳐진 꽃들 위로 빗방울이 서글프게 떨어졌다.

"죄송합니다. 나리. 6시가 되어서 문을 닫아야 합니다."

그가 그렇게 말했던 걸로 생각된다.

묘지 관리인은 해가 진 뒤에는 규정상 관계자를 제외하고는 아무도 머물 수 없다고 설명하려 했지만, 나는 그의 말이 끝날 때까지 기다리지 않았다. 그에게 지폐 몇 장을 쥐어주고는 나를 가만히 내버려 두고 가라며 그를 밀쳐냈다. 그가 어깨 너머로 나를 흠칫흠칫 돌아보며 멀어져갔다. 그는 아마도 나를 가끔 묘지 주변을 서성거리는 시간증(屍姦症) 환자쯤으로 여겼을 것이다.

기나긴 밤이었다. 어쩌면 내 평생 가장 긴 밤이었을지도 모른다. 그날 밤 나는 로사의 무덤 곁에 앉아, 그녀와 이야기를 나누며 그녀의 저승길을 함께했다. 그때가 이승에서 발을 떼기가 가장 힘든 순간으로, 적어도 누군가의 가슴에 뭔가를 심어놓았다는 위안을 갖고 떠날 수 있도록 남아 있는 사람들의 애정이 그 어느 때보다 절실했을 것이다.

나는 로사의 완벽한 얼굴을 떠올리며 내 불운을 저주했다. 광산 구덩이에 처박혀 로사만을 꿈꾸며 그 오랜 세월을 허비했다며 로사를 원망했다. 그렇지만 그 기간에 몸매나 얼굴이 뛰어나다기보다는 돈 벌겠다는 의지 하나로 광산촌 전체를 상대로 하는 닳고 닳은 늙은 창녀들 이외의 다른 여자는 거들떠보지도 않았다는 얘기는 하지 않았다. 그냥, 법이라고는 모르는 거칠고 우악스러운 남자들 틈새에서 싸구려 콩 요리나 먹고, 구정물을 마시면서 문명과는 동떨어진 곳에서 밤낮으로 오로지 그녀만을 생각하며, 그녀의 모습을 내 영혼 속에 깃발처럼 고이 간직하며 살았다는 얘기만 했다. 그 깃발 덕분에 나는 막장에서 길을 잃어도, 일 년 내내 배앓이를 해도, 밤에는 추워서 얼어붙고 낮에는 더워서 헛것이 보여도 계속해서 산을 파헤칠 힘이 솟구쳤다고 얘기했다. 그녀와 결혼하겠다는 단 하나의 일념으로 그 모든 고생을 마다하지 않았는데, 그녀가 그 꿈을 이루기도 전에 나를 배신하고 절대 치유할 수 없는 절망 속으로 나를 밀어넣고 내 곁을 떠났다며 원망했다. 나는 로사가 나를 갖고 놀았다고 얘기했다. 그리고 우리는 단둘만 있어본 적도 없고, 키스도 단 한 번밖에 해보지 못했다며 따졌다.

나는 로사에 대한 추억과 채울 수 없는 간절한 욕망으로 내 사랑을 꾸려 나가야 했다. 이 뜨거운 열정과 로사가 미치도록 보고 싶은 이 마음은 한참 시간이 걸려 도착하는 빛바랜 편지들로는 도저히 채워지지가 않았다. 나는 편지 쓰는 일에는 소질이 없을뿐더러, 내 감정을 글로 표현할 자신은 더더욱 없었다. 나는 로사에게 광산에서 보낸 세월은 어떻게 해도 돌이킬 수 없는 엄청난 시간 낭비였다고 말했다. 만에 하나 그녀가 이 세상에 오래 머물지 못할 거라는 사실을 미리 알았더라면 산호나 진주, 자개와 같은 해저 보물로 아름다운 궁전을 짓고 그녀와 결혼하는 데 필요한 돈을 훔쳤을 거라고 말했다. 로사를 납치해서 그 궁전에 두고는 나 혼자만 드나들 수 있도록 했을 거라고 했다. 그녀가 나와 함께 있었더라면 그녀의 아버지를 죽이려 했던 독약을 마시지도 않았을 테고, 그러면 천년만년 함께 살면서 그녀만을 영원히 사랑했을 거라고 했다. 나는 나중에 두고두고 해주려 했던 애정 표현과 깜짝 놀래키며 주려고 했던 선물들, 그리고 내가 어떻게 그녀를 사랑하고 행복하게 해주려 했는지에 대해서 얘기했다. 즉 로사가 내 말을 들을 수 있었다면 절대 하지 않았을 별의별 소리를 다 했다. 그리고 그 이후에도 나는 어느 여자한테도 그런 말은 해본 적이 없었다.

그날 밤 나는 이제 다시는 사랑할 수 없을 거라고 믿었다. 이젠 절대 웃지도 못하고, 환상도 좇지 못할 거라고 믿었다. 그렇지만 절대라는 말은 있을 수 없으며, 시간이 흐르면 모든 아픔은 낫게 마련이다. 나는 기나긴 인생을 살아오면서 그 사실을 몸소 확인할 수 있었다.

분노가 내 몸속에서 암세포처럼 마구 뻗어 나가 내 인생에서 가장 행복한 순간을 모두 망가뜨려 놓았다. 그 순간 나는 분노에 눈이 멀어 부드럽거나 자비로울 수가 없었다. 그렇지만 그날 밤 가장 강력하게 느낀 감정은 그런 분노나 혼란이 아니라 좌절된 욕망이었다. 내 손길로 로사의 몸을 애무하고, 은밀한 곳을 정복하고, 샘물과도 같은 그녀의 초록빛 머리카락을 풀어헤친 뒤 그녀 속으로 풍덩 빠지고 싶은 그 간절한 욕망을 이젠 절대 이룰 수 없었다. 나는 절망적으로 그녀의 마지막 모습을 떠올려보았다. 레몬 꽃 화관을 머리에 쓰고 손에 묵주를 든 신부의 모습으로 하얀 관 속에 하얀 주름 사이에 누워 있는 그녀의 모습을 떠올려보았다. 나는 오랜 세월이 흐른 후, 아주 짧은 순간이기는 하지만 오렌지 꽃을 꽂고 묵주를 든 그때의 모습 그대로 로사를 다시 보게 되리라고는 생각도 하지 못했다.

새벽이 밝아오자 묘지 관리인이 다시 나타났다. 그는 묘지 주변을 떠도는 창백한 혼령들과 함께 밤을 지새운, 반쯤 얼어붙은 정신병자가 불쌍해 보였는지 자기 수통을 나에게 건네주었다.

"따뜻한 차예요. 조금 들어보세요, 나리."

그가 나에게 권했다.

그렇지만 나는 한 손으로 거칠게 밀쳐낸 후, 욕을 퍼부으며 그곳을 나왔다. 나란히 늘어선 무덤들과 삼나무들 사이를 분노에 가득 찬 발걸음으로 성큼성큼 걸어 나왔다.

쿠에바스 박사와 그의 조수가 로사의 사인을 밝히기 위해 부엌에서 로사의 시신을 해부하던 날 밤, 클라라는 어둠 속에서 몸을 떨면서 눈을 동그랗게 뜬 채 침대에 누워 있었다. 클라라는 자기가 죽음의 예언을 발설했기 때문에 로사가 죽었을 거라는 끔찍한 생각을 하며 겁에 질려 있었다. 클라라는 자신이 영적 능력으로 식탁 위의 소금 그릇을 움직일 수 있는 것과 마찬가지로, 죽음이나 지진과 같은 그보다 훨씬 더 큰 재난도 초래할 수 있다고 믿었다. 그녀는 사건을 불러일으키는 게 아니라, 다만 미리 볼 수 있는 것뿐이라고 엄마가 설명해 주었지만 아무 소용이 없었다. 클라라는 착잡한 심정으로 죄책감에 시달리다가, 로사와 같이 있으면 훨씬 나을 거라는 생각이 들었다. 그래서 잠옷 차림으로 일어나 맨발로 큰언니인 로사와 함께 쓰던 침실로 갔지만, 큰언니는 마지막으로 봤던 그 침대에 없었다. 클라라는 로사를 찾아 밖으로 나갔다. 집 안은 어둡고 고요했다.

엄마는 쿠에바스 박사가 준 약을 먹고 잠들어 있었으며, 언니들과 오빠들, 하인들은 모두 자기들 방에 있었다. 클라라는 겁에 질려 얼어붙은 몸으로 벽을 따라 살그머니 거실을 지나갔다. 묵직한 가구들과 무겁게 내려져 있는 커튼, 벽에 걸린 액자들, 어두운 바탕에 꽃무늬가 그려진 벽지, 천장에 매달려 흔들거리는 등, 대리석 기둥 위에 올려져 있는 화분들 모두가 섬뜩하기만 했다. 응접실 문 밑으로 새어 나오는 불빛을 보고 들어가려다가 혹시 아빠와 마주치게 되면 다시 침대로 돌려 보내질까 봐 두려웠다. 그래서 유모의 품 안에 안겨 위안을 얻을 마음으로 부엌 쪽으로 향했다. 클라라는 가장 큰 안뜰을 가로질러, 동백나무와 나지막한 오렌지나무들 사이를 지나 그 집의 두 번째 건물의 거실을 통과했다. 바깥쪽으로 연결된 캄캄한 복도에는 희미한 가스등이 켜져 있었다. 지진이 일어날 때 재빨리 피신할 수 있게 하는 동시에 박쥐나 야행성 벌레들을 쫓기 위해 그 등은 밤새 켜져 있었다. 마침내 하인들의 방과 부엌이 있는 세 번째 마당인 뒤뜰에 다다랐다. 그곳에서는 그 집 특유의 귀족적인 풍채를 일절 찾아볼 수가 없다. 대신 개집이나 닭장, 하인들의 거처가 어수선하게 널려 있었다. 가장 먼저 자동차를 구입한 사람이 세베로 델 바예임에도 불구하고 아직까지 말을 타고 다니는 니베아의 늙은 말들을 넣어두는 마구간도 그곳에 있었다. 부엌문과 덧문은 물론, 식품 저장 창고도 모두 닫혀 있었다. 클라라는 본능적으로 안에서 뭔가 이상한 일이 벌어지고 있음을 알 수 있었다. 안을 들여다보려고 했지만 코가 창문턱에도 닿지 않았다. 클라라는 나무 상자를 가져와 창문 아래에 갖다 놓고 기어 올라가, 습기와 세월로 뒤틀린 창문틀과 나무 덧문 사이의 틈새로 안을 들여다볼 수 있었다. 그제야 부엌 안이 보였다.

숱이 많은 턱수염에 배가 불룩한, 사람 좋고 다정한 아저씨인 쿠에바스 박사가 마르코스 외삼촌의 이야기책 그림에서나 나올 것 같은 시커멓고 살찐 흡혈귀로 돌변해 있었다. 쿠에바스 박사는 클라라가 세상에 태어날 때 옆에 있었고, 어릴 때 자질구레하게 앓은 병치레는 물론, 천식 때문에 발작을 일으킬 때도 돌봐주던 사람이었다. 박사는 유모가 식사를 준비하는 식탁 위로 몸을 구부리고 있었다.

그리고 박사의 옆에는 한번도 본 적이 없는 낯선 청년이 있었다. 얼굴이 달처럼 창백하게 질려 있었으며, 셔츠는 피로 얼룩져 있었고, 두 눈은 사랑에 취해 있었다. 큰언니의 하얗디하얀 다리와 맨발이 보였다. 클라라는 온몸이 떨렸다. 그런데 바로 그 순간 쿠에바스 박사가 옆으로 비키면서 로사가 대리석 식탁 위에 누워 있는 그 무시무시한 광경을 모두 목격하게 되었다. 로사의 내장들이 옆에 있는 샐러드 볼에 담겨 있었으며, 몸은 운하처럼 반으로 깊이 갈라져 있었다. 로사의 머리는 클라라가 엿보고 있는 창문 쪽으로 돌려져 있었고, 긴 초록색 머리카락은 식탁에서 피로 얼룩진 타일 바닥 위로 양치식물처럼 길게 늘어져 있었다. 두 눈은 감겨 있었다. 그렇지만 어린 클라라는 너울거리는 그림자들과 거리가 떨어져 있던 탓인지 아니면 단순한 기분 탓인지는 몰라도 언니의 얼굴에서 치욕스러워하며 애원하는 듯한 표정을 읽을 수 있었다.

클라라는 나무 상자 위에서 꼼짝도 하지 않고 끝까지 지켜보았다. 박사와 조수가 큰언니의 몸 안을 다 드러내 비운 뒤 혈관에 액체를 주입하고 향 식초와 라벤다 기름으로 몸의 안팎을 씻어낼 때까지, 자신의 몸이 얼어붙는 것도 전혀 느끼지 못하고 창문 틈새로 한참을 엿보았다. 그들이 장의사들이 쓰는 연고로 로사의 몸 안을 채우고, 이불 꿰매는 사람들이 쓰는 구부러진 바늘로 큰언니의 몸을 다 꿰맬 때까지 클라라는 그곳에 계속 있었다. 박사가 싱크대에서 손을 씻고 눈물을 닦는 동안 조수가 피와 내장을 깨끗이 치울 때까지 클라라는 그곳에 가만히 있었다. 박사가 한없이 슬픈 표정으로 검은색 양복 윗도리를 입고 나갈 때까지 클라라는 그곳에 가만히 있었다. 한번도 본 적이 없는 낯선 젊은이가 로사의 입술과 목, 가슴, 사타구니 사이에 키스하고, 스펀지로 몸을 닦고, 수놓인 잠옷을 입히고, 헐떡거리며 큰언니의 머리카락을 매만져 놓을 때까지 클라라는 그곳에 있었다. 유모와 쿠에바스 박사가 돌아와 로사 큰언니에게 흰 드레스를 입히고 결혼식 날을 위해 발엽지에 싸서 간직해 두었던 오렌지 꽃 화관을 머리에 씌울 때까지 클라라는 그곳에 있었다. 박사의 조수가 로사 큰언니를 직접 안아 들고 문지방을 넘을 때에도 클라라는 그곳에 있었다. 그는 로사가 자기 신부라도 되어 자기 집 문지방을 처음으로 건너는 것처럼 황홀하고도 감격스러운 표정이었다. 서서히 날이 밝아올 때까지도 클라라는 움직일 수가 없었다. 그제야 클라라는 자기 몸 안에 온 세상의 침묵을 느끼며 침실로 돌아왔다. 온몸이 침묵으로 가득 채워졌다. 클라라가 다시 입을 뗀 것은 구 년 뒤, 자신의 결혼을 알리기 위해서였다.

2
트레스 마리아스

옛날에는 빅토리아풍의 근사한 가구였지만 이제는 다 망가지고 고물이 된 식당 가구들 사이에 앉아 에스테반 트루에바는 페룰라 누나와 함께 매일 똑같이 반복되는 기름기 많은 수프와 금요일 저녁 때마다 똑같이 반복되는 퍽퍽한 생선 요리를 먹고 있었다. 에스테반과 페룰라는 그 시대 유급 노예의 전통에 따라 평생 그들의 시중을 들었던 하녀의 시중을 받으며 식사했다. 등이 구부정하고 이제는 거의 장님이 되었지만 아직도 힘이 넘치는 노파가 부엌과 식당을 오가며 엄청나게 큰 접시들을 자못 진지한 태도로 날랐다. 에스테르 트루에바 부인은 자녀들과 함께 식사하지 않았다. 에스테르 부인은 매일 아침마다 휠체어에 앉아 꼼짝도 않은 채 창밖의 거리 풍경을 내다보며 자기가 젊었을 때는 꽤 우아했던 지역이 점점 퇴락해 가는 모습을 지켜보왔다. 점심 식사가 끝난 뒤에는 다시 침대로 옮겨져 등받이를 한 채 반쯤 앉은 자세로 누워 지냈다. 관절염 때문에 그런 자세를 취할 수밖에 없었으며, 기적과 성자들의 삶을 다룬 책과 같은 신앙 서적 이외에는 달리 말동무 할 친구도 없었다. 그곳에서 에스테르 부인은 다음 날까지 지내야 했으며, 그 다음 날도 똑같은 일상이 되풀이되었다. 부인의 유일한 외출은 집에서 두 블록 떨어진 성 세바스티안 성당에 매주 주말 미사를 드리러 갈 때뿐으로, 그때는 페룰라와 하녀가 휠체어에 태워 교회까지 데리고 갔다.

에스테반은 잔가시가 많은 하얀 생선살을 다 발라먹고, 나이프와 포크를 접시 위에 내려놓았다. 그는 걸을 때와 마찬가지로 꼿꼿한 자세로 앉아 있었다. 걸을 때 보면 머리를 약간 뒤로 젖히고 한쪽으로 기울인 채, 근시가 있는 눈으로 곁눈질을 하며 거만과 불신이 뒤섞인 표정으로 몸을 꼿꼿하게 세우고 다녔다. 믿을 수 없을 정도로 사랑스럽고 맑은 두 눈이 아니었더라면 불쾌감을 주었을 외모였다. 이런 자세는 키가 커 보이고 싶어 하는 작고 뚱뚱한 사람에게 어울리는 것이었지만, 그는 1미터 80센티미터의 장신에다가 마른 편이었다. 날카로운 매부리코와 뾰족하게 위로 치솟은 눈썹에서부터 뒤로 빗어 넘긴 사자 갈기 같은 머리카락으로 덮인 넓은 이마에 이르기까지 그의 몸의 선들은 모두 위를 향해 수직으로 쏠려 있었다. 뼈대는 길쭉길쭉했으며, 손가락은 죄다 주걱 같았다. 그는 성큼성큼 걸음을 내딛으며 힘차고 박력 있게 움직였다. 그렇다고 그의 동작이 우아하지 않은 것도 아니었다. 무뚝뚝하고 암울한 분위기에 언짢은 표정을 자주 짓는데도 상당히 호감이 가는 얼굴이었다. 그의 성격상 특징이라면 성질이 지랄 같고 쉽게 이성을 잃어 난폭해진다는 것인데, 어릴 때부터 그러했다. 어렸을 때는 악마에 씌인 사람처럼 제 분에 못 이겨 거의 숨도 못 쉴 정도로 입에 거품을 물고 발버둥치며 바닥에서 나뒹굴었다. 얼음장같이 차가운 물을 끼얹어야 제정신이 돌아왔다. 나중에는 스스로 자제하는 법을 터득했지만 그래도 한평생 그 급한 성미는 계속 남아, 극히 사소한 자극에도 무시무시할 정도로 공격적인 태도를 취했다.

"난 광산으로 돌아가지 않을 거야."

에스테반이 말했다.

그가 식탁에서 누나와 주고받은 첫 마디였다. 단시일 내에 한몫 두둑이 잡기 위해 꾹 참고 지냈던 수도사 같은 생활이 이젠 아무런 의미가 없다는 것을 깨달으면서 어젯밤 내린 결정이었다. 광산 채굴권의 기한이 아직 이 년은 더 남아 있고, 그 기간이면 이제 막 발견한 어마어마한 광맥층을 채굴하기에 충분했지만 더 이상 황무지에 파묻혀 썩을 이유가 없었다. 십장이 금을 조금 빼돌리거나 자기만큼 제대로 일할 줄 몰라도 상관없었다. 그런 희생까지 치러가면서 부자가 되고 싶은 생각은 추호도 없었다. 돈을 벌려면 앞으로도 시간은 충분히 있었지만, 로사 없이는 지겹게 살다가 죽음이나 기다려야 하는 시간이었다.

"에스테반, 무슨 일이든지 해야 한다."

페룰라가 대답했다.

"너도 알다시피 우리야 별로, 아니 거의 돈을 쓰지 않지만 어머니 약값이 아주 비싸단다."

에스테반이 누나를 쳐다보았다. 누나는 아직도 아름다웠다. 풍만한 곡선미를 지녔으며 로마 귀부인처럼 얼굴이 동그스름했지만 창백한 복숭앗빛 살결과 수심이 가득 찬 두 눈엔 체념으로 얼룩진 우울한 모습이 담겨 있었다. 페룰라는 어머니를 돌보는 간호사 역할을 자청했다. 그녀는 에스테르 부인의 바로 옆방에 기거하면서 언제든지 달려가 어머니에게 약을 먹이고, 변기를 받쳐주고, 베개를 똑바로 놔주어야 한다는 마음가짐으로 살았다. 페룰라는 괴로움으로 몸부림치는 고통스러운 영혼을 지녔다. 그녀는 자신에게 주어진 운명이 부당하고 끔찍할지라도 묵묵히 참고 이겨내야 천당에 갈 수 있다고 믿었기 때문에 굴욕스러운 일이나 하인들이나 하는 천한 일에서 즐거움을 얻었다. 그래서 병든 어머니의 짓무른 사타구니를 닦고 몸을 씻겨주면서, 어머니에게서 풍겨 나오는 악취와 비참한 생활 속에 푹 파묻혀, 어머니의 변기 안을 들여다보는 것도 마다하지 않았다. 페룰라는 아무에게도 털어놓을 수 없는 그런 끔찍한 고통에서 기쁨을 찾는 자신이 싫었지만, 그런 즐거움의 도구가 되어준 어머니도 끔찍했다. 그녀는 아무 불평 없이 어머니의 시중을 들었지만, 어머니에게 불구가 된 대가를 교묘하게 치르게 했다. 드러내놓고 말은 하지 않았지만, 어머니와 딸 사이에는 딸이 어머니를 돌보느라 자신의 삶을 희생했고, 그로 인해 노처녀가 되었다는 피해 의식이 늘 드리워져 있었다.

페룰라는 어머니의 병을 핑계로 청혼자를 두 명이나 물리쳤다. 이런 사실을 그녀가 입 밖에 낸 적은 없었지만, 모두가 알고 있었다. 페룰라 역시 동생과 마찬가지로 성격이 뚱하고 거친 데가 있었지만, 이러한 상황과 여자라는 한계 때문에 어쩔 수 없이 자기 성질을 누르고 제동을 걸며 살아야 했다. 그녀는 너무나도 완벽하게 보인 나머지 성녀라는 명성까지 얻을 정도였다. 병든 어머니를 헌신적으로 보살필 뿐만 아니라 아버지마저 빚더미만 남겨놓은 채 돌아가신 상황에서 하나뿐인 남동생을 키웠기 때문에 페룰라는 모든 사람들의 귀감으로 인용되었다. 페룰라는 에스테반이 어렸을 때는 그를 몹시 사랑했다. 동생과 함께 자고, 목욕시키고, 함께 산책 나가고, 동생의 학비를 벌기 위해 새벽부터 땅거미가 질 때까지 삯바느질을 했다. 그리고 그녀가 버는 돈으로는 생활도 제대로 꾸려 나가기가 어려워 에스테반이 공증인 사무실에 취직했을 때에는 분노와 무력감으로 눈물을 보이기도 했다. 페룰라는 지금 어머니를 보살피는 정성으로 에스테반을 보살피고 시중을 들어주면서도, 한편으로는 동생이 죄책감을 느끼도록 보이지 않는 그물을 쳐서 동생을 옭아매었다. 에스테반이 돈으로는 갚을 수 없는 누나의 은혜에 평생 빚진 마음으로 살도록 만들었다.

어린 에스테반은 짧은 반바지를 벗으면서부터 누나에게서 멀어졌다. 에스테반은 누나가 불길한 그림자처럼 자기를 무겁게 짓누르리라는 사실을 깨달았던 바로 그 순간을 생생하게 기억했다. 그가 첫 월급을 탔을 때였다. 에스테반은 어렸을 때부터 간직해 왔던 꿈을 실현하기 위해 50센타보씩 저축하기로 결심했다. 바로 비엔나커피 한 잔을 마시기 위해서였다. 그는 프랑스 호텔 창문을 통해 웨이터들이 머리 위로 쟁반을 높이 들고 다니는 것을 보았다. 그 쟁반 위에는 보물이 놓여 있었다. 즉 거품이 가득한 생크림을 탑처럼 수북이 얹고, 윤기가 흐르는 앵두로 마무리 장식을 한 길쭉한 유리잔이 놓여 있었다. 첫 월급을 받은 날, 에스테반은 호텔 안으로 들어서기 전에 밖에서 한참을 서성거리고 망설였다. 그러다가 마침내 용기를 내서 호텔 문턱을 넘어섰다. 베레모를 벗어 손에 쥐고 샹들리에와 고급 가구가 즐비한 호화찬란한 레스토랑으로 향했다. 사람들이 죄다 자기만 쳐다보는 것 같았다. 수천 개나 되는 눈이 자기를 쳐다보며 옷이 너무 꽉 끼고, 구두는 낡았다고 생각하는 것 같았다.

에스테반은 귀가 화끈거리는 가운데 의자 끝에 걸터앉아다 기어 들어가는 목소리로 웨이터에게 주문했다. 그는 거울을 통해 사람들이 오가는 모습을 곁눈질로 보며, 그토록 바라고 꿈꿔 왔던 즐거움을 미리 만끽하면서 초조하게 기다렸다. 마침내 주문한 비엔나커피가 나왔다. 그가 상상했던 것보다 훨씬 더 멋있고 화려하고 먹음직스러웠으며, 꿀비스킷이 세 개나 곁들여 나왔다. 그는 넋을 잃고 한참 동안 가만히 바라만 보았다. 마침내 손잡이가 길쭉한 스푼을 들어 황홀한 한숨을 내쉬며 크림 속에 스푼을 넣었다. 입안 가득히 군침이 돌았다. 그는 가능한 한 그 순간이 오래 지속되길 바랐으며, 그 순간을 무한정 늘리고 싶었다. 그는 스푼을 저으면서 잔 안의 검은 액체가 어떻게 하얀 크림 거품과 섞이는지 바라보았다. 그는 스푼을 젓고, 젓고 또 저었다. 그러다 갑자기 스푼 끝이 유리잔에 탁 부딪히자 잔이 깨지면서 커피가 옷 위로 죄다 쏟아졌다. 다른 테이블에 앉은 사람들이 재미있다는 듯 지켜보는 가운데, 단 하나뿐인 양복 위로 잔의 내용물이 죄다 쏟아진 순간 에스테반은 너무나도 당혹스러웠다. 그는 낭패감에 하얗게 질려 푹신푹신한 양탄자 위로 비엔나커피 자국을 흥건히 남긴 채 커피 값으로 50센타보를 지불하고 프랑스 호텔을 나섰다. 그는 흠뻑 젖은 데다 화가 나 제정신이 아닌 상태로 집에 도착했다. 페룰라가 나중에 무슨 일이 일어났는지 알고는 그의 마음을 아프게 찌르는 말을 했다.

"어머니 약값을 네 개인적인 사치를 충족시키는 데 썼기 때문에 그런 일이 일어난 거야. 하느님이 내리신 벌이야."

바로 그때 에스테반은 누나가 어떤 식으로 자신을 지배해 왔고 또 어떻게 자기에게 죄의식을 느끼도록 했는지 확실하게 깨달았으며, 누나에게서 벗어나야겠다고 결심했다. 그가 누나의 그늘에서 점점 더 멀리 벗어날수록 페룰라도 그를 싫어하기 시작했다. 에스테반이 누리는 자유가 페룰라에게는 부당하게 보였으며, 또 자기에 대한 비난처럼 느껴져 그녀의 마음을 무겁게 짓눌렀다. 그러다가 에스테반이 로사에게 반해 자기에게 어린애처럼 도움을 청하고, 자기를 필요로 하고, 그 대신 델 바예 가와 친해져서 로사에게 말을 걸고 유모에게 뇌물을 써달라며 필사적으로 매달려 애원할 때는 자신이 다시 동생에게 중요한 존재가 된 느낌이 들었다. 한동안 그들은 화해한 것 같았다. 그러나 그 화해는 오래 지속되지 못했으며, 페룰라는 자신이 이용당했다는 것을 금세 깨달았다.

페룰라는 동생이 광산으로 떠나는 것을 보며 행복해했다. 에스테반은 열다섯 살 때부터 가족을 부양했고, 평생 그렇게 하겠다고 약속했지만 페룰라에게는 그것으로 충분치 않았다. 자신은 고약한 약 냄새와 늙은이의 썩은 악취가 진동하는 집 안에 갇혀 지내면서, 밤에는 병든 어머니의 신음 소리에 잠도 제대로 못 자고, 제때 어머니에게 약을 먹이기 위해 시계에 온 신경을 곤두세우며 지겹고 피곤하고 서글픈 나날을 보내야 하는데, 동생에게는 그런 의무감이 전혀 없는 것 같아 짜증이 났다. 에스테반은 밝고 자유롭고 전도 유망한 미래를 펼칠 수 있었다. 결혼도 할 수 있고, 자식도 가질 수 있고, 사랑이 무엇인지도 알 수 있었다. 로사의 죽음을 알리는 전보를 치던 날, 페룰라는 거의 희열과도 같은 묘한 전율을 느꼈다.

"무슨 일이든지 해야 한다."

페룰라가 되풀이해서 말했다.

"내가 살아 있는 동안에는 어머니와 누나한테 부족한 게 없도록 할게."

에스테반이 말했다.

"말이야 쉽지."

페룰라가 이빨 사이에 낀 생선 가시를 빼내며 대답했다.

"시골로 갈 생각이야. 트레스 마리아스로."

"에스테반, 그곳은 폐허야. 그 땅은 팔아치우는 게 상책이라고 내가 늘 말했잖니. 그렇지만 네 고집은 쇠심줄보다 더 질기니, 원."

"땅은 절대로 팔면 안 돼. 다른 것은 모두 없어져도 유일하게 남는 건 땅뿐이야."

"난 생각이 달라. 땅은 낭만적인 생각일 뿐이다. 부자가되려면 사업을 보는 안목이 뛰어나야 해."

페룰라가 주장했다.

"하긴 너는 언젠가는 시골에 가서 살겠다고 늘 말했지."

"이제 그날이 온 거야. 나는 이 도시가 싫어."

"왜 이 집이 싫어서라고 말하지 않니?

"물론 그것도 이유가 되지."

에스테반이 퉁명스럽게 대답했다.

"나도 어디로든지 떠날 수 있게 남자로 태어났으면 좋았을 텐데."

페룰라가 증오심으로 가득 차 말했다.

"나도 여자로는 태어나고 싶지 않았을 거야."

에스테반이 말했다.

그러고는 침묵 속에서 식사를 마쳤다.

그들 남매는 서로 멀어져 있었다. 아직도 둘을 하나로 묶어주는 것은 어머니라는 존재와 어릴 적에 서로 사랑하고 의지했던 희미한 기억이 전부였다. 그들은 아버지가 도덕적·경제적으로 몰락하고, 어머니가 서서히 병들어 가는 과정을 지켜보면서 파탄 난 가정에서 성장했다. 에스테르 부인은 아주 젊었을 때부터 관절염을 앓기 시작하더니 몸이 서서히 굳어지면서 움직이는 것조차 힘들게 되어 산송

장이나 다름없었으며, 급기야는 무릎조차 굽힐 수 없게 되면서 휠체어 신세를 지고 절망과 비탄에 빠진 과부로 여생을 살아야 했다.

에스테반은 불우했던 자신의 어린 시절과 청년기를 기억했다. 작아서 꽉 끼는 양복과 어머니와 누나에게 한 맹세를 늘 명심하기 위해 항상 묶고 다녀야 했던 성 프란체스코의 끈, 세심하게 손질된 와이셔츠들, 자신의 외로움을 기억했다. 에스테반보다 다섯 살이 많은 페룰라는 동생이 언제나 깨끗하게 잘 차려입은 것처럼 보이도록 단 두 벌뿐인 와이셔츠를 하루에 한 번씩 빨아 풀을 먹였으며, 외가 쪽으로는 그들이 아주 귀족적이고 고귀한 혈통인 리마 총독의 성을 물려받았다는 점을 늘 상기시켜 주었다. 남편인 트루에바는 에스테르 부인의 인생에서 유일한 실수이자 가장 크게 남은 오점이었다. 자기와 같은 계급의 남자와 결혼하면 평생 안락한 생활을 영위할 수 있었지만, 그녀는 별 볼일 없는 이민자와 속수무책으로 사랑에 빠졌다. 이민 1세대인 트루에바는 몇 년 만에 그녀의 지참금을 전부 탕진했으며, 다시 그녀가 상속받은 유산까지 모두 거덜 냈다. 그렇지만 식료품 가게에 빚진 외상값을 갚을 돈도 없고, 전차를 탈 돈마저 없어 학교까지 걸어 다녀야 했던 에스테반에게는 과거의 귀족 신분은 아무짝에도 쓸모없는 무용지물이었다. 따뜻한 속옷은커녕 겉옷마저 너덜너덜해, 가슴과 등 쪽에 신문지를 둘둘 말아 넣고 학교에 다녔던 일이 생각났다. 신문지가 살갗에 닿아 움직일 때마다 바스락거리는 소리가 자기 귀에 들리는 것처럼 다른 친구들에게도 들릴까 봐 안절부절못했던 일이 생각났다. 겨울에는 어머니의 침실에 있는 화로가 집 안 전체를 통틀어 단 하나밖에 없는 유일한 난방 기구였다. 그래서 그들 세 식구는 초와 석탄을 아끼기 위해 어머니의 침실에 모여 한데 뒤엉켜 지냈다. 에스테반의 어린 시절은 박탈감과 불편함, 궁핍, 밤이면 끝없이 되풀이되는 묵주 기도, 두려움, 그리고 죄의식으로 점철된 시간이었다. 그 결과 그에게는 분노와 엄청난 자존심만이 남게 되었다.

이틀 후에 에스테반 트루에바가 시골로 떠나게 되자, 페룰라가 기차역까지 동생을 배웅 나갔다. 페룰라는 작별 인사로 동생의 뺨에 차갑게 키스하고는 동생이 기차에 오를 때까지 기다렸다. 에스테반은 구리 자물쇠가 달린 가죽 가방 두 개를 들고 기차에 올라탔다. 그가 광산으로 떠날 때 샀던 것으로, 가방을 판 상인의 말에 따르면 평생을 두고 쓸 수 있다고 했다. 페룰라는 에스테반에게 몸조심 잘하고 가끔 집에 오라고 말했다. 페룰라는 그가 보고 싶을 거라고 말했지만, 둘 다 한참은 서로 볼일이 없으리라는 것을 잘 알고 있었으며, 그런 상황에 둘 다 다소 안심이 되었다.

"어머니 병세가 악화되면 연락해!"

기차가 움직이자 에스테반이 창문에 매달려 외쳤다.

"그래, 걱정하지 마라!"

플랫폼에서 페룰라가 손수건을 흔들면서 대답했다.

에스테반 트루에바는 붉은색 벨벳 의자에 몸을 기댄 채 기차에 일등칸을 만든 영국인들의 선견지명에 깊은 고마움을 느꼈다. 그곳에서는 퍼덕거리는 닭이며 빼곡히 들어찬 바구니, 노끈으로 바리바리 묶은 종이 상자나 아이들이 징징 울어대는 소리에 시달리지 않고 신사답게 점잖게 여행할 수 있었다. 그는 자기 인생에서 처음으로 비싼 표를 산 것에 대해 만족했으며, 그런 작은 것에서부터 촌놈과 신사의 차이가 드러나는 거라고 생각했다. 그래서 그는 아무리 사정이 어렵더라도 그날 이후로는 부자가 된 기분이 들게 하는 작은 사치를 위해서는 언제든지 돈을 쓰기로 작정했다.

"다시는 가난해지지 않겠어!"

에스테반은 금광맥을 떠올리며 다짐했다.

그는 차창 밖으로 스쳐 지나가는 중앙 계곡의 풍경을 바라보았다. 산맥 기슭 발치로 광활한 들판이 펼쳐졌다. 포도밭과 밀밭, 알팔파와 금잔화가 한데 어우러진 비옥한 시골 풍경이었다. 에스테반은 그런 풍경을 북부의 메마른 고원 지대와 비교해 보았다. 그곳에서 그는 이 년 동안 거칠고 황량한 자연과 더불어 웅덩이 속에 파묻혀 생활했다. 그렇지만 황무지의 다양한 색채와 지면 위로 드러난 시퍼렇고 누렇고 벌건 광물들에 도취되어 그런 황량한 자연의 모습조차 두려울 정도로 아름다웠으며, 아무리 보아도 지겨운 줄을 몰랐다.

"내 인생은 변했어."

그는 나지막하게 중얼거렸다.

에스테반은 두 눈을 감고 잠들었다.

에스테반은 산 루카스 역에서 내렸다. 초라하기 그지없는 곳이었다. 그 시각에는 나무로 된 플랫폼에 개미 새끼

한 마리 보이지 않았다. 지붕은 험한 날씨에 시달리고 개미들이 다 갉아먹은 탓에 거의 망가져 있었다. 지난밤에 내린 비로 촉촉하게 젖은 땅에서는 짙은 안개가 피어올랐으며, 그 사이로 계곡 전체가 내려다보였다. 멀리 떨어져 있는 산들은 잔뜩 찌푸린 먹구름 뒤편으로 모습을 감추었으며, 눈 덮인 화산 꼭대기만이 선명하게 보였다. 화산 꼭대기가 아래쪽 풍경과 아름다운 대조를 이루며 수줍은 겨울 햇살을 받아 반짝거렸다.

에스테반은 주변을 둘러보았다. 아버지가 패가망신하여 술과 개망나니 짓으로 자포자기 상태에 빠져들기 전에 그는 아버지와 함께 말을 타고 이 일대를 질주한 적이 있는데, 그때가 어린 시절의 기억 중 유일하게 행복한 것이었다. 그는 여름마다 트레스 마리아스에 와서 놀던 기억이 있었지만, 그나마도 너무 오래전 일이라 어디서 놀았는지도 잘 생각이 나지 않았다. 에스테반이 시선을 돌려 산 루카스 동네를 찾아보았지만, 아침 안개로 희뿌옇게 보이는 부락 하나만 멀리 있을 뿐이었다. 그는 역 주변을 둘러보았다. 하나뿐인 사무실 문에는 맹꽁이자물쇠가 채워져 있었다. 연필로 쓴 메모가 붙어 있었지만 거의 지워져서 읽을 수도 없었다. 그때 기차가 하얀 연기 기둥만 남긴 채 서서히 떠나가는 소리가 뒤쪽에서부터 들려왔다. 침묵밖에 없는 그곳에 에스테반 혼자 덩그러니 남겨졌다.

그는 가방을 집어 들고 마을로 이어지는 진흙과 자갈 밭길로 발걸음을 떼었다. 십여 분 이상 걸으면서 그나마 비가 오지 않아 다행이라는 생각이 들었다. 가방이 천근만근이라 안 그래도 걸음을 옮기기 힘든 판국에 비까지 내렸다 하면 길이 순식간에 진흙 펄밭이 되어 제대로 걷지도 못할 것 같았다. 그는 마을 가까이 가면서 굴뚝 몇 군데서 연기가 나는 것을 보고는 안도의 한숨을 쉬었다. 처음에는 그 마을이 너무나도 황량하고 쇠락해 아무도 살지 않는 것처럼 보였던 것이다.

그는 마을 어귀에서 발걸음을 멈췄지만 아무도 보이지 않았다. 초라한 벽돌집들이 늘어선 하나뿐인 거리에는 정적만이 감돌았으며, 마치 꿈속에서 걷고 있는 듯한 기분이었다. 그는 가장 가까이 있는 집으로 다가갔다. 창문 하나 없었으며 문도 활짝 열려 있었다. 에스테반은 가방을 보도에 내려놓고는 큰 소리로 부르면서 안으로 들어갔다. 빛이 들어오는 통로라고는 문 하나밖에 없었기 때문에 집 안이 어두컴컴했다. 그래서 몇 초가 흘러서야 눈이 어두움에 적응해 사물들을 구별할 수 있었다. 그제야 딱딱한 땅바닥에서 놀고 있는 아이 두 명이 시야에 들어왔다. 아이들이 겁에 질린 두 눈을 크게 뜨고서 그를 바라보고 있었다. 그리고 여자 한 명이 앞치마 끝자락에 손을 훔치며 뒤뜰에서 나오고 있었다. 여자는 에스테반을 본 순간 앞이마 위로 흘러내린 머리카락 한 올을 본능적으로 매만졌다. 에스테반이 여자에게 인사를 건네자, 여자는 이빨이 다 빠진 잇몸을 훤히 드러내지 않으려고 손으로 입을 가리며 인사했다. 에스테반이 마차를 빌리고 싶다고 설명했지만 여자는 그의 말을 못 알아듣는 것 같았다. 단지 무표정한 얼굴로 아이들을 앞치마 주름 사이로 숨긴 채 그 자리에 가만히

서 있을 뿐이었다. 에스테반은 밖으로 나와서 가방을 집어
들고 다시 길을 재촉했다.

마을 전체를 거의 한 바퀴 다 돌고도 아무도 보이질 않
아 절망감에 휩싸이려 할 때 뒤쪽에서 말발굽 소리가 들려
왔다. 나무꾼이 모는 아주 허름한 마차였다. 에스테반이
그 마차 앞에 서서 강제로 마차를 멈춰 세웠다.

"트레스 마리아스까지 데려다 줄 수 있소? 돈은 잘 치러
주겠소."

에스테반이 소리 질렀다.

"나리, 그곳엔 무엇 때문에 가시려는 겁니까?"

남자가 물었다.

"거기에는 아무도 살지 않아요. 돌덩어리밖에 없는 무법
천지입니다."

그러나 그는 에스테반을 그곳까지 데려다 주겠다고 했
다. 그러고는 에스테반이 장작더미 사이로 가방을 제대로
올려놓을 수 있도록 도와주었다. 에스테반은 마부 옆에 앉
았다. 마차가 지나가는 소리를 듣고는 아이들이 여기저기
문간에서 뛰어나오더니 마차를 쫓아 달려왔다. 에스테반은
그 어느 때보다 더 큰 외로움을 느꼈다.

산 루카스 마을을 벗어나 잡초가 무성하고 웅덩이 천지
인 황폐한 길을 따라 11킬로미터쯤 가자 그곳 이름이 새겨
진 나무 간판이 하나 보였다. 간판은 끊어진 쇠사슬에 매
달려 대롱거렸으며, 바람을 받아 기둥에 부딪힐 때마다 마
치 상갓집 북소리처럼 둔탁한 소리를 냈다. 한눈에 봐도,
그 황폐한 곳을 일궈내려면 헤라클레스처럼 엄청난 힘이

필요하다는 걸 알 수 있었다. 잡초들이 무성히 자라 길을 삼켜버렸으며, 보이는 곳마다 사방이 암석과 빽빽한 덤불 숲과 산뿐이었다. 그가 기억하고 있던 목초지나 포도밭의 흔적은 찾을 수도 없었으며, 그를 맞으러 나오는 사람 하나 없었다. 무성한 잡초 사이로 사람들과 짐승들이 지나다녔던 흔적을 따라 마차가 서서히 움직였다. 잠시 후에 대저택이 어렴풋이 보였다. 그 자리에 아직 그대로 있었지만, 집 전체가 돌투성이인 데다 바닥에는 닭장 철사와 쓰레기 더미가 너저분하게 널려 있어 악몽 속에나 나올 법한 몰골이었다. 지붕 위 기와는 절반이 깨져 있었으며, 제멋대로 자라 뒤엉킨 야생 넝쿨이 창문 안쪽까지 뻗어 벽을 거의 뒤덮고 있었다. 저택 주변으로는 생벽돌로 지은 오두막집 몇 채가 모여 있었다. 오두막집들은 회칠이 되어 있지 않아서 연기에 그을려 시커멨으며, 창문 하나 달려 있지 않았고 지붕은 짚으로 뒤덮여 있었다. 개 두 마리가 마당에서 사납게 짖어대며 싸우고 있었다.

덜컹거리는 마차 바퀴 소리와 나무꾼의 욕설에 오두막집에 사는 사람들이 하나 둘 모습을 드러냈다. 그들은 이제 막 도착한 사람들을 의심과 불신의 눈으로 바라보았다. 그들은 십오 년 동안이나 땅 주인을 본 적이 없어서 그냥 주인이 없는 땅으로 여기고 살았다. 사람들은 키 크고 권위적인 그 남자의 모습에서 옛날에 바로 이 앞마당에서 뛰어놀던 갈색 곱슬머리 소년을 알아볼 수가 없었다. 에스테반도 그들을 바라보았지만, 아무도 알아보지 못했다. 모두 비참한 몰골이었다. 여자들은 꺼칠하고 갈라진 피부에 나이도 가늠하기 어려웠다. 그중 몇몇은 임신 중으로, 모두 맨발에 빛바랜 누더기를 걸치고 있었다. 에스테반은 나이가 모두 제각각인 아이들이 최소한 열두 명은 될 거라고 계산했다. 어린애들은 벌거벗은 채였다. 감히 밖으로 나오지도 못하고 문지방에서 고개만 내민 사람들도 있었다. 에스테반이 인사하는 표정을 지어보았지만 응답하는 사람은 아무도 없었다. 몇몇 아이들은 허둥지둥 달려가 여자들 뒤로 숨어버렸다.

에스테반이 마차에서 내려 가방 두 개를 내려놓고는 나무꾼에게 동전 몇 닢을 쥐어주었다.

"원하신다면 기다리겠습니다. 나리."

나무꾼이 말했다.

"아니. 나는 여기에 머물 것이오."

에스테반은 저택으로 가서 문을 힘차게 밀치고 들어갔다. 부서진 덧문과 기와가 떨어져 나간 천장의 갈라진 틈새로 아침 햇살이 들어와 집 안은 환했다. 먼지와 거미줄 투성이였으며 폐가 그 자체였다. 그동안 소작인들 중 누구도 감히 자기 오두막집을 내버려 두고 비어 있는 주인집으로 이사 와서 살 생각을 하지 못했던 건 확실했다. 그들은 가구도 건드리지 않았다. 가구는 그가 어렸을 때 보았던 그대로였고, 모두 전에 있던 제자리에 정확히 놓여 있었다. 단지 그가 기억하는 것 이상으로 더 흉측하고 애처롭고 초라해 보일 뿐이었다. 집 안 전체가 잡초와 먼지, 마른 나뭇잎으로 양탄자를 깐 듯 두툼하게 덮여 있었다. 무덤과도 같았다. 뼈만 앙상하게 남은 개 한 마리가 에스테반 트루에바를 보고 거칠게 짖어댔지만 그가 상대도 하지 않자 결국에는 짖다가 지쳐 한쪽 구석에 가 드러눕더니 제 몸에 있는 벼룩이나 잡았다.

에스테반은 가방을 테이블 위에 올려놓고, 서서히 그를 옥죄어 오고 있는 슬픔과 맞서며 집 안을 돌아보았다. 그는 이 방 저 방을 돌아다니며 시간과 더불어 모든 것이 폐허로 변해 버렸음을 확인했다. 가난과 더러움만이 있었다. 이곳은 광산의 막장보다 더 비참해 보였다. 높직한 천장과 장작과 석탄으로 벽이 시커멓게 그을린 부엌은 널찍한 쓰레기 소굴과 다름없었다. 사방에 곰팡이가 피어 있어 폐허 그 자체였다. 벽에 걸린 못에는 십오 년 동안 쓰지 않은 청동 솥과 냄비들이 아무도 손대지 않은 채 아직도 그대로 걸려 있었다. 침실에는 그의 아버지가 오래전에 구입한 침대와 전신 거울이 달린 커다란 옷장이 있었지만 매트리스는 벌레들이 몇 세대에 걸쳐 보금자리로 삼아 모두 썩어 있었다. 천장 다락에서는 쥐들이 조심스럽게 지나다니는 소리가 들렸다. 바닥은 때에 절어 나무를 깔았는지 타일을 깔았는지도 분간할 수 없을 정도였다. 가구들도 회색 먼지층으로 두껍게 덮여 있어 윤곽도 제대로 보이지 않았다. 거실이었던 곳에서는 독일 피아노도 볼 수 있었다. 그렇지만 한쪽 다리가 부서져 있었고, 누렇게 변색된 건반들은 조율되지 않은 하프시코드 같은 소리를 냈다. 선반 위에는 종이가 습기에 차 읽을 수도 없는 책들이 몇 권 꽂혀 있었고, 바닥에는 아주 옛날 잡지책들이 바람에 나뒹굴었다. 안락의자는 용수철이 튀어나와 있었다. 어머니가 병으로 손이 갈고리처럼 되기 전까지는 즐겨 앉아서 뜨개질을 하던 안락의자가 이제는 생쥐의 보금자리가 되어 있었다.

에스테반은 집 안을 한 바퀴 돌아보고 난 후 자기가 앞으로 뭘 해야 할지 생각이 확실히 정리가 되었다. 그는 자기 앞에 엄청난 일이 놓여 있음을 깨달았다. 집이 이 정도로 방치되어 있다면 나머지 소유지는 상태가 더 심할 게 뻔했다. 순간 가방 두 개를 도로 마차에 싣고, 왔던 길을 되돌아가고 싶은 충동도 느꼈지만 그 생각은 단번에 뿌리쳤다. 로사를 잃은 슬픔과 분노를 누그러뜨릴 수 있는 일이 있다면 폐허가 된 이 땅에서 허리가 휘어지도록 일하는 것이라는 생각이 들었다. 그는 외투를 벗고 심호흡을 한 다음, 나무꾼이 아직도 기다리고 있는 마당으로 나갔다. 소작인들은 시골 사람 특유의 수줍은 표정으로 좀 멀찌감치 떨어져 있었다. 그들은 호기심 어린 표정으로 서로 물끄러미 바라보고만 있었다. 에스테반 트루에바가 그 사람들 쪽으로 두어 발자국 내딛자, 그들 모두 뒤로 몇 발자국 물러섰다. 에스테반은 남루한 농부들을 한번 쭉 훑어본 다음, 코흘리개 어린애들과 눈곱 낀 노인들, 희망이라고는 하나도 없어 보이는 여자들에게 억지로 다정한 미소라도 지어 보이려 했지만 찡그린 표정밖에는 나오지 않았다.

"남자들은 어디에 있나?"

에스테반이 물었다.

단 한 명뿐인 젊은이가 앞으로 한 발자국 나왔다. 에스테반 트루에바와 비슷한 또래 같았지만 그가 훨씬 더 나이 들어 보였다.

"떠났습니다."

그가 말했다.

"이름이 뭔가?"

"페드로 세군도 가르시아입니다. 나리."

젊은이가 대답했다.

"이젠 내가 이곳 주인이다. 잔치는 끝났다. 우리는 일을 해야 한다. 일하기 싫은 사람은 당장 떠나거라. 남는 사람에게는 먹을 것이 모자라지 않을 것이다. 그렇지만 열심히 일해야 한다. 나는 빈둥거리는 사람이나 건방진 사람은 원치 않는다. 알았나?"

그들은 놀라서 서로를 바라보았다. 그들은 에스테반이 한 말의 절반도 이해하지 못했지만 그것이 자기네 주인의 목소리라는 사실은 깨달았다.

"알겠습니다. 주인 나리."

페드로 세군도 가르시아가 말했다.

"저희는 갈 곳이 없습니다. 저희는 언제나 이곳에 살았습지요. 이곳에 남겠습니다."

한 사내아이가 땅바닥에 웅크리고 앉아 똥을 누자 지저분한 개 한 마리가 달려와 냄새를 맡으며 킁킁거렸다. 구역질이 난 에스테반은 아이를 데려가고 마당을 깨끗이 치운 후 개를 죽이라고 명했다. 그렇게 점차 시간이 흐르면서 로사를 잊게 해줄 새로운 삶이 시작되었다.

나는 좋은 주인이었고, 누구도 그 생각을 내 머리에서 지우지는 못할 것이다. 무방비 상태로 버려져 있던 트레스 마리아스를 본 후에 모범적인 농장이 된 트레스 마리아스를 본 사람이라면 누구든 내 생각에 동의하지 않을 수 없을 것이다. 그래서 나는 손녀딸이 계급투쟁에 대해 떠드는 소리에 동의할 수가 없다. 단도직입적으로 말해, 그 불쌍한 농부들은 오십 년 전보다 지금 훨씬 더 못살고 있다. 그들에게 나는 아버지와도 같은 존재였다. 농지 개혁으로 우리 모두 손해가 이만저만이 아니었다.

나는 트레스 마리아스를 비참한 상태에서 벗어나게 하기 위해 로사와 결혼하려고 저금했던 돈과 광산에서 십장이 보내오는 돈 전부를 투자했다. 그렇지만 그곳을 일궈낸 것은 돈이 아니라 조직력 있게 열심히 일한 사람들이었다. 트레스 마리아스에 새 주인이 왔으며 황소를 이용해 돌을 골라내고 작물을 심을 수 있도록 목초지를 갈고 있다는 소문이 퍼지자 금세 사람들이 몰려와 일꾼으로 일하겠다며 나섰다. 내가 비교적 임금도 후하게 쳐주고 먹을 것도 충분히 제공했기 때문에 많은 사람들이 몰려왔다. 나는 가축도 구입했다. 나에게 가축은 신성한 존재였기에, 고기를 입에 대보지 못하고 일 년을 살아야 한다 해도 가축은 절대 죽이지 않았다. 그렇게 해서 가축도 많이 늘어났다.

나는 사람들을 조별로 편성해서, 들판에서 일을 마치고 난 후에는 저택을 복구하도록 했다. 그들은 목수도 벽돌공도 아니었기 때문에 내가 직접 책을 보고 일일이 가르쳐주어야 했다. 우리는 배관 공사까지도 직접 했다. 지붕도 고치고, 집 전체에 회칠도 하고, 반짝반짝 윤이 날 때까지 집 안팎도 깨끗이 닦았다. 식당 식탁과 부모님이 사용하던 연철 침대만 남겨두고 나머지 가구는 모두 소작인들에게 나눠주었다. 다른 것들은 모두 벌레 먹었지만 식탁은 그대로였다. 나는 이 두 가구와 걸터앉을 나무 상자 몇 개를 제외하고는 가구 하나 없이 텅 빈 집에서 지냈다. 페룰라 누나가 부탁한 가구들을 보내줄 때까지는 아무것도 없이 살았다. 내가 주문한 가구들은 크고 묵직하고 화려한 가구들로, 시골 생활에 맞게 몇 대를 물려 써도 끄떡없을 정도로 견고한 것들이었다. 나중에 지진이 나서야 부서졌을 정도로 튼튼했다. 나는 가구들을 미관보다는 편리함을 위주로 벽에 붙여 배치했다. 일단 집 안이 정돈되자 나도 마음이 한결 편안해졌다. 그러면서 트레스 마리아스에서 오랫동안, 아니 어쩌면 한평생 살 수도 있겠다는 생각을 하게 되었다.

소작인들의 아내가 교대로 내 집에서 하녀 노릇을 해주었고, 텃밭도 돌보아 주었다. 얼마 지나지 않아 내 손으로 직접 설계한 정원에서 처음으로 꽃망울이 맺혔다. 그 정원은 약간 변하기는 했지만 그때와 거의 똑같은 모습으로 지금도 남아 있다. 그 시절에는 사람들이 아무 불평 없이 일했다. 그들은 나란 존재를 통해 안정을 되찾았으며, 자기네 눈으로 직접 땅이 점차 비옥해지는 것을 목격했다. 착하고 순박한 사람들이었기 때문에 모반을 꾸미는 놈도 없었다. 하지만 그들이 지지리 가난하고 무지한 것 또한 사실이었다. 내가 그곳에 가기 전에 그들은 자기네 식구 몫인 조그만 땅뙈기만 경작했을 뿐이다. 그 땅에서는 굶어 죽지 않을 만큼의 식량만 거둬들였으며, 그것도 가뭄이나

서리, 전염병, 개미 떼나 달팽이 떼와 같은 자연 재해가 닥치지 않을 경우에나 가능했고, 만일 그런 재해가 닥친 경우에는 사정이 매우 어려워졌다. 그러나 내가 도착한 이후로는 모든 것이 달라졌다. 우리는 목초지를 하나씩 새로이 일궈냈으며, 닭장과 마구간도 새로 만들었다. 그리고 날씨와 상관없이 보다 과학적인 방법으로 농작물을 경작하기 위해 관개 수로도 새로 설치했다.

그래도 삶은 호락호락하지 않았다. 아주 힘든 생활이 이어졌다. 나는 가끔 마을에 가서 수의사를 데리고 왔다. 수의사는 암소와 암탉을 진찰했으며, 온 김에 아픈 사람들도 돌봐주었다. 손녀딸이 내 비위를 건드려 화를 돋울 때 하는 말처럼 나는 수의사의 지식이 짐승이나 가난한 사람들 모두에게 두루 쓰일 수 있다고는 생각하지 않는다. 문제는 그 일대에서 다른 의사를 구할 수 없다는 것이었다. 농부들은 주로 약초의 효능을 꿰뚫고 있고, 점도 칠 줄 아는 인디오 치료사를 찾아갔다. 사람들은 그 노파에게 커다란 신뢰를 품고 있었으며, 수의사보다도 그 노파를 더 믿었다. 산모들은 이웃 여자들의 기도와 산파의 도움으로 아이를 낳았다. 산파는 당나귀를 타고 와야 했기 때문에 제때에 도착한 적이 한번도 없었지만, 암소 뱃속에 있는 송아지를 잡아 빼는 것만큼이나 애를 받아내는 일에도 능숙했다. 인디오 치료사의 주문이나 수의사가 주는 약으로도 치료가 되지 않는 중환자들은 페드로 세군도 가르시아나 내가 마차에 실어 수녀들이 운영하는 병원으로 보내면, 가끔 당직 의사들이 있어 그들이 죽는 것을 도와주기도 했다.

죽은 사람들과 그들의 뼈는 화산 기슭에 있는 다 허물어진 성당 옆의 작은 묘지에 묻혔다. 지금은 그곳에 제대로 된 정식·공동묘지도 있다. 나는 일 년에 한두 번 정도 신부를 불러 소작인들의 결혼을 축복하고, 가축과 기계를 축복하고, 아이들에게 세례를 해주고, 죽은 사람들을 위해 늦게라도 명복을 빌 수 있도록 배려해 주었다.

그 당시의 오락거리라고는 돼지나 황소를 거세하는 일이나 닭싸움, 돌차기 놀이, 그리고 지금은 고인이 된 페드로 가르시아 노인의 희한한 이야기들을 듣는 것이 전부였다. 그는 페드로 세군도의 아버지로, 자기 할아버지가 아메리카에서 스페인 사람들을 내쫓은 애국자 대열에서 싸웠다고 말했다. 노인은 아이들에게 거미한테 물리지 않는 방법이나 임신한 여자의 오줌을 마셔서 병을 예방하는 법을 가르쳐주었다. 그는 치료사만큼이나 약초에 대해 해박한 지식을 갖고 있었다. 그렇지만 가끔 약초의 용도를 결정해야 하는 순간 혼란을 일으켜 돌이킬 수 없는 실수를 저지른 적도 몇 번 있었다. 하지만 이빨을 뽑을 때에는 누구도 따라갈 수 없는 실력을 발휘해, 그 일대에서는 상당히 유명했다. 적포도주를 잔뜩 먹이고 기도문을 외우게 하여 환자의 얼을 빼놓은 다음 이빨을 뽑았다. 내 어금니 하나도 그가 아무런 고통 없이 뽑아주었다. 그가 지금도 살아 있다면 아마 내 치과 의사가 되었을 것이다.

나는 곧 시골 생활에 만족을 느꼈다. 가장 가까이 사는 이웃도 말을 타고 가야 할 정도로 멀리 떨어져 있었지만 나는 워낙에 사교 생활에는 관심이 없었다. 나는 고독을 즐겼으며, 당장 해야 할 일들도 태산 같았다. 나는 점차 미개인이 되어갔다. 단어도 많이 잊어버렸고, 어휘력도 점점 줄어들었으며, 뭐든지 명령조로 말했다. 체면을 지켜야 할 일이 없었기 때문에 워낙 고약했던 성격이 더 고약해지고, 툭하면 성질을 부렸다. 아이들이 빵을 훔치려고 부엌을 기웃거리는 것에도 화가 났으며, 암탉들이 마당에서 시끄럽게 구는 것에도 화가 났고, 참새들이 옥수수 밭에 들어와도 화가 났다. 기분이 언짢아져 심기가 불편하고 몸이 찌뿌듯하면 사냥을 나갔다. 날이 밝기 훨씬 전에 일어나 엽총을 어깨에 메고 잡낭(雜囊)을 들고 사냥개와 함께 사냥길에 나섰다. 나는 어둠 속에서 말을 타고 달리는 게 좋았다. 새벽녘의 찬 공기도 좋았고, 어둠 속에서 한참 망을 보는 것도 좋았고, 침묵도 좋았고, 화약 냄새도 좋았고, 피를 보는 것도 좋았다. 내 어깨에서 찰칵 소리와 함께 총이 뒤로 젖혀질 때의 느낌도 좋았고, 바동거리며 떨어지는 사냥감을 보는 것도 좋았다. 그러다 보면 마음의 평정을 되찾았다. 그래서 불쌍한 토끼 네 마리와 총구멍이 너무 많이 나서 요리조차 할 수 없게 된 메추라기 몇 마리를 잡낭에 넣어, 온몸이 진흙투성이가 되어 지쳐서 돌아올 때면 안도감과 함께 행복하다는 생각도 들었다.

그 시절을 회상할 때마다 커다란 슬픔이 밀려온다. 인생이 너무 순식간에 지나가 버린 듯하다. 다시 시작할 수만 있다면 절대 저지르고 싶지 않은 실수 몇 가지를 하긴 했지만 대체로 후회할 일은 없었다. 그렇다. 나는 훌륭한 주인이었다. 그 사실에는 의심의 여지가 없다.

처음 몇 달 동안 에스테반 트루에바는 수도관을 파묻고, 우물을 파고, 돌을 고르고, 목초지를 개간하고, 닭장과 마구간을 고치느라 너무 바빠 다른 생각은 할 겨를도 없었다. 완전히 기진맥진하여 잠자리에 들었다가 꼭두새벽같이 일어나 부엌에서 대충 아침 식사를 때우고 다시 밭일을 감독하러 말을 타고 나갔다가 해가 저물어서야 돌아왔다. 그리고 그때서야 비로소 식당 식탁에 앉아 하루 딱 한 번 제대로 된 식사를 했다. 처음 몇 달 동안은 일부러 식사하기 전에 목욕하고 옷을 갈아입었다. 영국 식민지 개척자들이 품위와 권위를 잃지 않기 위해 아프리카나 아시아의 아주 먼 곳에서도 그렇게 했다는 말을 들은 적이 있었다. 매일 저녁 에스테반은 면도를 한 후 가장 좋은 옷으로 갈아입고, 축음기에 가장 좋아하는 오페라 아리아를 틀어놓았다. 그렇지만 차츰 촌스러운 시골 생활이 더 편해졌으며, 자기가 멋쟁이가 아니라는 사실도 받아들이게 되었다. 더군다나 그의 노력을 가상히 생각해 줄 사람도 없었다. 그는 면도도 제대로 하지 않았으며, 머리도 어깨까지 와야 그때 가서 잘랐다. 하지만 목욕하는 습관은 워낙 깊이 배어 있던 탓에 하루에 한 번씩은 반드시 목욕해야 했다. 그렇지만 옷차림이나 매너에는 전혀 신경도 쓰지 않았다. 그는 서서히 야만인이 되어갔다. 잠자리에 들기 전에는 잠시 책을 읽거나 장기를 두기도 했다. 그는 속임수를 쓰지 않고 정정당당하게 책과 대결하는 방법을 익혔으며, 게임에 져도 화를 내지 않는 법을 배웠.

그렇지만 아무리 힘들고 기진맥진해 있어도 넘치는 정력

과 관능적인 본능은 억누를 수가 없었다. 밤에는 잠도 제대로 잘 수가 없었다. 모포는 한없이 무겁게만 느껴졌으며, 이불 시트는 한없이 부드럽게만 느껴졌다. 말만 봐도 가슴이 울렁거렸다. 갑자기 말이 단단하고 탄력 있는, 집채만 한 몸뚱아리를 지닌 기가 막힌 여자로 둔갑해 보였다. 그러면 그는 그 말을 타고 뼈가 욱신거릴 때까지 달리고 또 달렸다. 과수원에 있는 따스하고 향기로운 멜론만 봐도 어마어마하게 큰 가슴으로 보였다. 그는 말안장 담요 속에 얼굴을 파묻고 말이 흘린 시큼한 땀 냄새에서 그가 처음 상대했던 창녀들의 은밀한 냄새를 찾으면서 스스로에게 놀라기도 했다. 밤에는 썩은 해산물과 사지가 잘려 나간 짐승의 거대한 살덩어리와 피, 정액, 눈물이 뒤죽박죽되는 악몽에 시달렸다. 아침이면 사타구니 사이로 쇠처럼 딱딱하게 굳어 잔뜩 화가 나 있는 성기 때문에 온몸이 경직되어 일어났다. 진정시키기 위해 밖으로 뛰쳐나가서 숨도 못 쉴 만큼 차가운 얼음장 같은 강물 속으로 벌거벗은 채 뛰어들어도 보이지 않는 손길이 다리를 더듬는 것 같았다. 그러면 그는 녹초가 되어 강물에 그냥 떠내려가도록 내버려 두었다. 그럴 때면 마치 강물이 자기를 꼭 껴안고, 올챙이들이 키스하고, 강가의 갈대들이 채찍질을 하는 것 같았다.

얼마 가지 않아 쉬지 않고 계속 그를 몰아치던 성욕이 제 모습을 완연히 드러냈다. 이제는 한밤중에 강물에 뛰어들어도, 계피를 달인 차를 마셔도, 매트리스 밑에 뜨거운 돌을 갖다 놓아도 진정되지 않았다. 심지어 기숙사가 딸린

학교에 다니는 남학생들을 미치게 만들고, 눈을 멀게 하고, 영원히 저주받게 만드는 그 부끄러운 자위행위로도 진정되지 않았다. 우리 안의 닭이나 밭에서 벌거벗고 노는 아이들, 심지어 밀가루 반죽 덩어리까지도 욕정 어린 눈길로 바라보게 되자 에스테반은 이렇게 성직자처럼 다른 방법을 찾는 걸로는 자신의 왕성한 성욕을 가라앉힐 수 없다는 것을 깨달았다. 평소 성격이 현실적이었던 그는 한시라도 빨리 여자를 찾아야 한다는 결론에 이르렀다. 일단 마음이 정해지자 그토록 그를 안절부절못하게 했던 불안감이 일시에 가라앉고 격정도 많이 누그러든 것 같았다. 그날 그는 간만에 미소를 띤 채 잠자리에서 일어났다.

페드로 가르시아 노인은 에스테반이 휘파람을 불며 나와 마구간으로 향하는 것을 보고는 왠지 불안한 마음에 고개를 가로저었다.

에스테반은 막 개간이 끝나 옥수수를 심기로 되어 있는 밭을 갈면서 하루 종일 바쁘게 보냈다. 그러고 나서는 페드로 세군도 가르시아와 함께, 출산 과정에서 송아지가 반대 방향으로 돌아누운 암소를 돌보러 갔다. 송아지의 방향을 틀어 머리 쪽이 먼저 나오도록 하기 위해 에스테반은 암소 뱃속에 팔뚝을 깊숙이 집어넣어야 했다. 그런 노력에도 불구하고 암소는 죽어버렸지만 그 일로 속상해하지는 않았다. 그는 송아지에게 우유를 먹이라고 명하고는 양동이에 물을 떠서 몸을 씻은 뒤 말을 타고 돌아왔다. 평소대로라면 점심 먹을 시간이었지만 배도 고프지 않았다. 이미 점찍어 놓은 여자가 있었기 때문에 서두르지도 않았다.

에스테반은 그 처녀가 코흘리개 어린 동생을 업고 자루를 어깨에 메거나, 우물에서 길어온 물 항아리를 머리에 이고 가는 것을 여러 번 본 적이 있었다. 평평한 돌 위에 쪼그리고 앉아 농사꾼처럼 투박한 손으로 너덜너덜해진 누더기들을 비벼 빨 때 물결에 씻겨 윤이 나는 그녀의 가무잡잡한 다리를 지켜보기도 했다. 그녀는 뼈대가 굵은 체격에, 넓적하고 피부가 가무잡잡한 인디오의 얼굴을 지녔다. 표정은 다정하고 부드러웠으며, 입술은 크고 두툼했다. 아직은 이빨이 모두 성했고 웃을 때는 얼굴 전체가 환해졌지만 웃는 일은 거의 없었다. 젊고 싱싱하고 아름다웠지만, 에스테반은 자식을 잔뜩 낳고 쉬지 않고 일만 하다가 죽을 팔자를 지닌 여자들이 흔히 그렇듯 그녀의 아름다움도 금세 시들어버릴 것이라는 사실을 잘 알고 있었다. 그녀의 이름은 판차 가르시아로 나이는 열다섯 살이었다.

에스테반 트루에바가 판차를 찾아 나섰을 때는 이미 늦은 오후라 공기가 제법 서늘했다. 그는 말을 타고 목초지의 경계를 구분하는 길쭉한 포플러나무 사이를 달렸다. 가다가 만나는 사람들에게 판차가 어디에 있는지 물어보았다. 그러다가 마침내 판차네 집으로 가는 길목에서 그녀와 마주치게 되었다. 판차는 부엌 아궁이에 땔 가시나무를 한 다발 지고는, 그 무게에 짓눌려 구부정하게 몸을 숙인 채 맨발로 고개를 푹 숙이고 오고 있었다. 높은 안장 위에서 판차를 내려다보는 순간, 지난 몇 달 동안 그를 끊임없이 괴롭혀 오던 절박한 욕망이 다시 꿈틀거렸다. 그는 따각따각 말발굽 소리를 내며 말을 몰아 판차 곁으로 다가갔다.

판차는 말발굽 소리를 듣기는 했지만, 남자들 앞에서는 고개도 들지 못하는, 그들 조상 때부터 내려오는 관습 때문에 그에게 눈길도 주지 않은 채 계속 걷기만 했다. 에스테반이 몸을 굽혀 판차의 짐을 빼앗아 잠시 허공에 들고 있다가 길가로 거칠게 내던졌다. 그러고는 판차의 허리를 끌어안고 짐승 같은 소리를 내면서 거칠게 그녀를 들어올려 안장 앞에 앉혔다. 그러는 와중에도 판차는 아무런 저항도 하지 않았다. 에스테반은 말에 박차를 가하고는 전속력으로 강 쪽을 향해 달렸다. 그들은 아무 말 없이 말에서 내려 서로를 훑어보았다. 에스테반이 널찍한 가죽 벨트를 풀자 그제야 판차는 뒤로 움찔 물러났지만 그가 한 손에 그녀를 휘어잡았다. 그들은 유칼리나무 잎사귀 사이로 껴안은 채 쓰러졌다.

에스테반은 옷을 벗지 않았다. 그는 거칠게 그녀를 밀어붙였다. 불필요할 정도로 잔인하게, 아무런 애무도 없이 무작정 그녀의 몸속으로 파고들었다. 나중에서야 그녀의 옷에 묻은 피를 보고는 그녀가 처녀라는 사실을 깨달았지만 이미 늦은 뒤였다. 판차가 비천한 소작인의 딸인 탓도 있었고 욕망이 너무 격렬하게 몰아쳤기 때문에 사실 생각하고 말고 할 여유가 없었다. 판차 가르시아는 자신의 순결을 지키려고도 하지 않았고, 우는소리도 내지 않았으며, 눈도 감지 않았다. 그냥 반듯하게 누워, 남자가 윽 소리를 내며 옆으로 쓰러질 때까지 공포에 질린 표정으로 하늘만 바라보았다. 그제야 조심스럽게 흐느끼기 시작했다. 그녀에 앞서 그녀의 어머니가, 그녀의 어머니에 앞서 그녀의 할머니가 똑같이 치욕스러운 운명을 겪었다. 에스테반 트루에바는 다시 바지를 추스르고 벨트를 매고서는 판차가 일어설 수 있도록 도와주었다. 그러고는 판차를 말 엉덩이에 앉히고 집을 향해 달렸다. 에스테반은 휘파람을 불었지만 판차는 계속 흐느꼈다. 판차를 오두막집에 내려놓기 전에 주인 나리가 그녀의 입술에 키스했다.

"내일부터는 네가 집에 와서 일하거라."

에스테반이 말했다.

판차는 고개도 들지 않은 채 그러겠다고 했다. 판차의 어머니와 할머니 역시 주인집에서 시중을 들었다.

그날 밤 에스테반 트루에바는 로사 꿈을 꾸지 않고 아주 곤히 잠들었다. 다음 날 아침에는 힘이 넘쳐흐르는 것이 키도 더 커지고 힘도 더 세진 것 같은 기분이 들었다. 그는 콧노래를 흥얼거리며 들판으로 나갔다. 돌아왔을 때에는 판차가 부엌에서 커다란 놋쇠 솥을 올려놓고 분주히 쌀을 저으며 요리를 하고 있었다. 그날 밤 에스테반은 판차가 오기만을 초조하게 기다렸다. 오래된 생벽돌 저택에서 달그락거리며 집안일 하는 소리가 그치고 쥐들이 밤 외출을 시작했을 때 에스테반은 판차가 자기 방문 앞에 와 있는 것을 느낄 수 있었다.

"들어와, 판차."

에스테반이 판차를 불렀다. 하지만 그것은 명령이라기보다 차라리 간청에 가까웠다.

이제 에스테반은 충분한 여유를 가지고 판차를 음미했으며, 판차 역시 즐거움을 맛볼 수 있도록 서두르지 않았다.

에스테반은 판차의 몸을 천천히 더듬으면서 그녀의 몸과 옷에서 나는, 연기에 그을린 냄새를 음미했다. 잿물로 빨아 석탄을 넣은 다리미로 다림질한 옷에서는 맵싸한 냄새가 풍겼다. 그녀의 까만 생머리 결을 음미했으며, 가장 은밀한 곳의 부드러운 살결과 다른 부분의 못이 박힌 거친 살결을 애무했다. 차가운 입술, 부드러운 성기, 널찍한 배의 감촉을 맛보았다. 에스테반은 판차에게 가장 은밀하고 오래된 테크닉을 가르쳐주면서 천천히 그녀를 탐했다. 옛날에 아버지가 썼던 침대로, 지금은 약간 흔들리기는 하지만 그런대로 사랑의 몸부림을 잘 견뎌내는 커다란 연철 침대 위에서 두 사람은 강아지처럼 데굴데굴 굴렀다. 아마 그날 밤은 물론, 그 뒤 며칠 동안 그는 행복했을 것이다.

판차 가르시아는 젖가슴이 부풀어 올랐고 엉덩이도 더 두루뭉술해졌다. 에스테반 트루에바의 고약한 성질도 한동안 잠잠했으며 소작농들에게 관심을 갖기 시작했다. 소작인들의 낡아빠진 오두막집으로 그가 손수 찾아가기도 했다. 그중 한 집에서는 어두컴컴한 실내에서 갓난아이와 막 새끼를 낳은 어미 개가 신문지를 잔뜩 넣은 상자 안에서 함께 잠을 자고 있는 것을 보았다. 어느 집에서는 한 노파가 사 년 전부터 서서히 죽어가고 있어 욕창으로 뼈까지 다 드러난 것을 보기도 했다. 마당에서는 밧줄로 목이 묶여 기둥에 매인 채 침을 질질 흘리며 알아듣지도 못하는 말을 웅얼거리는 바보 청년을 보기도 했다. 바보는 발가벗은 채 노새만 한 성기를 연신 땅바닥에다가 문지르고 있었다. 그제야 에스테반은 최악의 상태로 방치된 것은 땅이나 가축이 아니라 트레스 마리아스의 주민들이라는 사실을 처음으로 깨달았다. 그들은 에스테반의 아버지가 아내의 지참금과 유산을 도박으로 모두 날려버린 후 아무런 보호도 받지 못한 채 살아왔다. 에스테반은 산맥과 바다 사이에 파묻혀 모두에게 잊혀진 이곳에 어느 정도 문명의 혜택을 전해야 할 때가 되었다고 생각했다.

트레스 마리아스는 긴 잠에서 깨어나 활발한 활동을 재개하였다. 에스테반 트루에바는 농사꾼들이 평생 그렇게 일해 본 적이 없을 정도로 혹독하게 일을 시켰다. 무방비 상태로 방치되어 있던 그 수많은 세월을 몇 달 만에 극복하겠다는 열정으로 주인인 에스테반은 두 발로 일어설 수 있는 사람이라면 남녀노소를 가리지 않고 모두 고용했다. 그는 겨울에 식량을 비축할 수 있는 곡식 창고와 식품 저장 창고를 짓도록 했다. 말고기를 소금에 절이고, 돼지고기를 훈제시켰으며, 여자들에게는 과일을 설탕에 절여 보관하도록 시켰다. 똥과 파리가 득실대는, 낡은 광이나 다름없었던 낙농장을 근대화시켜 암소들이 충분한 우유를 생산할 수 있도록 했다.

교실이 여섯 개나 되는 학교 건물도 짓기 시작했다. 에스테반은 트레스 마리아스의 아이들과 어른들 모두가 글을 읽고 쓸 줄 알며 간단한 셈 정도는 할 수 있기를 바랐다. 하지만 사람들이 자신의 신분과 상황에 맞지 않는 생각을 품게 될까 봐 그 이상 배우는 것은 원치 않았다. 그렇지만 그런 오지에서 일하려는 교사를 구할 수가 없어, 에스테반이 직접 아이들을 가르쳤다. 아이들을 끌어 모으기 위해 때리기도 하고, 사탕을 준다고 꼬셔보기도 했지만 어려운 점이 한두 가지가 아니었는지라 결국에는 그 환상을 접고 학교는 다른 용도로 사용했다. 페룰라 누나가 그가 부탁한 책들을 수도에서 보내주었다. 그가 주문한 책은 모두 실용 서였다. 그 책들을 통해 그는 자기 힘으로 다리에 주사 놓 는 법과 방연석으로 라디오 만드는 법을 배웠다. 그는 첫 수확으로 벌어들인 돈으로 투박한 천과 재봉틀, 사용 설명 서와 함께 소량의 알약이 들어 있는 약상자, 백과사전, 읽 기 연습서와 공책, 연필 등을 잔뜩 구입했다.

에스테반은 아이들이 튼튼하고 건강하게 자라 어린 나이 에 일찍 일을 시작할 수 있도록 모든 아이들에게 하루에 한 번은 제대로 된 식사를 제공해 주는 식당을 세울 생각 이었다. 그렇지만 아이들이 점심 한 끼를 얻어먹기 위해 농장 끝에서부터 오게 만드는 것은 미친 짓이라는 걸 깨닫 고는 계획을 바꿔 그곳을 재봉 작업장으로 만들었다. 판차 가르시아가 책임지고 재봉틀의 신비를 파헤쳐야 했다. 판 차는 재봉틀을 살아 있는 악마의 도구로 여겨 처음에는 근 처에 얼씬도 하려 하지 않았지만 에스테반이 끈질기게 고 집을 부린 끝에 결국 재봉틀 다루는 법을 배우게 되었다.

에스테반은 잡화상도 하나 차렸다. 소작인들이 산 루카 스까지 마차를 몰고 가지 않고도 필요한 것을 대충 살 수 있도록 지은 작은 창고였다. 주인인 에스테반이 도매로 물 건들을 사서 같은 가격에 일꾼들에게 되팔았다. 그는 딱지 제도를 도입했다. 처음에는 신용 거래의 기능을 지녔던 딱지는 점차 법적으로 통용되는, 화폐의 대용물로 바뀌었다. 그의 소작인들은 분홍색 딱지로 잡화상에서 뭐든지 살 수 있었으며 임금도 분홍색 딱지로 받았다. 그 유명한 딱지 이외에도, 소작인들은 여가 시간에 경작할 수 있는 조그만 땅, 한 가구당 일 년에 암탉 여섯 마리, 일정량의 종자, 기본적인 생활을 가능하게 해주는 일정량의 수확물, 매일 먹을 수 있는 빵과 우유를 배당받았다. 그리고 크리스마스와 국경일에는 50페소씩 나누어주고 남자들끼리 분배하도록 했다. 여자들도 남자들과 똑같이 일은 했지만 과부들을 제외하고는 가장으로 간주되지 않았기 때문에 그런 혜택을 누리지 못했다. 에스테반 트루에바는 자기 주변에 더럽고, 추위에 떨고, 병든 사람들을 두고 싶지 않았기 때문에 빨랫비누와 뜨개질실과 폐를 튼튼하게 해주는 특수 시럽을 무료로 나눠주었다. 하루는 백과사전에서 균형 잡힌 식사의 장점에 대해 읽고는 비타민에 대한 집착이 생겨 평생 비타민 예찬론자가 되었다. 그는 농사꾼들이 자기 자식에게는 빵만 주고, 돼지에게는 우유와 계란을 먹이는 것을 볼 때마다 화가 치밀었다.

에스테반은 사람들에게 비타민에 대해 알리고, 방연석 라디오가 지지직거리며 작동하는 가운데 몇 마디 알아들은 소식들을 전하기 위해 학교에 강제로 모이게 했다. 에스테반은 곧 전선으로 라디오 전파를 추적하는 데 지쳐, 엄청나게 큰 배터리가 두 개나 들어가는 대양 횡단용 라디오를 수도에 주문했다. 그 기계 덕분에 바다 건너서부터 들려오는, 귀가 멍할 정도로 윙윙거리는 소음 속에서 몇 가지 쓸

만한 소식을 들을 수 있었다. 그렇게 해서 유럽에 전쟁이 발발했다는 것도 알게 되었다. 그는 학교 칠판에 지도를 걸어놓고는 핀으로 표시하면서 지도상에서 부대들의 진격 상황을 지켜보았다. 소작인들은 왜 하루는 푸른색 부분에 핀을 꽂았다가 다음 날에는 녹색 부분으로 핀을 옮겨 꽂는지 도무지 이해할 수가 없어 얼이 빠진 표정으로 에스테반을 지켜보았다. 그들은 이 세상이 칠판에 걸린 종이 크기만 하다는 것도 이해할 수가 없었으며, 군대가 압핀 머리하나만 하다는 것도 이해할 수가 없었다. 사실 그들은 전쟁이나 과학적 발명, 산업 발전, 금값, 최신 유행의 옷에 대해서는 아무런 관심도 없었다. 그것은 그들의 궁핍한 생활과는 아무런 상관도 없는, 동화책에서나 나오는 얘기였다. 절대 동요하지 않는 이 청중들에게 라디오 뉴스는 머나먼 남의 나라의 낯선 얘기일 뿐이었다. 그리고 그 기계가 날씨도 제대로 맞히지 못한다는 사실이 확실해지면서 라디오의 명예는 완전히 실추되었다. 라디오에서 흘러나오는 소식에 조금이라도 관심을 보인 사람은 페드로 세군도 가르시아뿐이었다.

에스테반 트루에바는 페드로 세군도 가르시아와 함께 처음에는 방연석 라디오 앞에서, 나중에는 배터리로 작동되는 라디오 앞에서 많은 시간을 보냈다. 그들을 문명 세계와 연결시켜 줄 수 있는, 까마득한 곳에서부터 들려오는 낯선 목소리의 기적을 함께 기다렸다. 그럼에도 불구하고 그 일로 두 사람이 가까워지지는 못했다. 에스테반은 이 투박스러운 농군이 다른 사람들보다 똑똑하다는 것을 잘 알았다. 그는 글을 읽을 줄 알며, 세 문장 이상 대화를 이어갈 수 있는 유일한 사람이었다. 에스테반에게 그는 반경 100킬로미터 내에서 가장 가까운 존재였지만, 엄청난 자존심 때문에 충직한 일꾼으로서의 장점 이외에는 그를 인정하려 들지 않았다. 에스테반은 하인들과 유대 관계를 돈독히 하는 사람이 아니었다.

반면에 페드로 세군도 가르시아는 에스테반을 증오했다. 주인이 미치도록 싫고 머리가 혼란스러웠지만 그 끔찍한 감정을 단 한 번도 입 밖에 낸 적은 없었다. 두려움과 분노 어린 경탄이 뒤죽박죽된 그런 감정이었다. 그는 에스테반이 주인이기 때문에 자기가 감히 그에게 맞서 싸울 일은 절대 없으리라는 것을 잘 알았다. 페드로 세군도는 평생 주인의 불끈하는 성질을 참아야 했으며, 제멋대로 아무 때나 명령을 내려도, 잘난 척하며 군림해도 묵묵히 참아야 했다. 트레스 마리아스가 방치되어 있던 기간에는 페드로 세군도가 이 방치된 땅에 사는 작은 부족들을 자연스럽게 통솔하였다. 그는 모두에게서 존경받고, 명령하고, 결정을 내리는 데 익숙해 있었다. 하늘 이외에는 자기 위에 아무도 없었다. 그랬던 것이 주인 나리가 출현하면서 완전히 바뀌었다. 하지만 사람들이 지금 더 잘살고 있으며, 더 이상 굶주리지도 않고, 훨씬 더 보호받으며 안전하게 살고 있다는 것도 인정하지 않을 수 없었다. 때로 에스테반은 페드로 세군도의 눈에서 섬뜩한 살기를 느낀 적이 있었지만 그렇다고 해서 그를 무례하다고 꾸짖을 수는 없었다. 페드로 세군도는 불평 한마디 없이 복종했으며 투덜대지 않고 열심히 일했다. 그는 정직했으며 충직해 보였다. 그는 자신의 여동생인 판차가 주인집 복도에서 삶에 만족한 여자처럼 느긋하게 걷는 모습을 보면 그냥 고개를 숙이고는 말을 삼켰다.

판차 가르시아는 어렸고 주인 나리는 강했다. 그들의 결합으로 인해 당연히 예측할 수 있는 결과가 몇 달 지나지 않아 나타나기 시작했다. 판차의 다리 혈관들이 가무잡잡한 피부 위로 지렁이처럼 돌출했으며, 몸동작이 굼떠지고 시선은 점차 몽롱해졌다. 그녀는 연철 침대 위에서 요란스럽게 부둥켜안고 뒹구는 일에 점차 흥미를 잃었으며, 허리둘레가 급속도로 불어났고, 몸속에서 자라나는 새 생명체의 무게로 젖가슴이 축 늘어졌다. 이제 에스테반은 판차에게 거의 눈길도 주지 않았기 때문에 그 변화를 금방 눈치 채지 못했다. 처음의 열정이 시들해진 뒤로는 애무도 하지 않았다. 하루 동안의 긴장을 털고 밤에 푹 자기 위한 건강법으로 판차가 필요할 뿐이었다.

그러나 결국에는 에스테반도 판차의 임신을 눈치 채고 말았다. 그 순간 에스테반은 판차가 소름 끼치도록 혐오스러웠다. 에스테반은 판차가 물컹물컹하고 미끈거리는, 형태도 없는 덩어리를 담고 있는 커다란 용기로밖에는 보이지 않았다. 도무지 그것을 자기 자식이라고 인정할 수가 없었다. 판차는 주인집을 떠나 자기 부모의 집으로 돌아갔고, 집에서는 아무것도 묻지 않았다. 판차는 그 이후에도 주인집 부엌에서 빵을 반죽하고 재봉틀로 바느질하는 등 집안일을 계속했다. 그러면서 그녀의 몸도 임신으로 점점 흉하게 망가졌다. 판차는 식탁에서 에스테반의 시중을 드는 일도 그만두고, 그와 마주치는 것을 피했다. 이제 그들은 더 이상 함께할 것이 아무것도 없었다. 판차가 에스테반의 침대를 떠난 지 일주일 후에 에스테반은 다시 로사 꿈을 꾸었고, 젖은 시트 위에서 잠을 깨었다. 그때 창밖을 보니, 방금 한 빨래를 철사줄에 널고 있는 마른 체구의 여자아이가 눈에 띄었다. 기껏해야 열세 살에서 열네 살 정도밖에 돼 보이지 않았지만 제법 성숙했다. 바로 그때 그 여자아이와 눈이 마주쳤다. 완숙미가 풍기는 여인의 모습이었다.

페드로 가르시아 노인은 에스테반이 휘파람을 부르며 나와 마구간으로 향하는 것을 보고는 왠지 불안한 마음에 고개를 가로저었다.

그 후 십 년이란 세월이 흐르면서 에스테반 트루에바는 그 지역에서 가장 존경받는 농장주가 되었다. 그는 자신의 소작인들에게 벽돌집을 지어주었고, 학교에 선생님을 한 명 고용했으며, 자신의 땅에 사는 사람들 모두의 생활수준을 향상시켰다. 이제 트레스 마리아스에서의 사업은 광산의 도움을 받지 않아도 될 정도로 발전하였으며, 오히려 트레스 마리아스가 광산 채굴권 연장을 위해 담보로 쓰일 정도였다.

에스테반 트루에바의 고약한 성격은 이제 전설처럼 되어 버렸는데, 실제보다 더욱 과장되어 그의 심기까지 언짢게 할 지경이었다. 에스테반은 그 누구도 자기에게 말대꾸하지 못하도록 했으며 어떠한 저항도 용납하지 않았고, 아주 사소한 불응도 도발적인 행위로 간주했다. 그의 색욕 또한 도가 지나칠 정도로 심해졌다. 여자들은 숲이나 강가, 연철 침대에서 그를 거치지 않고는 사춘기에서 성인기로 접어들 수가 없었다. 그는 트레스 마리아스에서 더 이상 쓸만한 여자를 구할 수 없게 되자 인근 농장에 사는 여자들을 쫓아다니기 시작했다. 주로 땅거미가 질 무렵 들판 어디에서고 눈 깜짝할 사이에 여자를 덮쳐버렸다. 그는 두려운 사람이 없었기 때문에 애써 숨어서 하려고 하지도 않았다. 간혹 여자의 오빠나 아버지, 남편, 주인이 따지러 트레스 마리아스까지 찾아오기도 했지만 걷잡을 수 없이 잔인한 그의 모습을 보고는 정의나 복수의 이름으로 그를 찾아오는 일은 점차 줄어들었다.

그가 잔인하다는 명성이 그 일대에 쫙 퍼지자, 그와 같은 계급의 농장주들에게는 부러움 섞인 탄복이 일기도 했다. 농사꾼들은 그의 눈에 띄지 않도록 딸을 숨기고는, 주인에게 맞설 수 없기 때문에 그저 무기력하게 주먹만 불끈 쥘 뿐이었다. 에스테반 트루에바는 그들보다 강했고, 처벌도 받지 않았다. 다른 농장에서 총알이 벌집처럼 박힌 농부의 시신이 발견된 적도 두 번이나 있었다. 트레스 마리아스에 범인이 있다는 걸 의심하는 사람은 아무도 없었지만 시골 경찰들은 기록부에다가 글도 모르는 사람이 쓴 것 같은 어설픈 필체로 농부들이 도둑질하다가 당한 거라고 작성할 뿐이었다. 그리고 그 문제는 더 이상 거론되지 않았다. 에스테반 트루에바는 그 지역 일대에 사생아를 뿌리고, 증오를 거두어들이고, 죄악을 쌓아 올리면서 난봉꾼으로서의 명성을 높여갔다. 그의 영혼은 쇠심줄처럼 무감각해졌으며, 발전이라는 명목으로 양심의 목소리를 잠재웠기 때문에 아무런 죄책감도 느끼지 않았다.

페드로 세군도 가르시아와, 수녀들이 운영하는 병원의 늙은 신부가 훌륭한 고용주나 훌륭한 가톨릭교도는 작은 벽돌집이나 우유 몇 리터로 만들어지는 것이 아니라, 일꾼들에게 분홍색 종이 딱지가 아닌 제대로 된 급료를 지불하고, 뼛골이 빠지지 않을 정도로 노동 시간을 배려해 주고, 조금이나마 그들을 존중하고 그들의 존엄성을 살려주는 데서 만들어지는 거라고 넌지시 얘기해 보았지만 아무 소용이 없었다. 에스테반 트루에바는 그런 말에서는 공산주의 냄새가 난다며 아예 들으려고도 하지 않았다.

"그런 것들은 다 썩어빠진 생각이야."

에스테반이 중얼거렸다.

"소작인들을 선동하기 위한 볼셰비키 사상이지. 이 불쌍한 사람들이 일자무식에 교육도 제대로 받지 못했다는 걸 모르고 하는 소리야. 이 사람들은 애들 같아서 책임감이 없어. 뭐가 자기네들한테 이로운지도 모른다고. 내가 없었으면 우왕좌왕 난리도 아닐 거야. 내가 등만 돌렸다 하면 개판이 돼서 멍청한 짓만 골라서 하는 게 그 증거야. 이 사람들은 무식하기가 한량없어. 내가 데리고 있는 사람들은 아주 잘살아. 그럼 됐지, 뭘 더 바라? 그 사람들한테는 아무것도 부족한 게 없어. 투덜거리는 놈들은 배은망덕해서 그런 거야. 벽돌집도 있겠다. 내가 손수 신경 써서 어린 자식들 코도 닦아주고, 기생충도 없애주고, 예방 주사도 놓아주고, 글도 가르쳐주는데 뭘 더 바라? 이 근처에 자체적으로 학교 가지고 있는 농장 있으면 나와 보라고 해! 당연히 없지! 나는 시간이 될 때마다 신부를 데려다가 미사를 보게 하는데, 어째 신부는 나한테 정의니 뭐니 이러쿵저러쿵 떠드느냔 말이야? 뭘 모르면 가만히 있지 끼어들긴 왜 끼어들어? 자기 일이 아니면 아예 상관을 말아야지. 그 신부가 이 농장을 맡으면 어떻게 돌아갈지 한번 보고 싶군! 그때도 계속 고상하게 굴지 두고 보자고!

이 구질구질한 놈들한테는 세게 나가야 해. 그래야만 제대로 알아듣거든. 물렁하게 나갔다가는 존경이고 나발이고 없어! 물론 내가 가끔 그 사람들한테 심하게 군 적이 있다는 건 부인하지 않아. 하지만 언제나 공정했어. 나는 그 사람들한테 모든 걸 다 가르쳐주었어. 심지어 먹는 법까지 가르쳐줬다고. 그냥 알아서 하라고 내버려 뒀으면 빵밖에 먹지 못했을 거야. 내가 조금이라도 감시를 늦추면 그 사람들은 돼지한테 우유랑 계란을 먹인단 말이야. 제 엉덩이도 닦을 줄 모르는데 투표권은 무슨 얼어 죽을 투표권이야! 자기들이 어디에 사는지도 모르는데 정치를 어떻게 안단 말이야? 이 사람들은 북쪽 지방의 광부들처럼 빨갱이들한테나 표를 던질 위인들이야. 광물 값이 그 어느 때보다 치솟은 상태인데, 이럴 때 광부들이 파업이니 뭐니 하면서 나라를 온통 뒤숭숭하게 만들어놓았어. 내가 북쪽에 있었다면 군대를 투입시켜 총탄을 퍼부어 단번에 그 못된 버릇을 말끔히 고쳐주었을 텐데. 불행히도 이쪽 나라들에서는 몽둥이를 휘두르는 게 유일한 약이야. 여기는 유럽이 아니야. 이곳에서 필요한 것은 강한 정부, 강한 농장주야. 우리가 모두 평등하게 태어났다면 좋겠지만 실상은 그렇지가 않잖아. 그것보다 명백한 사실은 없지.

여기서 제대로 일할 줄 아는 사람은 나 하나밖에 없어. 그렇지 않다면 어디 한번 증거를 대보시지. 이 빌어먹을 땅에서 가장 일찍 일어나 가장 늦게 잠자리에 드는 사람이 바로 나라고! 마음 같아서는 죄다 집어치우고 수도로 가서 임금처럼 떵떵거리며 살고 싶지만 나는 이곳에서 살아야만 해. 왜냐고? 내가 일주일이라도 자리를 비웠다 하면 모든 게 엉망진창으로 돌아갈 테고 이 불쌍한 사람들은 죄다 굶어 죽을 테니까. 내가 구 년 전인가 십 년 전에 이곳에 왔을 때 어땠는지 한번 생각해 보라고! 비참하기 그지없었지. 돌덩이하고 독수리밖에 없는 폐허였어. 아무도 살지 못하는 황무지였지. 목초지는 죄다 방치되어 있었고, 수로를 건설할 생각을 하는 사람은 아무도 없었어. 그저 앞마당에다가 빌어먹을 상추 네 포기를 심는 걸로 만족하고는 나머지 땅은 죄다 폐허로 내버려 두었지. 내가 이곳에 와서 질서와 법을 세우고 일이 얼마나 중요한 건지 깨우쳐줄 필요가 있었어. 그러니 내가 어떻게 자랑스럽지 않겠어? 나는 아주 열심히 일한 덕분에 근처 농장을 두 곳이나 흡수했지. 이제는 내 농장이 이 일대에서 가장 크고 부유해. 모든 사람들이 부러워하는 모범적인 농장이 된 거야. 그리고 농장 옆으로 도로가 나서 땅값도 두 배나 뛰었어. 이 땅을 팔아서 유럽으로 건너가면 이자로도 살 수 있지만 나는 아무 데도 가지 않을 거야. 내 자신을 희생하면서도 이곳에 남겠다고. 다 이 사람들을 위한 거지. 내가 없으면 이 사람들은 그냥 쫄딱 망할 거야. 사실, 툭 까놓고 말하면 이 사람들한테는 심부름도 제대로 시킬 수가 없어. 내가 늘 얘기했듯이 이 사람들은 어린애랑 다를 바 없다니까. 내가 뒤에서 윽박지르지 않으면 자기가 해야 할 일을 제대로 할 줄 아는 사람이 단 한 명도 없다니까! 그런데도 뭐, 우리 모두가 평등하다는 별 시시껄렁한 얘기를 하다니! 정말이지 포복절도하겠군! 세상에, 말도 안 되지……."

에스테반은 생활이 풍족했기 때문에 어머니와 누나에게 과일 상자와 소금에 절인 고기, 햄과 신선한 계란, 살아 있는 암탉과 식초와 올리브기름에 절인 닭, 밀가루, 쌀과 곡식 자루, 시골 치즈와 함께 모녀가 필요로 하는 만큼의 돈을 충분히 보냈다. 트레스 마리아스와 광산에서는 충분한 수확을 거두어들였다. 에스테반은 하느님이 천지 창조를 한 이래 처음으로 제대로 된 수확을 올린다며 사람들에게 즐겨 얘기했다. 에스테르 부인과 페룰라에게는 그들이 평생 욕심도 내보지 못했던 물건들을 보냈지만 지난 십 년 동안 시간이 없어 단 한 번도 그들을 찾아보지 못했다. 사업차 북쪽 지방에 간 적은 여러 번 있었지만 그때도 잠깐 들르지 못했다. 에스테반은 농장 일이며 새로 구입한 토지와 막 손대기 시작한 여러 사업들 때문에 눈코 뜰 새 없이 바빠서 환자 침대 옆에서 낭비할 시간이 없었다. 하지만 우편물을 통해 서로 안부를 주고받을 수 있고, 기차 편으로 보내고 싶은 물건은 뭐든지 보낼 수 있었기 때문에 굳이 어머니와 누나를 만나러 갈 필요는 없었다. 편지에다가 모두 얘기할 수 있었다. 하지만 그들에게 알리고 싶지 않은 얘기, 즉 마술처럼 줄줄이 태어나는 사생아들 얘기는 빼놓고 쓰지 않았다.

에스테반이 풀밭 위로 여자를 넘어뜨려 뒹굴었다 하면 그 여자는 즉시 임신이 되었다. 이는 악마나 가능한 일이지 그렇게 왕성한 생식력은 있을 수가 없었다. 그래서 그는 그렇게 태어난 아이들 중 적어도 절반 정도는 자기 아이가 아닐 거라고 확신했다. 그 때문에 그는 자기와 똑같이 에스테반이라는 이름을 가진 판차 가르시아의 아들을 제외한 다른 아이들은 자기 자식일 수도 있고 아닐 수도 있는데, 아닐 거라고 생각하는 쪽이 훨씬 마음 편하다고 생각했다. 그가 판차를 범했을 때 판차는 확실한 처녀였기 때문에 그 아이에 대해서는 의심의 여지가 없었다. 여자가 갓난아이를 품에 안고 집에 와서 그의 성을 붙이게 해달라고 애원하거나, 다른 형태의 도움을 청할 때마다 그는 지폐 두어 장을 여자의 손에 쥐어 내쫓으면서 만일 한 번만 더 자기를 귀찮게 굴면 채찍질로 혼내 줄 테니 알아서 하라며 으름장을 놓았다. 처음 보는 아무 남자한테나 꼬리를 쳐놓고서는 자기한테 와서 책임지라고 하는데, 그 버릇을 고치도록 혼쭐을 낼 거라며 윽박질렀다. 이로 인해 에스테반은 자기 자식이 정확히 몇 명이 되는지 알지 못했으며, 사실 관심도 없었다.

에스테반은 자식을 갖고 싶으면 교회의 축복을 받으며 자신과 같은 계층의 여자를 아내로 맞아들일 생각이었다.

아버지의 성을 이어받은 자식들만 중요할 뿐, 그 외 다른 아이들은 안중에도 없었다. 모두 똑같은 권리를 가지고 태어나 평등하게 재산을 물려받는다는 그런 말도 안 되는 얘기는 그에게 통하지 않았다. 만에 하나 그런 일이 생긴다면 모두 난장판이 되고 문명은 석기 시대로 되돌아갈 게 분명하다고 생각했던 것이다. 에스테반은 로사의 엄마인 니베아가 생각났다. 니베아는 남편이 독이 든 술에 질려 정치에서 물러난 뒤 자기가 직접 정치 활동에 뛰어들었다. 그녀는 다른 귀부인들과 함께 의회와 대법원 출입문에 몸을 쇠사슬로 묶어놓고는 남편들을 웃음거리로 만드는 낯 뜨거운 장면도 연출했다. 에스테반은 니베아가 도시 전역에 여성 투표권을 주장하는 포스터를 붙이러 밤에 외출하고, 환한 일요일 정오에 빗자루를 손에 쥐고 삼각 모자를 머리에 쓴 채 도시 한복판을 활보하면서 여자도 남자와 똑같은 권리를 가져야 하고, 여자도 투표하고 대학에 입학할 수 있도록 허용해야 하며, 사생아를 포함한 모든 아이들은 충분한 법적 보호를 받아야 한다고 소리치며 주장하고 다닌다는 것을 알고 있었다.

"그 부인은 머리가 돌았어!"

에스테반 트루에바가 말했다.

"그건 순리에 어긋나는 짓이야. 둘 더하기 둘도 셈할 줄 모르는 여자들이 무슨 외과용 메스를 다룰 수 있겠어? 여자의 본분은 어머니 역할을 제대로 하는 거야. 가정에 있단 말이야. 요새 돌아가는 꼴을 보면, 까딱했다가는 여자들이 국회의원도 하고, 판사도 하고, 대통령까지 하겠다고 설칠 판이야! 그렇게 혼란과 무질서만 조장하다 보면 나중에는 큰 변괴로 끝날 수도 있어. 여자들이 말도 안 되는 팸플릿을 찍어내고, 라디오에 나와서 얘기하고, 공공장소에서 쇠사슬로 몸을 묶고 시위하다가 결국 경찰이 대장장이를 불러 쇠사슬을 끊고 구속해야 하니. 당연히 구속시켜야 하는데도 언제나 영향력 있는 남편이나 멍청한 판사나 개혁 바람이 든 국회의원이 있어 매번 풀어주는 게 문제야. 그럴 때는 아주 강경하게 나가는 게 최상책인데 말이야."

유럽 전쟁이 드디어 막을 내렸다. 시신을 가득 실은 기차는 먼 나라 이야기이지만 그 소란이 완전히 가라앉은 것은 아니었다. 라디오나 전신을 통해, 이주자들을 잔뜩 실은 기선들을 통해, 걷잡을 수 없는 태풍처럼 불온한 사상들이 그곳에서부터 전해졌다. 이주자들은 자기네 나라에서 굶주림에 시달리다가, 폭탄 꽝음과 밭도랑에 처박혀 썩고 있는 시체들에 질려 물밀듯이 그곳을 도망쳐 나왔다. 그해에는 대통령 선거가 있어 특히 사태 변화에 귀추가 주목되었다. 나라 전체가 깨어나고 있었다. 물결처럼 민중 전체에 휘몰아친 불만 때문에 견고하기 그지없던 소수 족벌 체제에 조금씩 타격이 가해지기 시작했다. 그해 시골에서는 가뭄, 달팽이 떼의 습격, 구제역 등 갖가지 재난이 발생했다. 북쪽 지방에서는 해고당하는 사람들이 생겨났으며, 수도에서는 먼 나라 전쟁의 파급 효과가 느껴졌다. 그해에는 지진만 빼고 재난이란 재난은 모두 일어났을 정도로 궁핍하고 힘든 해였다.

그렇지만 권력과 부를 거머쥔 상류층은 불안하기 그지없

는 자신들의 지위가 위협받고 있다는 것을 전혀 인식하지 못했다. 부자들은 찰스턴 춤과 새로운 리듬의 재즈, 폭스 트롯 춤, 상스럽기 그지없는 흑인 쿰비아 춤을 추면서 희희낙락이었다. 전쟁 때문에 사 년 동안 중단되었던 유럽행 선박 여행이 재개되었고, 새로 생겨난 북아메리카행 노선도 대유행이었다. 골프가 새롭게 인기를 끌면서 이백 년 전에 같은 장소에서 인디오들이 했던 것과 똑같이 조그만 공을 막대기로 치기 위해 최고의 사회 계층 인사들이 모여들었다. 귀부인들은 무릎까지 내려오는 양식 진주 목걸이를 치렁치렁 걸쳤으며, 눈썹까지 내려오는 종 모양의 모자를 썼다. 여자들은 남자들처럼 머리를 잘랐으며, 창녀처럼 화장을 짙게 했고, 코르셋을 벗어던지고 다리를 꼬고 앉아 담배를 피웠다. 남자들은 미국 산 자동차에 얼이 빠졌다. 미국 산 자동차는 오전에 수입되면 그날 오후에 몽땅 팔려 나갔다. 자동차를 사려면 적잖은 돈이 필요했다. 그리고 절대 그런 멋있는 차를 위해서가 아니라 말이나 다른 짐승들이 다니도록 만들어놓은 길로 온갖 굉음과 연기를 내뿜으며 미친 듯이 빠른 속도로 달리다 보면 고장도 쉽게 났지만 자동차는 날개 돋친 듯이 팔려 나갔다. 상속받은 재산과 전후에 쉽게 벌어들인 큰돈이 도박판에 판돈으로 내걸렸으며, 샴페인이 미친 듯이 터졌다. 그리고 멋쟁이들과 부도덕한 사람들에게는 코카인이 신종 유행이었다. 이런 집단적인 광기는 쉽게 끝날 것 같지 않았다.

그렇지만 시골에서 자동차란 짧은 원피스만큼이나 현실과는 동떨어진 물건이었다. 달팽이 떼와 구제역의 피해를 입지 않은 사람들은 그해 풍년이 들었던 것으로 기억했다. 에스테반 트루에바와 그 지역 일대의 다른 지주들은 다가오는 대통령 선거를 대비한 정치적 전략을 짜기 위해 동네 클럽에 자주 모였다. 농부들은 식민지 시절과 다를 바 없이 살았다. 농부들은 노조나 일요일 휴무, 최저 임금에 대해서는 들어본 적도 없었지만, 새로이 창당된 좌파의 대표자들이 몰래 농장으로 잠입하기 시작했다. 그들은 선교사로 위장해 한쪽 겨드랑이에는 성경을, 다른 쪽 겨드랑이에는 마르크스주의 선전 팸플릿을 끼고 근검절약하는 생활을 해야 하고 혁명을 위해 목숨을 바쳐야 한다고 외치며 돌아다녔다.

작당을 하기 위해 모인 지주들은 점심 식사를 주로 흥청망청하는 술판이나 닭싸움으로 끝냈으며, 저녁에는 홍등가로 우르르 몰려갔다. 그곳에서는 열두 살짜리 창녀들과 그곳 사창가와 읍 전체에서 유일한 호모인 카르멜로가 소피아의 감시 아래 낡아빠진 축음기의 선율에 맞춰 춤을 추었다. 소피아는 이제 춤추고 흥을 돋울 나이는 지나 있었다. 그렇지만 철두철미하게 사업을 꾸려 나갈 힘은 아직 남아 있었다. 경찰들이 장난을 걸려고 들거나 농장주들이 돈을 내지 않고 재미만 보려고 하면 거뜬하게 막아냈다. 창녀들 중에서 트란시토 소토가 제일 춤을 잘 추었으며 취객들의 농간에도 가장 잘 버텨냈다. 절대 지칠 줄 몰랐으며 불평도 한마디 하지 않았다. 뼈만 앙상하게 남은 젊은 몸뚱이는 손님들의 손에 맡겨놓고 영혼은 아주 먼 곳에 가 있는 듯한 모습이 마치 득도한 티베트 여자와도 같았다. 에스테반 트루에바는 트란시토 소토가 과감한 포즈도 거침없이 잘 취하고, 거칠게 섹스를 해도 마다하지 않았기 때문에 그 아이가 마음에 들었다. 한마디로 비위를 잘 맞출 줄 아는 아이였다. 그리고 자기는 반드시 성공할 거라고 말해서 에스테반을 재미있게 한 적도 있었다.

"나는 평생 이 홍등가에 있지는 않을 거예요, 나리. 수도로 갈 거예요. 돈도 많이 벌고, 유명해지고 싶어요."

트란시토 소토가 말했다.

에스테반은 그 사창가가 마을에서 유일하게 즐길 수 있는 곳이기 때문에 간 것일 뿐, 창녀를 즐겨 찾는 타입은 아니었다. 다른 방법으로도 얻을 수 있는 것에 굳이 돈을 지불할 필요가 없었던 것이다. 그렇지만 그는 트란시토 소토를 총애했다. 그녀만큼은 그를 웃게 만들었다.

어느 날 일을 마치고 난 후, 에스테반은 그런 적이 거의 없었지만 그날따라 왠지 너그러워져서, 트란시토 소토에게 어떤 선물을 해주면 좋겠느냐고 물었다.

"주인 나리, 50페소만 빌려주세요!"

그녀가 즉시 요구했다.

"상당히 큰 돈인데. 그 돈이 왜 필요한 거지?"

"기차표도 사야 하고, 빨간 드레스에 하이힐, 향수도 한 병 사야 하고 파마도 해야 하니까요. 새 출발 하기 위해서 필요한 거예요. 주인 나리, 언젠가는 반드시 갚아드릴게요. 이자까지 쳐서요."

에스테반은 그날 송아지 다섯 마리를 팔아 주머니에 돈이 두둑한 데다, 쾌락을 즐긴 후 나른해져서 다소 감상적이 되었던 탓에 트란시토에게 50페소를 선뜻 내주었다.

"트란시토, 너를 다시 볼 수 없다니 유감이구나. 너한테 꽤 길들어져 있었는데 말이야."

"주인 나리, 우리는 다시 만나게 될 거예요. 인생은 길어요. 무슨 일이 어떻게 생길지 알 수 없잖아요."

농장주들은 클럽에서 거창한 식사를 한 후 닭싸움을 구경하고 사창가에서 오후 나절을 보내면서 결코 독창적이지는 못하지만 꽤 그럴싸한, 즉 농부들에게 투표를 하게 한다는 계획을 세웠다. 농장주들은 농부들에게 고기 만두와 포도주를 엄청나게 차린 파티를 열어주고, 소도 몇 마리 잡아서 내놓았다. 기타를 치며 노래도 연주하게 하면서 장황한 정치 연설을 늘어놓았다. 보수당 후보가 선거에서 승리하면 그들 모두에게 두둑한 혜택이 돌아가지만, 만일 다른 후보가 승리한다면 일자리를 잃게 될 거라고 호언장담했다. 게다가 투표함 관리도 농장주들이 맡았으며 경찰까지 매수했다. 파티가 끝난 후에 농장주들은 농부들을 달구지 하나에 몰아 태우고서 농담하고 웃는 가운데서도 감시의 눈을 게을리 하지 않으며 투표장에 투표를 시키러 보냈다. "여보게, 이보게, 나만 믿어. 나는 절대로 자네를 실망시키지 않을 거야. 그래, 그래야지. 자네가 그런 애국심을 가지고 있으니 좋네. 자유주의자들과 극좌파들을 보게. 그놈들은 전부 얼빠진 놈들이야. 그리고 빨갱이들은 무신론자에 완전 개새끼들이지. 아이들을 잡아먹는다고." 하는 등의 말로 농부들을 구슬렸다. 농장주들이 농부들에게 조금이나마 친근감 있게 대했던 것은 그때 한 번뿐이었다.

선거 날에는 모든 일이 계획한 대로 완벽하게 진행되었다. 군대가 민주화 과정을 책임지고 지켜주었다. 모두 평화로웠으며, 평소보다 훨씬 더 화창하고 활기가 넘치는 봄날이었다.

"있는 독재자를 전복시키고 또 다른 독재자를 앉히기 위해 계속 혁명만 하느라 허송세월하는 인디오와 흑인이 넘치는 남미 대륙에서는 우리 나라가 하나의 표본이지. 우리 나라는 달라! 진짜 제대로 된 공화국이란 말이야! 우리에게는 시민의 자부심이 있어. 이 나라에서는 보수당이 깨끗하고 공정하게 선거에서 승리하지. 그래서 질서를 바로잡고 사회를 안정시키기 위해 군인을 끌어들일 필요가 없어. 양키들이 원자재를 모조리 싸 짊어지고 떠나는 사이에 자기들끼리 치고받고 싸우는 이웃의 독재 국가들과는 다르다고."

선거 결과가 발표되었을 때 클럽 식당에서 잔을 들고 건배하면서 에스테반 트루에바는 이렇게 말했다.

사흘 후에 모든 것이 평소와 같은 일상으로 되돌아왔을 때 페룰라의 편지가 트레스 마리아스에 도착했다. 그 전날 밤 에스테반 트루에바는 로사의 꿈을 꾸었다. 로사의 꿈을 꾼 것도 꽤 오랜만이었다. 꿈속에서 로사는 허리까지 내려오는 초록빛 망토처럼 하늘하늘한 머리카락을 어깨 위로 늘어뜨리고 나타났다. 피부는 석고상처럼 하얗고 매끄러우면서 단단하고 차가웠다. 벌거벗은 채 양팔에 보따리 하나를 들고는 몸 주위로 초록색 후광을 발산하면서 꿈속에서 미끄러지듯 걸어왔다. 로사가 천천히 에스테반 쪽으로 다가왔다. 에스테반이 로사를 만지려는 순간 로사가 들고 있던 보따리를 땅바닥으로 던져, 보따리가 그의 발밑에 와서 부딪혔다. 에스테반이 몸을 구부려 그 보따리를 줍자 그 안에서 두 눈이 없는 여자아이가 그를 보더니 아빠 하고 부르는 것이었다. 그는 불길한 마음으로 잠에서 깨어나 아침 내내 기분이 언짢았다. 그래서 페룰라의 편지가 도착하기 전부터도 이미 마음이 편치 않은 상태였다.

평소 아침처럼 에스테반은 아침 식사를 하러 부엌으로 들어가다가 암탉 한 마리가 바닥에서 빵 부스러기를 쪼아 먹는 것을 보았다. 순간 그는 발로 닭을 냅다 걷어차 버렸다. 배가 터진 닭은 부엌 바닥 한가운데서 날개를 퍼덕거리다 튀어나온 창자와 닭털에 뒤범벅된 채 죽었다. 그래도 마음이 가라앉기는커녕, 오히려 짜증만 더 나고 숨이 막혀 죽을 것 같았다. 그는 가축들에게 낙인을 찍는 작업을 감독하기 위해 말에 올라 전속력으로 달렸다. 그사이 페드로 세군도 가르시아가 저택에 도착했다. 짐을 부치러 산 루카스에 있는 기차역에 갔다가 마을에 들러 우편물을 가지고 온 것이었다. 그가 페룰라의 편지를 가지고 왔다.

편지 봉투는 아침 내내 현관 입구 탁자 위에 놓여 있었다. 에스테반 트루에바는 땀과 먼지를 뒤집어쓴 데다 겁에 질린 짐승들의 냄새가 몸에 배어서 들어오자마자 곧바로 목욕하러 들어갔다. 그러고 나서는 책상에 앉아 회계 정리를 하고, 식사를 쟁반에 담아 자기에게 가지고 오도록 명했다. 그는 저녁이 될 때까지도 누나의 편지를 보지 못했다. 평소대로 잠자리에 들기 전에 불은 제대로 꺼졌는지,

문은 잘 잠겨 있는지 확인하기 위해 집 안을 한 바퀴 둘러보다가 그제야 편지 봉투를 발견했다. 페룰라의 편지는 이전의 다른 편지들과 다를 바 없었다. 하지만 그 편지를 손에 집어든 순간, 에스테반은 열어보기도 전에 그 편지가자기의 인생을 송두리째 바꿔놓으리라는 것을 직감했다. 몇 년 전 로사의 죽음을 알리는 누나의 전보를 받았을 때도 똑같은 느낌이었다.

불길한 예감으로 이마의 관자놀이가 움찔거리는 가운데 에스테반은 누나의 편지를 열어보았다. 편지에는 에스테르 트루에바 부인이 죽어가고 있으며, 페룰라가 그 오랜 세월 노예처럼 어머니를 돌보고 섬겼는데도 지금은 그런 자기를 못 알아보고 에스테반을 보지 않고서는 죽을 수 없다며 오로지 밤낮으로 아들만 찾으며 자기를 괴롭히고 있다고 간략하게 써 있었다. 에스테반은 진정으로 어머니를 사랑해본 적이 없었고, 어머니 앞에서는 한번도 마음이 편한 적이 없었지만, 그래도 그 소식은 그에게 큰 충격이었다. 어머니를 만나러 가지 않기 위해 둘러댔던 핑곗거리들이 이제 더는 소용이 없다는 것을 깨달았다. 이제는 수도로 돌아가서 마지막으로 어머니를 봐야 할 때가 온 것이다. 어머니는 늘 독한 약내를 풍기면서 시름시름 앓는 신음 소리를 내며 기도문을 웅얼거리는 모습으로 에스테반의 악몽 속에 나타났다. 어머니는 그의 어린 시절을 여러 가지 금기 사항과 공포로 가득 채우고, 성년기는 의무와 죄의식으로 짓누른, 고통에 찌든 여자였다.

에스테반은 페드로 세군도 가르시아를 불러 상황을 설명

했다. 그는 페드로 세군도를 책상으로 데려가 회계 장부와 잡화상의 계산 장부를 보여주었다. 포도주 저장 창고 열쇠만 빼고 열쇠 전부를 꾸러미째 페드로 세군도에게 건네주었다. 그러고는 그 순간부터 자기가 돌아올 때까지 페드로 세군도가 트레스 마리아스에서 일어난 일에 대해 총책임을 져야 하며, 좋지 못한 일이 생기면 나중에 그 대가를 톡톡히 치러야 할 거라고 주의를 주었다. 페드로 세군도 가르시아는 열쇠 꾸러미를 받아들고, 회계 장부를 겨드랑이 사이에 끼고는 좋아하는 기색 하나 없이 미소를 머금었다.

"하는 데까지 해보겠습니다. 주인 나리."

페드로 세군도가 어깨를 들썩하며 말했다.

다음 날, 에스테반 트루에바는 어머니의 집에서 이곳으로 왔을 때 지났던 길을 몇 년 만에 처음으로 되돌아갔다. 가죽 가방 두 개를 실은 뒤 달구지를 타고 산 루카스 역까지 가서 영국 철도 회사 시절의 일등칸 객차를 타고 산맥 아래로 펼쳐진 광활한 들판을 다시 지나갔다.

에스테반은 눈을 감고 자려고 했지만 어머니의 모습이 자꾸 꿈속에서 어른거려 잠을 잘 수가 없었다.

3
영험한 능력을 지닌 클라라

말이 무의미하다고 생각하여 침묵을 지키기로 결심한 것은 클라라가 열 살 때 일이었다. 그러면서 클라라의 인생은 완전히 달라졌다. 집안 주치의인 뚱뚱하고 친절한 쿠에바스 박사는 자기가 고안해 낸 알약과 시럽으로 된 비타민을 먹이고, 천일염이 들어간 벌꿀로 목구멍을 청소해 클라라의 침묵을 치료해 보려고 애썼지만 모두 허사였다. 쿠에바스 박사는 곧 자신의 치료가 소용없을 뿐만 아니라 자신의 존재 자체가 아이가 느끼는 공포를 가중시킨다는 것을 깨달았다. 클라라는 쿠에바스 박사만 봤다 하면 비명을 지르며 겁에 질린 짐승처럼 집 안 제일 구석진 곳으로 웅크리고 들어가 숨었다. 그래서 할 수 없이 박사는 치료를 중단하고 세베로와 니베아에게 루마니아인인 로스티포프에게 클라라를 데려가 보이라고 권했다. 로스티포프는 그 당시 세상을 떠들썩하게 했던 인물이었다.

　로스티포프는 보드빌 쇼에서 마술로 돈을 번 사람이었다. 그는 성당의 뾰족한 탑에서 광장 건너편에 있는 갈리시아인 협회 건물의 원형 지붕까지 철사줄을 이어 장대 하나로 몸의 균형을 잡은 채 그 위를 건너가는 믿기지 않는 묘기를 성공시킨 사람이었다. 그런 경박스러운 면에도 불구하고, 로스티포프는 여가 시간에 가느다란 마술 지팡이와 최면술로 히스테리를 치료해 과학계를 떠들썩하게 했다. 니베아와 세베로는 그 루마니아인이 호텔에 임시로 차려놓은 진료실로 클라라를 데리고 갔다. 로스티포프는 클라라를 조심스럽게 진찰한 후 클라라는 말을 할 수 없는 게 아니라 말을 하고 싶지 않아 침묵을 지키는 것이므로 클라라의 증세는 자신의 치료 영역이 아니라고 결론을 내렸다. 그럼에도 불구하고 아이의 부모가 하도 고집을 피우자 단맛이 나는 보라색 알약을 조제해 주었다. 그러고는 그 알약은 농아들을 치료하기 위한 시베리아식 치료 방법이라고 일러주었다. 하지만 이 경우에는 그의 심리 방법이 효과를 거두지 못했다. 그리고 두 번째 약병은 잠깐 방심하는 사이에 바라바스가 먹어치웠지만 역시 이렇다 할 만한 반응이 일어나지 않았다. 세베로와 니베아는 클라라가 말을 하게 만들기 위해 협박도 해보고, 사정도 해보고, 집에서 할 수 있는 일은 전부 해보았지만 아무 소용이 없었다. 심지어는 배가 고프면 밥 달라고 입을 열까 해서 밥도 주지 않고 굶겨보았지만 소용없었다.

　유모는 클라라에게 겁을 주면 말을 할 거라고 생각했다.

그래서 구 년 동안 클라라에게 겁을 주기 위해 별의별 희한한 방법들을 쥐어짜 보았지만 결과적으로는 클라라를 놀라움이나 두려움에 면역이 되게 했을 뿐이었다. 클라라는 곧 아무것도 두려워하지 않게 되었다. 피죽도 못 얻어먹은 듯 창백한 귀신들이 자기 방에 나타나도, 흡혈귀나 악마가 자기 방 창문을 두드려도 꿈쩍도 하지 않았다. 유모는 머리가 없는 해적이나 런던탑의 사형 집행인, 늑대 인간, 뿔 달린 악마 등 그때그때 생각나는 대로, 또 클라라를 놀라게 하려는 목적으로 사들인 공포 잡지에서 따온 아이디어에 따라 변장했다. 유모는 글은 읽을 줄 몰랐지만 그림을 보고 흉내는 낼 수 있었다. 유모는 어두운 데서 클라라를 덮쳐서 놀래주기 위해 복도를 따라 살며시 미끄러지듯 걸어가는 데는 선수가 되었다. 클라라의 방문 뒤에 숨어서 이상한 소리도 곧잘 냈으며 침대에 꿈틀거리는 벌레를 숨겨놓기도 했지만 무슨 짓을 해도 클라라는 입도 뻥끗하지 않았다. 가끔 클라라도 인내심을 잃고는 바닥에 나뒹굴며 발버둥을 치고 소리소리 질러댔다. 그렇지만 알아들을 수 있는 말을 발음한 적은 한번도 없었다. 아니면 늘 지니고 다니는 석판에다가 불쌍한 유모에게 심한 욕지거리를 긁적거렸다. 그러면 유모는 클라라가 자기 마음을 알아주지 못하는 게 섭섭해 부엌에 가서 울었다.

"다 너를 위해서란다, 아가야!"

유모는 탄 코르크를 시커멓게 칠한 얼굴에 피 묻은 시트를 뒤집어쓴 채 흐느껴 울었다.

니베아는 더 이상 유모가 클라라에게 겁을 주지 못하게

했다. 니베아는 분위기가 긴장되면 클라라의 영적 능력이 더 증대되고, 딸아이의 주변을 맴도는 혼령들을 뒤흔들어 놓는 결과만 낳을 뿐이라는 사실을 깨달았다. 게다가 그렇게 무시무시한 괴물들이 계속 출현함에 따라 바라바스의 신경 조직이 완전히 망가져버렸다. 바라바스는 원래도 후각이 발달하지 못했던지라 가면을 뒤집어쓴 유모를 알아보지 못했다. 그래서 그냥 철퍼덕 주저앉아 오줌을 싸서 주변을 흥건한 물구덩이로 만들어놓았으며, 자주 이빨을 부딪치며 벌벌 떨었다. 그러나 유모는 니베아가 약간만 방심했다 하면 딸꾹질을 없애는 것과 같은 방법으로 클라라의 침묵을 고치겠다며 끝까지 고집을 굽히지 않았다.

클라라는 델 바예 가문의 자녀들이 모두 다녔던 수녀 학교를 나와 집에서 개인 교사의 지도를 받게 되었다. 세베로가 영국에서부터 개인 교사를 특별히 초빙했다. 키가 훤칠한 미스 아가타는 호박색 피부를 지녔으며, 손은 벽돌공의 손처럼 큼지막했다. 그러나 그녀는 기후 변화와 매운 음식, 그리고 소금 그릇이 식탁 위에서 저절로 혼자 움직이는 것을 견디지 못하고 리버풀로 돌아가야만 했다. 그 다음에 온 개인 교사는 스위스 여자로, 그녀 역시 얼마 버티지 못했다. 그 다음에 클라라 집안과 친분이 있는 프랑스 대사의 소개로 프랑스 여자가 왔다. 그녀는 지나칠 정도로 발그스름한 혈색에 통통하고 다정다감하다 보니 온지 몇 달도 되지 않아 아이를 가지게 되었다. 경위를 조사해 보니 아이의 아버지는 클라라의 오빠인 루이스였다. 세베로는 루이스의 의견은 묻지도 않고 즉시 그 둘을 결혼시

컸다. 하지만 니베아와 니베아 친구들의 우려와는 달리 그 두 사람은 아주 행복하게 잘 살았다. 이런저런 일을 겪고 난 후 니베아는 신비한 영적 능력을 가진 아이에게는 외국어 교육보다 피아노 레슨이나 바느질을 배우게 하는 편이 훨씬 나을 거라고 남편을 설득했다.

어린 클라라는 책을 많이 읽었다. 취향도 다양해서 책이라면 닥치는 대로 모두 읽었다. 마르코스 외삼촌의 궤짝 안에 들어 있는 신비한 서적이나 아버지의 서재에 있는 자유당의 서류나 구분하지 않고 모두 읽었다. 클라라는 자기만의 사적인 메모로 수도 없이 많은 노트들을 가득 메웠다. 그 시절에 일어난 사건들은 그 노트에 모두 기록되었다. 그 덕분에 사건들은 망각의 안개에 지워져 사라지지 않았고, 나 역시 지금 클라라의 기억을 되살리기 위해 그 노트들을 사용할 수 있는 것이다.

영험한 능력을 지닌 클라라는 꿈을 해몽할 줄 알았다. 클라라에게는 그것이 타고난 재능이어서 마르코스 외삼촌처럼 따분한 히브리 신비 철학을 따로 공부할 필요가 없었다. 마르코스 외삼촌은 꽤나 열심히 그 공부에 매달렸지만 제대로 알아맞히지는 못했다. 클라라의 그런 능력을 맨 먼저 알아본 사람은 집안 정원사인 오노리오였다. 어느 날 그는 뱀들이 자기 발아래서 꿈틀거리며 기어 다니는 꿈을 꾸었다. 그는 뱀들을 물리치기 위해 계속 발로 걷어차다가 열아홉 마리나 밟아 죽였다. 오노리오는 장미 덩굴을 치면서 클라라를 재미있게 해주기 위해 자기 꿈 이야기를 들려주었다. 그는 클라라를 예뻐했을 뿐만 아니라 클라라가 벙어리인 것을 못내 가슴 아파했다. 클라라는 앞치마 주머니에서 석판을 꺼내 오노리오의 꿈 해몽을 적어주었다.

'아저씨는 돈을 많이 벌 거예요. 하지만 얼마 가지는 못해요. 아무런 노력도 들이지 않고 벌 수 있어요. 19번에 걸면 돼요.'

오노리오가 글을 읽을 줄 몰라. 니베아가 반신반의하며 장난 삼아 그 내용을 읽어주었다. 정원사는 클라라가 시킨 대로 했다. 오노리오는 석탄 가게 뒤쪽에서 벌어지는 비밀 도박장에서 80페소를 땄다. 그는 그 돈으로 새 옷을 사고 친구들과 요란한 술잔치를 벌여 흥청망청 퍼마시고 클라라에게 도자기 인형을 선물했다. 그날 이후 클라라는 엄마 몰래 꿈을 해몽해 주느라 큰 고역을 치렀다. 오노리오의 얘기가 소문이 나면서 사람들이 수도 없이 찾아와 백조의 날개를 달고 탑 위로 날아오르는 꿈은 무엇을 의미하는지, 뗏목을 타고 표류하는데 인어가 과부 목소리로 노래를 부르는 건 무엇을 의미하는지, 각기 손에 칼을 쥐고 등이 붙어 태어난 쌍둥이는 무엇을 의미하는지 물어보았다. 클라라는 지체 없이 석판에 꿈 해몽을 적어주었다. 탑은 죽음을 의미하니 그 위를 나는 자는 사고사를 면하게 되고, 난파당해 인어의 목소리를 듣는 사람은 직업을 잃어 큰 고생을 하지만 한 여자가 도와줘서 함께 사업을 하게 될 것이며, 쌍둥이는 칼로 서로 치고받으며 어쩔 수 없이 한 운명을 살아야 하는 남편과 아내라고 적어주었다.

클라라가 알아맞히는 것은 꿈만이 아니었다. 미래도 내다볼 줄 알았으며, 사람들의 속도 들여다보았다. 클라라의 이런 능력은 한평생 지속되었으며 시간이 흐를수록 더 두드러졌다. 클라라는 증권 거래소의 중개인인 대부 살로몬 발데스의 죽음도 예언했다. 그가 전 재산을 모두 잃었다고 생각하고는 으리으리한 자기 사무실의 샹들리에에 목을 매달아 죽을 거라고 예언했다. 사람들은 그곳에서 클라라가 석판에 묘사한 그대로 축 늘어진 양처럼 죽어 있는 그를 발견했다. 클라라는 아버지의 탈장과 지진과 자연 재해 등을 모두 예언했다. 수도에 딱 한 차례 폭설이 내려 빈민가에서는 가난한 사람들이, 부자들의 정원에서는 장미가 얼어 죽을 거라는 것도 예언했다. 뿐만 아니라 경찰이 두 번째 시체를 발견하기 훨씬 전에 여학생 연쇄 살인자의 정체를 예언했지만 아무도 클라라를 믿지 않았다. 또 세베로는 자기 가족과 무관한 범죄 사건에 자기 딸이 뭐라 예언하는 것을 원치 않았다. 클라라는 헤툴리오 아르만도를 처음 본 순간 그의 주위를 감싼 기(氣)를 꿰뚫어 보고, 그가 호주 목양 사업에서 자기 아버지에게 사기 치리라는 것을 한눈에 알아보았다. 클라라가 그 내용을 글로 써서 아빠에게 알려주었지만 아빠는 아무런 주의도 기울이지 않았다. 그리고 막내딸의 예언이 떠올랐을 때는 이미 재산 절반을 잃고, 동업자는 신흥 부자가 되어 카리브 해에 있을 무렵이었다. 동업자는 그곳에서 엉덩이가 큼지막한 흑인 여인들에게 둘러싸여 전용 보트를 타고 일광욕을 즐기고 있었다.

물건에 손을 대지 않고도 저절로 움직이게 하는 클라라의 능력은 유모가 예언했던 것처럼 첫 월경과 함께 사라지기는커녕 오히려 한층 강해졌다. 급기야는 피아노 덮개를 열지 않고서도 건반을 움직일 정도에 이르렀다. 하지만 클라라의 바람대로 응접실에서 피아노를 왔다 갔다 움직이지는 못했다. 클라라는 이런 이상한 짓에 많은 에너지와 시간을 쏟아 부었다. 클라라는 카드 패를 놀랄 만한 적중률로 알아맞힐 수 있는 능력을 개발했고, 언니 오빠들이 재미있게 놀 수 있도록 환상 게임도 고안해 냈다. 아빠는 클라라가 카드로 미래를 점치거나, 다른 식구들을 짜증나게 하고 하인들을 겁에 질리게 하는 짓궂은 유령과 혼령을 불러내는 일을 하지 못하게 했다. 그러나 엄마는 막내딸이 그런 제약을 받으면 받을수록 더 신기를 부린다는 것을 깨닫고는 클라라가 심령술 장난을 하든, 점 보는 게임을 하든, 아니면 깊은 침묵에 빠져 있든 가만 내버려 두기로 결심했다. 엄마는 클라라를 무조건적으로 사랑하고, 있는 그대로의 모습을 받아들이려고 최선을 다했다. 클라라는 쿠에바스 박사의 여러 처방에도 불구하고 야생 식물처럼 자랐다. 박사는 냉수욕과 미친 사람들을 치료하기 위한 전기 충격 요법의 신기술을 유럽에서 들여왔다.

바라바스는 보통 발정기 때를 제외하고는 밤낮으로 클라라를 따라다녔다. 바라바스는 묵묵하고 거대한 그림자처럼 어린 클라라의 주변을 항상 맴돌았다. 클라라가 앉으면 그녀의 발밑에 드러누웠고, 기관차처럼 큰 소리로 코를 골며 매일 밤 클라라의 곁에서 잠들었다. 개는 여주인과 완전히 일심동체가 되어, 클라라가 몽유병으로 자면서 집 안을 돌아다닐 때에도 똑같이 클라라를 따라다녔다. 보름달이 뜬 밤에는 창백한 빛을 뚫고 둥둥 떠다니는 두 혼령처럼 복도

를 돌아다니는 그들의 모습을 볼 수 있었다. 바라바스는
자라면서 멍청하다는 사실이 확실하게 드러났다. 바라바스
는 유리의 투명한 특성을 이해하지 못하고 감정이 격해진
순간에는 파리 한 마리를 잡겠다는 순진한 생각으로 유리
창에 몸을 던지기도 했다. 그러면 유리창이 와장창 하고
깨지는 소리와 함께 바라바스가 서글프고도 놀란 표정으로
창밖 반대편으로 나가떨어졌다. 그 당시에는 프랑스에서
배 편으로 유리를 수입했기 때문에 툭하면 유리창을 깨부
수는 바라바스가 영 골칫거리였다. 급기야는 클라라가 유
리창에 고양이들을 그려 넣는 극단의 처방을 하기에 이르
렀다.

　바라바스는 어른이 되자 어렸을 때처럼 피아노 다리에다
가 성기를 비비적대며 자위하는 짓을 그만두었다. 대신 근
처에서 발정 중인 암캐 냄새를 맡을 때면 바라바스의 생식
본능이 드러났다. 그런 경우에는 쇠사슬이나 문으로도 바
라바스를 가둬놓을 수가 없었다. 개는 자기 앞에 놓인 장
애물들을 모두 물리치고 거리로 뛰쳐나가 이삼 일 동안 사
라져서 나타나지 않았다. 돌아올 때는 늘 암캐를 데리고
왔는데, 불쌍한 암캐는 바라바스의 어마어마한 생식기에
꿰인 채 대롱대롱 달려 왔다. 그러면 그 낯 뜨거운 광경을
보지 못하도록 아이들을 모두 집 안으로 들여보내야 했다.
정원사는 엉겨 붙은 개들이 떨어지도록 차가운 물을 계속
뿌려댔다. 한참 물세례를 받고 발길질을 당하고 별의별 수
모를 다 겪고 난 후에야 바라바스는 사랑하는 연인에게서
떨어졌다. 불쌍한 암캐가 집 마당에서 거의 초주검이 되어

사경을 헤매면 보다 못한 세베로가 개의 고통을 덜어주기 위해 총을 쏴서 목숨을 끊어주었다.

클라라는 뜰이 세 개나 되는 부모의 커다란 저택 담 안에서 조용히 사춘기를 보냈다. 자식들 중에서도 클라라를 유독 예뻐하는 아빠와 엄마, 유모의 각별한 사랑을 받으며 자라났다. 유모는 도깨비로 분장해서 한밤중에 나타나 클라라를 깜짝 놀라게 하면서도 정다운 관심을 듬뿍 쏟았다. 언니 오빠들은 대부분 결혼하거나 여행을 떠나거나 아니면 타지방에서 직장을 다니게 되면서 모두 집을 떠나, 대가족이 살던 그 큰 집이 거의 텅 비었다. 쓰지 않아서 잠가둔 방도 꽤 되었다. 클라라는 개인 교사들이 준 자유 시간에는 책을 읽거나, 손을 대지 않고 갖가지 다양한 물체들을 움직이게 하거나, 바라바스를 쫓아다니거나, 예언 능력을 연습하거나, 뜨개질을 배우면서 보냈다. 집안일 중에서 유일하게 클라라가 잘할 줄 아는 것이 뜨개질이었다.

레스트레포 신부가 클라라에게 악마가 씌었다고 비난했던 그 성 목요일 이후, 부모의 극진한 사랑과 언니 오빠들의 신중한 배려로 집안 식구 모두 쉬쉬하며 클라라를 감싸고 보호했지만 클라라의 신비한 능력에 대한 소문은 여자들의 모임에서 늘 입방아에 올랐다. 니베아는 사람들이 클라라를 자기네 집에 초대하지 않으려 한다는 것을 알았다. 심지어 사촌들조차도 되도록이면 클라라를 피하려 했다. 엄마는 헌신적인 사랑으로 친구들의 자리를 채워주려 했는데, 그런 엄마의 노력은 큰 성과를 이루었다. 클라라는 명랑하게 성장했으며, 고독과 침묵 속에서 어린 시절을 보냈으면서도 훗날 자신의 어린 시절을 인생에서 가장 행복했던 때로 회상했다. 클라라는 재봉실에서 엄마와 함께 보냈던 오후 시간을 평생 기억했다. 그곳에서 엄마는 재봉틀로 가난한 사람들의 옷을 만들면서 그들 가문에 대한 이야기와 일화를 들려주었다. 엄마는 벽에 걸린 은판 사진들을 가리키면서 클라라에게 옛날이야기를 들려주었다.

"해적 수염을 하고 있는, 여기 이 심각한 얼굴을 하고 있는 아저씨 보이니? 바로 마테오 삼촌이란다. 에메랄드 사업차 브라질에 갔다가 혼혈 여자한테 잘못 걸려서 아주 큰 저주를 받았지. 그래서 머리카락이랑 손톱, 이빨까지 모두 빠졌단다. 할 수 없이 부두교 신자인 아주 시커먼 흑인 마법사를 찾아가야만 했지. 그 흑인 마법사가 네 삼촌한테 부적을 줬는데, 그때부터는 이빨도 다시 나고 손톱이랑 머리카락도 다시 자랐단다. 클라라, 삼촌을 보렴. 인디오보다 더 머리숱이 많지 않니? 이 세상에서 대머리가 되었다가 다시 머리카락이 난 사람은 아마 마테오 삼촌밖에 없을 거다."

클라라는 아무 말 하지 않고 빙그레 웃기만 했고, 엄마는 딸의 침묵에 익숙해 있었기 때문에 계속 혼자서 얘기했다. 한편으로 엄마는 클라라에게 계속해서 여러 가지 생각들을 주입시켜 주다 보면 언젠가는 클라라가 질문을 하게 될 거고, 그러면 다시 말을 하게 되리라는 희망을 가지고 있었다.

"그리고 이 사람이 후안 삼촌이란다. 엄마가 무척 좋아했지. 후안은 방귀를 한번 크게 뀌었다가 그게 그만 그의 사형 선고가 되고 말았어. 엄청난 불행이었지. 사촌들끼리 들판으로 점심을 먹으러 소풍 갔다가 일어난 일이었어. 아주 싱그러운 봄날이었다. 여자들은 모슬린 드레스를 입고 꽃과 리본이 잔뜩 달린 모자를 썼고, 남자들은 가장 멋진 나들이옷을 입고 있었지. 후안이 흰 재킷을 벗고서——지금도 그 모습이 선하구나!——소매를 걷어붙이고는 나뭇가지에 매달려 그네를 탔지. 멋진 공중 그네 솜씨로 '미스 포도'였던 콘스탄사 안드라데의 환심을 사려고 했어. 후안은 콘스탄사를 처음 본 순간 이성을 잃고는 사랑의 열병에 빠져버렸거든. 후안은 공중제비를 완벽하게 두 번 넘었어. 한 바퀴는 완벽하게 넘고, 두 바퀴째 그만 뿡 했던 거야. 웃지 마, 클라라! 얼마나 끔찍했다고! 순간 당혹스러운 침묵이 흘렀어. 그런데 그때 '미스 포도'가 미친 듯이 웃음을 터뜨린 거야. 후안은 다시 재킷을 입었어. 안색이 아주 백지장 같았지. 후안은 사람들에게서 천천히 멀어져갔고 우리는 그 후 다시는 그를 보지 못했단다. 사람들은 그를 외인부대에서 찾아보기도 하고 영사관마다 후안을 찾아달라고 했지만 그에 대한 소식은 다시 듣지 못했어. 내 생각에는 후안이 선교사가 되어 이스터 섬의 나환자들을 돌보러 간 것 같아. 사람들에게 잊혀지고 싶고, 모든 것을 잊고 싶은 사람에게는 거기가 제일 멀리 갈 수 있는 곳이거든. 그 섬은 정상 항로상에 있지 않고, 네덜란드 지도에도 나와 있지 않으니까 말이야. 그날 이후 사람들은 그를 '방귀쟁이 후안'으로 기억했단다."

니베아가 딸을 창가로 데리고 가서 잘려 나간 포플러나

무 밑동을 보여주었다.

"굉장히 큰 나무였단다. 네 큰오빠가 태어나기 전에 내가 그 나무를 베어버리도록 했지. 아주 어마어마하게 큰 나무였어. 나무 꼭대기에서 보면 도시 전체가 다 내려다보일 정도였거든. 그렇지만 유일하게 그 꼭대기에까지 올라간 사람은 그 절경을 볼 수 없는 장님이었지. 델 바예 가문의 남자들은 성인이 되기 위해서는 한 사람도 빠뜨리지 않고 저 나무를 기어 올라가 자신의 용기를 증명해 보여야 했어. 성년식 비슷한 거였지. 나무에는 표시들이 엄청 많았어. 그 나무를 베어서 쓰러뜨렸을 때 내 눈으로 직접 그 표시들을 보았단다. 중간 크기의 아래 가지에서부터 굴뚝만 한 크기의 두꺼운 가지에 이르기까지. 당시 그 위를 올라갔던 남자들이 남겨놓은 표시들이었어. 나무 기둥에 새겨진 이름 첫 글자를 보고서 누가 가장 높이 올라갔는지, 누가 가장 용감했는지, 또 누가 제일 먼저 겁을 집어먹고 중간에 그만두었는지 알 수 있었단다. 한번은 장님인 헤로니모 사촌이 올라갈 차례였어. 헤로니모는 주저하지 않고 더듬거리며 가지들을 잡고 올라가기 시작했어. 아무것도 볼 수가 없었기 때문에 자기가 얼마나 높이 올라와 있는 줄도 몰랐을 테고 무섭지도 않았을 거야. 맨 꼭대기까지 갔지만 자기 이름 첫 글자인 'J'는 새기지 못했단다. 지붕 홈통에 매달린 돌이 떨어지는 것처럼 그냥 수직으로 곤두박질쳐서 자기 아버지와 형제들 발밑으로 떨어졌거든. 그때 나이가 열다섯 살이었지. 사람들은 헤로니모를 시트에 싸서 어머니에게 데리고 갔어. 그러자 넋이 나간 어머니가 모든 사람들의 얼굴에 침을 뱉고, 뱃사람들이나 하는 상스러운 욕을 하면서 자기 아들을 나무 위로 올라가게끔 부추긴 남자들에게 온갖 저주를 퍼부었단다. 그러다가 결국에는 자선단 수녀들이 와서 정신병자들에게나 입히는 구속복을 헤로니모의 어머니에게 입혀서 데리고 갔지. 난 언젠가 내 아들들도 그 야만적인 전통을 되풀이하게 되리라는 걸 알았지. 그래서 나무를 베어버리도록 한 거다. 나는 루이스나 다른 사내아이들이 저기 창문 옆에 있는, 교수대와 같은 그 나무의 그늘에서 자라기를 원치 않았거든."

가끔 클라라는 엄마와 여성 참정권론자 친구들 두세 명이 공장을 방문하러 갈 때 그들을 따라간 적이 있었다. 그곳에서 그들이 궤짝 위에 올라가 여직공들에게 연설하는 동안 공장장과 공장주들은 멀찌감치 적당한 거리를 두고 떨어져 적개심 어린 표정으로 그들을 비웃으며 지켜보았다. 클라라는 나이도 어리고 세상 물정에도 어두웠지만 그 상황이 얼마나 부조리한지는 알 수 있었다. 그래서 클라라는 모피 코트에 스웨이드 부츠를 신고 억압과 평등, 권리에 대해 설교하는 엄마와 엄마 친구들과 투박한 면 앞치마를 두르고 손은 동상에 걸려 시뻘겋게 된, 중노동에 시달리는 여직공들의 서글프고 체념한 듯한 표정이 그렇게 대조적일 수 없다고 자기 노트에다가 적었다. 여성 참정권을 주장하는 귀부인들은 차와 파스텔을 들면서 여권 운동에 대해 얘기하기 위해 공장에서 곧바로 아르마스 광장에 있는 찻집으로 자리를 옮겼다. 그들이 이런 식으로 경박하게 기분 전환을 한다고 해서 불타오르는 그들의 이상이 줄어들거나 하지는 않았다.

또 가끔은 클라라의 엄마가 클라라를 데리고 변두리 빈민가라든지 영세민들이 사는 달동네에 가기도 했다. 보통 그런 곳에 갈 때마다 엄마와 엄마 친구들은 자기네들이 직접 만든 옷가지와 음식을 한 차 가득히 싣고 갔다. 이때에도 클라라는 놀랄 만한 직관력으로 이 정도의 자선 활동으로는 그 엄청난 불평등을 해소시킬 수 없다고 기록했다. 클라라와 엄마의 관계는 친밀하고도 아주 가까운 사이였다. 엄마는 열다섯 명이나 되는 자식들을 낳았으면서도 클라라를 외동딸처럼 극진히 대해 아주 강력한 유대 관계가 이루어졌는데, 이처럼 각별한 모녀 관계는 마치 가문의 전통처럼 그 다음 세대들에게도 계속 이어졌다.

유모는 나이를 가늠할 수도 없을 정도로 늙었지만 한창때의 원기를 그대로 간직했다. 클라라의 벙어리 상태를 고쳐주기 위해 아무 데서나 불쑥 튀어나와 깜짝 깜짝 놀래키고 다니기도 했으며, 뒷마당 한가운데 놋쇠솥을 걸어놓고 지옥처럼 뜨거운 불길 앞에 하루 종일 서서 큰 막대기로 저으면서도 끄떡없었다. 솥 안에는 누렇고 끈끈한 액체인 마르멜로 젤리가 보글보글 끓었다. 나중에 그걸 식혀서 갖가지 크기로 잘라놓으면 니베아가 가져다 가난한 아이들에게 나눠주었다. 늘 아이들 뒤치다꺼리를 하며 살던 유모는 다른 아이들이 성장하여 집을 떠나자 그 정을 모두 클라라에게 쏟았다. 이제는 목욕시켜 줄 나이가 지났는데도, 유모는 아직도 갓난아이를 다루듯하며 클라라를 목욕시켰다. 유모는 재스민과 박하 향을 우려낸 물이 담긴 예쁜 법랑 욕조에 클라라를 집어넣고는, 스펀지로 문지르고, 귀밑에서 발끝까지 구석구석 꼼꼼하게 비누칠하고, 샤워 콜로뉴로 마사지하고, 백조 깃털로 된 솔로 파우더를 발라주고, 머리카락이 해초처럼 부드럽게 윤기가 흐를 때까지 한없는 인내심을 발휘해 빗질해 주었다. 유모는 클라라에게 옷을 입혀 침대에 눕히고, 아침 식사를 쟁반에 담아 갖다주었다. 그리고 신경 안정에 좋다는 틸라 차나 위에 좋다는 허브 차, 투명한 피부에 좋다는 레몬 차, 담즙을 잘 분비하게 한다는 헨루다 차, 입내를 향기롭게 해준다는 박하 차를 억지로 클라라에게 마시게 했다. 결국 클라라는 온몸에서 향기로운 꽃 냄새를 풍기면서 풀 먹인 속치마로 바스락거리는 소리를 내고, 곱슬머리와 리본으로 후광처럼 빛을 내며 아름다운 천사와 같은 모습으로 마당과 복도를 돌아다녔다.

클라라는 집 안에 갇힌 채 보낸 어린 시절을 끝내고 사춘기로 접어들었다. 클라라의 집은 놀랄 만한 이야기들과 차분한 침묵의 세계였다. 그곳에서 시간은 시계나 달력으로 표시되지 않았고, 물체들은 스스로의 생명력을 갖고 있었으며, 혼령들은 식탁에 앉아 인간들과 함께 대화를 나누었다. 과거와 미래는 서로 다를 것 하나 없는 단일체를 이루었으며, 현재라는 현실은 무슨 일이든지 일어날 수 있는 뒤죽박죽된 갖가지 거울들의 만화경이었다. 내게는 그 시절에 쓰인 노트들을 읽는 게 아주 큰 즐거움이다. 노트들에는 이제는 존재하지 않는 마법의 세계가 묘사되어 있다. 클라라는 자기가 만들어낸 세계 속에서 혹독한 삶의 풍상을 겪지 않도록 보호받으며 살았다. 클라라의 세계에서는 물질적인 물체들의 멋대가리 없는 실체가 꿈의 요란스러운 진실과 뒤섞였으며, 그곳에서는 물리학이나 논리학의 법칙들이 늘 적용되지 않았다. 그 시절, 클라라는 공기의 정령과 물의 정령, 대지의 정령들과 함께 환상 속에 푹 빠져 살았다. 클라라는 너무 행복해서 구 년 동안 말할 필요성을 느끼지 못했다. 모든 사람들이 클라라의 목소리를 다시 듣기는 틀렸다고 마음을 비웠을 때, 클라라는 생일날 초콜릿 케이크에 꽂힌 열아홉 개의 촛불을 불어서 끄고 난 후 입을 열었다. 오랜 세월 갇혀 있던 터라 마치 조율되지 않은 악기와 같은 투박한 소리가 났다.

"난 곧 결혼할 거예요."

클라라가 말했다.

"누구랑?"

아빠가 물었다.

"로사 언니의 약혼자랑요."

클라라가 대답했다.

그때서야 비로소 식구들은 클라라가 구 년 만에 처음으로 말을 했다는 사실을 깨달았다. 그 기적은 집 전체를 송두리째 뒤흔들어 놓았으며, 집 안을 울음바다로 만들었다. 식구들끼리 서로 전화를 걸어 이 사실을 전했고, 그 소문은 온 도시로 퍼져 나갔다. 식구들이 쿠에바스 박사에게 진찰을 요구했지만 박사는 그 사실을 믿으려 하지 않았다. 클라라가 말을 했다는 사실에 모두 들떠서 난리법석을 피웠기 때문에 정작 클라라가 한 말은 가족들 모두 그냥 잊어버렸다. 그랬다가 두 달 후에 로사의 장례식 이후 보지 못했던 에스테반 트루에바가 클라라에게 청혼하러 나타났을 때에서야 비로소 클라라가 한 말을 기억해 냈다.

에스테반 트루에바는 역에 내려서 여행 가방 두 개를 자기가 직접 들었다. 영국이 국영 철도 개발권을 가졌던 시절, 영국인들이 빅토리아 역을 모방해서 쇠로 만든 원형 지붕은 에스테반이 몇 년 전에 마지막으로 보았던 이후로 조금도 변한 것이 없었다. 그때와 똑같이 지저분한 창문들, 구두닦이 소년들, 계란빵과 눈깔사탕을 파는 여자들, 영국 왕조의 기장이 달린 짙은 색 모자를 쓴 짐꾼들 모두 예전 그대로였다. 아직도 그 나라 국기의 색깔로 바꾸어야겠다는 생각을 하는 사람이 아무도 없는 것 같았다. 에스테반은 마차를 불러 어머니의 집 주소를 댔다.

도시는 낯설어 보였다. 현대식 풍경을 사방에서 볼 수 있었다. 신기하게도 여자들은 종아리를 훤히 드러내놓고 다녔으며, 남자들은 주름 잡힌 바지에 조끼를 입고 다녔다. 인부들은 포장도로 위에다가 구멍을 뚫고, 전신주를 세우기 위해 나무들을 쳐 넘어뜨리고, 건물을 짓기 위해 전신주를 무너뜨리고, 나무들을 심기 위해 건물을 허물고 부수느라 난장판이 따로 없었다. 칼 가는 숫돌의 어떤 점들이 좋은지 떠들어대며 파는 행상인들, 구운 땅콩이나 철사줄, 혹은 끈도 없이 혼자 춤추는 작은 인형을 직접 보고 사라며 떠드는 행상인들로 아수라장이 따로 없었다. 쓰레기 더미에다가 길가 음식점, 공장, 마차, 꾸물꾸물 움직이는 전차와 부딪치며 다니는 자동차가 회오리바람처럼 모두 한데 뒤엉켜 있었다. 짐수레를 끄는 늙은 말에게 꾸물거린다며 질책하는 소리도 들렸다. 씩씩거리고 다니는 사람들, 도로의 소음, 빠듯한 일정에 쫓겨 초조하게 이리저리 허겁지겁 달리는 소리가 사방에서 들려왔다. 에스테반은 답답함을 느꼈다. 생각했던 것 이상으로 이 도시가 혐오스러웠다. 그는 들판에 자라난 포플러나무와 강우량으로 시간을 재는 한가로움, 목초지의 광활한 고독, 강가의 시원스러운 정적, 조용한 자기 집을 떠올렸다.

"이 도시는 거지발싸개 같은 곳이야."

에스테반이 결론지었다.

마차는 그가 자랐던 집을 향해 서둘러 달렸다. 부자들이 다른 사람들의 머리 꼭대기 위에서 살고 싶어 하면서 도시는 산맥 기슭 쪽으로 성장했다. 그 이후 몇 년 사이에 동네가 쇠락한 모습을 보면 온몸에 전율이 느껴질 정도였다. 어렸을 때 뛰놀던 광장의 모습은 흔적도 없이 사라지고, 이제는 떠돌이 개들이 휘저어 놓은 쓰레기 더미 사이로 시장 마차들이 잔뜩 주차된 공터가 되어 있었다. 그의 집은 다 쓰러져가는 폐허나 다름없었다. 에스테반은 지나간 시간의 흔적들을 보았다. 이국적인 새 모양이 새겨진 유리문은 이미 유행이 지나간 구닥다리가 된 채 헐겁게 매달려 덜렁거렸다. 그 문에는 공을 잡고 있는 여자 손 모양의 청동 고리쇠가 달려 있었다. 에스테반은 문을 두드리고 난 다음 영원처럼 긴 시간을 한참 기다렸다. 마침내 문손잡이에서 계단 꼭대기까지 끈으로 연결된 문이 안쪽으로 잡아당겨지면서 덜컥 열렸다. 에스테반의 어머니는 2층에서 살았으며, 아래층은 단추 공장에 세를 주었다. 에스테반은 오랫동안 왁스칠을 하지 않아 삐걱거리는 계단을 하나씩 밟고 올라갔다.

아주 오래된 하녀가 2층에서 에스테반을 기다리고 있었다. 에스테반은 그 하녀의 존재조차 까마득하게 잊고 있었다. 하녀가 눈물을 글썽이며 그를 반갑게 맞아주었다. 에스테반이 열다섯 살이었을 때 부동산 양도 증서와 법률 대리인의 위임장을 복사하면서 생활비를 버는 공증인 사무실 일을 마치고 돌아왔을 때도 하녀는 지금과 똑같이 그를 맞아주었다. 달라진 것은 아무것도 없었다. 가구의 배치까지 옛날 그대로였다. 그렇지만 에스테반에게는 모든 게 생소하게 느껴졌다. 바닥의 나무가 다 낡아빠진 복도, 마분지 조각을 오려 붙인 깨진 유리창, 녹슨 양철 깡통과 깨진 도자기 화분 속에서 시들어 먼지가 잔뜩 내려앉은 양치류 식물, 속을 뒤집어 놓는 오줌 지린내와 음식 냄새가 뒤섞인 고약한 악취 등 모든 것이 생소하게 느껴졌다. 정말 지독한 가난이라는 생각이 들었다. 그는 품위 있게 살 수 있도록 누나에게 보낸 돈이 전부 어디로 갔는지 이해할 수가 없었다.

페룰라는 애써 반가운 표정을 지으려 했지만 어딘지 서글프고 찡그린 표정으로 에스테반을 반겨주었다. 누나는 그새 많이 달라져 있었다. 이제는 몇 년 전에 보았던 풍만한 여자가 아니었다. 살이 많이 빠졌으며 각진 얼굴에 비해 코가 엄청나게 커 보였다. 우울하면서도 어두운 분위기

가 느껴졌으며, 구닥다리 옷에서는 라벤더 향이 짙게 풍겨
나왔다. 그들은 아무 말 없이 포옹했다.

"어머니는 어때?"

에스테반이 물었다.

"어머니를 뵈러 가자. 너를 기다리고 계셔."

페룰라가 말했다.

에스테반과 페룰라는 여러 방이 다닥다닥 붙어 있는 복
도를 따라 걸어갔다. 방들은 모두 어둠침침하고 크기도 그
만그만했다. 무덤 같은 벽에 높다란 천장과 좁은 창문들이
있었으며, 꽃과 생기 없는 처녀들이 그려진 벽지는 석탄
연기에 시커멓게 그을리고 세월과 가난에 퇴색되어 지저분
했다. 멀리서부터 로스 박사의 알약을 선전하는 라디오 아
나운서 목소리가 들려왔다. 작지만 효과가 확실하며 변비
와 불면증, 구취 제거에 효과적이라는 내용이었다. 에스테
반과 페룰라는 에스테르 트루에바 부인의 닫힌 방문 앞에
서 걸음을 멈추었다.

"여기 계셔."

페룰라가 말했다.

에스테반이 문을 열었다. 얼마가 지나서야 어둠 속에서
앞을 볼 수가 있었다. 약 냄새와 썩는 냄새가 얼굴 위를
확 덮쳐왔다. 통풍이 안 돼 후덥지근하고 달짝지근한 땀
냄새가 진동했다. 처음에는 무슨 냄새인지 깨닫지 못했으
나 곧 살 썩는 냄새가 페스트처럼 들러붙었다. 조금 열려
있는 창문을 통해 한 줄기 빛이 새어 들어와 넓은 침대를
비추었다. 그 침대 위에서 아버지가 돌아가셨고, 어머니는

결혼한 이후 줄곧 그곳에서 주무셨다. 검은색 나무를 깎아 만들었으며, 천사가 새겨진 천장 덮개에 오래돼서 가장자리가 너덜너덜해진 붉은색 술이 달려 있었다.

약간 몸을 일으켜 앉아 있는 어머니는 단단한 살덩어리나 다름없었다. 자그마한 대머리를 얹어놓은 비계 덩어리가 누더기를 걸치고 흉측한 피라미드처럼 앉아 있었다. 하지만 다정다감한 푸른 눈에서는 믿어지지 않을 정도로 생기가 넘쳐흘렀으며 순진무구해 보이기까지 했다. 어머니는 관절염으로 인해 화석처럼 몸이 굳어 있었다. 뼈마디를 구부릴 수도 없었고, 고개를 돌릴 수도 없었다. 손가락은 화석처럼 굳어 휘어져 있었다. 침대에 앉아 있기 위해서는 등 뒤에 상자 하나를 받쳐놓아야 했으며, 그 상자는 다시 나무 기둥으로 받쳐 벽에 고정시켜 놔야 했다. 그 나무 기둥이 벽을 파고 들어간 자국을 보면 시간의 흐름을 알 수 있었다. 고통과 아픔의 흔적이었다.

"어머니……."

에스테반이 나지막하게 중얼거렸다. 이제껏 가슴속에 꼭꼭 파묻어 놓았던 흐느낌이 목소리에 묻어 나왔다. 그 흐느낌으로 지난날의 슬픈 기억들, 가난에 찌들었던 어린 시절, 얼어붙을 듯 추웠던 이른 아침, 기름이 둥둥 뜬 어린 시절의 수프, 병든 어머니, 일찍 돌아가신 아버지, 철이 들면서부터 그를 갉아먹었던 분노가 일순간에 사라졌다. 지금 침대에 누워 있는 이 낯선 여자와 보낸 행복했던 시간을 빼고는 모두 잊어버렸다. 자기를 팔에 안고 달래주던 어머니, 열이 있는지 보려고 이마를 짚어주던 어머니, 자

장가를 불러주고 동화책을 읽어주던 어머니. 어린 나이에
도 불구하고 아침 일찍 일하러 나가는 자신을 보면서 서글
퍼서 눈물을 흘리고 밤에 일을 마치고 돌아왔을 때는 좋아
서 눈물을 흘리던 어머니. 진심으로 그를 위해 울던 어머
니의 모습만 떠올랐다.

에스테르 부인이 손을 뻗었지만, 그것은 인사를 하려는
게 아니라 에스테반이 가까이 다가오지 못하도록 막으려는
거였다.

"아들아, 가까이 오지 말거라."

에스테반이 기억하고 있는 그 목소리 그대로였다. 젊은
여자의 건장하고 생기가 흘러넘치는 목소리였다.

"냄새 때문에 그러시는 거다."

페룰라가 무뚝뚝하게 말했다.

"냄새가 아주 역겹거든."

에스테반은 수놓은 금실과 은실이 너덜너덜해진 이불을
젖히고 어머니의 두 다리를 보았다. 상처투성이 다리는 코
끼리 다리만큼 퉁퉁 부어오른 보라색 기둥이었다. 상처마
다 구더기가 보금자리를 틀어 터널을 뚫어놓았다. 두 다리
가 산 채로 썩어가고 있었다. 시퍼렇게 부어오른 발에는
발톱이 하나도 없었으며 고름과 검은 피가 흘러나오고 있
었다. 그 징그러운 벌레들이 어머니의 몸을 파먹고 있었
다. 그의 살이기도 한 어머니의 살을 말이다.

"아들아, 의사가 다리를 잘라야 한다는구나."

에스테르 부인이 소녀처럼 차분한 목소리로 말했다.

"하지만 그러기엔 난 너무 늙었어. 고통을 겪는 것도 이

젠 지긋지긋하구나. 차라리 죽는 게 나아. 하지만 널 다시 보기 전에는 죽을 수가 없었다. 넌 죽고 없는데 네 누나가 나에게 또 다른 고통을 안겨주지 않으려고 대신 답장을 쓰는 거라는 생각이 요 몇 년 동안 내 머리를 떠나지 않았다. 아들아. 너를 자세히 볼 수 있도록 밝은 데로 나와보렴. 오, 맙소사! 미개인이 따로 없구나!"

"시골 생활이 다 그렇지요, 어머니."

에스테반이 나지막하게 얘기했다.

"그래도 그렇지! 하지만 여전히 튼튼해 보이는구나. 지금 네 나이가 몇이지?"

"서른다섯이요."

"결혼해서 자리 잡고 살 나이구나. 그래야 내가 마음 편히 죽을 수 있지."

"어머니는 돌아가시지 않을 거예요."

에스테반이 애원하듯 말했다.

"우리 가문과 핏줄을 이어갈 손자들이 보고 싶구나. 페룰라는 결혼할 가망이 없지만 너는 좋은 아내감을 찾아야 한다. 가톨릭 신자에 얌전한 규수로 말이야. 하지만 그 전에 그 수염하고 머리부터 잘라야겠다. 알겠니?"

에스테반은 어머니의 말대로 하겠다고 했다. 그는 어머니 옆에 무릎을 꿇고 앉아 퉁퉁 부어터진 어머니의 손에 얼굴을 파묻었다. 그러나 악취 때문에 이내 몸을 뒤로 젖히고 말았다. 페룰라가 에스테반의 팔을 잡고 썩어 문드러진 그 방에서 데리고 나왔다. 에스테반은 밖으로 나와 깊이 숨을 들이쉬었다. 썩은 악취가 아직도 코끝에 들러붙어 있었다. 그제야 에스테반은 분노를 느꼈다. 낯익은 분노로 머리가 후끈 달아오르더니 뜨거운 물살에 휩쓸리는 것 같았다. 그 분노로 두 눈이 시뻘게졌으며 입에 담을 수도 없는 욕지거리가 튀어나왔다. 어머니를 생각하지 않고 보냈던 시간에 분노를 느꼈으며, 어머니를 돌보지 않고 방치해 두었던 것에, 어머니를 사랑하지 않고 제대로 돌보지 못했던 것에, 둘도 없는 불효자인 자기 자신에 대해 분노를 느꼈다. 오, 안 돼요, 용서해 주세요, 어머니! 아니, 이 말을 하고 싶었던 게 아니야! 제기랄! 어머니는 죽어가고 있어. 그런데 나는, 빌어먹을, 아무것도 할 수가 없어. 어머니의 아픔을 덜어줄 수도 없단 말이야! 살이 썩어 들어가는 걸 어떻게 막을 수가 없단 말이야! 그 끔찍한 악취도 없애줄 수가 없어! 살이 썩어서 고름이 흥건히 배어 죽음의 그림자가 드리워지는데도 아무것도 할 수가 없어! 어머니!

이틀 후에 에스테르 트루에바 부인은 여생을 보냈던 그 고통스러운 침대에서 마지막 숨을 거두었다. 그녀는 혼자서 외롭게 죽었다. 페룰라는 금요일마다 가난한 사람들과 무신론자, 창녀, 고아들을 위해 기도를 드리러 미세리코르디아 지역의 빈민가에 가고 없었다. 그곳 사람들은 페룰라에게 쓰레기를 던지고 요강을 쏟고 침을 뱉었다. 그래도 페룰라는 빈민가 골목에 무릎을 꿇고 앉아서 가난한 사람들이 뿌린 구정물과 무신론자들이 뱉은 침과 창녀들이 버린 허드레 물건과 고아들이 던지는 쓰레기를 잔뜩 뒤집어쓴 채 하느님 아버지와 성모 마리아를 그치지 않고 계속 찾으면서 자신들이 무슨 짓을 저지르고 있는지 모르는 저 사람들을 용서해 달라고 간청했다. 그러고 있다 보면 페룰라는 뼈가 흐물흐물해지고 온몸이 나른해지면서 다리가 솜처럼 천근만근 무거워졌으며, 여름의 열기가 그녀의 허벅지 사이를 집요하게 비집고 파 들어왔다. 오, 주여! 이 잔을 거두소서! 지옥의 불길 속에서 창자가 터지는 것 같사옵니다. 오, 하느님 아버지시여! 절 유혹에 빠지지 않게 해주옵소서! 오, 하느님!

에스테르 부인이 고통의 침대에서 조용히 숨을 거둘 때 에스테반 역시 그녀 곁에 있지 않았다. 에스테반은 그때 델 바예 가족을 방문하러 가고 없었다. 아직도 결혼하지 않은 딸이 남아 있나 보러 간 것이다. 오랫동안 도시에서 벗어나 미개한 생활을 하다 보니 어머니에게 제대로 된 손자들을 안겨주겠다고 한 약속을 어떻게 지켜야 할지 막막했다. 그러다가 세베로와 니베아는 아름다운 로사가 살아 있었을 때 자신을 미래의 사위로 받아들였으니, 이제 와서 다시 자기를 받아들이지 않을 이유가 없다는 결론에 이르렀다. 더군다나 지금은 부자가 되어 더 이상 금을 찾아 땅을 파헤치지 않아도 되었다. 이제 필요한 것은 모두 자신의 은행 계좌에 예치되어 있었다.

그날 밤 에스테반과 페룰라는 침대에서 죽어 있는 어머니를 발견했다. 생애의 마지막 순간에 그 끔찍했던 병이 마지막 고통을 덜어주기라도 한 듯 어머니의 얼굴에는 평화로운 미소가 어려 있었다.

에스테반 트루에바가 찾아온 날 세베로와 니베아 델 바

예는 클라라가 오랜 침묵을 깨고 한 말을 떠올렸다. 그래서 에스테반이 찾아와 그들에게 결혼 적령기의 딸이 있냐고 물었을 때 조금도 놀라지 않았다. 세베로와 니베아는 에스테반에게 차분하게 설명해 주었다. 아나는 수녀가 되었고 테레사는 몹시 아프며 막내딸인 클라라만 빼고는 모두 결혼했는데, 클라라는 결혼할 수는 있지만 다소 괴팍한 아이라 결혼의 의무나 집안일에는 잘 맞지 않다고 말했다. 그들은 아주 솔직하게 자기네 딸의 결점을 에스테반에게 말해 주었다. 로스티포프가 분명히 밝히고, 또 쿠에바스 박사가 수많은 실험을 거쳐 확언한 대로 클라라가 말을 하지 못해서가 아니라, 단지 말하고 싶지 않아 자신의 인생에서 절반이나 되는 기간을 말하지 않고 지냈다는 사실도 빼놓지 않고 털어놓았다.

그러나 에스테반 트루에바는 복도에 혼령들이 돌아다닌다거나, 염력으로 멀리서도 물체들을 움직이게 하고, 나쁜 일을 예언하는 능력이 있다는 정도의 이야기에 지레 겁을 먹고 물러날 위인이 아니었다. 더군다나 오랫동안 말을 하지 않았다는 경고성의 이야기는 씨도 먹히지 않았다. 그는 오히려 그것을 미덕으로 생각했다. 에스테반은 그런 사실들이 건강한 적자를 낳는 데에는 아무런 장애가 되지 않는다고 결론 내리고는, 클라라를 만나게 해달라고 청했다. 니베아가 딸을 찾으러 밖으로 나가고, 응접실에는 세베로와 에스테반 단 두 사람만이 남게 되었다. 그때 에스테반이 평소 솔직한 성격으로 그 기회를 이용해 자신의 경제적 상태를 단도직입적으로 설명했다.

"제발, 너무 앞서 가지 말게나, 에스테반."

세베로가 그의 말을 가로막았다.

"우선 자네가 내 딸아이를 만나보고 그 애가 어떤지 알아야지. 그리고 클라라의 의견도 고려해야 하고. 안 그런가?"

니베아가 클라라와 함께 돌아왔다. 클라라는 정원사가 달리아 뿌리를 심는 일을 거들어주다가 발그스름하게 상기된 볼에 손톱이 시커메진 채 들어왔다. 그때만큼은 클라라가 좀 더 예쁘게 단장하고 미래의 신랑을 기다릴 수 있도록 예지력이 제 실력을 발휘하지 못했다. 에스테반은 클라라를 본 순간 놀라서 벌떡 일어났다. 그는 클라라를 우아한 구석이라고는 눈을 씻고 찾아봐도 없고 비쩍 말라 늘 천식 때문에 고생하던 아이로 기억하고 있었다. 그렇지만 지금 자기 앞에 서 있는 젊은 여자는 고급 상아 메달에 새겨진 여인처럼 귀엽고 아름다웠다. 다정다감한 얼굴에 밤색 곱슬머리를 하나로 묶고 있었지만, 머리카락이 빠져나와 약간은 헝클어진 모습이었다. 눈이 우수에 차 보였지만, 머리를 약간 뒤로 젖히고 사심 없이 환하게 웃을 때는 장난기가 가득한 것이 앙증맞고 깜찍해 보이기도 했다. 클라라는 전혀 수줍은 기색 없이 힘찬 악수로 에스테반에게 인사를 건넸다.

"기다리고 있었어요."

클라라가 짤막하게 말했다.

그들은 칵테일을 마시고 페이스트리 빵을 먹으며 두 시간 정도 서로 예의를 갖추면서 오페라 시즌과 유럽 여행,

정치적 상황, 겨울 추위 등에 대해 이야기를 나누었다. 에스테반은 신경을 곤두세운 채 클라라를 지켜보면서 자신이 이 젊은 처녀의 매력에 점점 끌려 들어가고 있다고 느꼈다. 그는 아르마스 광장의 제과점에서 아니스 사탕을 사던 아름다운 로사를 본 그날 이후로 자기가 어느 여자에게고 이렇게 관심을 가진 적이 없다는 생각이 들었다. 에스테반은 두 자매를 비교해 보았다. 물론 로사가 훨씬 아름다웠지만 클라라에게 훨씬 더 호감이 간다는 결론에 이르렀다. 밤이 되어 하녀들이 두 명 들어와 커튼을 치고 램프에 불을 밝혔다. 그제야 에스테반은 자기가 너무 오래 있었다는 걸 깨달았다. 좀 더 예의 바르게 행동했어야 했다. 에스테반이 세베로와 니베아에게 뻣뻣하게 작별 인사를 건네고 나서 클라라를 다시 만날 수 있도록 허락해 달라고 했다.

"클라라, 당신이 지루해하지 않았으면 좋겠소."

에스테반이 얼굴을 붉히며 말했다.

"난 시골 사람이라 거칠고, 나이도 적어도 열다섯 살은 연상이오. 당신처럼 젊은 사람을 어떻게 상대해야 할지 잘 모르고……."

"저랑 결혼하고 싶으세요?"

클라라가 물었다. 그 순간 에스테반은 그녀의 갈색 눈동자가 자신을 놀리는 것처럼 초롱초롱하다고 느꼈다.

"맙소사, 클라라!"

클라라의 엄마가 당황해서 소리쳤다.

"에스테반, 미안해요. 저 애가 늘 저렇게 버릇이 없답니다."

"알고 싶어서 그래요, 엄마. 나는 시간을 낭비하고 싶지 않아요."

클라라가 말했다.

"나 역시 단도직입적인 게 좋아요."

에스테반이 행복에 겨워 미소를 지었다.

"그래요, 클라라. 그것 때문에 온 거예요."

클라라가 에스테반의 팔짱을 끼고 대문까지 배웅 나갔다. 그들이 마지막으로 서로 주고받은 눈길에서 에스테반은 클라라가 자신을 받아들였음을 알았다. 순간 그는 행복감에 휩싸였다. 그는 마차에 올라타 집으로 돌아가면서 자신이 잡은 행운이 믿기지 않아 계속 웃기만 했다. 클라라처럼 매력적인 여자가 어떻게 잘 알지도 못하는 자신의 청혼을 받아주었는지 이해할 수가 없었다. 에스테반은 클라라가 자신의 운명을 보고, 마음으로 자기를 불러들여 사랑 없이도 결혼하기로 결심했다는 것을 알지 못했다.

에스테반 트루에바가 상중인 것을 고려하여 약혼 날짜는 몇 달 뒤로 미루어졌다. 그동안 에스테반은 언니인 로사에게 했던 것과 똑같은 구식 방법으로 클라라에게 구애했다. 하지만 클라라가 아니스 사탕을 끔찍이 혐오하고, 자신이 보내는 시가 클라라의 비웃음을 샀다는 사실은 전혀 몰랐다. 그해가 거의 끝나가던 크리스마스 무렵에 에스테반과 클라라는 신문을 통해 공식적으로 그들의 약혼을 알리고, 온갖 산해진미가 다 나오는 풍성한 파티를 열어 백 명이 넘는 가까운 친구들과 친척들 앞에서 반지를 교환했다. 파티에는 속을 채운 칠면조와 캐러멜 시럽을 바른 돼지고기,

한류에만 사는 바닷장어, 바닷가재 그라탕, 생굴, 카멜 수녀원에서 만든 오렌지 레몬 파이, 도미니크 수도원에서 만든 호두와 아몬드 파이, 클라리사 수녀원에서 만든 초콜릿과 크림 케이크, 외교관의 특권을 이용해 밀수를 주로 하는 영사를 통해 들여온 프랑스 샴페인들이 상자째 놓여 있었다. 그렇지만 조촐한 가족 모임이라는 인상을 주기 위해 평소처럼 검은색 앞치마를 두른 집안 하녀들이 단출하게 상을 차리고 손님들의 시중을 들었다. 근검절약을 앞세우는 바스크와 카스티야 이민자들의 후손으로 구성된, 약간 엄하고도 음울한 그 사회에서는 사치를 경박한 것으로 보았다. 사치는 세속적인 허영으로 죄악시되었으며, 나쁜 취향으로 취급받았다.

천연 동백꽃을 달고 하얀 샹티이 레이스 옷을 입은 클라라는 환상 속의 인물 같았다. 구 년간의 침묵을 보상받으려는 듯 행복에 겨운 종달새처럼 사뭇 흥겨워했으며, 차양 아래서, 등불 아래서 약혼자와 함께 즐겁게 춤을 추었다. 커튼 뒤에서 혼령들이 필사적으로 손짓하며 어떤 경고를 보내왔지만 그 소란과 혼란 속에서 클라라는 그들을 볼 수가 없었다. 반지를 교환하는 전통은 식민지 시대 이후 그대로 이어져왔다. 밤 10시에 하인 한 명이 크리스털 종을 울리며 하객들 사이를 돌자 음악이 그쳤다. 하객들도 춤을 멈추고 모두 중앙홀로 모여들었다. 정식 미사를 집전했던 예복 차림의 작고 순진해 보이는 신부가 미리 준비해 온 복잡한 설교문을 읽어 내려갔다. 신부는 절대 실현 불가능해 보이는 별의별 미덕들을 다 찬양하며 설교했다. 클라라는 신부의 말을 듣지 않았다. 그녀는 음악 소리가 그치고 춤추던 사람들의 소용돌이가 어느 정도 가라앉자 커튼 뒤에서 열심히 속삭이던 혼령들의 말에 귀를 기울이게 되었는데, 순간 몇 시간째 바라바스가 보이지 않는다는 생각이 머리를 스쳤다. 클라라는 신경을 곤두세우고 바라바스가 어디에 있는지 열심히 눈으로 찾아보았지만 엄마가 팔꿈치로 쿡 찌르는 바람에 당장 급한 예식에 신경을 써야 했다. 신부는 설교를 끝낸 후 예비 신랑과 신부의 반지를 축복했다. 그러자 에스테반이 반지 하나는 신부에게 끼워주고, 다른 하나는 자신의 손가락에 끼웠다.

그 순간 끔찍한 비명 소리가 하객들을 뒤흔들어 놓았다. 놀라서 옆으로 비켜난 사람들 사이로 바라바스가 비틀거리며 걸어 들어왔다. 등에 도살용 칼이 자루까지 깊숙이 박힌 채, 평소보다 훨씬 더 시커멓고 육중해 보이는 모습으로 황소처럼 피를 철철 흘리며 들어온 것이다. 망아지만큼이나 긴 다리가 부들부들 떨렸으며, 주둥이에서는 피가 줄줄 흘러나왔다. 두 눈이 고통으로 희뿌예졌으며, 상처 입은 공룡처럼 한 발씩 한 발씩 질질 끌면서 지그재그로 비틀거리며 들어왔다. 클라라는 프랑스 산 실크 소파에 털썩 주저앉았다. 바라바스가 클라라에게 다가가 그 커다란 머리를 그녀의 무릎 위에 얹고는 연인처럼 사랑 가득한 눈길로 클라라를 바라보았다. 바라바스의 눈앞이 점점 흐려져 아무것도 보이지 않게 되면서 하얀 샹티이 레이스와 프랑스 산 실크 소파, 페르시아 산 양탄자, 그리고 나무 바닥은 바라바스의 피로 붉게 물들었다. 바라바스는 두 눈을 클라라에게 고정시킨 채 서서히 죽어갔다. 클라라는 바라바스가 축 늘어져 순식간에 뻣뻣해질 때까지 바라바스의 양쪽 귀를 쓰다듬으며 다정하게 위로의 말을 속삭였다.

그제야 모두들 갑자기 긴 악몽에서 깨어난 듯 공포에 질려 웅성거렸으며, 그 소리가 홀 전체에 울려 퍼졌다. 하객들은 뿔뿔이 흩어져 서둘러 돌아가기 시작했다. 모두 피웅덩이를 피해 재빨리 털 스톨과 실크해트, 지팡이, 우산, 유리구슬 핸드백을 챙겨 도망치듯 빠져나갔다. 파티가 한창이었던 홀에는 바라바스를 무릎 위에 올려놓은 클라라와 클라라의 부모, 그리고 약혼자만이 남아 있었다. 클라라의 부모는 불길한 징조에 온몸이 마비된 듯 서로 꼭 부둥켜안고 있었다. 에스테반은 죽은 개 한 마리 때문에 사람들이 왜 그리 난리법석을 피우는지 이해할 수가 없었다. 그렇지만 클라라가 놀란 걸 보고는 반쯤 의식이 나간 듯한 그녀를 안아 침실로 옮겼다. 다행히도 유모의 보살핌과 쿠에바스 박사의 처방으로 클라라는 다시 혼수 상태에 빠지지 않았으며, 벙어리로 되돌아가지도 않았다. 에스테반 트루에바는 정원사의 도움을 얻어 바라바스의 시체를 차에 실었다. 축 늘어진 바라바스는 더욱 무거워 제대로 들어올릴 수도 없을 정도였다.

그 다음 해는 결혼 준비를 하는 데 보냈다. 클라라가 백단으로 만든 궤짝들에 들어갈 혼수 내용에는 아무런 관심도 보이지 않고 여전히 삼각 테이블과 점치는 카드를 가지고 자신의 실험에만 몰두해 있었기 때문에 엄마가 클라라의 혼수 준비를 떠맡았다. 정성껏 수놓은 이불 시트와 뜨개질한 식탁보, 십 년 전 수녀들이 로사를 위해 트루에바와 델 바예의 머리글자를 새겨서 만든 속옷 등이 클라라의 혼수 품목이었다. 엄마는 신혼여행 때 입을 옷과 시골에서 입을 옷, 파티복, 유행하는 모자, 도마뱀과 스웨이드 가죽으로 된 신발과 지갑 등을 부에노스아이레스와 런던, 파리에 주문했다. 그리고 다른 여러 물건들도 꼼꼼하게 포장한 뒤에 라벤더와 장뇌를 넣어 잘 보관해 두었지만 신부는 무심한 눈길 한번 주지 않았다.

에스테반 트루에바는 그 어느 집보다 튼튼하고 넓고 햇빛이 잘 드는 집을 짓기 위해 벽돌공과 목수, 배관공으로 구성된 한 팀을 고용했다. 그는 트루에바의 적자들로만 이루어진 대가족이 몇 세대에 걸쳐 천년만년 살 수 있는 집을 짓고 싶었다. 프랑스 건축가에게 설계를 맡기고, 건축 자재 중 일부는 외국에서 직접 수입해 들여왔다. 그는 독일 산 유리에 오스트리아 산 기둥, 영국 산 청동 수도꼭지, 이탈리아 산 대리석 마루, 미국 산 특수 자물쇠로 만든 유일무이한 집을 짓고 싶었다. 자물쇠는 카탈로그를 보고 미국에 주문했는데, 사용 설명서가 바뀐 채 열쇠도 없이 도착했다. 그 어마어마한 비용에 질겁한 페룰라는 에스테반이 프랑스 가구에 터키 산 샹들리에와 양탄자를 계속 사들이는 것은 미친 짓이라며 뜯어말렸다. 그렇게 흥청망청하다 보면 자기들을 낳은 아버지의 전철을 똑같이 밟아 망하고 말 거라는 얘기로 설득해 보려 했지만 에스테반이 자기는 그런 호사를 누려도 될 정도로 충분히 부자가 되었으며, 계속 자기를 귀찮게 하면 문을 아예 은으로 뒤집어 씌우겠다고 협박했다. 그러자 페룰라는 그런 사치는 분명 큰 죄이며, 응당 가난한 사람들에게 돌아가야 할 몫을 졸부들이 흥청망청 써버린 것이기 때문에 모두 하느님께 벌을 받게 될 거라며 반격을 가했다.

에스테반 트루에바는 신식 스타일을 좋아하지 않았다. 오히려 혼란스러운 현대물에 깊은 불신을 갖고 있었다. 그런데도 불구하고 그는 고전 스타일은 유지하면서도 현대적인 편의 시설을 모두 갖춘 미국과 유럽 식의 새로운 저택들처럼 집을 짓기로 마음먹었다. 에스테반은 되도록 자기 집은 그곳의 토박이 주택 양식과는 거리를 두고 싶었다. 세 개나 되는 마당이나 복도, 녹슨 분수, 어둠침침한 방, 회칠한 생벽돌 벽, 먼지 낀 기와지붕 따위는 원치 않았다. 그는 흰 기둥이 즐비하게 늘어선 이삼층짜리 저택을 원했다. 흰 대리석 중앙 홀에서부터 멋들어지게 뻗어 올라간 달팽이 계단에, 창문들은 큼지막하고 햇빛이 잘 드는 그런 저택을 원했다. 전체적으로 외국 특유의 정돈되고 조화로운 분위기를 풍기면서 깨끗하고 문명의 혜택을 받은 느낌을 주는 집을 바랐다. 그래야 자신의 새로운 생활에 걸맞을 거라고 생각했다.

그 저택은 에스테반 자신과 가족의 얼굴이 되어야 했다. 그리고 아버지가 먹칠했던 가문의 명성을 회복해 그대로 반영해야 했다. 에스테반은 호화로운 그 집이 거리에서도 잘 보이기를 바랐다. 그래서 베르사유풍의 연못에 꽃밭과 완벽하게 깔린 반듯한 잔디밭, 물 분사기, 올림포스 신상들까지 갖춘 프랑스식 정원을 설계하도록 했다. 그리고 나름대로의 애국심을 나타내기 위해 아메리카 역사에 나오는, 벌거벗은 채 머리에 새 깃털을 꽂고 있는 용감한 인디언 동상도 갖추도록 했다. 그 위풍당당한 저택이 나중에는 복잡하고 어수선한 곳으로 바뀌게 되리라는 것을 그때의 에스테반은 전혀 알 길이 없었다. 그 저택은 초창기에는 외양이 웅장하고, 입체적으로 균형이 잘 잡혀 있었다. 단아하게 초록빛을 띤 주변 위로 저택의 모습이 모자를 씌워 놓은 듯 한눈에 띄었다. 그렇지만 나중에 계속 방이 추가되면서 저택은 삐뚤빼뚤 돌출된 모양으로 형태가 일그러졌다. 빈 공간으로 이어지는 구불구불한 계단, 탑, 열리지 않는 조그만 창문, 허공에 달린 문, 굽이굽이 만들어진 복도, 낮잠 자는 동안에 서로 얘기할 수 있도록 방 사이에 뚫은 구멍 모두 그때그때 클라라의 영감에 따라 추가되었다. 클라라는 새로 손님이 와서 묵어야 할 때마다 앞뒤 고려하지 않고 아무 데나 방 하나를 더 들이도록 했다. 또 혼령들이 벽에 보물이 숨겨져 있다거나, 제대로 매장되지 않은 시신이 있다고 귀띔해 주면 클라라는 그냥 벽 하나를 부숴버렸다. 결국 저택은 청소조차 불가능한 마법의 미로로 바뀌었으며, 국가와 도시의 법령을 한껏 무시한 무허가 주택이 되었다. 그렇지만 에스테반 트루에바가 '모퉁이 큰 집'이라 불리는 그 집을 지었을 때에는 어린 시절의 가난을 의식해서인지 주변의 집들을 모두 압도하고도 남을 정도로 위풍당당했다. 클라라는 그 집이 세워지는 동안 한번도 보러 간 적이 없었다. 그녀는 혼수에 무관심한 만큼 그 집에도 무관심했다. 그래서 모든 결정을 약혼자와 미래의 시누이에게 맡겼다.

어머니가 돌아가시자 페룰라는 혼자 남겨졌다. 결혼에 대한 환상을 가질 수 있는 나이도 아니었고, 자기 인생을 걸 만한 새로운 목표도 없었다. 얼마 동안은 매일 광적인 자선 행위를 베풀며 빈민가를 찾아갔지만 그로 인해 만성 기관지염에 걸려 가뜩이나 고통받는 그녀의 영혼에 아무런 평온도 가져다주지 못했다. 에스테반은 페룰라가 여행도 하고, 옷도 사 입기를 바랐다. 여태껏 불행하게 살았으니 이제라도 마음껏 즐기기를 바랐다. 그렇지만 페룰라는 검소한 생활이 몸에 배어 있는 데다 오랜 세월 집 울타리 안에서만 생활했기 때문에 모든 것을 두려워했다. 게다가 동생의 결혼이 페룰라를 더 불안하게 했다. 자신의 유일한 위안인 에스테반이 결혼하고 나면, 자기와 더 거리를 두고 지낼 수 있는 타당한 명분이 생기기 때문이었다. 페룰라는 명문가 노처녀들을 위한 양로원에서 코바늘 뜨개질이나 하다 인생을 끝내게 될까 봐 두려웠다. 그래서 클라라가 집 안일을 전혀 할 줄 모르며 어떤 결정을 내려야 할 때는 다른 데로 정신을 쏟고 멍하니 있다는 사실을 알고는 내심 너무 반갑고 기뻤다. 그래서 페룰라는 아주 기쁜 마음으로 클라라가 좀 모자라다는 결론을 내렸다.

클라라는 동생이 짓고 있는 그 저택을 제대로 꾸려 나갈 수 없으니 많은 도움을 필요로 할 게 분명했다. 그래서 페룰라는 장차 아내가 될 사람이 아무것도 할 줄 모르며, 이미 입증된 바 있는 강한 희생정신으로 자기가 클라라를 도울 수 있고, 또 그럴 각오도 되어 있다는 것을 틈틈이 에스테반에게 주지시켰다. 하지만 에스테반은 페룰라의 이야기가 그쪽으로 흘러가면 아예 대화를 그만두었다. 결혼 날짜가 점점 다가옴에 따라 페룰라는 이제 자신의 거취를 결정해야 했기 때문에 더욱 안절부절못하게 되었다. 페룰라는 자기 동생한테서는 아무것도 기대할 수 없다고 단정 짓고는 클라라와 단둘이 얘기할 기회를 기다렸다. 그래서 어느 토요일 오후 5시에 클라라가 거리를 따라 걷고 있는 것을 보고는 프랑스 호텔에 가서 차 한 잔 마시자고 권했다. 두 여자는 크림 파스텔과 바이에른 도자기 찻잔 세트를 앞에 두고 마주 앉았다. 찻집 안쪽에서는 여성으로만 구성된 오케스트라가 현악 사중주를 우울하게 연주하고 있었다. 페룰라는 어떻게 이야기를 꺼내야 할지 몰라, 열다섯 살 정도로밖에는 보이지 않는 데다 구 년간의 오랜 침묵으로 아직 목소리가 고르지 못한 미래의 올케 눈치만 살폈다. 끝없는 침묵 속에서 페룰라와 클라라는 파스텔 한 접시를 다 먹고 재스민 차를 마셨다. 마침내 클라라가 눈 위로 흘러내린 앞머리를 매만지며 활짝 웃으면서 페룰라의 손을 부드럽게 다독거렸다.

"걱정 마세요. 형님께서는 저희와 함께 사실 거예요. 우리 둘은 자매처럼 지내게 될 거고요."

클라라가 말했다.

클라라가 사람 마음을 읽을 줄 아는 영험한 능력을 가졌다는 소문이 진짜가 아닐까 하는 생각에 페룰라는 깜짝 놀랐다. 페룰라는 우선 자존심 때문에라도 점잖게 클라라의 제안을 거절하려 했지만 클라라가 그럴 틈도 주지 않았다. 클라라가 몸을 기울여 페룰라의 뺨에 너무도 사랑스럽고 순진하게 키스하는 바람에 페룰라는 그만 자제력을 잃고 눈물을 보이고 말았다. 그녀는 자신이 오랜 세월 동안 눈물 한 방울 흘리지 않고 살았으며, 사소한 애정 표현 하나도 자신에게는 얼마나 절실했는지 깨닫고는 깜짝 놀랐다. 페룰라는 누군가 자신의 몸에 자연스럽게 손을 댄 것이 언제인지 기억조차 할 수가 없었다. 페룰라는 클라라의 손을 잡은 채 한참 울면서 그동안의 설움과 외로움을 덜어냈다. 클라라는 페룰라가 코를 풀 수 있도록 배려해 주었으며, 흐느끼는 중간 중간에도 페룰라에게 파스텔을 권하고 차를 마시게 했다. 그들은 밤 8시까지 울면서 이야기했다. 프랑스 호텔에서 보낸 그날 오후, 그들은 오랜 세월 지속될 우정을 약속했다.

에스테르 부인의 상이 끝나고 모퉁이 큰 집이 완성되자마자 에스테반 트루에바와 클라라 델 바예는 조촐한 결혼식을 올렸다. 에스테반은 클라라에게 다이아몬드 한 세트를 선물로 주었지만, 클라라는 그냥 예쁘다고 생각했을 뿐 그것을 구두 상자 속에 넣어두고는 금세 잊어버렸다. 이탈리아로 신혼여행을 떠나 이틀 후 배에 오르면서 에스테반은 사춘기 소년처럼 사랑에 빠져들었다. 배가 흔들려 클라라가 멀미를 심하게 하고, 선실이 비좁아 천식을 앓았지만 그래도 에스테반은 클라라가 사랑스러웠다. 좁은 선실에서 에스테반은 클라라의 곁에 앉아 이마에 물수건도 얹어주고, 토할 때에는 부축도 해주면서 깊은 행복을 느꼈다. 클라라의 몸 상태가 별로 좋지 않다는 걸 알면서도 믿을 수 없을 정도로 강한 충동을 느끼며 그녀를 원했다.

나흘째가 되자 클라라는 한결 상태가 좋아져 잠에서 깨어났다. 그래서 그들은 바다를 보러 함께 갑판으로 나왔다. 바닷바람으로 코가 빨개져 아무것도 아닌 걸 가지고 까르르 웃는 클라라를 보면서 에스테반은 조만간 클라라도 자기를 사랑하게 만들겠다고 맹세했다. 에스테반은 클라라의 사랑이 절실히 필요했기 때문에 극단적인 방법을 써서라도 기필코 얻어내리라 맹세했다. 에스테반은 클라라가 완전히 자기에게 속해 있지 않다는 걸 알고 있었다. 클라라가 계속해서 혼령들이나, 저절로 움직이는 삼각 테이블, 미래를 말해 주는 카드의 세계 속에 파묻혀 산다면 절대 자신에게 속하지 않으리라는 것도 어렴풋이 알고 있었다. 클라라가 쑥스러움도 그다지 타지 않고 스스럼없이 과감하게 사랑을 구사하긴 했지만 그걸로는 성에 차지 않았다. 에스테반은 육체 이상의 것을 원했다. 클라라의 마음속에 있는, 뭐라고 꼭 집어 말할 수는 없지만 환한 빛을 내뿜는 그 무엇인가까지 갖고 싶었다. 클라라가 쾌락의 절정에 올라 거친 숨을 내쉴 때에도 무엇인가 모자라는 것 같아 성에 차지 않았다. 에스테반은 자기 손이 아주 무겁고, 발은 아주 크고, 목소리는 아주 딱딱하고, 수염은 아주 꺼칠하고, 강간을 일삼으며 창녀를 상대하던 버릇이 아직 깊이 남아 있다는 것을 잘 알고 있었다. 그렇지만 장갑을 뒤집듯 자기 자신을 완전히 뒤집어 바꾸는 한이 있더라도 클라라의 마음을 사로잡기 위해서라면 무슨 일이든 할 각오가 되어 있었다.

에스테반과 클라라는 석 달 만에 신혼여행에서 돌아왔다. 페룰라가 아직도 페인트와 시멘트 냄새가 나는 새집에서 그들을 맞았다. 집 안은 에스테반이 지시한 대로 과일이 수북이 담긴 큰 접시와 꽃으로 가득했다. 처음으로 문턱을 넘어설 때 에스테반이 아내를 두 팔로 안아 들었다. 그런데도 페룰라는 놀랍게도 질투가 나지 않았으며, 에스테반이 젊음을 되찾은 것 같아 흐뭇했다.

"결혼하더니 아주 좋아졌구나."

페룰라가 말했다.

에스테반이 클라라에게 집 구경을 시켜주었다. 클라라는 바다의 일몰이나 산 마르코 광장, 다이아몬드 세트를 보고 예의상 좋다고 했던 것처럼 모두 건성으로 훑어보며 좋다고만 얘기했다. 클라라의 침실 문 앞에 이르자 에스테반은 클라라에게 눈을 감으라고 한 다음 그녀의 손을 잡고 방 한가운데로 데리고 갔다.

"자, 이젠 눈을 떠도 돼."

에스테반이 신나서 말했다.

클라라가 주위를 둘러보았다. 꽤 큰 방이었다. 벽은 파란 실크 천으로 도배되어 있었고, 커다란 창문들은 테라스와 연결되어 정원이 한눈에 내려다보였다. 가구는 모두 영국제였고, 파란 망사 커튼에, 파란 실크 물결이 넘실거리는 바다 한가운데에 떠 있는 범선 같은 천장 덮개가 달린 침대가 놓여 있었다.

"너무 아름다워요."

클라라가 말했다.

그러자 에스테반이 클라라가 서 있던 자리를 가리켰다. 에스테반이 클라라를 위해 특별히 준비한 깜짝 선물이었다. 하지만 클라라는 아래를 내려다본 순간 끔찍한 비명을 질렀다. 그녀가 밟고 서 있던 것은 다름 아닌 바라바스의 검은 등가죽이었다. 바라바스는 사지를 쫙 벌린 채 양탄자로 변해 있었다. 머리 모양은 그대로였고 유리 눈알 두 개가 박제 특유의 황량한 눈빛으로 클라라를 바라보고 있었다. 클라라가 실신해 바닥에 쓰러지기 전에 에스테반이 그녀를 용케 부축했다.

"클라라가 좋아하지 않을 거라고 내가 말했잖니, 에스테반."

페룰라가 말했다.

무두질한 바라바스의 가죽은 재빨리 침실에서 치워져, 마르코스 외삼촌의 마법의 궤짝에서 나온 신비한 책들과 다른 보물들과 함께 지하실 구석에 처박혔다. 바라바스의 가죽은 지하실 구석에서 잊혀진 채 좀벌레의 습격을 받으면서도 굳건히 버티다가 다음 세대에 의해 다시 세상 밖으로 꺼내졌다.

곧 클라라에게서 임신 증세가 두드러지게 나타났다. 페룰라는 클라라에 대한 애정이 열정으로 변하면서 헌신적으로 클라라의 시중을 들고 보살펴주었으며, 클라라가 다른 데 정신이 팔려 이상한 행동을 해도 모두 받아주었다. 페룰라는 불치병에 걸려 서서히 죽어간 늙은 여자를 돌보는 데 일생을 보냈기 때문에 클라라를 돌보는 것은 천국에 있는 것과 다를 바 없었다. 페룰라는 옛날에 유모가 그랬듯이 박하와 재스민으로 향을 낸 목욕물에 클라라를 목욕시켰다. 스펀지로 몸을 닦아주고 비누칠해 주고, 샤워 콜로뉴로 마사지해 주고, 백조 깃털 솔로 파우더를 발라주고, 해초처럼 부드럽게 윤기가 흐를 때까지 머리를 빗질해 주었다.

새신랑의 설렘이 채 가라앉기도 전에 에스테반 트루에바는 일 년 이상 발을 들여놓지 않았던 트레스 마리아스로 돌아가야만 했다. 페드로 세군도 가르시아가 많은 노력을 기울였음에도 불구하고 주인의 손길이 절실히 필요했던 것이다. 한때는 에스테반에게 천국처럼 여겨졌고 자랑거리였으며 기쁨이었던 그곳이 이제는 골칫거리가 되었다. 계속 되새김질하는 암소들과 평생 매일 똑같은 동작만 되풀이하면서 활기 없이 일하는 농부들, 눈 덮인 산맥의 변함없는 풍경, 화산에서 솟아오르는 약한 연기 기둥을 바라보고 있으면 감옥에 갇힌 죄수처럼 답답하기만 했다.

에스테반이 시골에 가 있는 동안 모퉁이 큰 집의 생활은 남자들이 없는 잔잔한 일상에 익숙해져 갔다. 페룰라가 아침에 제일 먼저 일어났다. 병든 어머니를 돌보던 시절부터 일찍 일어나던 습관이 남아 있었다. 그렇지만 올케는 늦게까지 자도록 내버려 두었다. 느지막하게 페룰라가 손수 아침 식사를 클라라의 침대로 갖다주었다. 페룰라는 아침 햇살이 들어오도록 푸른 실크 커튼을 열어젖히고는, 바다 요

정들이 그려진 프랑스 산 자기 욕조에 물을 받았다. 그사
이 클라라는 방 안의 혼령들에게 일일이 아침 인사를 건네
며 잠을 떨치고, 쟁반을 끌어다가 걸쭉한 핫 초콜릿에 토
스트를 적셔 먹었다. 그러고 나서 페룰라는 엄마처럼 다정
하게 클라라를 쓰다듬어주며 침대에서 끌어내, 아침 신문
에 난 즐거운 소식들만 전해 주었다. 하지만 즐거운 소식
이 갈수록 줄어들었기 때문에 페룰라는 이웃 사람들에 대
한 소문이나 사소한 집안일들, 클라라가 좋아할 만한 이야
기들을 만들어내 그 공백을 채워야 했다. 그렇지만 클라라
는 들은 얘기도 오 분 만에 잊어버렸기 때문에 같은 이야
기를 여러 번 반복해도 상관없었다. 그래도 클라라는 매번
처음 듣는 것처럼 마냥 재미있어 했다.

페룰라는 뱃속의 아이에게 좋다며 일광욕을 시키기 위해
클라라를 데리고 산보를 나갔다. 그리고 아이가 태어났을
때 부족한 것이 없도록 모두 갖추어놓고, 또 아이에게 가
장 좋은 옷을 입히기 위해 데리고 나가 쇼핑을 했다. 클라
라가 자기 동생과 결혼한 이후 활짝 핀 것을 모두에게 과
시하기 위해 골프 클럽에 가서 점심 식사도 했다. 그리고
친정 부모가 딸이 시집가더니 자기네를 완전히 잊었다고
생각하지 않도록 친정집을 방문하기도 했다. 하루 종일 집
안에만 틀어박혀 지내지 않도록 연극도 보러 갔다. 클라라
는 페룰라가 하자는 대로 고분고분 다 따랐다. 그건 클라
라가 멍청해서가 아니라 사소한 일에 신경을 쓰지 않는 성
격 때문이었다. 클라라는 자신의 영험한 능력을 완벽하게
가다듬고, 에스테반과 텔레파시로 의사소통 하기 위해 자

신의 집중력을 모두 쏟아 부었다. 그렇지만 에스테반이 아무런 메시지도 받지 못했기 때문에 모두 허사로 돌아갔다.

페룰라는 자신의 인생에서 처음으로 행복하다고 느꼈다. 페룰라는 그 어느 누구보다도, 심지어 자기 어머니보다도 클라라가 가깝게 느껴졌다. 다른 보통 사람이라면 페룰라의 과잉보호와 끊임없는 참견에 벌써 넌덜머리를 냈거나, 페룰라의 꼼꼼하고 지배적인 성격에 지레 지쳐버렸을 것이다. 그렇지만 클라라는 다른 세계에서 살고 있었다. 그래서 페룰라는 동생이 시골에서 돌아오는 것이 너무 싫었다. 동생이 없는 동안 이루어놓았던 조화가 모두 산산조각이 나고 동생의 존재로 집 안이 가득 채워지기 때문이었다. 에스테반이 집에 있으면 페룰라는 그늘 속으로 묻혀야 했으며, 하인들을 지휘하거나 클라라에게 관심을 쏟을 때도 좀 더 신중해야 했다. 매일 밤 부부가 침실로 들어갈 때마다 페룰라는 스스로도 설명할 수 없는 묘한 증오심에 휩싸여 그녀의 영혼은 끔찍한 고통을 겪었다. 페룰라는 그런 기분에서 벗어나기 위해 빈민가에 가서 기도하고 안토니오 신부에게 고해하는 예전 버릇으로 되돌아갔다.

"아베 마리아, 은총으로 충만하시니."

"죄짓지 않고 잉태하셨도다."

"자매님, 말씀해 보세요."

"신부님, 어떻게 이야기를 꺼내야 할지 모르겠어요. 제가 죄를 지은 것 같아요……."

"육체의 죄인가요?"

"아이! 제 육체는 이미 시들었어요, 신부님. 하지만 영혼은 그렇지 못해요. 악마가 저를 괴롭혀요."

"하느님의 은총은 끝이 없으십니다."

"신부님은 혼자 사는 여자의 마음속에 어떤 생각이 들어 있는지 모르세요. 남자를 모르는 처녀의 마음을요. 기회가 없어서가 아니라, 하느님께서 제 어머니에게 긴 고질병을 내리셨고 그래서 전 어머니 간병만 해야 했지요."

"그 희생은 하늘나라에 기록되어 있습니다."

"제가 머릿속으로 죄를 졌는데도요, 신부님?"

"어떤 생각이냐에 달려 있지요……."

"밤에는 잠을 잘 수가 없어요. 질식할 것 같아요. 그러면 저는 마음을 가라앉히기 위해 일어나서 정원을 산보하고, 집 안을 돌아다녀요. 그러다가 올케의 방문 앞에 가서 그 문에 귀를 대어봅니다. 가끔은 올케가 잠들어 있을 때 살금살금 들어가 올케가 자는 모습을 들여다봅니다, 천사 같아요. 그럼 올케의 부드러운 살결을 만지고 냄새를 맡고 싶어 올케의 침대 안으로 들어가고 싶은 유혹이 듭니다."

"자매님, 기도를 드리십시오. 기도가 도움이 될 거예요."

"잠깐만, 아직 다 끝나지 않았어요. 너무 부끄럽습니다."

"저한테 부끄러워하실 것 없습니다. 저는 그저 하느님의 도구일 뿐입니다."

"제 동생이 시골에서 오면 더 심해져요, 신부님. 기도도 소용이 없어요. 잠을 이루지 못한 채 식은땀만 흘리고 몸을 떨며 뒤척이다가 일어나, 삐걱거리는 소리가 나지 않도록 가급적 조심스럽게 복도를 따라 살금살금 걸어서 캄캄한 집 안을 돌아다니죠. 그러다가 침실 문에 귀를 대고 동생과 올케가 내는 소리를 들어요. 한번은 문이 조금 열려 있어서 그들의 모습을 본 적이 있어요. 신부님, 제가 본 것을 얘기할 수는 없습니다. 그렇지만 그것은 분명 끔찍한 죄악이었습니다. 그게 올케 잘못이 아니라는 건 알아요. 올케는 어린애처럼 순진무구하니까요. 올케를 죄악으로 이끄는 것은 동생이에요. 틀림없이 제 동생은 벌을 받을 거예요."

"오직 하느님만이 심판하고 저주를 내리실 수 있습니다. 그들이 무엇을 하고 있었는지요?"

그러자 페룰라는 삼십 분이 넘게 자세히 묘사를 했다. 그녀는 타고난 이야기꾼이었다. 어디서 숨을 조절해야 하고 어떻게 억양을 조절해야 하는지 잘 알고 있었다. 듣는 사람이 생생하게 느낄 수 있도록 자세하게 장면을 묘사하면서도, 몸동작은 하나도 쓰지 않았다. 반쯤 열린 문을 통해 어떻게 그들이 몸을 떨었는지, 체액이 얼마나 흥건히 나왔는지, 귓속말로 무슨 말을 했는지, 가장 은밀한 냄새가 어떠했는지를 그녀가 알았다는 건 도무지 믿을 수 없는 일이었으며 그거야말로 정말 기적과도 같았다.

페룰라는 싱숭생숭한 마음을 털어놓고 집으로 돌아와 평소의 냉정하고 진지한 모습을 되찾아 하인들에게 명령을 내리고, 포크와 나이프를 세고, 식사를 준비하고, 열쇠를 챙겼다. 페룰라가 자리에 놓으라고 하는 물건은 정확히 그 자리에 놓였고, 꽃병의 꽃을 갈라고 하면 신선한 꽃으로 즉시 바뀌었다. 유리를 닦아라, 빌어먹을 새들이 떠들지 못하도록 해라, 새들이 시끄럽게 굴어서 클라라 마님이 깨지 않도록 해라. 새들이 너무 짹짹거려서 아이가 태어날 때 놀라서 날개를 달고 태어나겠다 하고 소리치면서 일일이 간섭하고 돌아다녔다. 이처럼 페룰라가 모든 일을 감시하기 때문에 그녀의 주의를 비켜 가는 것은 아무것도 없었다. 모두 좋다고만 하는 클라라와는 정반대였다. 클라라는 맛있는 속을 잔뜩 넣은 버섯 요리든 먹다 남은 수프든 별로 개의치 않았다. 깃털 침대에서 자든 의자에 앉아서 자든 상관하지 않았으며, 향을 푼 물로 목욕을 하든 아예 목욕하지 않든 매한가지였다. 배가 점점 불러오면서 클라라는 점점 더 현실에서 멀어져 자신의 내면세계로 깊숙이 파고 들어가 뱃속의 아기와 끊임없이 비밀스러운 대화를 나누었다.

에스테반은 자신의 이름을 따서 트루에바 가문의 이름을 대대로 물려줄 아들을 원했다.

"이 애는 딸이고 이름은 블랑카예요."

클라라는 자신이 임신했다는 사실을 알리던 날부터 그렇게 말했다.

그리고 클라라의 말대로 되었다.

쿠에바스 박사는 출산이 10월 중순경일 거라고 예측했지만 클라라는 11월 초까지도 여전히 남산만 한 배를 뒤뚱거리며 몽유병 환자처럼 나른한 모습으로 돌아다녔다. 이제 클라라는 쿠에바스 박사가 전혀 무섭지 않았다. 클라라는 전보다 훨씬 더 정신이 멍했고, 더 기진맥진했으며 천식도 심했다. 그녀는 주위의 모든 사물에 대해, 심지어 남편에 대해서도 무관심해졌다. 때로는 남편도 알아보지 못해 그가 자기 옆에 서 있는 걸 보고는 "뭘 도와드릴까요?"라고 물어본 적도 있었다. 출산 예정일이 잘못 계산되었을 가능성이 일단 배제되자 의사는 클라라가 순산하기 어렵다고 판단하고 제왕 절개 수술을 해서 블랑카를 꺼냈다. 꺼내놓고 보니 블랑카는 여느 아이들보다 더 흉하게 생겼고 털도 많았다. 에스테반은 아이를 보고는 소름까지 돋았다. 운명이 잔인한 장난을 친 것만 같았다. 죽어가는 어머니에게 약속했던 트루에바 가문의 적자가 태어나는 대신에 괴물이, 그리고 그걸로도 모자라 여자로 태어났다고 생각했다. 에스테반이 직접 아이를 검사해서, 적어도 사람의 육안으로 볼 때 있을 건 모두 있음을 확인했다. 쿠에바스 박사는 아이의 외모가 흉한 것은 엄마의 뱃속에서 보통 애들보다 훨씬 더 오래 있었고, 제왕 절개를 해서 그런 거라며 에스테반을 위로했다. 또 아이가 워낙 작고 마른 데다 까무잡잡하고 털이 많은 탓도 있다고 말했다.

그렇지만 클라라는 자기 딸을 보고 더할 나위 없이 흡족했다. 긴 혼수상태에서 깨어나 살아 있는 기쁨을 새로이 발견한 느낌이었다. 클라라는 아이를 품에서 절대 내려놓지 않았다. 늘 자기 가슴에 꼭 안고 다녔으며, 정해진 시간이나 예절 혹은 품위 같은 것에는 일체 신경 쓰지 않은 채 인디오 여자처럼 아무 때나 아이에게 젖을 물렸다. 클라라는 아이에게 절대 손을 대지 않았다. 머리도 자르지 않았으며, 귀걸이를 달 수 있도록 귀도 뚫으려 하지 않았다. 아이를 돌볼 유모도 고용하려 하지 않았으며, 심지어는 경제적 여유가 되는 다른 여자들처럼 조제된 우유도 먹이려 하지 않았다. 쌀뜨물을 섞어 묽게 만든 소젖을 먹이라는 유모의 충고도 듣지 않았다. 클라라는 자연의 섭리가 여자의 젖가슴에서 젖을 나오게 만들었으면 그 젖으로 아이를 키워야 한다는 주의였다. 클라라는 어른과 대화할 때처럼 아이에게도 늘 완벽한 스페인어로 말했다. 혀 짧은 소리나 애칭이 섞인 말은 쓰지 않았다. 클라라는 식물이나 동물에게 말을 걸 때도 천천히 이성적으로 얘기했다. 클라라는 그 방법이 식물이나 동물에게 통한다면 아이에게도 통하지 말라는 법이 없다고 생각했다. 모유와 어른스러운 대화 덕분에 블랑카는 건강하고, 거의 예쁘다고도 할 수 있는 아이의 모습으로 변모했다. 태어났을 때의 아르마딜로 같은 모습은 찾아볼래야 찾아볼 수도 없었다.

블랑카가 태어난 지 몇 주일 후에 에스테반 트루에바는 범선 위에서 푸른 실크 물결이 출렁거리는 가운데 클라라가 출산 이후에도 여전히 성적 매력을 잃지 않았다는 사실을 확인할 수 있었다. 오히려 그 반대였다. 한편 페룰라는 목청 좋고, 불같은 성격에 식욕도 왕성한 아이를 돌보느라 너무 바빠서 빈민가로 기도를 드리러 갈 시간도, 안토니오 신부에게 고해 성사를 하러 갈 시간도 없었다. 게다가 열린 문 틈새로 동생 부부를 감시할 시간은 더더욱 없었다.

4
영혼의 시대

대부분의 아이들이 옹알거리며 침을 질질 흘리고 기저귀를 차고 네 발로 엉금엉금 기어 다닐 나이였지만 블랑카는 제법 사고를 할 줄 아는 난쟁이 같았다. 클라라가 블랑카를 어른처럼 대하며 기른 덕분에 툭하면 넘어지기는 했지만 두 발로 제법 잘 걸어 다녔으며, 말도 정확히 할 줄 알고 혼자서 밥도 잘 먹었다. 블랑카가 이빨도 다 나고 옷장 안에 있는 물건을 죄다 꺼내 어지럽힐 때쯤 온 가족이 트레스 마리아스에서 여름을 보내기로 했다. 트레스 마리아스는 클라라도 가본 적은 없고 얘기를 들어서 알고 있을 뿐이었다. 그 당시는 블랑카가 생존 본능보다도 호기심이 훨씬 더 강했을 무렵이라, 페룰라는 아이가 2층에서 떨어지거나, 오븐에 머리를 처박거나, 비누 토막을 삼킬까 봐 늘 아이 뒤를 쫓아다니느라 정신이 없었다. 그렇기 때문에 페룰라가 보기에는 아이를 데리고 시골로 가자는 생각은 위험하고 고생스러울 뿐만 아니라 불필요한 것이었다. 에스테반이 트레스 마리아스에서 혼자 볼일을 보고, 자기네들은 수도에서 문화적인 생활을 즐기면 되는데 굳이 함께 갈 필요가 없어 보였다. 그렇지만 클라라는 무척 좋아했다. 페룰라는 클라라가 마구간에 한번도 들어가 본 적이 없어서 시골 생활을 낭만적으로 생각한다고 했다.

온 식구가 이 주일 이상을 여행 준비에 매달리느라 집 안은 궤짝에다가 바구니, 여행 가방이 넘쳐나 난장판이 따로 없었다. 셀 수 없이 많은 짐과 페룰라가 필요하다고 생각하는 하인들을 싣기 위해 열차의 객차 한 칸을 통째로 빌려야 했다. 클라라는 새장을 절대 놔두고 갈 수 없다고 우겼으며, 블랑카의 장난감 상자도 가져가야 했다. 장난감 상자에는 기계로 된 어릿광대, 도자기 인형, 천으로 만든 동물 인형, 줄로 움직이는 인형, 사람의 머리카락과 관절을 지닌 인형으로 가득 차 있었다. 게다가 그 인형들의 옷과 마차, 그릇도 빠뜨려서는 안 되었다. 흥분해서 정신이 없는 사람들과 태산 같은 짐짝들을 본 순간 에스테반은 난생처음 좌절감을 느꼈다. 그러다가 사팔뜨기 눈에다 무늬 세공을 한 샌들을 신은 실물 크기의 성 안토니오 상을 발견했을 때는 그 좌절감이 두 배가 되었다. 에스테반은 혼란 그 자체인 주위를 둘러보았다. 자신은 여행할 때 여행 가방 두 개만 있으면 되는데, 아내와 딸은 어떻게 여행과는 아무런 상관도 없는 짐들과 하인 일개 부대가 다 필요한 건지 의아해하면서 함께 가기로 한 것을 후회했다.

그들은 산 루카스에서 세 대의 마차에 나눠 타고 집시 떼처럼 먼지 구름을 일으키며 트레스 마리아스로 이동했다. 농장 마당에서는 감독인 페드로 세군도 가르시아를 선두로 소작인들 모두가 마중 나와 기다리고 있었다. 소작인들은 처음에 유랑 극단이 온 줄 알고 할 말을 잃었다. 그들은 페룰라의 명에 따라 마차에서 짐을 내려 집 안으로 나르기 시작했다. 블랑카 나이 또래의 사내아이에게 관심을 보이는 사람은 아무도 없었다. 아이는 벌거벗은 채 콧물을 질질 흘리고 있었으며 기생충으로 배가 잔뜩 부풀어 있었다. 까맣고 아름다운 눈에는 세상을 오래 산 듯한 노인의 표정이 담겨 있었다. 감독의 아들인 이 소년은 할아버지와 아버지와 구별하기 위해 페드로 테르세로 가르시아라고 불리었다.

어른들이 물건을 정리하고, 집을 구경하고, 과수원을 살피고, 모두에게 인사하고, 성 안토니오 제단을 만들고, 침대에 들어 있는 닭과 옷장 안에 들어 있던 쥐를 쫓아내느라 정신없이 분주할 때 블랑카는 자기도 옷을 벗어던지고 벌거벗은 채 페드로 테르세로와 함께 놀러 나갔다. 블랑카와 페드로 테르세로는 짐짝들 사이에서 뒤엉켜 놀았다. 가구 밑으로 들어가기도 하고, 침이 질질 흐르는 입으로 뽀뽀도 하고, 같이 빵을 나눠 먹기도 하고, 콧물도 들이마셨다. 심지어는 같이 똥을 싸서 온몸을 더럽히기도 했다. 그러다가 그들은 서로 꼭 껴안은 채 식당 식탁 밑에서 잠들었다. 클라라가 아이들을 그곳에서 찾아낸 것은 밤 10시경이었다. 사람들이 횃불을 들고 몇 시간째 아이들을 찾아다

넜다. 소작인들이 몇 그룹으로 나뉘어 강둑과 곳간, 목초지와 마구간을 찾아다녔다. 페룰라는 무릎을 꿇고 성 안토니오에게 간절히 빌었으며, 에스테반은 그들의 이름을 부르다 목이 쉬었고, 클라라는 영험한 능력을 발휘해 보려했지만 아무 소용이 없었다. 아이들을 발견했을 때, 페드로 테르세로는 마루에 등을 대고 벌렁 누워서 자고 있었고, 블랑카는 새로 사귄 친구의 볼록 튀어나온 배에 머리를 대고 새우잠을 자고 있었다. 그들은 몇 년 후에도 그런 자세로 있다가 들켜서, 불행히도 평생에 걸쳐 혹독한 대가를 치러야 했다.

클라라는 첫날부터 트레스 마리아스에는 자기가 할 일이 있다는 것을 깨달았다. 자신의 일생을 기록한 노트에 메모한 바에 따르면 드디어 이 세상에서 자신의 임무를 발견했다고 했다. 클라라는 벽돌집이나 학교, 넉넉한 음식에 그다지 깊은 인상을 받지 못했다. 보이지 않는 것을 볼 수 있는 능력으로 소작인들의 적의와 두려움, 불신을 금세 감지할 수 있었다. 그리고 소작인들이 자기네들끼리 뭐라고 얘기하다가도 그녀가 고개를 돌리면 얼른 조용해지는 것으로 봐서 남편의 성격과 과거가 어땠는지 대충 짐작할 수 있었다. 그렇지만 주인 나리가 변한 건 확실했다. 이제는 홍등가도 출입하지 않았고, 오후에 읍내에서 거하게 식사하는 일도 없었으며, 닭싸움도 하지 않았다. 특히 밀밭에 처녀들을 쓰러뜨리는 일은 그만두었다. 사람들은 그게 모두 클라라 덕분이라고 생각했다.

그리고 클라라도 변했다. 모든 게 노곤하고 나른하기만

하던 무기력증이 하루아침에 자취를 감추었다. 이제는 모두 '아름다워' 보이지도 않았으며, 영혼들과 이야기하고 초자연적인 힘으로 가구를 움직이던 해괴한 습관도 사라졌다. 클라라는 남편과 함께 꼭두새벽에 일어나, 옷을 갈아입고 아침 식사를 했다. 에스테반은 들일을 감독하러 나가고, 페룰라가 집안일을 하면서 수도에서 데리고 온 하인들과 블랑카를 맡아서 돌보았다. 하인들은 불편한 시골 생활과 파리 떼에 적응하지 못한 상태였다. 클라라는 재봉실이나 잡화상, 학교에서 시간을 보냈다. 클라라는 학교에 자리를 잡고, 옴과 이를 퇴치하는 방법을 가르치고, 글도 깨우쳐주고, 아이들에게는 "내겐 젖 짜는 암소 한 마리가 있지요. 여느 암소와는 다르지요."라는 가사가 담긴 노래를 가르쳐주었다. 또한 여자들에겐 우유 끓이는 법과 설사 치료법, 옷 표백법을 가르쳐주었다.

해 질 무렵 페룰라는 남자들이 들판에서 돌아오기 전에 여자들과 아이들을 모아놓고 기도를 드렸다. 그들은 믿음 때문이라기보다는 예의상 참석했으며, 그 덕분에 노처녀인 페룰라는 빈민가에서 기도 드리던 옛 시절을 떠올릴 수 있었다. 클라라는 시누이가 사람들을 모아놓고 하느님 아버지와 아베 마리아를 부르며 기도 드리는 일이 끝날 때까지 기다렸다가 자기 엄마가 국회 의사당 문 앞에 몸을 쇠사슬로 묶어놓고 외쳤던 슬로건들을 그들에게도 똑같이 들려주었다. 여자들은 페룰라의 기도에 참석한 것과 같은 이유로, 즉 주인 마님의 기분을 거스르지 않기 위해서 얼굴에 수줍은 미소를 띤 채 클라라의 얘기를 들었다. 그렇지만 클라라가 얘기하는 선동적인 이야기들은 모두 미친 사람의 이야기 같았다.

"언제는 남편이 제 여편네한테 손찌검하지 않았나요? 제 여편네를 때리지 않으면 그건 제 여편네한테 관심이 없거나 진짜 남자가 아니라서 그런 거예요. 언제는 남자가 일한 거랑 땅에서 난 농작물, 닭이 낳은 것들을 함께 나눠 가졌나요? 남편이 하는 대로 따라야지요. 그리고 어떻게 여자랑 남자랑 똑같은 일을 할 수 있나요? 여자는 그 두 쪽도 없이 사타구니가 찢겨져서 태어났는데. 그렇지 않나요, 주인 마님?"

여자들이 그렇게 말할 때마다 클라라는 난감했다. 여자들은 자기네들끼리 옆구리를 쿡쿡 찌르며 이빨이 다 빠진 입과 주름이 자글자글한 눈으로 부끄러운 듯 킥킥거렸다. 햇볕에 그을리고 힘든 삶을 사느라 고생에 찌든 얼굴이었다. 그들은 만일 자기네가 클라라의 말대로 실천하려는 생각만이라도 했다가는 남편한테 흠씬 두들겨 맞으리라는 것을 잘 알고 있었다. 그리고 페룰라의 얘기에 따르면 그건 맞아도 싼 짓이었다. 얼마 후 그 예배 모임의 후반부에 대해 알게 되자 에스테반은 길길이 날뛰었다. 그가 클라라에게 화를 낸 것은 그때가 처음이었다. 클라라도 그 악명 높은 에스테반의 성질을 직접 본 것은 그때가 처음이었다. 에스테반은 거실을 분주히 돌아다니며 가구들을 쾅쾅 두드리면서 실성한 사람처럼 노발대발 소리를 질렀다. 그리고 만일 클라라가 장모의 선례를 따르려 한다면 진짜 사내가 어떤 건지 본때를 보여주겠다며 소리쳤다. 사람들을 모아

놓고 헛소리할 엄두도 내지 못하도록 엎어놓고 볼기짝을 때릴 거라며 소리소리 질러댔다. 그러고는 앞으로 예배 모임이나 그 어떤 종류의 모임도 금하라며, 자기는 마누라가 자기를 바보로 만들며 돌아다니도록 그냥 넋 놓고 가만히 있을 얼간이가 아니라고 쏘아붙였다. 클라라는 에스테반이 제풀에 지칠 때까지 고함을 지르든, 가구들을 걷어차고 다니든 그냥 내버려 두었다. 그런 뒤에는 평소처럼 건성으로 에스테반에게 양쪽 귀를 움직일 수 있느냐고 물었다.

휴가는 더 연장되었고 학교에서의 모임도 계속되었다. 여름이 끝나고 가을이 시작되면서 들판이 노랗고 붉게 물들며 주변 경관이 바뀌었다. 비가 추적추적 내려 온통 진흙탕이 되면서 첫 추위도 시작되었지만 클라라는 도시로 돌아갈 생각을 하지 않았다. 시골을 싫어하는 페룰라가 계속 돌아가자고 압력을 넣어도 아무 소용이 없었다. 여름 내내 페룰라는 그곳이 싫다며 투덜댔다. 오후만 되면 미친 듯이 파리나 쫓으며 지내는 것도 싫었고, 광산 막장 안에 갇힌 것처럼 집 전체를 먼지로 뒤덮는 마당의 먼지바람도 싫었다. 욕조 안의 더러운 물도 끔찍했다. 목욕물에 소금을 풀어 향을 내려고 하면 물이 걸쭉한 죽처럼 변해서 보기에도 끔찍했다. 시트 안으로 기어드는 날아다니는 바퀴벌레나 쥐구멍, 개미집, 아침마다 탁자 위 물컵에 빠져 발버둥치는 거미들, 신발 안에다 알을 낳고 옷장 안의 하얀 옷 위에다 똥을 싸놓는 멍청한 암탉들도 불만이었다.

그렇지만 날씨가 바뀌어도 불평거리는 새로이 쏟아져 나왔다. 마당이 진흙탕이 되고 해가 짧아졌다며 계속 투덜거렸다. 5시만 되면 깜깜해서 할 일이 아무것도 없었다. 황량하게 부는 바람 소리나 들으면서 감기에 걸려 혼자서 외로이 밤을 맞이하는 것 이외에는 다른 할 일이 없었다. 유칼리나무로 만든 감기약으로 감기를 퇴치해 보려 했지만 식구들 모두 차례로 전염되는 것을 막지는 못했다. 블랑카가 자라는 모습을 보는 것 이외에는 다른 아무 재미도 없이 악다구니를 쓰며 사는 게 싫었다. 페드로 테르세로라는 더러운 아이와 같이 놀 때 보면 블랑카가 식인종 같아 보였다. 블랑카가 같이 놀 만한 자기 계급의 또래 친구가 없는 게 더 큰 일이었다. 그래서 페룰라는 블랑카가 그 더러운 아이와 어울려 다니면서 안 좋은 버릇을 따라하고 볼이 시뻘게져서 무릎에 딱지가 앉은 채로 돌아다닌다며 더욱 야단이었다.

"쟤 말하는 것 좀 보라고. 마치 인디오 같아. 블랑카 머리에서 이를 잡고 옴 오른 부위에 메틸렌을 발라주는 것도 지겨워."

그런 불평에도 불구하고 페룰라는 엄격한 위엄을 그대로 간직했다. 변함없이 쪽 진 머리에 풀 먹인 블라우스를 입고 허리춤에는 늘 열쇠 꾸러미를 차고 있었다. 언제나 은은한 레몬 향과 라벤더 향을 풍기며 땀도 흘리지 않았고, 몸도 긁적거리지 않았다. 페룰라가 자제력을 잃을 수 있다고 생각하는 사람은 아무도 없었다. 그러던 어느 날 페룰라는 등이 가려워 그만 그 자제력을 잃고 말았다. 너무 간지러워서 살짝살짝 긁는 걸로는 성에 차지 않았다. 그렇지만 세게 긁어도 아무 소용이 없었다. 마침내 페룰라는 욕실에 가서 일이 많은 날에도 절대 벗지 않던 코르셋을 벗었다. 코르셋 끈이 느슨하게 풀리자 오전 내내 딱딱한 코르셋과 코르셋 주인의 살 사이에서 출구를 찾아 헤매다가 실신한 쥐 한 마리가 바닥에 뚝 떨어졌다. 페룰라는 생전 처음으로 신경 발작을 일으켰다. 그녀의 비명 소리에 놀란 식구들이 달려와 보니, 페룰라가 옷을 반쯤 벗은 채 공포로 새하얗게 질려 욕조 안에 서서 미친 사람처럼 소리소리 지르며, 안전한 곳으로 도망치려고 뒷발로 서서 발버둥치는 쥐새끼를 떨리는 손가락으로 가리키고 있었다. 에스테반은 갱년기 증상이라 그렇다며 신경 쓸 필요도 없다고 잘라 말했다.

페룰라가 두 번째 발작을 일으켰을 때도 사람들은 관심을 두지 않았다. 그날은 에스테반의 생일이었다. 트레스마리아스에서 열리는 첫 번째 파티였기 때문에 화창한 일요일이 밝아오면서 집 안은 난리법석이었다. 에스테르 부인이 처녀이던 시절 파티가 열린 이후로 그곳에서 파티가 열린 적은 한번도 없었다. 그들은 여러 친척들과 친구들, 지주들, 지방 유지들도 빠짐없이 모두 초대했다. 친척들과 친구들은 수도에서부터 기차를 타고 왔다. 파티 준비는 일주일 전부터 이루어졌다. 마당에서 통째로 구운 수송아지, 콩팥 파이, 닭찜, 옥수수 요리, 하얗게 구운 토르티야, 루쿠모 과일 열매, 최고급 포도주 등을 준비했다. 정오가 되자 마차를 타거나 말을 몰고 온 손님들이 하나 둘씩 몰려들면서 그 거대한 생벽돌 집에는 웃음소리와 이야기꽃이 만발했다. 페룰라는 잠시 틈을 타서 화장실로 달려갔다.

그 집에는 큼지막한 화장실이 여러 개 있었는데, 하얀 타일이 사막처럼 널찍하게 깔려 있어 볼일 보는 사람이 한가운데 외로이 있어야 했다. 왕좌처럼 홀로 우뚝 솟아 있는 변기에 페룰라가 앉아 있는데, 순간 문이 벌컥 열리더니 손님 중의 한 사람이 들어왔다. 그것도 다름 아닌 시장이 식사 전에 마신 술 때문에 약간 취해서 들어오더니 바지를 내리는 것이었다. 시장은 페룰라를 본 순간 당혹스럽기도 하고 놀라기도 해서 한참을 가만히 서 있었다. 그러다가 냉정을 되찾고는 겨우 생각해 낸 행동이 뒤틀린 미소를 띠며 그 넓은 방을 가로질러 페룰라에게 다가와 손을 내미는 것이었다.

"저는 조로바벨 블랑코 하마스미에입니다. 만나서 반갑습니다."

시장은 그렇게 자신을 소개했다.

"하느님 맙소사! 이런 무례한 사람들하고는 도저히 살 수 없어. 너희가 이 야만스러운 지옥에서 머물고 싶다면 그렇게 해. 하지만 나는 도시로 돌아갈 거야. 난 평소처럼 인간답게 살고 싶어."

더 이상 울지 않고 그 사건에 대해서 담담하게 말할 수 있게 되었을 때 페룰라는 그렇게 선포했다.

하지만 페룰라는 도시로 돌아가지 않았다. 클라라와 헤어지고 싶지 않았던 것이다. 페룰라는 클라라가 내뿜는 공기마저도 사랑하게 되었다. 이제는 클라라를 목욕시켜 주지도 못하고, 같이 침대에서 잘 수도 없었지만 나름대로 자신의 애정을 표현할 수 있는 방법을 찾느라 온통 거기에만 신경을 기울였다. 자신과 다른 사람들에게는 그토록 엄한 그녀가 클라라에게만큼은 다정하고 포근한 미소를 지어 주었고, 그 연장선상에서 블랑카에게도 다정하게 대했다. 클라라와 함께 있을 때에만 누군가를 사랑하고 누군가로부터 사랑받고 싶다는 격렬한 감정이 분출되었다. 그리고 클라라와 함께 있을 때에만 간접적으로나마 자신의 영혼 깊숙이 숨겨져 있던 소망을 끄집어낼 수 있었다.

페룰라는 오랜 세월을 혼자 외롭고 슬프게 살다 보니 사는 재미도 없고 감정도 모두 메말라버린 채 몇 가지 끔찍하고 커다란 열정에만 집착하게 되었다. 페룰라는 작은 동요에는 꿈쩍도 하지 않았다. 치사하게 누구에게 원한을 갖지도 않았고, 남몰래 누군가를 질투하지도 않았다. 위선적인 행동도 하지 않았고, 싫은데 좋은 척하지도 않았고, 예의상 친절하게 굴지도 않았고, 평소 남에 대한 배려도 하지 않았다. 페룰라는 오로지 어마어마한 사랑 하나만을 위해 태어난 그런 사람이었다. 엄청난 증오나 끔찍한 복수, 가장 숭고한 영웅심을 위해 태어난 사람이었다. 그렇지만 그녀는 자신의 운명을 그렇게 낭만적으로 풀어 나갈 수가 없었다. 대신 병든 엄마의 방 안이나 비참한 빈민가에 갇혀 고된 고해 성사나 하면서 우울하고 밋밋한 생을 살아야 했다. 어머니가 되기 위해, 대의명분을 위해, 열정을 위해, 풍요를 위해 뜨거운 피를 가지고 태어난 덩치 크고 풍만한 여자가 그렇게 자신을 소진하며 살아야 했던 것이다.

페룰라는 훌륭한 혈통과 무어족의 피를 이어받아 마흔다섯 살의 나이에도 불구하고 피부가 팽팽했다. 앞이마에 희끗희끗한 새치만 조금 있을 뿐 머리카락은 아직도 까맣고 윤기가 흘렀다. 몸도 아직 튼튼했으며 날씬했다. 걸음걸이도 건강한 사람처럼 힘이 있어 보였다. 그렇지만 워낙 사막처럼 건조한 삶을 살다 보니 원래 나이보다는 훨씬 늙어 보였다. 나는 그 당시 블랑카의 생일 때 찍은 페룰라의 사진 한 장을 가지고 있다. 세월로 인해 뿌옇게 변색되었지만 페룰라는 확실히 알아볼 수 있다. 엄격한 부인의 모습이지만 얼굴에는 내면의 비극이 그대로 드러나는 쓰라린 미소를 띠고 있다. 아마도 클라라와 함께한 그 시절이 페룰라의 생에 있어서 유일하게 행복한 시절이었을 것이다. 페룰라는 클라라에게만 속내를 털어놓고 얘기할 수 있었다. 클라라는 페룰라가 복잡미묘한 자신의 심경을 고백할 수 있는 유일한 사람이었으며, 클라라에게는 자신의 모든 희생과 존경을 바칠 수 있을 것 같았다. 한번은 페룰라가 용기를 내서 그런 자신의 마음을 클라라에게 고백했고, 클라라는 자신의 일생을 적어놓은 노트에 페룰라가 상상할 수 없을 정도로 자기를 사랑한다고 적었다.

그 지극한 사랑 때문에 페룰라는 트레스 마리아스를 떠날 수 없었다. 심지어 개미 떼의 습격이 있었을 때도 그곳을 떠나지 못했다. 개미들이 목초지에서 윙윙거리더니 순식간에 시커먼 그림자처럼 덮쳐와 눈 깜짝할 사이에 사방으로 미끄러져 들어가 옥수수와 밀, 알팔파, 금잔화 등을 닥치는 대로 모두 먹어치웠다. 개미들에게 휘발유를 뿌리고 불도 붙여보았지만 더 크게 무리를 지어 다시 나타날 뿐이었다. 나무줄기에도 생석회를 칠해 놓았지만 개미들은 전혀 개의치 않고 나무 위로 계속 기어 올라가 배와 오렌지, 사과를 닥치는 대로 먹어치웠다. 과수원도 습격해서 멜론도 모두 갉아 먹어버렸다. 개미들은 낙농장에도 들어가 아침이면 우유가 조그만 시신을 둥둥 띄운 채 상해 있었다. 닭장에도 들어가 깃털과 불쌍한 뼈다귀만 한 움큼 남겨놓은 채 닭들도 산 채로 먹어치웠다. 개미들은 파이프를 타고 집 안으로도 들어와 식량 창고마저 점령했다. 음식은 하는 대로 그 자리에서 얼른 먹어치워야 했다. 잠깐이나마 식탁에 올려놓았다가는 개미들이 긴 행렬을 이루며 몰려와 모조리 먹어치웠다.

페드로 세군도 가르시아는 불과 물을 동원해 개미들을 퇴치하려 했다. 단내를 맡고 몰려들면 한 번에 죽이려고 스펀지를 벌꿀에 묻혀 땅에 묻어두었지만, 그것도 아무 소용이 없었다. 에스테반 트루에바는 마을에 가서 가루나 액체, 알약 등 온갖 메이커의 살충제를 잔뜩 사가지고 돌아와 집 안 구석구석에다가 뿌려놓았다. 이런 약을 너무 많이 뿌리는 바람에 야채는 복통이 생길까 봐 먹을 수도 없었다. 그래도 계속 나타나는 개미들은 날이 갈수록 숫자도 늘어나고 더욱 과격해졌다. 에스테반은 다시 마을로 가서 도시에 전보를 쳤다. 사흘 후에 브라운이라는 난쟁이 같은 양키가 신기하게 생긴 가방 하나를 들고 기차역에 내렸다. 에스테반이 그를 살충제 전문의 농업 기술자라고 소개했다. 그는 과일이 들어간 포도주 한 병으로 더위를 식히고 나서 탁자 위에 가방을 올려놓고 열었다. 그는 한번도 본 적이 없는 연장들을 모두 꺼내놓고 개미 한 마리를 붙잡아

현미경으로 자세히 관찰했다.

"뭘 그렇게 한참 들여다보세요? 죄다 똑같이 생겼는데."

페드로 세군도 가르시아가 물었다.

양키는 페드로 세군도에게 대꾸도 하지 않았다. 그가 개미의 종류와 생활양식, 개미굴의 위치, 습관, 그리고 개미들의 가장 은밀한 속셈까지 밝혀냈을 때는 이미 일주일이라는 시간이 지난 뒤라 이제 개미들은 아이들의 침대까지 기어 들어오고 있었다. 그새 개미들은 겨울에 먹기 위해 저장해 놓은 곡식들을 모두 먹어치운 후, 말과 소까지 공격하기 시작했다. 그제야 브라운 씨는 수컷들의 생식 능력을 없애는, 자기가 만든 특수 약품을 뿌려야 한다고 설명했다. 그 약품을 뿌리면 개미들이 더 이상 번식할 수 없다는 것이었다. 그러고 나서 암컷들한테 치명적인, 자기가 발명한 다른 약품을 뿌리면 모든 문제가 사라질 거라고 설명했다.

"얼마나 걸리겠소?"

인내심이 극에 달해 성질이 나기 시작한 에스테반 트루에바가 물었다.

"한 달이요."

브라운이 대답했다.

"그때쯤이면 개미들이 우리를 전부 먹어치운 다음일 거예요, 선생님."

페드로 세군도 가르시아가 말했다.

"주인 나리께서 허락하신다면 제 아비를 부르겠습니다. 지난 삼 주 동안 제 아비가 이 재난을 치료할 방법이 있다고 말씀드렸습죠. 물론 늙은이들이 으레 지껄이는 그런 얘기겠지만 들어서 손해날 건 없지요."

그들은 페드로 가르시아 노인을 불러들였다. 시커멓고 쭈그러든 몸에 이빨마저 몽땅 빠진 페드로 가르시아 노인이 발을 질질 끌며 들어오자, 에스테반은 덧없는 세월의 흐름에 놀라움을 금치 못했다. 노인은 모자를 벗어 손에 쥔 채 땅바닥만 내다보면서 이 없는 잇몸으로 입을 오물거리며 얘기를 들었다. 그러고 나서는 흰 손수건 하나를 달라고 하더니, 페룰라가 에스테반의 옷장에서 손수건 한 장을 가져다주자 그것을 가지고 밖으로 나갔다. 노인은 마당을 가로질러 과수원으로 곧장 향했다. 그 집에 있던 사람들 모두와 외국인 난쟁이도 그의 뒤를 따랐다. 외국인은 '세상에! 무식하기가 그지없군!' 하는 경멸 가득한 미소를 띠며 따라갔다. 노인은 힘겹게 웅크리고 앉아 개미들을 주워 모으기 시작했다. 노인이 개미들을 한 움큼 모으고는 그것들을 손수건에 싸 네 귀퉁이를 묶은 후 자기 모자에 집어넣었다.

"개미들아. 너희에게 나가는 길을 알려줄 테니 다른 개미들도 데리고 가거라."

노인이 말에 올라타 길을 가면서 웅얼거리는 목소리로 개미들에게 충고와 조언을 했다. 기도문과 마법의 주문도 중얼거렸다. 사람들은 노인이 농장 너머 쪽으로 멀어져가는 것을 지켜보았다. 양키는 페드로 세군도 가르시아가 멱살을 잡고 뒤흔들 때까지 땅바닥에 주저앉아 미친 듯이 웃어댔다.

"당신 할머니나 비웃으시지, 선생. 저 노인은 내 부친이야."

페드로 세군도 가르시아가 그에게 경고했다.

해 질 무렵 페드로 가르시아 노인이 돌아왔다. 그는 천천히 말에서 내린 다음 주인에게 개미들을 도로가 있는 데까지 데려다 주었다고 말하고는 집으로 돌아갔다. 노인은 지쳐 있었다. 다음 날 아침, 부엌에는 개미 새끼 한 마리 얼씬하지 않았다. 식품 저장 창고나 마구간, 닭장, 목초지 어디에도 개미가 보이지 않았다. 강까지 가서 샅샅이 살펴보았지만 개미 새끼 한 마리도 보이지 않았다. 전문가는 핏대를 올리며 소리 질렀다.

"대체 어찌된 조화인지 말해 주시오."

"개미들하고 얘기하면서 그랬습지요. 여기는 너희가 있을 데가 못 되니 다른 데로 가라고요. 그 개미들은 내 얘기를 알아들은 거고요."

페드로 가르시아 노인이 설명했다.

그 설명을 자연스럽게 받아들인 사람은 클라라 하나뿐이었다. 페룰라는 그 일을 꼬투리 잡아 자신들이 하느님의 율법이나 과학의 발전이 통하지 않는, 사람들이 살 수 없는 미개한 곳에 와 있다고 우겨댔다. 그러다가는 조만간 빗자루를 타고 날아다닐 수도 있을 거라며 얘기했다. 그렇지만 에스테반 트루에바가 페룰라의 입을 다물게 했다. 에스테반은 자기 아내가 다시 이상한 생각을 하게 될까 봐 걱정이었다. 근래 며칠 동안 클라라는 다시 영혼들과 이야기하거나 노트에다 몇 시간씩 끄적거리는 등 이상한 행동을 보이고 있었다. 클라라는 학교와 바느질 방, 여성 모임에 관심을 잃으면서 다시 건성으로 세상이 모두 아름답다고 여기기 시작했다. 그제야 사람들은 클라라가 임신했다는 걸 알아차렸다.

"다 네 잘못이야!"

페룰라가 동생에게 소리 질렀다.

"당연하지."

클라라의 상태가 임신 기간을 시골에서 보내며 그곳에서 아이를 출산할 정도가 되지 못해 모두 수도로 돌아갈 준비를 했다. 클라라의 임신을 개인적인 모욕으로 여겼던 페룰라에게는 조금이나마 위안이 되었다. 페룰라는 모퉁이 큰 집을 활짝 열어 클라라가 도착하기 전에 청소해 놓기 위해 대부분의 짐과 하인들을 데리고 먼저 출발했다. 며칠 후에 에스테반이 아내와 딸을 데리고 수도로 돌아왔고, 또다시 트레스 마리아스는 페드로 세군도 가르시아에게 맡겨졌다. 다시 감독이 되긴 했지만 감독이라고 해서 주어지는 혜택은 거의 없고 일만 더 많아졌다.

트레스 마리아스에서 수도로 돌아오는 여행은 그나마 남아 있던 클라라의 기력을 모두 소진시켰다. 클라라는 점점 더 안색이 창백해졌고, 천식도 심해졌으며, 눈 밑도 시커메졌다. 말과 기차가 심하게 흔들린 데다 길가의 먼지까지 다 뒤집어쓰고 워낙 멀미도 심했기 때문에 한눈에 봐도 클라라는 탈진해 있었다. 클라라는 몸이 좋지 않을 때 누군가 옆에서 말 거는 것을 좋아하지 않았기 때문에 내가 아내를 위해 할 수 있는 일은 아무것도 없었다. 역으로 나왔을 때는 클라라의 다리에 힘이 빠져 내가 옆에서 부축해야 했다.

"붕 뜰 것 같아요."

클라라가 말했다.

"여기서는 안 돼!"

나는 클라라가 플랫폼에 있는 승객들의 머리 위로 날아오르려는 줄 알고 깜짝 놀라서 소리 질렀다.

그렇지만 클라라가 한 말은 정확히 허공 위로 떠오르는 동작을 뜻한 것이 아니었다. 그녀는 임신으로 몸이 무겁고 불편한 데다 뼛속까지 피로가 스며들어 나른했기 때문에 그 상태를 벗어나고 싶은 마음에서 말했던 것이다. 클라라는 다시 긴 침묵 상태로 되돌아갔다. 내 생각에 몇 달은 지속되었던 것 같다. 그 기간 중에 클라라는 옛날 벙어리 시절에 그랬던 것처럼 작은 석판을 사용했다. 그렇지만 블랑카가 태어난 후 그랬던 것처럼 클라라가 곧 정상으로 되돌아오리라는 걸 알고 있었기 때문에 그다지 걱정하지는 않았다. 게다가 쿠에바스 박사가 말한 것처럼 그 침묵이 정신병이 아니라, 그 누구도 범할 수 없는 아내만의 마지막 도피처라는 것을 깨닫게 되었다.

페룰라는 옛날에 어머니를 돌보았듯이 클라라가 몸도 제대로 쓰지 못하는 불구나 되는 것처럼 옆에서 지극 정성으로 돌보았다. 페룰라는 클라라를 단 한시도 혼자 내버려 두지 않았다. 그러다 보니 트레스 마리아스로 돌아가고 싶다며 매일같이 울고 떼를 쓰는 블랑카에게는 소홀해졌다.

클라라는 부처라도 되는 듯이 자기 주변에는 전혀 관심을 두지 않은 채, 아무 말 없는 묵직한 그림자처럼 집 안을 조용히 돌아다녔다. 심지어는 나 역시 집 안의 가구라도 되는 것처럼 눈길조차 주지 않고 그냥 스쳐 지나갔다. 그리고 내가 말이라도 걸라치면 내 말이 들리지 않거나 내가 누군지 모르는 사람처럼 먼 달나라에 가 있는 듯이 행동했다. 잠자리도 같이하지 않았다. 도시에서 할 일 없이 한가하게 보내는 생활과 말도 안 되는 어처구니없는 집안 분위기로 나는 신경이 있는 대로 곤두섰다. 무슨 일이라도 해서 정신을 분산시켜 보려 했지만 마음대로 되지 않았다. 나는 늘 기분이 언짢은 상태였다. 나는 사업을 돌보러 매일 외출했다. 그 무렵 주식에 투자하기 시작했으며, 몇 시간씩 국제 증시의 등락을 살피며 보냈다. 나는 돈을 투자해 법인체를 조직해서 수입에 전념했다. 클럽에서도 많은 시간을 보냈다. 정치에도 관여하기 시작했으며, 심지어 체육관에도 등록했다. 거인만 한 체구의 트레이너가 있는지도 몰랐던 몸 근육을 개발시키라며 억지로 강요했다. 마사지를 받아보라는 권고도 들었지만 나는 마사지라면 끔찍해하는 사람이었다. 누군가 돈 때문에 내 몸에 손대는 게 싫었다.

그렇지만 그 어느 것을 해도 시간이 남아돌았다. 매사가 불편하고 짜증만 났다. 시골로 돌아가고 싶었지만 히스테리에 걸린 여자들만 있는 집안에 이성적인 남자 한 명은 반드시 있어야 했기 때문에 집을 비울 수도 없었다. 게다가 클라라의 몸도 지나칠 정도로 많이 불어났다. 복부가 너무 거대해져서 허약한 골격으로는 감당하기 어려울 정도였다. 클라라는 내가 자신의 벌거벗은 모습을 보는 것을 창피해했다. 그렇지만 클라라는 나의 아내이고 나한테는 창피한 것이 있어서는 안 되었다. 나는 페룰라가 선수 치지 않을 때에는 클라라가 목욕하고, 옷 입는 것을 도와주었다. 출산이 위험스럽게 다가옴에 따라 그토록 작고 여윈 몸으로 저렇게 배가 불러서 뒤뚱거리는 게 너무 안쓰럽고 측은했다. 나는 클라라가 아이를 낳다가 죽을 수도 있다는 생각을 하면서 밤을 지새운 적이 한두 번이 아니었다. 그래서 클라라를 도울 수 있는 방법을 찾기 위해 쿠에바스 박사와 머리를 맞대고 의논하기도 했다. 우리는 사정이 여의치 않으면 다시 제왕 절개 수술을 해야 한다는 데는 의견의 일치를 봤다. 그렇지만 나는 클라라를 병원에 보내고 싶지 않았고, 쿠에바스 박사는 지난번처럼 집 식탁 위에서는 수술하지 않겠다고 딱 잘라 말했다. 의사는 집에 제대로 된 시설이 없다는 것을 이유로 내세웠지만, 그 당시에는 병원이 감염의 원천지였고, 병원에서 치료받고 낫는 사람보다 죽는 사람이 더 많던 시절이었다.

출산을 며칠 앞둔 어느 날, 클라라가 아무런 예고도 없이 브라만교도적인 도피처에서 내려와 다시 말하기 시작했다. 클라라는 핫 초콜릿 한 잔을 청하고는 내게 산책하는 데 데려가 달라고 했다. 그 순간 나는 심장이 멎는 것 같았으며, 집 안이 온통 기쁨으로 가득 찼다. 우리는 샴페인 병까지 터뜨렸다. 나는 꽃병마다 한 가득씩 꽃을 가져다 꽂게 했으며, 클라라가 가장 좋아하는 동백꽃을 주문해서

방바닥에 양탄자처럼 쫙 깔았지만 클라라가 그 꽃 때문에 천식을 일으키는 바람에 황급히 치워야 했다. 나는 클라라에게 다이아몬드 브로치를 사주기 위해 유대인 보석상 거리로 달려갔다. 클라라는 건성으로 고맙다면서 다이아몬드가 너무 아름답다고 했지만 브로치를 단 모습은 한번도 보지 못했다. 틀림없이 쉽게 찾을 수 없는 어딘가에 브로치를 처박아 두고는 까맣게 잊어버렸을 것이다. 나는 클라라와 함께 살면서 보석을 많이 선물했지만 그녀는 매번 그래왔다. 나는 쿠에바스 박사를 불렀다. 박사는 함께 차 한잔 하자는 핑계를 대었지만 실상은 클라라를 진찰하기 위해 온 것이었다. 박사는 클라라를 데리고 그녀의 침실로 갔다가 잠시 후에 돌아와 페룰라와 나에게 클라라가 정신적 위기에서는 벗어났지만 아이가 너무 커서 분만이 힘들겠다고 말했다. 그 순간 클라라가 응접실로 들어오면서 우리가 나누던 대화의 마지막 부분을 들은 것 같았다.

"다 잘될 거예요. 걱정하지 마세요."

클라라가 말했다.

"내 이름을 붙여줄 수 있도록 이번에는 사내아이라야 하는데."

내가 농담을 했다.

"하나가 아니라 둘이에요. 이 쌍둥이는 각각 하이메와 니콜라스라고 부를 거예요."

클라라가 대답했다.

나는 더 이상 참을 수가 없었다. 지난 몇 달 동안 꾹 참고 참았던 성질이 한꺼번에 폭발했던 것 같다. 나는 있는 대로 성질을 부리며 그런 이름은 외국 장사치들에게나 어울리는 이름이며, 우리 집안이나 클라라의 집안에 그런 이름을 가진 사람은 아무도 없고, 적어도 두 명 중 한 명은 나와 내 아버지처럼 에스테반이라는 이름을 가져야 한다고 주장했다. 그러나 클라라는 똑같은 이름을 반복해서 사용하면 삶을 기록하는 자신의 노트에 혼란만 생길 뿐이라고 하면서 요지부동으로 나왔다. 클라라에게 겁을 주기 위해, 증조할아버지 때의 전성기를 증명해 주는 유일한 물건인 도자기 항아리를 한 손으로 밀쳐 박살냈지만 그래도 그녀는 꿈쩍하지 않았다. 쿠에바스 박사는 찻잔 뒤에서 빙긋이 웃고만 있었다. 그래서 나는 더 화가 치밀어 문을 쾅 닫고는 클럽으로 향했다.

그날 밤 나는 술에 취해 고주망태가 되었다. 한편으로는 절실한 욕구 때문에, 또 한편으로는 복수심 때문에 그 도시에서 가장 잘 알려진, 역사적 이름을 지닌 사창가로 향했다. 우선 나는 사창가를 찾아다니는 그런 남자가 아니라는 것부터 밝히고 싶다. 오랫동안 혼자 살아야 했을 때만 어쩔 수 없이 찾아갔을 뿐이다. 그날 내가 왜 그랬는지는 나도 모르겠다. 클라라 때문에 화는 나고 힘은 남아돌고, 그래서 유혹을 느꼈던 건지도 모르겠다. 그 시절에는 크리스토발 콜론*이라는 이름을 가진 사창가가 번창일로에 있었다. 그렇지만 아직 영국 선박 회사의 항해 일지나 관광

---

* 신대륙 발견에 가장 큰 역할을 한 이탈리아의 탐험가 크리스토퍼 콜럼버스의 스페인식 이름.

안내 책자에 소개되고, 텔레비전에까지 등장할 정도가 된 훗날의 국제적 명성은 얻기 전이었다. 다리가 완만한 곡선을 이룬 프랑스 가구들이 잔뜩 들어찬 살롱으로 들어서자, 파리 억양을 완벽하게 흉내 내는 원주민 마담이 맞아주었다. 마담이 가격을 줄줄 읊더니, 곧 특별히 마음에 두고 있는 여자가 있냐고 물었다. 나는 트레스 마리아스의 홍등가와 북부 광산촌에 있는 구질구질한 창녀촌밖에는 아는 곳이 없으니 젊고 깨끗한 여자면 아무나 상관없다고 말했다.

"인상이 아주 좋으세요, 무슈."

마담이 말했다.

"우리 집에서 제일 잘나가는 아이를 소개해 드리지요."

마담이 부르자 금세라도 가슴이 터져 나올 듯 꼭 끼는 검은 융단 드레스를 입은 여자가 들어왔다. 머리는 내가 싫어하는 스타일로, 한쪽 귀 위로 빗어 넘긴 모양이었다. 게다가 가까이 다가오자 짙은 사향 냄새가 신음 소리처럼 집요하게 공기를 파고들었다.

"만나서 반가워요, 주인 나리."

나는 그 여자가 그렇게 인사를 하고 나서야 비로소 누구인지 알아보았다. 트란시토 소토는 목소리 하나만 빼고는 몰라볼 정도로 완전히 달라져 있었다.

트란시토 소토가 내 손을 붙잡더니 무덤처럼 사방이 밀폐된 방으로 끌고 갔다. 창문에는 검은 커튼이 쳐져 있어 대낮에도 햇빛이 전혀 들어오지 않았지만 트레스 마리아스의 구질구질한 방에 비하면 대궐과 같았다. 그곳에서 나는 직접 트란시토 소토의 검정 융단 드레스를 벗기고, 끔찍한 머리 모양을 풀어헤쳤다. 그제야 그녀가 요 몇 년 새에 키도 크고, 살이 오르면서 더욱 아름다워졌다는 것을 알 수 있었다.

"제법 일취월장했는걸."

내가 트란시토 소토에게 말했다.

"다 주인 나리가 주신 50페소 덕분이지요. 새 출발 하는 데 많은 도움이 되었어요."

그녀가 대답했다.

"이제는 인플레이션 때문에 돈 가치가 예전 같지 않으니, 제가 현 시세로 쳐서 돌려드릴게요."

"트란시토, 난 네가 나한테 빚진 상태로 있는 게 더 좋은걸."

내가 웃으며 말했다.

나는 그녀의 속치마마저 벗겼다. 홍등가에서 일하던, 무릎과 팔꿈치가 앙상하고 비쩍 마른 계집아이의 모습은 어디에도 없었다. 지칠 줄 모르는 성욕과 목쉰 새처럼 그렁그렁한 목소리만 빼고는 어디에서도 옛날의 모습을 찾아볼 수가 없었다. 그녀의 설명에 따르면, 제모를 해서 온몸에 털 한 오라기 없으며, 피부는 레몬과 하마멜리스 꿀로 마사지를 해서 아기처럼 뽀얗고 맨들맨들하다고 했다. 손톱에는 빨간 매니큐어가 칠해져 있고, 배꼽 주위로 뱀 문신이 새겨져 있었다. 몸의 다른 부분은 조금도 움직이지 않고서 뱀 문신만 둥글게 원을 그리며 움직이게 할 수 있었다. 그녀는 뱀을 꿈틀거리는 기술을 보여주면서 동시에 자신의 인생 역정을 들려주었다.

"제가 트레스 마리아스의 홍등가에 계속 남아 있었더라면 어떻게 되었을까요. 주인 나리? 지금쯤 이가 다 빠져할망구가 되어 있겠지요? 이런 직업을 가진 여자들은 쉽게 늙기 때문에 자기 관리를 잘해야 해요. 저는 길거리 창녀가 아니에요. 그런 건 싫어요. 너무 위험하니까요. 거리에서 일하려면 기둥서방이 필요해요. 그렇지 않으면 너무 위험해요. 창녀를 존중해 주는 사람은 아무도 없잖아요. 그렇지만 그렇게 힘들게 번 돈을 왜 남자한테 줘야 하지요? 그런 면에서 보면 여자들이 참 멍청해요. 뭘 몰라요. 안전을 위해 남자가 필요하지만 정작 가장 경계해야 할 대상이 남자라는 건 깨닫지 못하니까요. 여자들은 자기 혼자서 살지를 못해요. 꼭 누군가를 위해 희생하려 들지요. 주인 나리. 특히 창녀들이 제일 중증이에요. 제 말 믿으셔도 좋아요. 기둥서방을 위해 평생 죽어라 일만 하지요. 그러다가 기둥서방이 자기한테 돈을 주면 환장하고요. 기둥서방이 금니에 반지를 주렁주렁 끼고 매끈하게 옷을 빼입은 걸 보면서 그렇게 뿌듯하게 여길 수가 없어요. 그러다가 자기네를 버리고 다른 젊은 여자랑 떠나도 '남자니까.' 하고 그 놈들을 용서하지요. 하지만 주인 나리. 저는 그렇지 않아요. 저를 부양해 준 사람도 없었고, 저 역시 죽어도 아무도 부양하지 않을 거예요. 나는 내 자신을 위해서 일해 왔고, 내가 번 돈은 내가 원하는 곳에 썼어요. 고생이 아주 많았지요. 그렇게 사는 게 쉬웠을 거라고는 생각하지 마세요. 포주 노릇을 하는 마담들이 여자들하고 상대하는 걸 별로 좋아하지 않거든요. 기둥서방들하고 훨씬 잘 통해요.

마담들은 여자를 쉽게 도와주려고 하지 않아요. 절대 여자들을 배려하지 않지요."

"하지만 트란시토. 여기서는 너를 꽤 인정해 주는 것 같던데. 네가 이 집에서 최고라고 하더구나."

"맞아요, 제가 최고예요. 그렇지만 이 사업도 내가 아니었으면 벌써 망했을 거예요. 내가 황소처럼 얼마나 죽어라 일만 하는데요."

트란시토가 말했다.

"다른 여자들은 수세미처럼 말라비틀어져 있어요. 주인 나리. 여기는 주로 늙어 꼬부라진 영감들이나 와요. 이젠 옛날 같지 않아요. 이 사업을 근대화시켜서 대낮에 할 일 없는 공무원이나 젊은이. 학생을 끌어들여야 해요. 보다 좋은 시설을 갖춰 활기 넘치고 청결하게 만들어야 해요. 구석구석 아주 깨끗하게요! 그렇게 하면 고객들이 신뢰하게 될 테고, 성병에 걸릴까 봐 노심초사하지 않을 거예요. 그렇지 않아요? 여기는 돼지우리와 다를 것이 없어요. 청소하는 법이 없어요. 보세요, 베개를 한번 들춰보세요. 틀림없이 진드기 한 마리는 튀어나올 테니까요. 마담한테 얘기했지만 들은 척도 안 해요. 그 여자는 사업에 눈곱만큼도 자질이 없어요."

"그럼 너는 자질이 있고?"

"당연하지요, 주인 나리! 저한테는 크리스토발 콜론을 발전시킬 수 있는 아이디어가 수천 가지나 있어요. 이 직업에 제 정열을 다 바쳤어요. 저는 일이 잘 안 되면 운이 나빠서 그렇다며 늘 신세 한탄만 하는 여자들하고는 달라

요. 제가 얼마나 성공했는지 모르시겠어요? 전 이제 최고
예요. 제가 마음만 먹으면 이 나라에서 최고로 좋은 유곽
도 가질 수 있어요. 장담해요."

나는 즐거웠다. 내 자신이 아침에 면도할 때마다 거울
안에 비친 야망의 표정을 보아왔기 때문에 야망을 가진 사
람을 쉽게 알아볼 수 있었다. 그래서 트란시토가 대견하게
느껴졌다.

"아주 훌륭한 생각 같은데. 트란시토. 네 사업을 한번
해보지 그래? 돈은 내가 대줄 테니까."

나는 그 방향으로도 사업을 확장시킬 수 있다는 생각에
매료되어 그렇게 말했다. 정말 취했던 게 분명하다.

"고맙지만 사양하겠어요, 주인 나리."

트란시토가 매니큐어를 칠한 손톱으로 뱀 문신을 만지작
거리며 말했다.

"한 자본가에게서 벗어나 다른 자본가 밑으로 들어가는
건 아무 의미가 없어요. 협동조합을 구성해서 마담을 쫓아
내야 해요. 그런 말 들어본 적 없으세요? 주인 나리도 조
심하셔야 할걸요. 나리 소작인들이 협동조합을 결성하면
나리도 끝장이에요. 제가 원하는 것은 위안 여성 협동조합
이에요. 사업을 좀 더 확장하는 의미에서 창녀나 호모도
가입할 수 있게 하고요. 돈을 대는 것도 우리고. 일하는
것도 우리라면 뭐 하러 주인이 필요하겠어요?"

나는 잔잔한 푸른 실크 바다 위에서만 오랫동안 항해하
느라 그동안 거의 잊고 지냈던 격정적이고도 맹렬한 섹스
를 간만에 즐겼다. 베개와 시트가 어지럽게 헝클어진 가운

데 욕망에 불타 트란시토를 꼭 부둥켜안았다. 기절해서 넘어갈 것 같을 때까지 꼭 붙들고 놓아주지 않았다. 나는 다시 스무 살로 돌아간 것 같았다. 트란시토는 아무리 열심히 올라타도 절대 지치지 않았다. 까무잡잡하고 대범한 여자를 품은 기분은 최고였다. 튼튼한 암말 같아서 언제든지 올라타도 끄떡없을 것 같았다. 그녀에게는 내 손이 무겁게 느껴지지도 않았고, 목소리가 너무 거칠게 느껴지지도 않았으며, 발이 너무 커 보이지도 않았고, 수염이 껄끄럽지도 않았다. 귀에 대고 어떤 음탕한 말을 해도 상관없었다. 괜히 부드럽게 대할 필요도 없었고, 사탕발림으로 마음에도 없는 말을 할 필요도 없었다. 나는 섹스를 마친 후에 노곤한 행복감에 도취되어 트란시토의 단단한 엉덩이 곡선과 뱀 문신 춤을 감탄 섞인 눈길로 바라보면서 그녀 곁에서 잠깐 휴식을 취했다.

"우리는 다시 만나게 될 거야."

내가 트란시토에게 팁을 주면서 말했다.

"그 말은 제가 전에 했던 말이잖아요, 주인 나리. 기억나세요?"

트란시토가 마지막으로 뱀 문신을 꿈틀거리면서 대답했다.

사실, 나는 트란시토를 다시 볼 생각이 없었다. 오히려 그녀를 잊고 싶었다.

세월이 한참 흐른 후에 트란시토 소토가 내 인생에서 아주 중요한 역할을 하는 일이 없었다면 나도 이런 얘기는 꺼내지 않았을 것이다. 전에 말했듯이 나는 그다지 창녀를 좋아하는 남자가 아니다. 하지만 그녀가 중간에 개입하여 우리를 구해 주었고, 그런 과정에서 우리의 기억을 되살려 주지 않았다면 이 이야기는 쓰여질 수 없었을 것이다.

며칠 후에 쿠에바스 박사가 클라라의 제왕 절개 수술을 준비하며 그들의 사기를 북돋아 주는 동안 세베로와 니베아 델 바예가 많은 자식과 마흔일곱 명의 손자를 남겨둔 채 사망했다. 클라라는 다른 사람들보다 먼저 꿈속에서 그 사실을 알았지만 페룰라 외엔 아무에게도 얘기하지 않았다. 페룰라는 임신 중에는 신경과민으로 자주 흉몽을 꾸게 된다며 가까스로 클라라를 진정시켰다. 페룰라는 클라라에게 신경을 더 많이 썼다. 배 부위의 피부가 터지지 않도록 아몬드 기름으로 마사지하고, 젖꼭지가 갈라지지 않도록 벌꿀을 발라주고, 젖이 잘 나오고 이빨이 상하지 않도록 달걀 껍데기를 갈아 먹였으며, 건강한 분만을 위해 베들레헴의 기도문들을 읊어주었다. 클라라가 꿈을 꾼 지 이틀 후, 에스테반 트루에바가 새하얗게 질린 얼굴로 허둥대며 평소보다 일찍 귀가하여 페룰라의 팔을 붙잡고 서재로 끌고 들어갔다.

"장인 장모님이 사고로 돌아가셨어."

에스테반이 간략하게 말했다.

"클라라가 출산할 때까지 몰랐으면 해. 클라라가 눈치 채지 못하도록 원천 봉쇄를 해야 해. 신문이나 라디오도 안 되고, 손님도 절대 들여보내서는 안 돼! 하인들도 잘 감시해서 클라라의 귀에 그 소식이 들어가지 않도록 해줘."

그렇지만 에스테반이 아무리 좋은 의도로 막으려 했어도 클라라의 영험한 능력 앞에서는 무력했다. 그날 밤 클라라는 엄마 아빠가 양파 밭을 걸어가는데 엄마가 머리가 없는 꿈을 꾸었다. 그렇게 클라라는 신문을 읽거나 라디오를 들을 필요도 없이 무슨 일이 일어났는지 정확히 알고 있었다. 클라라는 깜짝 놀라서 깨어나 엄마 머리를 찾으러 가야 하니 페룰라에게 옷 입는 것을 도와달라고 했다. 페룰라는 에스테반에게 달려갔고, 에스테반은 쿠에바스 박사를 불렀다. 의사는 쌍둥이에게 해가 될지도 모르는 위험을 무릅쓰고 클라라에게 미친 사람들에게 먹이는 약을 먹여 이틀 동안 잠재우려 했다. 그렇지만 그녀에게는 아무런 효과가 없었다.

델 바예 부부는 클라라가 꿈을 꾼 대로, 또 니베아가 자기네는 그렇게 죽을 거라며 자주 농담했던 대로 죽었다.

"우리는 언젠가 이 빌어먹을 차를 타고 가다가 죽게 될 거야."

니베아는 남편의 고물 자동차를 가리키며 이렇게 말하곤 했었다.

세베로 델 바예는 젊었을 때부터 현대 발명품이라면 사족을 못 썼다. 그러니 자동차도 예외는 아니었다. 거의 모든 사람들이 걸어 다니거나, 마차나 자전거를 타고 다니던 때에도 세베로는 호기심을 불러일으키려는 목적으로 번화가의 진열장에 진열되어 있던, 그 나라에 들어온 최초의 자동차를 구입했다. 자동차는 보행자들의 감탄의 대상이 되었으며, 때로 차가 지나갈 때 흙탕물을 튀기거나 먼지를 일으키면 사람들에게 욕을 바가지로 듣기도 했다. 그러면서도 시속 15킬로미터에서 20킬로미터에 이르는 살인적인 속도를 낼 수 있는 기가 막힌 기계였다. 처음에 사람들은 자동차를 공공의 적으로 보고 그것을 퇴치하려고 했다. 저명한 과학자들은 인간의 신체 구조는 시속 20킬로미터의 속도로 움직이는 것을 견딜 수 없으며, 가솔린이란 새로운 성분에 불이 붙어 도시 전체를 파괴하는 연쇄 반응도 일으킬 수 있다며 신문지상에서 떠들어댔다. 심지어 교회까지 끼어들었다. 그날 성 목요일 미사 중에 있었던 불미스러운 사건 이후로 델 바예 가족을 주시해 오던 레스트레포 신부는 자칭 미풍양속의 선구자가 되어 '신식 물건을 좋아하는 친구들'에게 갈리시아 억양으로 악담을 퍼부었다. 신부는 그 기계를 선지자 엘리야가 타고 하늘나라로 사라졌던 불의 전차에 비유하며 사탄의 기계라고 맹렬히 비난했다.

그러나 세베로는 그런 험담들을 일체 무시했으며, 얼마 후에는 다른 신사들도 그의 뒤를 따랐으므로 이제 거리에서 자동차를 목격하는 것은 더 이상 신기한 일이 아니었다. 세베로는 성능이 더 좋고 안전한 신식 자동차들이 도시 전체를 활보하고 다니는데도 새로운 모델로 바꾸기를 마다하고 그 차를 십 년도 더 넘게 탔다. 그것은 아내가 말이 늙어 편안히 죽을 때까지는 총으로 쏴서 죽이지 않으려는 것과 같은 이유였다. 선빔 자동차 안에는 레이스가 달린 커튼과 니베아가 신선한 꽃을 담아두는 유리 꽃병 두 개가 옆쪽으로 놓여 있었다. 자동차 내부는 윤기 나는 나무와 러시아 산 가죽으로 장식되어 있었고, 청동을 입힌

곳은 금처럼 빛났다. 자동차는 영국 산 제품인데도 불구하고 '코바동가'라는 매우 인디오적인 이름을 갖고 있었다. 사실, 그 자동차는 브레이크가 처음부터 제대로 작동되지 않았던 것만 제외하면 완벽했다. 세베로는 자신의 기계적 능력에 자부심을 갖고 있었다. 그는 차를 고쳐보려고 몇 차례 분해를 시도했지만, 결국에는 그 나라 최고의 이탈리아 기술자인 '화냥년의 남편'에게 일임해야 했다.

그 기술자는 자신의 인생에 짙은 그림자를 드리운 비극적인 사건으로 인해 그런 별명을 얻게 되었다. 사람들 얘기로는, 그의 아내가 정분이 났는데도 그가 전혀 눈치 채지 못하는 바람에 결국에는 아내가 신물이 나서 폭풍우가 몰아치는 날 밤에 그의 곁을 떠났는데, 떠나기 전에 정육점에서 숫양의 뿔을 한 무더기 얻어다 카센터 주위의 울타리 뾰족한 끝에 매달아 자신이 바람피운 사실을 만천하에 알리고 떠났다는 것이다. 다음 날 그 이탈리아 기술자가 카센터에 도착했을 때 아이들과 이웃 사람들이 한 무리 몰려들어 그를 비웃었다. 하지만 그런 소동으로 인해 그의 직업적 명성에 금이 가지는 않았다. 그러나 그 역시 코바동가의 브레이크를 고치지는 못했다.

결국 세베로는 차 안에 커다란 돌덩어리를 넣고 다니는 쪽을 택했다. 경사진 곳에 주차할 때마다 한 사람은 발로 브레이크를 밟고, 다른 한 사람은 재빨리 밖으로 나가 돌멩이를 차바퀴 앞에 놓는 것이었다. 이 방법은 어느 정도 효과가 있었지만 운명이 최후의 날로 정한 그 숙명적인 일요일에는 통하지 않았다. 델 바예 부부는 화창한 날 으레 그렇듯 교외로 차를 몰고 나갔다. 그런데 갑자기 브레이크가 전혀 작동하지 않아, 니베아가 돌멩이를 놓기 위해 밖으로 나가거나 세베로가 미처 차의 방향을 틀기도 전에 차가 언덕 아래쪽으로 굴러 내려갔다. 세베로는 차의 방향을 틀거나 멈춰보려고 안간힘을 썼지만 악마라도 씌었는지 차는 아무런 대책 없이 날아가 건축용 철강재를 실은 4인승 포장마차에 가서 처박혔다. 그리고 그 철강재 중 하나가 앞 유리를 뚫고 들어와 니베아의 목을 두 동강 냈다. 니베아의 머리는 차 밖으로 튕겨 나갔고, 냄새를 잘 맡는 경찰견을 동원해서 경찰관과 삼림 경비원, 자원 봉사를 나온 이웃 사람들 한 무리가 그 주변을 샅샅이 수색했지만 이틀이 지나서까지도 머리의 흔적조차 찾지 못했다. 사흘째 되는 날, 시신들이 심한 악취를 풍기기 시작해 불완전하나마 머리가 없는 상태로 장례를 치를 수밖에 없었다. 장례식은 성대하게 치러졌으며, 델 바예 가족 전체와 믿어지지 않을 정도로 엄청나게 많은 친구들과 지인들이 참석했다. 물론 여성해방론자인 여성 대표들도 니베아의 죽음에 조의를 표하러 왔다. 니베아는 당시 국내 최초의 페미니스트로 여겨졌으며, 그녀의 이념적인 적들은 그녀가 살아 있을 때도 머리가 맛이 갔었는데 죽어서 없어진들 무슨 상관이냐며 비아냥거렸다.

클라라는 집에 갇힌 채 페룰라의 보살핌과 하인들의 감시를 받으며 쿠에바스 박사가 준 약에 취해 장례식에는 참석하지 못했다. 클라라는 자신에게 또 다른 고통을 주지 않으려고 노력하는 사람들을 생각해서, 머리가 사라진 그 소름 끼치는 사건을 자기가 알고 있다는 것을 전혀 내색하지 않았다. 그렇지만 장례식이 끝나고 생활이 다시 정상으로 돌아온 것처럼 보이자 클라라는 페룰라에게 엄마의 머리를 찾으러 가자며 간곡히 청했다. 페룰라는 클라라에게 더 많은 약을 먹여보았지만 클라라는 끝내 고집을 꺾지 않았다. 결국 페룰라가 클라라에게 굴복해. 더 이상 머리가 사라진 것은 악몽일 뿐이라고 우기기도 어렵다는 것을 깨닫고는 클라라가 불안과 초조로 어떻게 되기 전에 클라라의 계획에 동참하는 게 낫겠다고 생각했다. 클라라와 페룰라는 에스테반 트루에바가 집을 나갈 때까지 기다렸다. 페룰라는 클라라가 옷 입는 것을 돕고 나서 삯 마차를 불렀다. 클라라가 마부에게 내린 지시는 애매하고 불분명했다.

"곧장 가세요. 내가 중간 중간에 길을 일러드릴게요."

클라라는 보이지 않는 것까지 볼 수 있는 자신의 본능에 따라 이렇게 말했다.

그들은 도시 밖으로 나가 집들이 띄엄띄엄 들어서 있고, 언덕과 완만한 계곡이 시작하는 탁 트인 시골로 들어섰다. 클라라의 명대로 그들은 지선 도로로 접어들어 자작나무와 양파 밭 사이로 계속 나아갔다. 마침내 마차가 덤불숲에 이르렀을 때 클라라가 마차를 세웠다.

"여기예요."

클라라가 말했다.

"말도 안 돼! 여기는 사고 장소에서 아주 멀리 떨어져 있는 곳이야!"

페룰라가 반신반의했다.

"여기가 맞아요!"

클라라가 커다란 배를 뒤뚱거리며 마차에서 어렵사리 내려오면서 말했다. 클라라의 뒤를 따르며 기도문을 중얼거리는 페룰라와, 왜 이곳까지 온 건지 전혀 감도 잡지 못한 마부도 마차에서 내렸다. 클라라는 직접 덤불숲을 헤치고 나아가려 했지만 뱃속의 쌍둥이 때문에 불가능했다.

"부탁 좀 들어주세요, 아저씨. 저기에 들어가면 여자 머리가 보일 테니 그것 좀 저한테 가져다주세요."

클라라가 마부에게 부탁했다.

마부는 가시넝쿨 아래로 기어 들어가, 외따로 떨어진 멜론처럼 보이는 니베아의 머리를 발견했다. 그는 머리카락을 잡아끌며 네발로 기어서 밖으로 나왔다. 마부가 근처 나무에 기대어 토하는 동안, 클라라와 페룰라는 니베아의 귀와 코, 입으로 들어간 먼지와 작은 돌맹이를 빼내고 흐트러진 머리카락을 매만졌다. 그러나 두 눈은 감겨지지가 않았다. 클라라와 페룰라는 머리를 숄에 싸서 마차로 돌아왔다.

"서두르세요, 아저씨. 아이가 나올 것 같아요."

클라라가 마부에게 말했다.

시간에 맞춰 간신히 집에 도착한 그들은 산모를 침대에 눕혔다. 페룰라는 하인이 쿠에바스 박사와 산파를 데리러 간 사이, 필요한 것들을 준비하느라 정신없이 분주했다. 타고 온 마차가 심하게 흔들렸고 요 며칠 동안 상당히 흥분해 있었던 데다 의사가 약을 준 덕분에 클라라가 첫 아이 때와는 달리 이번에는 쉽게 아이를 낳을 것 같았다. 그녀는 이를 악문 채 범선의 앞 돛대와 뒤 돛대를 움켜잡고 매달려 잔잔한 푸른 실크 바다 위에서 하이메와 니콜라스 쌍둥이를 출산하는 데 혼신의 힘을 기울였다. 쌍둥이들은 서랍장 위에서 빤히 내려다보고 있는 할머니의 시선을 받으며 얼른 밖으로 나왔다. 페룰라는 아기들의 목덜미 쪽 젖은 머리카락을 각각 움켜잡고서, 트레스 마리아스에서 송아지와 망아지가 태어나는 것을 지켜보면서 터득한 요령으로 쌍둥이들이 밖으로 나오도록 도왔다. 괜히 어설픈 변명을 둘러대지 않기 위해 페룰라는 의사와 산파가 도착하기 전에 니베아의 머리를 침대 밑에 숨겨놓았다. 마침내 의사와 산파가 도착했지만 정작 그들이 할 일은 별로 없었다. 산모는 이미 편안히 쉬고 있었고, 아기들은 칠삭둥이처럼 몸집이 작았지만 있어야 할 것은 모두 제대로 있었고, 건강한 상태로 지친 고모 품에서 잠들어 있었다.

사람들의 눈에 띄지 않게 보관해 둘 만한 마땅한 장소가 없었기 때문에 니베아의 머리는 새로운 골칫거리가 되었다. 결국 페룰라가 머리를 천에 싸서 가죽으로 된 모자 상자 안에 넣어두었다. 그들은 니베아의 머리를 정식으로 장례 치를 수 있는 가능성에 대해 상의해 보았지만, 그 잃어버린 부분을 끼워 넣기 위해 무덤을 개봉하려면 끝도 없는 서류 작업이 필요했다. 게다가 후각이 예민한 개들조차 찾지 못했던 곳에서 클라라가 어떻게 그 머리를 찾아낼 수 있었는지 소문이 돌게 되면 큰 스캔들이 일어날 판이었다. 사람들의 조롱을 두려워하는 에스테반 트루에바는 괜히 긁어 부스럼을 만들지 않는 쪽을 해결책으로 택했다. 그는 아내의 이상한 행동이 가십거리가 된다는 것을 알고 있었다. 그것은 손을 대지 않고도 물건을 움직일 수 있고, 알수 없는 일을 예언하는 클라라의 능력을 넘어서는 일이었다. 클라라가 어린 시절에 벙어리로 지냈고, 레스트레포신부가 클라라를 저주했다는 얘기를 들춰내는 사람도 있었다. 레스트레포 신부는 가톨릭 교회가 그 나라 최초의 성자로 만들려는 사람이었다. 그래도 트레스 마리아스에서한 이 년 지내는 사이에 차츰 소문이 가라앉아 사람들도클라라에 대해 거의 잊어가고 있었다. 하지만 에스테반은지금 장모의 머리와 같은 사소한 사건도 충분히 얘깃거리가 될 만하다는 것을 잘 알고 있었다. 그래서 모자 가방은몇 년 후에 얘기했듯이 소홀해서가 아니라 이런 이유 때문에 지하실에 보관된 채 제대로 된 무덤에 안치될 때까지적당한 시기를 기다려야 했다.

클라라는 출산에서 빠르게 회복되었다. 그녀는 쌍둥이의육아를 시누이와 유모에게 전적으로 맡겼다. 유모는 클라라의 부모가 죽은 이후, 유모 본인의 말대로 계속 같은 핏줄을 섬기기 위해 에스테반 트루에바의 집으로 옮겨 왔다. 그녀는 남의 아이들을 기르며 남이 버린 옷을 주워 입고, 남이 먹다 남긴 음식으로 끼니를 연명하고, 남의 행복과슬픔을 보며 거기에 묻어 살고, 남의 집 지붕 밑에서 늙어가다가 어느 날 뒤뜰에 있는 작고 초라한 방의 침대에서, 그것도 자기 침대가 아닌 남의 침대에서 생을 마감하고 공동묘지에 묻힐 팔자를 지니고 태어났다. 유모의 나이는 거의 일흔 살에 가까웠지만 열성은 조금도 줄지 않아 아직도 지칠 줄 모르고 분주히 오가며 일했다. 유모는 시간의 구애를 받지 않는 듯 클라라가 벙어리가 되어 석판을 사용할 때 도깨비로 변장해 구석에 숨어 있다가 갑자기 나타나 덮치던 그 열정을 아직도 그대로 간직하고 있었다. 쌍둥이들과도 싸울 수 있을 정도로 기력이 있었으며, 블랑카의 엄마와 할머니에게 그랬던 것처럼 블랑카의 어리광도 다 받아줄 정도로 정이 흘러 넘쳤다. 유모는 집안 식구들 중 어느 누구도 하느님을 믿지 않는다는 것을 깨닫고는 그 집안의 살아 있는 사람들 모두와 고인들을 위해서 기도문을 중얼거리는 것을 자신의 의무로 여겼다. 유모는 고인들을 위해 기도하는 것이 그들이 살아 있을 때 섬겼던 일의 연장이라 생각했다. 늙어서는 자기가 누구를 위해서 기도하는지도 잊어버렸지만 누군가에게는 이로울 거라는 확신에 계속해서 기도 드렸다. 유모가 페룰라와 공유하는 것은 신앙심밖에 없었다. 그것을 제외하면 그들은 강력한 라이벌이었다.

어느 금요일 오후, 신비로운 분위기의 부인 세 명이 모퉁이 큰 집의 대문을 두드렸다. 그들은 손이 곱고 시선은 바다 안개처럼 그윽했으며, 머리에는 구식 꽃무늬 모자를 쓰고, 강한 야생 오랑캐꽃 향을 발산했다. 그 향이 방 안전체에 스며들어 그들이 방문한 뒤 며칠이 지나도 집 안구석구석에 꽃향기가 그대로 남아 있었다. 이 세 여자가 모라 자매였다. 클라라는 정원에 있었는데, 오후 내내 그들을 기다린 것 같았다. 클라라는 쌍둥이들에게 각기 한쪽

씩 젖을 물리고, 블랑카가 발치 아래에서 놀고 있는 가운데 모라 세 자매를 맞이했다. 그들은 눈길을 주고받는 순간 서로 알아보고는 미소를 띠었다. 그러면서 평생 지속될, 그리고 그들의 예언이 사실이라면 저세상에서도 계속될 강한 영적 관계가 시작되었다.

모라 자매는 심령술과 초자연적 현상을 연구하는 사람들이었다. 테이블 주위에 앉아 있는 그들의 머리 위로 날개 달린 희미한 영매가 날아다니는 모습을 찍은 사진 덕분에 그들은 영혼이 물리적 형태를 취할 수 있다는 확실한 증거를 유일하게 제시한 사람이 되었다. 영매의 존재를 믿지 않는 사람들은 그것이 사진을 현상하면서 생긴 얼룩이나 사진사의 속임수라고 했다. 비법을 전수받은 사람들끼리만 가능한 신비한 경로를 통해 그들은 클라라의 존재를 알게 되었다. 클라라와 텔레파시로 접촉하자마자 그들은 자기네가 같은 별나라에 사는 한 자매라는 것을 깨닫게 되었다. 신중하게 알아본 끝에 클라라의 지상 주소를 용케 알아낸 모라 자매는 클라라에게 선물하기 위해 성스러운 액체가 스며들어 있는 카드와 기하학적인 도형 세트 몇 개, 가짜 심령학자들의 가면을 폭로하기 위해 자기들이 직접 만든 신비스러운 도구들에다 평범한 과자 한 접시를 가지고 그 집에 찾아온 것이다.

그들은 금세 친한 친구가 되었다. 그날 이후로는 영혼을 부르고, 자기가 아는 비법과 요리법을 교환하기 위해 매주 금요일마다 모임을 가졌다. 그들은 모퉁이 큰 집에서부터 모라 자매가 낡은 방앗간을 근사하게 개조해서 살고 있는 도시 반대편까지 서로 영기(靈氣)를 보낼 수 있는 방법을 알아냈다. 그들이 일상생활에서 어려운 상황에 직면했을 때 서로 정신적으로 도와줄 수 있도록 하기 위한 수단이었다. 모라 자매는 영적인 문제에 관심을 갖고 있는 사람들을 많이 알고 있었다. 차츰 금요 모임에 참석하기 시작한 그들은 모두 자신의 지식과 영적 능력을 공개하게 되었다.

에스테반 트루에바는 그들이 자기 집을 드나드는 것을 보고는, 단지 몇 가지 조건만 제시할 뿐이었다. 자신의 서재를 침범하지 말 것과 아이들을 상대로 심령술을 실험하지 말 것, 사람들이 수군거리는 것은 원치 않으므로 가급적 신중하게 처신해 달라는 것이 전부였다. 페룰라는 그런 클라라의 활동이 종교나 미풍양속과는 동떨어진 것 같아 인정하고 싶지 않았다. 그녀는 신중하게 거리를 두고서 그들의 모임을 지켜보았다. 모임에 참여하지 않고 뜨개질을 하면서 예리하게 주시하고 있다가 클라라가 무리한다 싶으면 언제든 끼어들 태세를 갖추고 있었다. 페룰라는 클라라가 영매 역할을 맡아 이교도 말을, 그것도 다른 사람의 목소리로 떠드는 모임이 끝나고 나면 상당히 지친다는 것을 알고 있었다. 유모 역시 커피를 대접한다는 핑계로 그 모임에 들어와 풀 먹인 페티코트 자락 스치는 소리와 흔들거리는 이빨 사이로 낮게 기도문을 웅얼거리며 혀 차는 소리를 내어 영혼들을 깜짝 놀라게 하는 식으로 감시했다. 그러나 유모는 클라라가 무리하는 것을 막기 위해서가 아니라 누군가 재떨이를 훔쳐 갈까 봐 감시하는 것이었다. 클라라가 유모에게 손님들이 담배를 피우지 않아 재떨이에 관심이 있는 사람은 아무도 없다고 설명했지만 소용이 없었다. 유모는 매력적인 모라 세 자매를 제외한 다른 손님은 모두 신들린 악당 패거리라고 단정 지었다.

유모와 페룰라는 서로 경멸하는 사이였다. 그들은 아이들의 애정을 차지하기 위해 경쟁했으며, 클라라가 이상한 행동을 보이거나 헛소리를 하면 서로 돌보겠다며 다투었다. 그들의 은밀하면서도 끊이지 않는 싸움은 부엌이나 마당, 복도에서도 계속되었지만, 클라라가 보는 앞에서는 절대 싸우지 않았다. 유모와 페룰라는 자기들 때문에 클라라가 속상해하는 건 원치 않았다. 페룰라는 시누이라기보다는 욕심 많은 남편의 질투심 비슷한 열정으로 클라라를 사랑하게 되었다. 시간이 흐르면서 페룰라는 분별력을 잃었고, 에스테반도 눈치 챌 수 있을 정도로 다양하게 자신의 애정을 드러내 보이기 시작했다. 에스테반이 시골에서 돌아올 때마다 페룰라는 클라라가 심한 발작을 일으켜 같이 잘 수 없다며 그를 가끔씩만 클라라의 방에 들어가게 했으며, 그것도 아주 잠시 동안 있도록 했다. 페룰라는 그게 다 쿠에바스 박사의 처방 때문이라고 둘러댔다. 그렇지만 에스테반이 의사에게 단도직입적으로 물어 확인한 결과 모두 꾸며낸 얘기였음이 밝혀졌다. 페룰라는 동생 부부 사이에 끼어들기 위해 별의별 방법을 다 동원했다. 그러다가 그 방법이 모두 실패하면 세 아이들에게 아빠를 데리고 산보를 다녀오라고 하거나, 엄마에게 책을 읽어달라고 하거나, 열이 있으니까 봐달라고 하거나, 자기네랑 놀아달라고 조르라고 부추겼다.

"가엾은 것들. 아이들은 아빠와 엄마가 필요해. 애들 머리에 미개한 생각만 주입시키는 무식한 할망구의 손에서 온종일 지내다 보니까 유모의 미신이 옮아 아주 멍청해지고 있어. 유모는 요양원에 집어넣어야 해. 듣자 하니까 시에르바스 데 디오스에 늙은 가정부에게 딱 맞는 요양원이 있다던데. 거기서는 귀부인 대접을 해준대. 음식도 좋겠다. 일하지 않아도 되겠다. 그거야말로 가장 인간적인 대우지. 불쌍한 유모. 이제는 아무짝에도 쓸모가 없어."

페룰라가 말했다.

뭐라고 꼭 집어 말할 수는 없었지만 에스테반은 왠지 자기 집에서 불편해지기 시작했다. 아내와 사이가 점점 멀어지면서 머쓱해서 다가가기가 어려웠다. 아내에게 다가갈 방법이 없었다. 심지어 선물도 통하지 않았다. 소극적인 애정 표현도 별 효과가 없었고, 아내와 함께 있으면 항상 그를 압도하는 미친 듯한 열정도 소용이 없었다. 이 무렵 아내에 대한 사랑이 점차 강박 관념으로 자리 잡아가기 시작했다. 에스테반은 클라라가 자기 한 사람만 생각하고, 자기와 늘 함께 있고, 자기에게 시시콜콜한 것까지 모두 얘기하고, 자기가 주지 않은 것은 어떤 것이라도 절대 갖지 않기를 바랐다. 아내가 오직 자기 한 사람에게만 의지하기를 바랐다.

그러나 현실은 달랐다. 클라라는 티베트의 규율에 따라 신을 찾아 헤매고, 삼각 테이블을 통해 영혼과 교류하며 현실에 발을 딛지 못하고 마르코스 외삼촌처럼 허공에 붕 떠 있는 것 같았다. 삼각 테이블이 두 번 움직이면 맞고,

세 번 움직이면 아니라는 뜻으로 다른 세상의 메시지를 해독할 수 있었다. 심지어 비가 내리는지 내리지 않는지까지 물어볼 수 있었다. 한번은 굴뚝 밑에 보물이 숨겨져 있다는 메시지를 받은 적이 있었다. 그러자 클라라가 처음에는 벽을 부숴버렸다. 그러나 보물이 나오지 않자 계단을 허물고, 그러고 나서는 거실까지 절반이나 허물었지만 아무것도 찾아내지 못했다. 결국 클라라가 건축을 자주 변경한 탓에 영혼들이 착각을 일으킨 것으로, 금화가 숨겨진 장소는 에스테반 트루에바의 집이 아닌, 길 건너편 우가르테의 집이라는 게 밝혀졌다. 하지만 우가르테 가족은 스페인 혼령에 대한 이야기를 믿지 않았기 때문에 식당을 허무는 것을 반대했다.

클라라는 학교에 갈 블랑카의 머리도 제대로 땋아주지 못해 페룰라와 유모에게 맡길 정도였지만, 블랑카와 클라라의 관계는 클라라가 자기 엄마인 니베아와 유지했던 관계 못지않게 좋았다. 그들은 서로 옛날이야기를 들려주고, 마법의 궤짝에서 꺼낸 신비한 책을 같이 읽었으며, 가족 초상화에 대해서도 많은 이야기를 나누었다. 실수로 방귀를 뀌었던 삼촌이나 포플러나무에서 지붕 위의 홈통에 매달린 돌처럼 떨어졌던 장님 삼촌에 대한 일화도 들려주었다. 그리고 클라라와 블랑카는 함께 밖으로 나가 산맥을 바라보며, 하늘 위에 떠다니는 구름의 숫자도 세었다. 게다가 스페인어에서 't'자를 빼고 'n'자를 집어넣고, 또 'rr'를 빼고 'l'자를 집어넣어 만들어낸 말로 세탁소에서 일하는 중국 사람처럼 다른 사람들은 하나도 알아듣지 못하게 얘기하기도 했다.

한편, 하이메와 니콜라스는 '남자답게 자라야 한다'는 당시 관념에 따라 클라라와 블랑카와는 떨어져 자랐다. 하지만 여자들은 유전학적으로 태어날 때부터 여자로 태어나기 때문에 굳이 살면서 바뀌고 말고 할 것도 없다는 게 통념이었다. 쌍둥이 형제는 튼튼하게 자랐으며, 그 나이 특유의 장난을 칠 때는 잔인하기까지 했다. 그들이 어렸을 때는 꼬리를 자르기 위해 도마뱀을 잡았으며, 경주를 시키기 위해 생쥐를 잡았고, 날개의 가루를 없애기 위해 나비를 잡았다. 그러다가 좀 자라서는 세탁소에서 일하는 중국인의 가르침에 따라 주먹질도 하고 발길질도 했다. 그 중국인은 시대를 앞선 사람으로, 천 년의 전통을 지닌 격투기술을 그 나라에 처음으로 도입한 사람이었다. 그래서 그는 손으로 벽돌을 격파할 수 있다며 무술 학원을 내려 했지만, 관심을 가지는 사람이 아무도 없어 결국에는 다른 사람들의 옷이나 빠는 일을 하게 되었다.

몇 년 후에 쌍둥이 형제는 기숙사에서 몰래 빠져나와 쓰레기를 버리는 공터에서 남자가 되었다. 그곳에서 그들은 몰래 훔쳐낸 엄마의 은식기 몇 개를 엄청나게 뚱뚱한 여자와 나누는 몇 분간의 금지된 사랑과 맞바꾸었다. 여자는 네덜란드 젖소처럼 어마어마한 가슴으로 쌍둥이를 한꺼번에 기를 수 있을 정도였으며, 부드럽고 축축한 겨드랑이는 그들을 한꺼번에 질식시킬 수 있을 정도였다. 게다가 코끼리만 한 다리는 그들을 한꺼번에 깔고 뭉갤 정도였으며, 어두침침하고 후끈하면서도 축축한 성기는 그들을 한꺼번에 천국에 보내고도 남을 정도였다. 그렇지만 그것은 아주 오랜 후의 일이었고 클라라는 전혀 그런 사실을 알지 못했다. 그래서 클라라는 언젠가 내가 읽을 수 있도록 기록한 노트에 그 일을 적어놓을 수가 없었다. 그 얘기는 다른 경로를 통해 알게 되었다.

클라라는 집안일에는 일절 관심이 없었다. 클라라는 모든 것이 깨끗하게 잘 정돈되어 있는 것이 아무렇지도 않은 듯 이 방 저 방으로 돌아다녔다. 클라라는 앉아서 식사를 하면서 누가 요리를 하는지, 어디에서 음식 재료를 사오는지, 누가 식사 시중을 드는지 전혀 궁금해하지 않았다. 클라라는 하인들의 이름을 잊어버렸으며, 심지어는 아이들 이름까지 잊어버릴 때도 있었다. 그렇지만 시간과 함께 늘 존재하는 착하고 맑은 영혼처럼 클라라는 언제나 식구들과 함께 있는 것 같았다. 클라라는 흰색이 자신의 영기를 변화시키지 않는 유일한 색이라 단정 짓고는 흰색 옷을 즐겨 입었다. 그녀는 페룰라가 재봉틀로 만들어주는 단순한 스타일의 옷을 즐겨 입었는데, 남편이 최신 패션이라며 돋보일 수 있도록 사다 준 주름이 잡히고 보석이 달린 화려한 옷보다 그 옷을 더 좋아했다.

에스테반은 클라라가 자신을 대할 때나 남들을 대할 때나 똑같이 상냥한 것을 보면 울화가 치밀었다. 클라라는 그에게 고양이한테 말하듯 달래는 어조로 말했으며, 그가 피곤한지, 슬픈지, 흥분해 있는지, 섹스를 하고 싶어 하는지 전혀 눈치 채지 못했다. 그렇지만 에스테반이 나쁜 짓을 하려고 하면 눈빛만 보고서도 눈치를 채고는 조롱 가득한 말투로 빈정대서 에스테반의 분통을 터뜨려 놓았다. 에스테반은 클라라가 진심으로 고마워하는 게 아무것도 없으며, 자기가 그녀에게 해줄 수 있는 것들을 전혀 필요로 하지 않는다는 사실에 화가 치밀었다. 클라라는 다른 모든 일에서와 마찬가지로 침대에서도 정신을 딴 데 팔면서 미소만 띠고 있었다. 느긋하고 꾸밈이 없었지만 마음은 다른데 가 있었다. 에스테반은 자기가 서재 한쪽 구석에 숨겨둔 책들에서 보고 배운 별의별 체위들을 클라라에게 시도해 봐도 괜찮다는 것을 알고 있었다. 그렇지만 클라라에게는 아무런 악의가 없기 때문에 아무리 심한 변태 행위를 해도 갓난아이가 재롱떠는 것과 다를 바 없었다.

그럴 때면 에스테반은 화가 치밀어 예전의 나쁜 버릇이 도졌다. 클라라는 아이들과 함께 도시에 남고, 그는 농장일 때문에 어쩔 수 없이 트레스 마리아스에 와 있어야 하는 동안에는 건장한 시골 처녀들을 넝쿨 숲에 넘어뜨렸다. 그렇지만 그런 일로 마음의 위안을 얻기는커녕 오히려 입안 가득히 씁쓸한 뒷맛만 남았으며, 지속적인 쾌락도 얻지 못했다. 특히 자기가 아내에게 모두 털어놓는다 해도 아내는 절대 자신에 대한 배신 때문이 아니라 다른 여자를 학대했다는 이유로 난리를 피울 거라는 사실을 잘 알았다. 다른 인간적인 감정과 마찬가지로 질투심도 클라라와는 아무 상관 없는 얘기였다. 에스테반은 트레스 마리아스의 홍등가에도 두세 번 갔었다. 그렇지만 창녀들하고는 잘되질 않아 술을 너무 많이 마셨다는 둥, 점심 먹은 게 체했다는 둥, 며칠 감기에 걸려 고생했다는 둥 말도 안 되는 변명을 주절주절 늘어놓아야 하는 게 너무 굴욕적이어서 더 이상 그곳에는 가지 않았다. 그렇지만 트란시토 소토에게도 가지 않았다. 그는 트란시토 소토가 마약 같은 여자라 중독성이 강하다는 것을 잘 알고 있었다.

에스테반은 채워지지 않는 엄청난 욕망이 자신의 몸 안에서 들끓고 있음을 느꼈다. 절대 꺼지지 않는 불길이 클라라에 대한 갈증으로 훨훨 타오르고 있다는 것을 잘 알았다. 클라라와는 아무리 길고 격정적인 밤을 보내도 성에 차지 않았다. 심장이 터질 듯한 지경에 이르러 기진맥진한 상태로 잠들어도, 클라라는 꿈속에서조차 늘 멀리에 있었다. 자기 옆에서 자고 있어도 곁에 있는 것 같지 않고, 자신은 갈 수 없는 아주 먼 곳에 가 있는 것 같았다. 가끔 에스테반은 인내심을 잃고 클라라에게 마구 소리치기도 했다. 별의별 심한 욕설을 퍼붓다가도 결국에는 자기가 난폭하게 군 걸 용서해 달라며 클라라의 무릎에 얼굴을 파묻고 울면서 끝이 났다. 클라라는 에스테반이 왜 그러는지 이해할 수 있었다. 그렇지만 그녀도 어쩔 수가 없었다. 클라라에 대한 에스테반 트루에바의 한없는 사랑은 분노나 자존심보다 훨씬 강한 감정으로, 그가 평생 느꼈던 감정 중에 가장 격렬한 것이었다. 반세기 후에도 에스테반은 여전히 똑같은 흥분과 절박함으로 클라라에 대한 사랑을 떠올렸다. 그는 침대에서 늙어 죽는 날까지도 계속 클라라만을 찾다가 세상을 떠났다.

페룰라가 중간에 끼어들면서 가뜩이나 불안하고 초조한 에스테반의 상태가 더 심각해졌다. 그는 누나가 자기와 클라라 사이를 방해할 때마다 미칠 것 같았다. 에스테반은 클라라의 관심을 뺏는 친자식들까지도 미웠다. 그는 클라라를 데리고 처음 신혼여행 갔던 곳으로 두 번째 신혼여행을 떠나기도 하고, 주말이면 호텔로 빠져나가 보기도 했지만 아무 소용이 없었다. 에스테반은 그것이 전적으로 페룰라 누나 때문이라고 생각하게 되었다. 페룰라 누나가 아내의 가슴에 악마의 씨앗을 뿌려놓아 아내가 자기를 사랑하지 못하도록 했으며, 금지된 애무로 남편인 자기 몫을 훔쳐냈다고 믿게 되었다. 그는 페룰라가 클라라를 목욕시켜주는 장면을 보고는 분노로 얼굴이 창백해졌다. 그는 페룰라에게서 스펀지를 낚아채고 밖으로 쫓아낸 다음 클라라를 욕조에서 번쩍 들어 꺼냈다. 에스테반은 얼이 쏙 빠질 정도로 클라라를 야단치고 나서는, 그 나이에 다른 사람이 목욕시켜 주는 것은 나쁜 버릇이라며 다시는 그렇게 하지 못하도록 했다. 그러다가도 결국에는 에스테반이 손수 클라라의 몸을 닦아주고, 가운을 입혀 침대로 데려갔다. 그러는 내내 그는 자신이 바보 같다고 느꼈다. 페룰라가 아내에게 핫 초콜릿이라도 한 잔 가져다주려고 하면 그는 누나가 아내를 장애인 취급한다며 잔을 빼앗았다. 또 페룰라가 아내에게 저녁 키스를 하려고 하면 여자끼리 키스하는 것은 좋지 않다며 누나를 한 손으로 밀어냈다. 그리고 페룰라가 쟁반에서 제일 맛있어 보이는 음식을 클라라에게 주려고 하면 그는 화를 내며 식탁에서 벌떡 일어났다.

두 남매는 치열한 경쟁자가 되어 증오가 가득 서린 눈으로 서로 노려보았다. 클라라 앞에서 서로를 깎아내리기 위해 말도 안 되는 얘기를 지어냈으며, 서로 감시하면서 점점 질투심에 사로잡혀 갔다. 에스테반은 시골에 가는 것도 그만두고는, 수입한 암소 관리를 위시한 모든 일을 일체 페드로 세군도 가르시아에게 위임했다. 에스테반은 친구들과 어울리지도 않았고, 골프를 치러 나가지도 않았으며, 일도 하지 않았다. 누나가 아내에게 접근하는 것을 막고 밤낮으로 누나의 일거수일투족을 감시하기 위해서였다. 집안 공기는 답답하고 무거워 숨도 제대로 쉴 수가 없을 정도였다. 심지어 유모까지도 신들린 사람 같았다. 그런 모든 것에 아무런 영향도 받지 않은 사람은 클라라 단 한 사람뿐이었다. 클라라는 다른 데 정신이 팔려 아무것도 몰랐기 때문에 집 안에서 무슨 일이 일어나고 있는지 조금도 눈치 채지 못했다.

에스테반과 페룰라 사이의 감정은 한참 뒤에야 폭발했다. 처음에는 증오심을 노골적으로 드러내지 않고 사소하고 자질구레한 일을 꼬투리 잡는 정도였지만 나중에는 집안 전체를 들쑤셔 놓을 정도로 확대되었다. 하필 추수기에 페드로 세군도 가르시아가 낙마해서 머리가 깨져 수녀들이 운영하는 병원에 입원해야 했기 때문에 그해 여름 에스테반은 트레스 마리아스에 가봐야 했다. 페드로 세군도가 제대로 몸을 추스르기도 전에 에스테반은 아무에게도 알리지 않은 채 수도로 서둘러 돌아왔다. 기차를 타고 오면서 그는 순간 섬뜩한 예감에 사로잡혔다. 뭔가 아주 극적인 일이 일어날 것 같은 예감이 들었던 것이다. 그렇지만 그 극적인 일이 자신의 마음속에서 이미 시작되었다는 것은 알지 못했다. 에스테반은 오후 느지막이 도시에 도착했지만 곧장 클럽으로 가서, 그곳에서 포커 몇 판을 치고 저녁 식사도 했다. 자신이 무엇을 기다리고 있는지 구체적으로 알 수 없었지만 불안하고 초조한 마음은 여전히 가라앉지 않았다. 식사 중에 가벼운 지진이 있었다. 샹들리에가 유리 종소리를 내며 흔들렸지만 시선을 드는 사람은 아무도 없었다. 사람들은 묵묵히 식사를 계속했으며, 연주자들은 음표 하나 놓치지 않고 연주했다. 에스테반 트루에바 한 사람만 그것이 무슨 불길한 징조인 양 벌떡 일어났다. 그는 서둘러 식사를 마치고 계산을 치른 다음 밖으로 나왔다.

평소 감정 절제를 잘하는 페룰라도 지진에는 절대 익숙해지지 못했다. 페룰라는 클라라가 불러내는 혼령들이나 시골 쥐에 대한 두려움은 떨쳐낼 수 있었지만 지진의 공포는 뼛속까지 스며 들어와 지진이 멈춘 지 한참이 지난 후에도 여전히 벌벌 떨었다. 그날 밤 페룰라는 아직 잠자리에 들지 않았던 터라 클라라의 방으로 향했다. 클라라는 틸라 차를 마시고 평온하게 잠들어 있었다. 페룰라는 잠깐이라도 누군가와 같이 있고 싶기도 하고 또 온기가 그리워 클라라의 옆에 누웠다. 페룰라는 클라라를 깨우지 않으려고 조심스럽게 누우며, 그 지진이 크게 번지지 않게 해달라며 조용히 기도문을 중얼거렸다. 그런데 에스테반이 그곳에서 페룰라를 발견한 것이다. 그는 도둑처럼 살금살금 집 안으로 들어와 불도 켜지 않은 채 클라라의 방에 있는 두 여자 앞에 회오리바람처럼 나타났다. 그가 트레스 마리아스에 있는 줄 알고 있는 두 여자는 깊이 잠들어 있었다.

에스테반은 아내를 유혹한 남자에게 느낄 법한 어마어마한 분노에 사로잡혀 누나를 덮쳤다. 그는 페룰라를 단번에 침대에서 끌어내 질질 끌며 복도를 지나 계단 아래로 밀어 서재에 강제로 집어넣었다. 그러는 동안 클라라는 무슨 일이 일어났는지 영문도 알지 못하고 침실 문 앞에서 소리만 질러댔다.

페룰라와 단둘만 있게 되자 에스테반은 남편으로서의 불만을 모두 쏟아냈다. 그는 고래고래 소리 지르며 누나에게 해서는 안 될 말까지 하고 말았다. 누나에게 창녀에서 레즈비언까지 온갖 수치스러운 말을 다 갖다 붙였다. 그녀가 자기 아내를 변태로 만들었으며, 노처녀의 손길로 아내를 타락시켰고, 레즈비언의 기교로 아내를 미치게 했으며, 멍하게 만들었고, 벙어리로 만들었으며, 심령사로 만들었다고 비난을 퍼부어댔다. 자기가 없는 동안 페룰라가 아내에게서 쾌락을 얻었고, 그걸로 자기 자식들의 이름과 가문의 명예, 고인이 된 어머니의 평판까지 더럽혔다며 있는 대로 퍼부어댔다. 그리고 이제는 그녀의 사악함에 넌덜머리가 난다며 자기 집에서 쫓아낼 테니 당장 나가라고 했다. 다시는 꼴도 보기 싫다고 했다. 에스테반은 페룰라가 자신의 아내와 아이들 근처에 얼씬도 하지 못하게 할 것이며, 자기가 살아 있는 동안에는 옛날에 약속한 것처럼 품위 있게 살 수 있도록 충분한 돈을 대주기는 하겠지만, 만일 그녀가 자기 식구들 주변을 서성거리다가 걸리면 그 자리에서 죽여버릴 테니 명심하라고 했다.

"어머니의 이름으로 맹세컨대 내가 죽여버릴 거야!"

"에스테반, 나도 너를 저주하겠다!"

페룰라가 소리 질렀다.

"너는 영원히 혼자일 거다! 너의 육신과 영혼이 쪼그라들어 개처럼 죽게 될 거다!"

그리고 나서 페룰라는 잠옷을 입은 채 빈손으로 모퉁이 큰 집을 영원히 떠났다.

그 다음 날, 에스테반 트루에바는 안토니오 신부를 찾아가 자세한 내막은 빼고, 전날 있었던 일을 대충 얘기했다. 신부는 이미 이야기를 들은 듯 차분한 표정으로 묵묵히 듣고만 있었다.

"내게 원하는 게 뭐지요?"

에스테반이 이야기를 마치자 신부가 물었다.

"매달 신부님께 봉투를 드릴 테니 누나에게 꼭 전해 주십시오. 저는 누나가 경제적으로 어려워지는 것은 원치 않습니다. 제가 이렇게 하는 것이 누나에 대한 애정 때문이 아니라 약속을 지키기 위해서라는 점은 확실하게 밝혀두겠습니다."

안토니오 신부가 한숨을 내쉬며 첫 봉투를 받아들고 손으로 성호를 그으려 했지만 에스테반은 그 전에 이미 돌아서서 나가고 없었다. 에스테반은 클라라에게 자기와 누나 사이에 무슨 일이 있었는지 설명하지 않았다. 단지 자신이 누나를 집에서 쫓아냈으니 앞으로 자기 면전에서 페룰라라는 이름도 꺼내지 말라며 엄포를 놓았다. 그리고 클라라가 조금이라도 염치가 있다면 자기가 없는 데서도 누나의 이름을 입에 올려서는 안 된다며 따끔하게 못 박았다. 에스테반은 페룰라의 옷가지와 그녀의 흔적이 남아 있는 물건을 모두 치워버렸다. 그러고는 누나를 죽은 사람이라고 생각하기로 했다.

클라라는 어떤 질문도 소용없음을 깨달았다. 그녀는 추를 찾아 바느질 방으로 갔다. 그녀는 추를 사용해 영혼들과 대화를 나누었으며, 정신을 집중할 때도 사용했다. 마룻바닥에 시내 지도를 펴놓은 다음 추를 50센티미터 높이로 들고는 시누이의 주소를 알려줄 진동을 기다렸다. 그러나 오후 내내 시도한 끝에 페룰라에게 아직 정해진 주소가 없으면 이 방법도 소용이 없다는 것을 깨달았다. 추를 쓰는 방법이 실패로 돌아가자 클라라는 자신의 직감으로 페룰라를 찾기 위해 마차를 타고 시누이를 찾으러 나갔다. 그러나 이 시도 역시 실패로 돌아갔다. 클라라는 삼각 테이블에게도 상의했지만 어떤 영혼의 안내자도 구불구불한 시내 골목길을 통해 클라라를 페룰라에게 인도하지 못했다. 클라라는 마음속으로 페룰라를 불러보기도 하고, 타로 카드 점도 쳐보았지만 모두 소용이 없었다. 마침내 클라라는 보다 전통적인 방법을 사용하기로 마음먹었다. 친구들이나 물건 배달부 등 시누이를 알지도 모르는 모든 사람들에게 수소문하기 시작했다. 그러나 시누이를 본 사람은 아무도 없었다. 결국 클라라는 여러모로 수소문해 본 끝에 안토니오 신부를 찾아가게 되었다.

"자매님을 찾지 마십시오. 자매님께서는 당신을 만나고 싶어 하지 않습니다."

신부가 말했다.

클라라는 그제야 절대 실패할 리 없는 자신의 방법들이
왜 효험이 없었는지 깨달았다.

"모라 자매가 옳았어."

클라라가 혼잣말했다.

"원치 않는 사람은 찾아낼 수가 없어."

에스테반 트루에바의 사업은 나날이 번창 일로를 걸었
다. 그가 벌이는 사업들은 마치 요술 지팡이로 건드려놓은
것 같았다. 에스테반은 자신의 인생에 대만족이었다. 이제
는 옛날에 마음먹었던 대로 부자가 되었다. 다른 광산들의
채굴권을 양도받았으며, 외국으로 과일도 수출하고, 건설
회사도 설립했다. 또한 크게 확장된 트레스 마리아스는 그
지역 최고의 농장이 되었다. 에스테반은 나라 전체를 혼란
으로 몰아넣은 경제적 위기에도 끄떡하지 않았다.

북부 지방에서는 초석 매장 지대가 무너져 수천 명의 노
동자들이 가난에 내몰렸다. 굶주린 수많은 실업자들은 부
모와 아내, 자식들을 이끌고 일자리를 찾아 길거리로 나섰
는데, 그들이 수도로 근접해 옴에 따라 도시 외곽으로 서
서히 빈민층이 형성되었다. 그들은 쓰레기와 폐허 더미 속
에서 널빤지와 마분지 조각을 대충 덮어 어떻게든 삶의 터
전을 마련했다. 일자리를 찾기 위해 길거리를 헤매보아도
그 많은 사람들을 위한 일자리는 없었다. 그래서 누더기를
걸친 채 추위에 떨며 굶주림에 지치고 절망에 빠진 근로자
들은 일자리 구하는 것을 그만두고 대신 동냥을 다니기 시
작했다. 도시에는 거지와 도둑이 들끓었다. 그해만큼 추웠

던 겨울도 없었다. 수도에는 눈이 내렸는데, 그 자체가 흔하지 않은 진풍경이었다. 신문마다 즐거운 소식이라도 되는 것처럼 눈 소식을 환영하며 일면 기사로 내세웠다. 그렇지만 도시 외곽에 있는 빈민촌에서는 매일 아침 시퍼렇게 얼어 죽은 아이들의 시신이 발견되었다. 불우 이웃 돕기를 한다 해도 그 많은 빈민들을 모두 감당할 수는 없었다.

그해에는 발진 티푸스도 만연했다. 처음에는 가난한 사람들에게 내린 또 다른 시련인 것처럼 시작했지만, 곧 신이 내린 천벌로 나라 전체를 휩쓸었다. 발진 티푸스는 혹독한 겨울에 더러운 식수와 영양 부족으로 도시 빈민가에서 발생해 실업의 열풍과 함께 전 지역으로 퍼져 나갔다. 병원도 이 열풍에 미처 대처하지 못했다. 병자들은 눈이 퀭하게 들어간 모습으로 거리를 방황했으며, 머리에서 이를 잡아 건강한 사람들에게 던졌다. 집집마다 전염병에 휩쓸렸고, 학교와 공장이 오염되어 누구도 안전할 수가 없었다. 모두 이 무시무시한 병의 증상이 자기에게도 나타나는지 살피느라 두려움에 떨며 살았다. 전염된 사람들은 뼛속까지 스며드는 추위에 벌벌 떨다가 금세 인사불성이 되었다. 신열에 들떠 미친 사람처럼 되었다. 몸 전체가 반점으로 뒤덮이고 피똥을 쌌으며, 불지옥에 있다느니 물에 빠져 죽는다느니 하는 헛소리를 했다. 뼈는 양모처럼 흐느적거리고, 다리는 넝마처럼 맥이 풀렸으며, 입에는 담즙처럼 쓴맛이 가득한 채 땅바닥으로 픽픽 쓰러졌다. 몸뚱이는 썩은 생고기처럼 시퍼렜으며, 누렇고 꺼멓고 벌건 고름들이 서로 뒤엉켰다. 그들은 창자까지 토해 낼 정도로 심하게 토악질했고, 신에게 자비를 구하며 제발 죽여달라고 애원했다. 머리가 터질 것 같고 영혼이 똥구덩이 속에서 헤매다 놀라 달아날 것 같아 더는 참을 수 없다며 울부짖었다.

에스테반이 전염병으로부터 가족을 보호하기 위해 시골로 갈 것을 제안했지만 클라라는 그 말을 들으려고도 하지 않았다. 클라라는 시작도 끝도 없는 엄청난 일을 하며 가난한 사람들을 돌보느라 정신이 없었다. 그녀는 아침 일찍 나갔다가 가끔은 자정이 다 되어서야 돌아왔다. 클라라가 애들 옷이랑 침대 담요, 남편의 양복 윗도리까지 모두 들고 나가는 바람에 옷장 안이 텅 비었다. 창고에서 음식들을 가져다 나르고, 페드로 세군도 가르시아와 운송 체계를 확립하여 그가 트레스 마리아스에서부터 치즈와 달걀, 육포, 과일, 암탉을 보내면 클라라가 가난한 사람들에게 나눠주었다. 클라라는 살이 빠져 부쩍 여위어 보였다. 밤에는 다시 몽유병 환자처럼 돌아다녔다.

페룰라의 부재로 집에는 천재지변과 같은 일이 일어났다. 언젠가 그런 날이 오기만을 학수고대했던 유모조차도 큰 타격을 받았다. 봄이 시작되어 클라라도 좀 쉴 수 있게 되면서 현실을 도피해 몽상에 잠기려는 성향이 더욱 두드러졌다. 이제는 모퉁이 큰 집의 엄청난 살림을 완벽한 솜씨로 꾸려 나가던 시누이가 없는데도 여전히 집안일은 관심 밖이었다. 클라라는 모든 일을 유모와 하인들에게 맡기고, 자신은 영혼과 심령 연구에만 몰두했다. 삶을 기록하는 그녀의 노트를 보면 모든 것이 혼란스러워 보인다. 그녀의 필체는 단아함을 잃었으며, 때로는 너무 작아 읽을 수조차 없거나 너무 커서 세 단어로 한 페이지를 메우는 지저분한 낙서체로 전락하기도 했다.

그 뒤 몇 해 동안 구르디에프 연구원과 장미 십자회 회원, 강신술사, 밤잠이 없는 보헤미안으로 이루어진 집단이 클라라와 모라 세 자매 주위로 몰려들었다. 그들은 그 집에서 하루 세끼 식사를 해결하면서 삼각 테이블의 영혼들에게 미래의 일을 묻거나, 그 당시 클라라의 집에 머물던 그 유명한 '시인'*의 시를 읽으면서 시간을 보냈다. 에스테반은 이미 오래전에 아내의 생활을 간섭해 봤자 아무 소용이 없음을 깨달았기 때문에 그 이상한 사람들이 자기 집을 드나들도록 내버려 두었다. 그렇지만 적어도 사내아이들만큼은 미신을 멀리해야 한다고 믿었기 때문에 하이메와 니콜라스는 빅토리아 영국인 기숙사 학교에 보냈다. 그곳에서는 툭하면 학생들의 바지를 벗기고 볼기짝을 때렸다. 특히 하이메가 가장 많이 얻어맞았다. 그는 영국 왕가를 비웃었다가 맞기도 했고, 또 열두 살 때에는 온 세계로 혁명을 퍼뜨린 유대인 마르크스를 읽는 데 관심을 보였다가 실컷 얻어맞기도 했다. 니콜라스는 마르코스 할아버지의 모험 정신과 별자리로 미래를 읽는 엄마의 능력을 물려받았지만, 그것은 엄격한 학교 규정상으로도 그리 큰 죄가 아니고 단지 돌출된 행동일 뿐이라 하이메보다는 벌을 덜 받았다.

---

* 칠레를 대표하는 시인 파블로 네루다를 가리킨다. 네루다는 외교관이자 정치인으로도 활동했으며 1971년 노벨 문학상을 수상했다. 1973년 피노체트의 쿠데타 당시 혼란스러운 상황에서 생을 마감했다.

에스테반이 딸의 교육에는 간섭하지 않았기 때문에 블랑카의 경우는 달랐다. 그는 블랑카의 팔자는 결혼과 사교계에서 두각을 나타내는 데 달려 있다고 생각했다. 게다가 사교계에서는 죽은 사람과 대화하는 것도 가볍게만 한다면 사람들의 관심을 끌 수 있다고 믿었다. 에스테반은 요리나 종교와 마찬가지로 마술도 여자들이나 할 일이라고 생각했다. 그 때문에 모라 세 자매는 좋게 보는 반면, 남자 심령술사들은 신부만큼이나 경멸했다. 한편 클라라는 어디를 가든 블랑카를 치맛자락에 매달고 다녔다. 클라라는 금요 모임에도 블랑카를 참석시켰고, 딸이 혼령들이나 비밀 단체 회원들, 자기가 후원하는 가난한 예술가들과도 잘 어울리도록 했다. 자기가 벙어리로 지냈던 시절에 엄마와 늘 함께 다녔던 것처럼, 클라라도 선물과 구호품을 들고 가난한 사람들을 찾아갈 때는 항상 블랑카를 데리고 다녔다.

"애야, 이건 양심의 가책을 덜 받으려고 하는 거란다."

클라라가 블랑카에게 설명했다.

"그렇지만 불쌍한 사람들에게는 아무 도움도 되지 않는단다. 그들에게 필요한 건 불우 이웃 돕기가 아니라 정의야."

이 점이 클라라가 남편과 의견을 달리하는 부분이기도 했다. 그래서 에스테반과 심하게 언성을 높이기도 했다.

"정의라고! 모든 사람들이 똑같이 나눠 갖는 게 정의라고? 게으름뱅이가 부지런히 일하는 사람하고 똑같아? 멍청한 놈들이 똑똑한 사람들하고 똑같아? 짐승도 그렇지는 않아! 그건 부유한 사람과 가난한 사람의 문제가 아니야. 강자와 약자의 문제지. 모두가 똑같은 기회를 가져야 한다는 데에는 나도 동의해. 그렇지만 가난한 사람들은 아예 노력조차 하지 않아! 손만 뻗어서 구걸하는 쪽이 훨씬 편하니까! 나는 노력한 만큼 보상받는다고 믿어. 그 덕분에 내가 바라던 것을 모두 이룰 수 있었지. 난 누구에게도 아쉬운 소리를 하지 않았어. 치사한 짓도 하지 않았고. 그러니 누구든지 다 나처럼 될 수 있어. 나는 가난하고 불행한 공증인의 보조원으로 끝날 팔자였어. 그 때문에 나는 그 볼셰비키 사상인지 뭔지를 우리 집에서는 용납할 수가 없어. 사람들이 원하면 당신이 빈민가에서 자선 사업을 하든 말든 난 상관 안 해! 그건 좋은 일이야. 여자들의 성격 형성에 아주 좋은 일이지. 그렇지만 페드로 테르세로 가르시아, 그놈의 어리석은 생각을 우리 집 안으로 끌어들이는 건 꿈도 꾸지 마! 난 절대 용납할 수 없어!"

페드로 테르세로 가르시아가 트레스 마리아스에서 정의를 운운하는 것은 사실이었다. 현장에서 아버지인 페드로 세군도에게 붙잡힐 때마다 주먹다짐을 벌였지만 그는 겁 없이 주인 나리에게 대드는 유일한 사람이었다. 페드로 테르세로는 꽤 어렸을 때부터 책을 빌리고, 신문을 읽고, 학교 선생님과 대화를 나누기 위해 허락도 없이 마을에 갔다. 선생님은 몇 년 후에 양미간에 총을 맞고 죽은 열렬한 공산주의자였다. 또 밤에는 몰래 빠져나가 산 루카스에 있는 바에 가서 맥주를 홀짝거리며 세상의 고통을 치료하겠다는 몇몇 노조원들과 얘기를 나누기도 하고, 어마어마한 덩치에 위풍당당한 호세 둘세 마리아 신부님을 만나기도 했다. 그는 머릿속이 혁명적인 이념들로 가득 찬 스페인 신부로, 예수회에서 내밀려 이 세상 끝으로 좌천당해 오게 되었다. 그래도 그는 여전히 성서의 비유를 사회주의자들의 선전 문구로 인용했다. 감독의 아들이 소작인들에게 선동적인 팸플릿을 돌린다는 것을 알게 된 날, 에스테반은 그를 사무실로 불러 그의 아버지가 보는 앞에서 뱀가죽 채찍을 휘둘렀다.

"이건 첫 번째 경고다. 건방진 놈!"

에스테반이 나지막한 소리로 눈에 불꽃을 튀기며 말했다.

"그러나 다음번에 네가 사람들을 귀찮게 하는 모습이 목격되면 아예 감방에 집어넣어 버리겠다. 내 땅에서 모반자가 나오는 꼴을 두고 볼 수는 없어. 난 이 땅의 주인이고 내 주위에 내가 원하는 사람들만 둘 수 있는 권리가 있으니까. 그리고 내가 널 좋아하지 않는다는 건 너도 이미 알고 있을 게다. 그렇지만 오랜 세월 성실히 봉사해 온 네 아버지를 봐서 참는다. 그래도 안 좋게 끝날 수 있으니까 조심해야 할걸. 자, 이제 썩 꺼져!"

페드로 테르세로 가르시아는 자기 아버지를 닮았다. 거무스름한 피부에 돌을 깎아놓은 듯한 각진 얼굴, 크고 슬픈 눈, 솔처럼 뻣뻣하고 짧은 까만 머리를 쏙 빼닮았다. 그가 사랑하는 사람은 오로지 자신의 아버지와 주인 나리의 딸뿐이었다. 그는 아주 어렸을 때 블랑카와 벌거벗은 채 식당 식탁 밑에서 잠든 이후로 쭉 그녀를 사랑해 왔다. 블랑카도 똑같은 운명에서 벗어날 수 없었다. 방학 때 시골로 떠나, 어수선한 짐짝을 한 가득 실은 마차들이 먼지 소용돌이를 일으키며 트레스 마리아스에 도착할 때마다 그녀의 가슴은 불안과 초조로 아프리카 토인의 북처럼 둥둥거렸다. 블랑카는 늘 마차에서 제일 먼저 뛰어내려 집으로 달려갔다. 그러면 그때마다 그들이 처음 보았던 장소에 페드로 테르세로 가르시아가 있었다. 그는 수줍어하면서도 뚱한 표정으로 다 떨어진 바지를 입고 문 쪽으로 반쯤 몸을 숨긴 채 맨발로 문지방에 서 있었다. 노인 같은 눈길로 블랑카가 오는 길을 뚫어져라 바라보았다. 그러다 두 아이는 서로에게 달려가 껴안고, 뽀뽀하고, 웃고, 다정하게 서로 주먹으로 치고, 땅바닥에서 구르고, 머리를 잡아당기며 즐거운 비명을 질렀다.

"그만 해라, 애야! 누더기를 걸친 그 애는 이제 가라고 해!"

유모가 아이들을 떼어놓으려 애쓰면서 소리 질렀다.

"놔둬요, 유모. 아직 어린애들이고 서로 좋아하잖아요."

포용력이 넓은 클라라가 말했다.

아이들은 그곳을 얼른 빠져나와 달려갔다. 헤어져 있던 몇 달 동안 묻어두었던 이야기를 죄다 하기 위해 조용한 곳으로 갔다. 페드로 테르세로는 블랑카에게 나무 조각을 깎아서 만든 동물들을 수줍게 건넸고, 블랑카는 페드로 테르세로에게 주려고 모아두었던 인형들을 선물했다. 꽃 모양으로 열리는 주머니칼과 땅에서 녹슨 못을 마술처럼 끌어올리는 조그마한 자석을 선물로 주었다. 마르코스 할아버지의 신비한 책들이 들어 있던 궤짝 안에서 책을 가지고 왔던 그해 여름, 블랑카는 거의 열 살이 다 된 나이였다.

페드로 테르세로가 아직 책 읽는 데 어려움이 있었지만 호기심과 열정은 학교 선생님의 매질도 이루지 못했던 것을 가능하게 했다.

그해 여름 아이들은 강가의 갈대밭이나 숲 속의 소나무, 밀밭에 엎드려 책을 읽었다. 신드바드와 로빈 후드의 미덕과 검은 해적의 불운, 청소년 문고의 실화 소설과 교훈적인 소설들, 스페인 왕립 학술원의 사전에도 나오지 않는 은어들에 대해 얘기했다. 또한 삽화로 그려진 심장 혈관 계통에 대해서도 토론했다. 삽화에는 바깥의 피부도 없이, 혈관이나 심장을 훤히 드러내놓고 있으면서도 팬티는 입고 있는 남자가 그려져 있었다. 몇 주 만에 페드로 테르세로는 책을 술술 읽어 내려갔다. 있을 수도 없는 이야기들과 도깨비, 요정, 제비뽑기로 사람을 잡아먹는 조난자들, 사랑으로 자신을 길들이도록 내버려 두는 호랑이들, 신기한 발명품들, 지리학적으로나 동물학적으로 신기한 것들, 병 안에 요정이 들어 있다는 동양의 나라들, 동굴 안에 용이 살고 탑 안에 공주가 인질로 잡혀 있는 넓고 깊은 세계로 아이들은 푹 빠져 들어갔다.

아이들은 세월로 거의 모든 감각이 마비된 페드로 가르시아 노인을 자주 찾아갔다. 그는 점점 눈이 보이지 않게 되었다. 푸르스름한 막이 눈동자를 서서히 덮어왔다.

"구름이란다. 내 눈 안으로 조금씩 밀려 들어오고 있어."

페드로 가르시아 노인이 말했다.

노인은 블랑카와 페드로 테르세로가 자기를 이렇게 찾아와 줘서 너무 고맙다며 어쩔 줄을 몰라 했다. 페드로 테르세로는 그의 친손자였지만 그 사실조차 벌써 옛날에 잊어버렸다. 노인은 아이들이 신비한 책에서 고른 이야기들에 귀를 기울였다. 노인은 또한 바람이 귀에도 들어와 귀가 먹었기 때문에 아이들은 노인의 귀에 대고 크게 소리 질러야만 했다. 보답으로 노인은 독충이 물었을 때 해독시킬 수 있는 방법을 아이들에게 알려주었다. 자기 팔 위에 산전갈을 올려놓고 자기가 만든 해독제의 효험을 실제로 보여준 적도 있었다. 노인은 아이들에게 물 찾는 법도 가르쳐주었다.

"마른 나뭇가지를 두 손으로 잡고, 오로지 물하고 나뭇가지가 목말라 할 것만 생각하면서 땅을 두드리며 걸어야 한다. 그러다가 습기가 느껴지면 갑자기 나뭇가지가 흔들리기 시작하지. 바로 거기를 파야 해."

노인이 아이들에게 말했다.

그렇지만 자기는 나뭇가지가 필요 없기 때문에 트레스 마리아스 주변에 우물을 팔 때는 그 방법을 사용하지 않는다고 했다. 뼈가 워낙 메말라 있어서 지하수가 있는 땅 위를 밟으면 아무리 깊은 곳에 있더라도 알 수 있다고 했다. 노인은 들판에서 자라는 여러 약초에 대해서도 가르쳐주었다. 아이들이 약초의 자연 향과 맛, 모양을 알고 각기 효능에 따라 구분할 수 있도록 아이들에게 약초의 냄새를 맡아보고 만져보게 한 뒤 좋아하게 했다. 마음을 진정시키는 약초, 악마의 힘을 제거하는 약초, 눈을 밝게 하는 약초, 장을 튼튼하게 하는 약초, 피의 흐름을 원활하게 하는 약초 등 각기 효능을 알려주었다.

이 분야에 대한 그의 지식은 실로 엄청났다. 그래서 수녀들이 운영하는 병원의 의사가 노인의 조언을 구하기 위해 찾아오기도 했다. 그럼에도 불구하고 그의 그런 지식은 딸 판차의 호열자를 치료하는 데는 아무런 효과도 없어, 결국에는 딸을 저승으로 보내고 말았다. 노인은 딸에게 암소 똥을 먹였다. 그러고도 아무런 효험이 없자 말똥과 함께 딸을 담요에 말아 뼈만 앙상하게 남을 때까지 흠뻑 땀을 내게 했다. 그러고 나서는 화약을 소주에 풀어 몸 전체에 문질러주었지만, 그것도 소용이 없었다. 판차는 계속 설사만 하다가 저승으로 떠났다. 몸을 쥐어짜는 듯한 설사로 몸의 수분이 모두 빠져나갔던 것이다. 좌절한 페드로 가르시아 노인은 주인 나리의 허락을 구해 짐마차에 딸을 싣고 마을로 갔다. 그때 아이들도 노인을 따라갔다.

수녀들이 운영하는 병원의 의사가 판차를 조심스럽게 진찰하고는 이제는 손쓸 수 없을 정도로 너무 늦었다고 노인에게 말했다. 그녀를 조금 더 일찍 데리고 왔거나, 땀을 그렇게 많이 빼지 않았더라면 자기가 어떻게 치료해 볼 수도 있었을 테지만 지금은 몸에 수분이 하나도 없는 상태라고 말했다. 판차가 뿌리가 완전히 말라비틀어진 식물 같다는 것이었다. 페드로 가르시아 노인은 그 말에 굉장히 기분이 상했다. 그는 딸의 시신을 다시 담요에 감싼 뒤 겁에 질린 두 아이들을 데리고 트레스 마리아스의 마당에 들어서면서도 의사가 무식하다고 투덜거리며 자신의 실수를 절대 인정하지 않았다. 그들은 화산 기슭의 버려진 성당 옆에 있는 조그만 공동묘지에 판차를 묻었다. 그래도 어떻게 보면 주인 나리의 여자였고 성까지는 아니더라도 주인 나리의 이름을 유일하게 물려받은 아들과 손자를 낳은 판차였기에 그곳에서도 비교적 좋은 곳에 묻어주었다. 판차의 손자인 돌연변이 에스테반 가르시아는 훗날 가족사에서 끔찍한 역할을 맡게 될 운명을 지녔다.

하루는 페드로 가르시아 노인이 밤마다 닭장 안으로 들어와 계란을 훔치고 병아리를 잡아먹는 여우에 맞서 싸우기 위해 암탉들이 힘을 모은 이야기를 블랑카와 페드로 테르세로에게 들려주었다. 암탉들은 더 이상 여우의 횡포를 참고만 있을 수 없다고 결론짓고는, 여우가 들어오기만을 기다렸다. 그러다가 여우가 닭장 안으로 들어오자 길을 차단한 후 여우를 포위하고는 덮쳐서 정신없이 쪼아대 여우를 반쯤 죽여놓았다.

"그러자 여우는 암탉들에게 쫓겨 꼬리를 내리고는 정신없이 도망쳤지."

노인이 이야기를 마쳤다.

그 이야기를 듣고 블랑카는 닭들은 원래 어리석고 약하지만 여우는 약삭빠르고 강하기 때문에 그건 말도 안 되는 이야기라며 웃었다. 그렇지만 페드로 테르세로는 웃지 않았다. 페드로 테르세로는 오후 내내 여우와 암탉들의 얘기를 되새기면서 깊은 생각에 잠겼다. 어쩌면 그 순간 페드로 테르세로는 어른이 된 것일지도 모른다.

5
연인들

블랑카는 트레스 마리아스에서 뜨거운 여름을 보내다가 도시로 돌아와 틀에 박힌 일상생활을 반복하며 별 탈 없이 어린 시절을 보냈다. 트레스 마리아스에서는 블랑카가 성장함에 따라 사랑의 힘도 점점 자라났다. 그렇지만 도시에서는 클라라의 존재 자체가 블랑카의 인생에 특이하게 작용하기는 했지만 그 나이 또래 같은 계층의 여자아이들과 다를 바 없이 생활했다. 아침마다 유모가 아침 식사 쟁반을 들고 와서 블랑카를 흔들어 깨웠다. 유모는 블랑카가 교복 입는 것을 지켜보면서 신을 양말을 챙겨주고, 모자를 바로 씌워주고, 장갑과 손수건을 준비해 주고, 책들은 빠짐없이 가방에 넣었는지 확인했다. 유모는 고인들의 영혼을 위한 기도문을 웅얼거리는 와중에도 블랑카에게 수녀들한테 넘어가지 말라며 큰 소리로 충고했다.

"그 여자들은 모두 사악하단다. 그 여자들은 제일 예쁘고 똑똑하고 좋은 가문의 여학생들만 골라 수도원에 집어넣으려고 하지. 그런 다음, 그 가엾은 아이들의 머리를 밀어버리고는 수련 수녀로 만든 후 평생 과자나 구워서 팔고 늙은이들이나 돌보게 하지."

기사가 블랑카를 학교까지 태워다 주었다. 학교에서는 미사와 영성체로 하루를 시작했다. 블랑카는 자기 자리에서 무릎을 꿇고 앉아 성모 마리아의 백합 냄새와 강렬한 향 냄새를 들이마시느라 구역질이 나는 한편 괜히 죄의식도 들어 지겨운 마음에 온몸을 비틀었다. 학교에서 블랑카가 싫어하는 것은 오직 그것뿐이었다. 블랑카는 천장이 높은 복도와 티끌 하나 없이 깨끗한 대리석 바닥, 하얗고 밋밋한 벽, 교문을 감시하고 있는 철제 그리스도상을 사랑했다. 블랑카는 낭만적이고 감상적인 아이였으며 고독을 좋아해 친구가 거의 없었다. 정원에 장미가 필 때나, 허리를 구부리고 일하는 수녀들에게서 은은한 비누 향과 깨끗한 옷 냄새가 날 때, 텅 빈 교실의 서글픈 침묵을 느끼기 위해 혼자 뒤로 처져 남을 때는 눈물까지 보일 정도로 감동도 잘 받았다. 블랑카는 수줍음을 잘 타고 우울한 아이처럼 보였다. 블랑카는 시골에서 피부가 햇볕에 검게 그을리고, 잘 익은 과일들을 배가 부를 때까지 잔뜩 먹고, 페드로 테르세로와 같이 목초지 위에서 뛰어놀 때만 잘 웃고 명랑했다. 클라라는 그게 진짜 블랑카이고, 도시에 있는 블랑카는 겨울잠 자는 블랑카라고 했다.

모퉁이 큰 집은 거의 매일 사람들이 들락거려 어수선하

기 때문에 유모를 제외하고는 아무도 블랑카가 여자로 변해 가고 있다는 사실을 눈치 채지 못했다. 블랑카는 갑자기 사춘기로 접어들었다. 그녀는 트루에바 가문의 스페인과 아랍의 혈통을 물려받아, 위엄이 깃든 자태와 거만한 웃음, 지중해 사람들의 올리브색 피부와 까만 눈을 지녔다. 그렇지만 엄마의 영향을 받아 다른 트루에바 사람들과는 달리 다정다감했다. 트루에바 집안 사람들은 다정하게 굴면 큰일이 나는 줄 알았다. 블랑카는 혼자서 놀고, 공부하고, 인형도 갖고 노는 조용한 아이였다. 엄마의 심령술이나 아버지의 발작에도 전혀 동요하지 않았다. 식구들은 여러 세대에 걸친 집안 식구들 중 블랑카가 유일하게 정상적인 사람이라고 농담 삼아 얘기하기도 했다. 그녀가 돌연변이일 정도로 차분하고 침착한 것은 사실이었다.

열세 살이 되자 블랑카는 가슴이 커지면서 체중이 줄고 허리도 가늘어졌다. 마치 비료를 준 식물처럼 훌쩍 자랐다. 유모는 블랑카의 머리를 뒤로 올려서 하나로 묶어주었다. 그러고는 블랑카를 데리고 가서 블랑카 인생의 첫 코르셋과 첫 실크 스타킹, 첫 여성용 정장, 첫 생리대를 사주었다. 생리대는 작게 만든 수건이었으며, 유모는 그것으로 여자가 되었다는 것을 안다고 말했다. 그러는 동안 블랑카의 엄마는 계속 집 안 곳곳에서 의자를 춤추게 하고, 피아노 덮개를 덮은 채 쇼팽을 연주하고, 자기 집에서 아예 숙식하도록 한 젊은 시인이 음률도 없고, 내용도 없고, 논리도 없는 더할 나위 없이 아름다운 시들을 낭송하는 것을 듣느라 딸의 변화를 전혀 눈치 채지 못했다. 이제 그 시인은 서서히 인구에 회자되기 시작했다. 클라라는 킬로미터나 센티미터보다는 기와 유체(流體)에 더 관심이 많았기 때문에 어쩌다 딸의 교복 솔기가 뜯어졌는지, 과일처럼 뽀얗기만 하던 딸의 얼굴이 어떻게 미묘하게 성숙한 여인의 모습으로 바뀌었는지 전혀 알지 못했다. 하루는 블랑카가 외출복을 입고 바느질 방으로 들어오는 것을 본 클라라는 키 크고 까무잡잡한 이 아가씨가 어리기만 했던 자기 딸인 블랑카라는 걸 알고는 깜짝 놀랐다. 클라라는 블랑카를 두 팔로 꼭 껴안고 연신 키스를 했다. 그리고 머잖아 월경이 시작될 거라고 일러주었다.

"앉아봐라. 그게 뭔지 설명해 줄 테니."

클라라가 말했다.

"걱정 마세요, 엄마. 그걸 한 달에 한 번씩 해온 지가 벌써 일 년이 다 되어가는걸요."

블랑카가 웃으며 말했다.

모녀의 사이는 블랑카가 성장했어도 별다른 변화가 없었다. 그들의 관계는 서로 모든 것을 다 받아들이고, 세상사에 대해 함께 신랄하게 비웃을 수 있는 교감에 바탕을 두고 있었다.

그해 여름은 찌뿌듯한 악몽처럼 도시 전체를 뒤덮은 찌는 듯한 폭염과 함께 일찍 찾아왔다. 그래서 가족들은 이 주일이나 앞당겨 트레스 마리아스로 떠났다. 매년 그러하듯 블랑카는 페드로 테르세로를 다시 보게 되기만을 애타게 기다렸다. 그래서 블랑카는 예전에도 그랬던 것처럼 마차에서 내리자마자 페드로 테르세로가 매번 서 있던 곳을 얼른 훑어보았다. 블랑카는 문지방 뒤에 숨어 있는 그의 그림자를 보고는 재빨리 마차에서 뛰어내려, 지난 몇 달 동안 가슴 졸이던 마음으로 서둘러 그를 보러 갔다. 그렇지만 놀랍게도 소년은 등을 돌려 달아나 버렸다.

그날 오후 내내 블랑카는 둘이 만나던 장소들을 돌아보았다. 페드로 테르세로가 어디에 있는지 사람들한테 물어보기도 하고, 그의 이름을 크게 부르며 찾아보기도 하고, 심지어 그의 할아버지인 페드로 가르시아 노인의 집에 가보기도 했다. 마침내 해 질 무렵이 되자 블랑카는 속상해서 식사도 하지 않은 채 잠자리에 들었다. 블랑카는 영문도 모른 채 큰 충격을 받아 커다란 황동 침대에서 베개에 얼굴을 파묻고 애처롭게 울었다. 우유에 꿀을 타서 가지고 온 유모는 블랑카가 왜 슬퍼하는지 단번에 그 이유를 알아차렸다.

"아이고! 잘됐네!"

유모가 심술맞게 웃으며 말했다.

"이가 드글드글하고 콧물이나 질질 흘리는 그런 녀석하고는 이제 놀 나이가 아니지!"

삼십 분 후에 엄마가 저녁 인사를 하러 들어왔다가 숨을 헐떡거리며 서글프게 울고 있는 딸아이를 보게 되었다. 순간 클라라는 속세의 일에 아무런 관심도 없는 천사가 아닌, 열네 살에 첫사랑의 실연으로 고통받은 보통 사람으로 되돌아왔다. 클라라는 무슨 일인지 알고 싶었지만, 그새 블랑카가 자존심이 강한 여자로 자라 있었기 때문에 엄마에게 아무 설명도 하려 하지 않았다. 그래서 클라라는 침대 옆에 앉아 블랑카가 진정할 때까지 다독거려만 주었다.

그날 밤 블랑카는 제대로 자지 못했으며, 크나큰 방의 어두움에 둘러싸여 새벽녘에 깨어났다. 블랑카는 침대에 누운 채 요란스럽게 장식된 천장을 올려다보았다. 첫닭이 우는 소리를 듣고 일어나 커튼을 열어젖히고는 은은히 떠오르는 새벽빛을 바라보며 세상이 깨어나는 소리를 들었다. 블랑카는 옷장 거울로 다가가 한참 자신의 모습을 바라보았다. 잠옷을 벗고 처음으로 자신의 몸을 찬찬히 들여다보았다. 그러면서 그런 신체적 변화 때문에 자기 친구가 달아났음을 차츰 깨닫게 되었다. 블랑카는 성숙한 여인다운 새롭고도 야릇한 미소를 머금었다. 블랑카는 이제 너무 작아져버린, 작년 여름에 입던 낡은 옷을 꺼내 입고 숄을 두르고서 다른 가족들을 깨우지 않기 위해 발끝으로 살금살금 걸어 밖으로 나갔다.

밖에서는 들판이 깊은 잠에서 깨어나 기지개를 펴고 있었다. 이른 아침 햇살이 산봉우리를 칼끝으로 콕콕 찌르듯 모습을 드러냈다. 햇살이 서서히 대지를 데우며, 방울방울 맺혀 있던 이슬을 흰 거품처럼 날려 보내며 온 풍경을 매혹적인 꿈처럼 몽롱하게 만들었다. 블랑카는 강가 쪽으로 서둘러 걸어갔다. 모든 것이 아직 조용하기만 했다. 블랑카가 발을 내딛을 때마다 땅바닥에 떨어진 잎사귀와 마른 나뭇가지가 가볍게 바스락거리는 소리를 냈는데, 그것이 만물이 잠들어 있는 이 드넓은 공간에서 나는 유일한 소리였다. 블랑카는 끝없이 높이 솟은 포플러나무와 황금빛으로 물든 밀밭, 맑은 아침 하늘 속으로 자취를 감춘 저 멀리의 자줏빛 구릉들을 보며 옛날에도 똑같은 광경을 본 적이 있고, 그 순간을 경험했던 것 같은 느낌이 들었다. 밤새 내린 가랑비로 대지와 나무들이 촉촉하게 젖어 있었고, 블랑카의 옷도 약간 축축했으며, 신발도 차갑게 느껴졌다. 블랑카는 젖은 대지와 썩은 나뭇잎과 부식토의 냄새를 들이마시는 순간, 여태 모르고 있었던 낯선 즐거움을 느꼈다.

블랑카가 강가에 도착해 보니, 어린 시절 소꿉동무가 자기와 함께 많은 시간을 보냈던 곳에 앉아 있었다. 그해 페드로 테르세로는 블랑카만큼 자라지 못했다. 그는 여전히 애늙은이 같은 표정이 담긴 검은 눈에 여위고 배불뚝이인 데다 까무잡잡한 소년이었다. 페드로 테르세로가 블랑카를 본 순간 얼른 몸을 일으켰다. 그때 블랑카는 자기가 페드로 테르세로보다 머리 절반은 더 크다고 생각했다. 블랑카와 페드로 테르세로는 어쩔 줄을 몰라 하며 서로 바라보았다. 그때 처음으로 낯선 사람 같다는 느낌이 들었다. 영원과도 같던 시간 동안 그들은 서로의 변화에 적응하며 새롭게 거리를 두면서 꼼짝 않고 가만히 서 있었다. 하지만 그때 참새 한 마리가 지저귀면서 모든 것이 다시 옛날로 되돌아왔다. 블랑카와 페드로 테르세로는 예전에 같이 깔깔거리며 뛰어놀던 어린애로 돌아가 함께 땅바닥을 뒹굴었다. 지칠 줄 모르며 서로의 이름을 부르고 뒹굴다가 자갈에 부딪히기도 했다. 그들은 다시 함께 있게 된 것이 너무 행복했다. 그러다가 마침내 흥분을 가라앉혔다. 블랑카의 머리카락에 붙은 마른 잎사귀들을 페드로 테르세로가 하나씩 하나씩 떼어주었다.

"이리 와봐. 너한테 보여주고 싶은 게 있어."

페드로 테르세로가 말했다.

그는 블랑카의 손을 잡아끌고 갔다. 그들은 서서히 기지 개를 펴고 있는 세상을 음미하며 걸어갔다. 진흙탕 속에 발이 푹푹 빠져도, 연한 풀줄기를 뽑아 그 즙을 빨아먹으며 갔다. 서로 말없이 쳐다보면서 미소를 한 가득 머금고 먼 들판에 다다랐다. 화산 너머로 태양이 모습을 드러내고 있었지만 아직 날이 완전히 밝지 않아 대지가 늘어진 하품을 하고 있었다. 페드로 테르세로가 블랑카에게 땅바닥에 엎드려 아무 말 하지 말라고 했다. 그들은 덤불숲이 있는 곳 가까이까지 기어가 약간 방향을 틀었다. 그때 블랑카는 보았다. 언덕 비탈길에서 아름답게 생긴 야생마가 혼자 새 끼를 낳고 있었다. 아이들은 숨소리도 들리지 않도록 꼼짝 않고 쥐 죽은 듯 가만히 있었다. 그들은 망아지의 머리가 비칠 때까지 야생마가 혼자 허덕이며 안간힘을 쓰는 모습을 지켜보았다. 한참 후에 몸 전체가 드러났다. 망아지가 땅바닥에 떨어지자 새끼가 왁스칠을 한 나무 조각처럼 깨 끗하고 반들반들 윤이 날 때까지 어미 말이 열심히 핥아주었다. 그러고는 어미 말이 주둥이로 망아지를 톡톡 치며 일어나 보라고 권했다. 망아지는 제 발로 일어서서 보려고 애썼지만 갓 나온 연약한 두 다리에 힘이 없어 그냥 꼬꾸라진 채, 아침 태양을 향해 인사를 건네고 있는 어미 말을 무기력하게 쳐다보았다. 블랑카는 행복으로 가슴이 터질 것 같아 눈망울에 눈물까지 맺혔다.

"난 크면 너랑 결혼할 거야. 그리고 여기 트레스 마리아스에서 살 거야."

블랑카가 속삭였다.

페드로 테르세로는 서글픈 애늙은이의 표정으로 블랑카를 한참 바라보다가 고개를 가로저었다. 블랑카보다 훨씬 어려 보였지만, 이 세상에서 자신의 처지를 잘 알고 있었다. 페드로 테르세로는 자신이 평생 블랑카만을 사랑하게 되리라는 것을 알았다. 그리고 그날 새벽이 자신의 기억 속에 영원히 남을 것이며, 그 광경이 자기가 죽으면서 마지막으로 떠올릴 모습이라는 것도 알았다.

블랑카와 페드로 테르세로는 아직도 그들을 붙잡고 있는 유년 시절과 남자와 여자로 새롭게 눈뜨기 시작하는 사춘기를 오가며 그해 여름을 보냈다. 그들은 암탉들을 놀래키기도 하고, 암소들을 약 올리기도 하고, 갓 짠 신선한 우유를 꿀꺽꿀꺽 마셔 하얀 우유 거품으로 입가에 콧수염을 만들기도 했다. 오븐에서 갓 구워낸 빵을 훔치기도 했으며, 나무 위에다가 집을 짓기 위해 나무를 타고 올라가기도 했다. 어떨 때에는 나무가 빽빽하게 들어찬 은밀한 숲 속으로 숨어들기도 했다. 나뭇잎을 모아 침대를 만들어놓고는 엄마 아빠 놀이를 하며 지칠 때까지 서로 애무하기도 했다. 옛날처럼 아무런 거리낌 없이 옷을 집어던지고 벌거벗은 채 강물로 뛰어들 수 있을 정도로 아직 순수함은 잃지 않았다. 그들은 차가운 물속으로 첨벙 뛰어 들어가 반짝이는 돌에 몸을 부딪히며 물살에 떠밀려 내려갔다.

그렇지만 서로 부끄러움을 느끼기 시작했기 때문에 더

이상 함께할 수 없는 일도 있었다. 이제는 오줌을 싸서 누가 더 큰 물웅덩이를 만드나 내기하지는 않았다. 그리고 블랑카는 한 달에 한 번씩 팬티를 얼룩지게 하는 검붉은 액체에 대해 페드로 테르세로에게 말하지 않았다. 누구도 얘기해 준 사람은 없었지만 그들은 다른 사람들 앞에서는 그렇게 허물없이 행동해서는 안 된다는 것을 알았다. 오후에 블랑카가 얌전한 아가씨처럼 차려입고 테라스에 앉아 식구들과 함께 레모네이드를 마시고 있을 때면 페드로 테르세로는 가까이 다가가지 않고 먼발치에서 바라만 보았다. 그들은 이제 숨어서 놀았다. 어른들이 보는 앞에서는 손잡고 다니지 않았으며, 사람들의 관심을 끌지 않기 위해 서로 모른 척했다. 유모는 안도의 한숨을 내쉬었지만 클라라는 그들을 더욱 주의 깊게 지켜보기 시작했다.

방학이 끝나 트루에바 가족은 캔디와 과일 잼, 과일 상자, 치즈, 식초와 기름에 절인 닭고기와 토끼 고기, 달걀 바구니 등을 잔뜩 싣고서 도시로 돌아갔다. 기차역까지 타고 갈 마차에 짐을 싣는 동안 블랑카와 페드로 테르세로는 곳간에 숨어 작별 인사를 나누었다. 함께 보낸 그 석 달 동안 그들은 인생을 뒤바꿔 놓을 정도로 격렬한 사랑을 나누게 되었다. 시간이 흐르면서 그들의 사랑은 더욱 끈끈하고 견고해졌다. 그렇지만 그때에도 그들은 이미 훗날의 사랑 못지않게 심오하고 확신에 찬 감정을 느끼고 있었다. 블랑카와 페드로 테르세로는 판자 사이로 스며 들어오는 황금빛 찬란한 아침 햇살을 받으며 곡식 더미 위에 올라가 곳간의 맵싸한 먼지를 들이마시며 서로에게 키스하고, 핥고, 깨물고, 빨고, 흐느끼고, 서로의 눈물을 마시면서 영원한 사랑을 맹세했다. 그리고 앞으로 떨어져 지낼 동안에도 서로 연락할 수 있도록 비밀 암호도 정했다.

그 순간을 목격했던 사람들은 밤 8시경에 페룰라가 사전에 아무런 예고도 없이 갑자기 찾아왔다는 데 의견이 일치했다. 페룰라는 늘 집 안에서 보았던 모습 그대로, 풀 먹인 블라우스를 입고 열쇠 꾸러미를 허리에 차고 쪽 진 머리를 하고 있었다. 페룰라는 에스테반이 구운 통고기를 막 자르려는 순간 식당 문으로 들어섰다. 페룰라를 마지막으로 본 것이 육 년 전의 일이고, 그녀가 몹시 창백하고 훨씬 늙어 보였는데도 모두 한눈에 알아보았다. 그날은 토요일이어서 쌍둥이인 하이메와 니콜라스가 주말을 보내기 위해 기숙사를 나와 집에 와 있었다. 그래서 그들 역시 함께 식탁에 앉아 있었다. 하이메와 니콜라스는 삼각 테이블과 완전히 격리되어 엄격한 기숙사 학교에 있었으므로 가족 중 유일하게 미신이나 심령술과는 상관이 없었다. 그래서 그들의 증언이 매우 중요했다. 처음에는 식당 안이 갑자기 썰렁하게 추워지자 클라라가 외풍이 들어오는 줄 알고 창문을 닫으라고 했다. 그런데 그때 열쇠가 짤랑거리는 소리가 들리더니 문이 휙 열리면서 공허한 표정을 한 페룰라가 아무 말 없이 나타났다. 바로 그 순간 유모가 샐러드 접시를 들고 부엌에서 나오고 있었다.

에스테반 트루에바는 너무도 놀란 나머지, 썰고 있던 나이프와 포크를 허공에 치켜든 채 꼼짝도 하지 않았고, 세

명의 아이들은 거의 동시에 "페룰라 고모!" 하고 외쳤다. 블랑카가 페룰라를 맞기 위해 가까스로 몸을 일으켰지만 옆에 앉아 있던 클라라가 손을 뻗어 블랑카의 팔을 붙잡았다. 사실 클라라는 초자연적인 일에 오랫동안 경험이 많아 무슨 일이 벌어지고 있는지 한눈에 알아볼 수 있는 유일한 사람이었다. 그래도 그때의 모습만으로는 페룰라의 진짜 상태가 어떠한 것인지 가늠하기가 어려웠다. 페룰라는 식탁에서 1미터 정도 떨어진 곳에 멈춰서서 공허하고 횅한 시선으로 식구들을 찬찬히 바라보다가 클라라에게 다가갔다. 클라라는 제자리에 가만히 서서, 천식 발작이라도 일으키려는 듯 두 눈을 감은 채 숨을 가쁘게 몰아쉬고 있었다. 페룰라는 클라라에게 다가가더니 그녀의 양쪽 어깨에 한쪽씩 손을 얹고 이마에 짤막하게 키스했다. 식당에는 클라라의 가쁜 숨소리와 페룰라의 허리춤에 달린 열쇠 꾸러미가 짤랑거리는 소리만 울렸다. 페룰라는 클라라에게 키스한 후 그녀의 곁을 지나, 등 뒤로 가만히 문을 닫은 뒤 들어왔던 길로 나갔다. 식구들은 마치 악몽이라도 꾼 듯 식당에서 꼼짝 않고 가만히 있었다. 갑자기 유모가 심하게 몸을 떨자 샐러드 스푼들이 접시에서 떨어졌다. 은식기들이 바닥에 요란한 소리를 내면서 떨어지자 모두 제정신으로 되돌아왔다. 클라라도 눈을 떴다. 클라라는 아직도 숨쉬기가 어려웠으며, 뺨과 목을 타고 눈물이 조용히 흘러내려 블라우스가 얼룩졌다.

"페룰라가 죽었어!"

클라라가 알렸다.

에스테반 트루에바는 구운 통고기를 자르던 나이프와 포크를 식탁보 위에 내려놓고 식당 밖으로 뛰쳐나갔다. 어둠 속에서 누나의 이름을 부르며 길가까지 따라나가 보았지만 누나의 자취는 온데간데없었다. 그사이 클라라는 하인에게 명해 그들 부부의 외투를 가져오도록 했다. 남편이 돌아왔을 때 클라라는 외투를 걸치고, 손에는 차 열쇠를 들고 있었다.

"안토니오 신부님께 가요."

클라라가 에스테반에게 말했다.

그들은 가는 도중 한마디도 하지 않았다. 에스테반은 정말 오랜만에 와본 빈민가에서 안토니오 신부의 옛날 교구를 찾으며 운전했다. 그는 가슴이 답답해 터질 것만 같았다. 그들이 페룰라의 사망 소식을 가지고 도착했을 때 신부는 낡은 성직자 복의 단추를 달고 있었다.

"그럴 리가 없어요!"

신부가 소리 질렀다.

"제가 이틀 전에 만났는데, 자매님은 좋아 보이셨어요."

"제발, 저희를 형님의 집에 데려다 주세요."

클라라가 사정했다.

"제가 괜한 말씀 드리는 거 아니에요. 형님이 돌아가셨어요."

클라라가 간곡히 청하자 안토니오 신부는 그들을 안내했다. 신부는 좁고 꼬불꼬불한 골목길을 통해 페룰라의 집까지 그들을 데리고 갔다. 페룰라는 젊었을 때 그곳 주민들의 반대를 무릅쓰고 기도를 드리러 갔던 그 빈민가에 살고 있었다. 걷거나 자전거를 타지 않고는 지나갈 수 없을 정도로 골목길이 점점 더 비좁아져 몇 블록 떨어진 곳에다 차를 세워둬야 했다. 그들은 수채 구멍에서 더러운 물이 흘러넘쳐 괴어 있는 물웅덩이와, 도둑고양이들이 말없는 그림자처럼 가만히 파헤쳐 놓은 쓰레기 더미를 피해 점점 더 안쪽으로 들어갔다. 빈민가에는 거의 비슷비슷하게 생긴, 다 쓰러져가는 허름한 집들이 길게 줄지어 있었다. 문짝 하나에 창문 두 개가 달린 이 작고 초라한 시멘트 집들은 모두 잿빛이었다. 습기에 절어 문짝이 모두 뒤틀려 있었으며, 해가 좋은 날에는 빨래를 널 수 있도록 집들 사이로 철사줄이 널려 있었다. 그렇지만 그렇게 늦은 시각에는 빨랫줄만 혼자 허공에 매달려 흔들거렸다. 비좁은 골목길 중간에 그곳 주민들 모두의 유일한 수원지인 수도가 설치되어 있었고, 가로등 두 개가 좁디좁은 골목길을 비쳐주고 있었다. 그 수도가에 서서 애처로울 정도로 찔끔찔끔 나오는 수돗물로 양동이를 채우기 위해 기다리고 있는 노파에게 안토니오 신부가 인사를 건넸다.

"페룰라 자매님 보셨습니까?"

신부가 노파에게 물었다.

"집에 있을 거예요, 신부님. 지난 며칠 동안은 통 보이지 않았어요."

노파가 대답했다.

안토니오 신부가 다른 집들과 똑같이 칠이 벗겨진 더럽고 꾀죄죄한 집 하나를 가리켰다. 그렇지만 그 집에는 가난한 사람들의 꽃인 제라늄 몇 포기가 심어진 화분 두 개가 문 앞에 걸려 있었다. 신부가 문을 두드렸다.

"그냥 들어가세요."

노파가 수도가에서부터 소리 질렀다.

"그 집은 문을 잠그는 법이 없어요. 어쨌거나 훔쳐 갈 것도 없으니까요."

에스테반 트루에바가 누나의 이름을 부르며 문을 열긴 했지만 감히 안으로 들어가지는 못했다. 클라라가 먼저 문턱을 넘어섰다. 안은 어두컴컴했지만 절대 혼동할 수 없는 라벤더와 레몬 향기가 흘러나와 그들을 맞아주었다. 안토니오 신부가 성냥불을 켰다. 약한 불꽃이 어둠 속에 둥근 원을 그리며 밝혀주었지만 미처 한 걸음도 옮기기 전에, 또 주변에 뭐가 있는지 살펴보기도 전에 그냥 꺼졌다.

"여기서 기다리세요. 내가 이 집을 잘 알아요."

신부가 말했다.

신부가 더듬거리며 돌아다니다가 잠시 후에 촛불을 밝혔다. 그의 모습이 어둠 속으로 그로테스크하게 드러났다. 밑에서부터 비쳐지는 불빛으로 그의 얼굴이 허공에 붕 떠 있는 듯 일그러져 보였다. 그리고 길쭉하게 비친 그의 그림자가 벽에서 너울거리며 흔들렸다. 클라라는 이 장면을 아주 상세하게 노트에 묘사해 놓았다. 어둠침침한 방 두 개는 사방이 습기로 얼룩져 있었다. 화장실은 작고 더러웠으며, 수돗물도 나오지 않았다. 부엌에는 먹다 남은 마른 빵 부스러기와 차가 조금 들어 있는 단지 하나만 덩그러니 놓여 있었다. 페룰라의 집 광경은 그녀가 작별 인사를 하기 위해 모퉁이 큰 집 식당에 나타났을 때의 그 악몽과 비슷한 분위기를 자아냈다.

클라라는 그곳이 헌옷을 파는 장사꾼의 창고나 가난한 유랑 극단의 분장실 같다는 인상을 받았다. 낡은 정장들과 긴 깃털 목도리, 더러운 모피 조각, 가짜 보석 목걸이, 오십 년 전에 유행하다 사라진 모자들, 너덜너덜한 레이스에 탈색된 페티코트, 한때는 화려했겠지만 이미 오래전에 그 찬란함이 사라진 낡은 드레스들이 벽의 못에 걸려 있었다. 그곳과는 전혀 어울리지 않는 해군 장교 제복과 주교의 사제복도 걸려 있었다. 이 모든 것들이 그로테스크한 조화를 이루었으며, 그 위로는 몇 년간 수북이 쌓인 먼지가 곱게 내려앉아 있었다. 바닥에는 공단으로 만든 신발, 사교계에 첫발을 내딛은 숙녀들의 핸드백, 가짜 보석이 박힌 벨트, 스타킹 고리, 심지어 사관생도의 번쩍이는 검 등이 뒤죽박죽 쌓여 있었다. 음산한 가발과 입술연지 통과 빈 병 등, 괴상한 물건들이 집 안 곳곳에 어지럽게 널려 있었다.

좁은 문 하나가 방 두 개를 분리하고 있었는데, 페룰라가 다른 방의 침대 위에 누워 있었다. 오스트리아 여왕처럼 단장한 모습이었다. 좀먹은 벨벳 드레스에 노란 호박단으로 '만든 페티코트를 입고, 그물 가발을 쓴 위로 정신없이 곱실거리는 오페라 배우의 가발이 반짝거리고 있었다. 아무도 그녀와 함께 있지 않았고, 아무도 그녀가 죽어가고 있다는 것을 알지 못했다. 그들은 그새 쥐들이 페룰라의 발을 물어뜯고 손가락을 갉아먹기 시작한 것을 보고는 분명 페룰라가 죽은 지 오래되었을 것으로 추정했다. 페룰라는 여왕과 같은 고독에 휩싸인 채 위풍당당한 모습이었다.

슬픔만 가득했던 그녀의 생애에서는 한번도 볼 수 없었던 달콤하고 평온한 표정이 그녀의 얼굴에 서려 있었다.

"자매님은 중고품 가게에서 사거나 쓰레기 더미에서 주운 헌옷을 입는 걸 좋아하셨습니다. 자매님은 분장하고 이런 가발까지 썼지만 아무도 해코지하지 않으셨습니다. 오히려 죄인들을 구원해 달라며 마지막 순간까지 기도하셨습니다."

안토니오 신부가 설명했다.

"페룰라와 단둘이 있게 해주세요."

클라라가 단호하게 말했다.

두 남자는 그새 이웃 사람들이 몰려들기 시작한 골목길로 나갔다. 클라라는 하얀 울 코트를 벗고 소매를 걷어 올리고는 시누이에게 다가가 가만히 가발을 벗겼다. 페룰라는 거의 대머리가 되어 있었으며 늙고 무기력해 보였다. 클라라는 불과 몇 시간 전에 자기네 집 식당에서 페룰라가 그랬던 것처럼 그녀의 이마에 키스하고서 침착하게 죽은 자를 위한 의식들을 치렀다. 클라라는 페룰라가 생전에 자기에게 쏟았던 깊은 정성과 관심에 보답하는 마음으로, 페룰라의 옷을 벗긴 뒤 한 군데도 빠뜨리지 않고 구석구석 깨끗이 그녀의 몸을 비누칠해 씻기고, 샤워 콜로뉴로 마사지하고, 파우더를 바르고, 몇 올 남지 않은 머리카락을 사랑 가득한 마음으로 빗긴 뒤 그곳에 있는 옷들 중 넝마이긴 하지만 그래도 가장 화려하고 우아한 옷으로 골라 입혔다. 그러고는 소프라노 여가수의 가발을 씌워주었다. 그사이 클라라는 천식 때문에 헉헉거리면서도 이젠 어엿한 숙녀가 된 블랑카와 쌍둥이 형제, 모퉁이 큰 집, 그리고 시골 이야기를 페룰라에게 들려주었다.

"페룰라 형님, 우리가 형님을 얼마나 보고 싶어 했는지 모르실 거예요. 식구들 뒤치다꺼리할 때는 더욱 형님이 그리웠어요. 내가 집안일에는 형편없다는 거 잘 아시잖아요. 사내 녀석들은 끔찍하지만 블랑카는 예쁘게 컸어요. 그리고 트레스 마리아스에 형님이 손수 심은 수국들이 아름답게 자랐어요. 어떤 꽃들은 푸른색을 띠어요. 그런 색깔이 나도록 내가 비료에다 구리 동전을 섞어 넣었거든요. 자연의 신비지요. 그 꽃을 꺾어 꽃병에 꽂을 때마다 형님 생각이 났지만, 수국이 피지 않을 때도 늘 형님 생각을 했어요. 페룰라 형님, 난 항상 형님을 생각했어요. 실은 형님이 떠난 이후로 형님만큼 저를 끔찍이 사랑해 주는 사람은 아무도 없었답니다."

클라라는 페룰라를 단장시키는 일을 마치고 나서도 한참 동안 페룰라에게 이야기를 건네며 그녀의 몸을 다독거려 주었다. 그러고 나서는 남은 장례 절차를 위해 남편과 안토니오 신부를 불렀다. 그들은 비스킷 통 안에서 지난 몇 년 동안 에스테반이 한 달에 한 번씩 정기적으로 보낸 돈 봉투들을 발견했다. 그렇지만 돈 봉투들은 뜯지 않은 채 그대로 있었다. 클라라는 페룰라가 그렇게 하기를 바랄 거라 확신하며 그 돈을 자선 활동에 쓰라고 신부에게 건네주었다.

쥐들이 버릇없이 굴지 못하도록 신부가 고인과 함께 남아 있기로 했다. 클라라와 에스테반은 거의 자정이 다 되어서야 그 집을 나섰다. 이웃 사람들이 문간에 몰려들어 그녀의 죽음에 대해 수군거리고 있었다. 에스테반과 클라라는 구경하러 몰려든 사람들을 헤치고 나가면서 사람들 사이에서 킁킁거리며 돌아다니는 개들을 소리 질러 쫓아야 했다. 에스테반은 영국인 재단사가 만든 고급 회색 양복에 더러운 물이 튀기는 것도 모른 채, 클라라의 팔을 붙잡아 거의 질질 끌고 가다시피 하면서 성큼성큼 서둘러 멀어져 갔다. 그가 어렸을 때 그랬던 것처럼 누나가 죽어서까지도 자기한테 죄의식을 느끼게 하는 게 화가 치밀었다. 자신이 평생 갚아도 다 못 갚을 엄청난 은혜를 졌다는 것을 틈틈 이 인식시키는 누나가 시도 때도 없이 늘 마음을 무겁게 짓눌렀던 어린 시절이 떠올랐다. 누나와 함께 있을 때마다 느꼈던 분노심이 다시 고개를 들었다. 희생정신으로 똘똘 뭉쳐 엄격하고 가난을 미덕으로 알며 순결만을 강조하고 살았던 누나가 경멸스러웠다. 에스테반은 그런 누나가 이기적이고, 색을 밝히고, 권력 지향적인 자신을 비난하는 것처럼 느껴졌다.

"에이, 지옥에나 떨어져라!"

에스테반은 누나를 집에서 쫓아낸 후로도 단 한번도 아내를 완전히 소유해 본 적이 없다는 사실을 꿈에서라도 인정하고 싶지 않았다.

"돈이 충분했는데도 왜 그러고 살았던 거야!"

에스테반이 소리 질렀다.

"아무것도 없었으니까요, 돈 말고는……."

클라라가 다정하게 얘기했다.

헤어져 있는 몇 달 동안 블랑카와 페드로 테르세로는 사랑으로 불타는 연애편지를 주고받았다. 페드로 테르세로가 여자 이름으로 편지를 보내면 블랑카는 편지가 도착하자마자 얼른 감추어버렸다. 유모가 용케 한두 통의 편지를 가로채기는 했지만 글을 읽을 줄 몰랐으며, 또 설사 글을 읽을 줄 안다 해도 그들의 비밀 암호를 해독할 수는 없었을 것이다. 유모에게는 차라리 다행한 일이었다. 그 편지들을 읽었더라면 아마 유모의 심장이 그 충격을 이겨내지 못했을 것이다.

블랑카는 페드로 테르세로의 체구를 감안해 학교 재봉 시간에 스코틀랜드 산 울로 조끼를 짜면서 그해 겨울을 보냈다. 밤에는 울 냄새를 들이마시며 자기 옆에 페드로 테르세로가 자고 있다고 생각하면서 조끼를 꼭 껴안고 잤다. 페드로 테르세로는 블랑카에게 들려줄 노래를 기타로 작곡하고, 손에 잡히는 대로 아무 나무 토막에나 블랑카의 모습을 조각하면서 그해 겨울을 보냈다. 페드로 테르세로는 블랑카에 대한 천사 같은 기억과 피가 들끓는 격렬한 감정을 구분할 수가 없었다. 뼈가 녹아내리는 것 같았고, 목소리가 변하고 얼굴에 수염이 나면서부터는 늘 급류에 휩쓸리는 듯했다. 한 남자로 성숙되어 감에 따라 느끼는 육체적 욕구와 아직 순수한 어린애들의 장난 같은 달콤한 감정 사이에서 헤어 나오지 못하고 있었다. 블랑카와 페드로 테르세로 둘 다 여름이 오기만을 초조하게 기다렸다. 마침내 여름이 와서 둘이 재회하게 되었을 때, 블랑카가 페드로 테르세로를 위해 짠 조끼는 머리부터 맞지 않았다. 그는 지난 몇 달 동안 유년기에서 완전히 벗어나 성인 남자로서의 골격을 갖추었다. 그리고 페드로 테르세로가 블랑카를 위해 작곡한 노래들도 그녀에게는 우스꽝스럽게 들릴 뿐이었다. 그녀 역시 성숙한 여인으로 성장해 나름대로의 절박한 욕구를 느끼고 있었다.

페드로 테르세로는 여전히 야윈 체구에 뻣뻣한 머리카락과 서글픈 눈을 지니고 있었지만, 변성기를 거치면서부터는 거칠고 열정적인 음색을 갖게 된 덕에 훗날 혁명을 노래하는 유명 인사가 되었다. 그는 말수가 적고, 매너도 투박하고 어색했지만 손길만큼은 부드럽고 섬세했다. 그는 예술가다운 기다란 손가락을 지녔다. 그 손으로 나무 조각상을 조각하고, 기타줄로 서글픈 탄식을 이끌어냈으며, 말고삐를 잡거나 장작을 패기 위해 도끼를 들거나 쟁기를 끌 때만큼이나 손쉽게 그림을 그렸다. 페드로 테르세로는 트레스 마리아스에서 감히 주인 나리에게 대드는 유일한 인물이었다. 그의 아버지 페드로 세군도 가르시아는 아들에게 주인 나리인 에스테반을 똑바로 쳐다보지 마라, 말대꾸도 하지 마라, 주인 나리와 언쟁을 벌이지 마라 하고 수도 없이 당부했다. 그리고 아들을 보호하려는 마음에 정신을 차리게 하려고 심한 매질도 마다하지 않았다. 그러나 페드로 테르세로는 타고난 반항아였다. 열 살 때 이미 트레스 마리아스의 학교 여선생님만큼이나 똑똑해진 그는 열두 살때에는 마을에 있는 중학교에 가겠다며 고집을 피웠다. 비가 오든 천둥이 치든, 새벽 5시면 말을 타거나 걸어서 그의 작은 벽돌집을 나섰다. 그는 마르코스 할아버지의 궤짝에 들어 있던 신비한 책들을 수없이 읽고 또 읽었으며, 바의 노조원들이나 호세 둘세 마리아 신부에게 빌린 책들로 계속 자기 자신을 개발했다. 자신의 생각을 시로 써서 노래로 표현하는, 그의 천부적인 자질을 개발하도록 가르쳐 준 사람이 바로 다름 아닌 호세 신부였다.

"애야, 교회는 우익이지만 예수 그리스도는 항상 좌익이었다."

호세 신부는 페드로 테르세로가 찾아올 때마다 반가워하며, 미사 때 사용하는 와인을 홀짝홀짝 들이켜면서 수수께끼 같은 말을 했다.

그러던 어느 날, 점심 식사 후에 테라스에서 쉬고 있던 에스테반 트루에바는 소년이 여우 한 마리에 대항해 암탉들이 힘을 뭉쳐서 이겼다는 노래를 부르는 것을 듣게 되었다. 에스테반이 페드로 테르세로를 불렀다.

"나도 그 노래를 듣고 싶구나. 한번 불러보거라!"

에스테반이 페드로 테르세로에게 명했다.

페드로 테르세로는 사랑스럽게 기타를 집어 들고 다리를 의자에 올려놓고서 기타줄을 퉁기기 시작했다. 벨벳처럼 감미로운 목소리가 낮잠 시간의 졸음을 내쫓으며 열정적으로 고조되는 동안 그는 주인 나리를 똑바로 응시했다. 에스테반 트루에바는 절대 어리석은 사람이 아니었기 때문에 페드로 테르세로가 자기에게 대들고 있다는 것을 느낄 수 있었다.

"아하! 이제 보니까 아주 어리석은 것까지도 노래로 만들 수 있구나. 하지만 넌 사랑 노래나 배우는 게 좋을걸."

에스테반이 윽박질렀다.

"주인 나리, 저는 이런 노래가 좋습니다. 호세 둘세 마리아 신부님의 말씀처럼 뭉치면 힘이 생기거든요. 암탉들이 여우에게 맞설 수 있다면 사람들의 경우는 어떨까요?"

에스테반이 미처 무슨 말을 할 틈도 주지 않고, 페드로 테르세로는 기타를 들고서 발을 끌며 휙 나가버렸다. 그새 에스테반의 입술에는 분노가 서려 혈압이 오르기 시작했다. 그날 이후로 에스테반은 그를 눈여겨보며 절대 신뢰하지 않았다. 에스테반은 페드로 테르세로가 학교에 다니지 못하도록 장정들이나 할 수 있는 힘든 일을 일부러 더 많이 시켰지만, 소년은 더 일찍 일어나고 더 늦게 잠자리에 들면서 그 모든 일을 거뜬히 해치웠다. 그해 에스테반은 페드로 테르세로의 아버지가 보는 앞에서 그에게 채찍을 휘둘렀다. 페드로 테르세로가 일요일 휴무, 최저 임금제, 정년 보장, 의료 혜택, 여성들의 출산 휴가, 강압 없는 선거 등 마을의 노조 사이에서 돌고 있는 새로운 이념들을 소작인들에게 퍼뜨렸기 때문이었다. 그중 지주들에게 대적하기 위해 농민 조합을 결성하자는 제안이 가장 심각했다.

그해 여름, 여름 방학을 보내기 위해 트레스 마리아스에 온 블랑카는 페드로 테르세로를 거의 못 알아볼 뻔했다. 그사이 15센티미터나 훌쩍 더 자란 데다가, 자기와 유년 시절의 여름을 함께 보냈던 배불뚝이 꼬마의 때는 이미 벗어버린 뒤였다. 블랑카는 마차에서 내려 치마를 반듯하게 펴고서 난생처음으로 페드로 테르세로를 껴안으러 달려가지 않고, 그냥 고개만 끄덕여 인사했다. 그렇지만 블랑카는 다른 사람들이 알아들으면 안 되는 말을 모두 눈으로 말해 버렸다. 게다가 그 말은 이미 편지에 암호로 써서 다 얘기한 것이었다. 유모가 곁눈질로 그 광경을 지켜보면서 조롱하듯 비웃었다. 그리고 페드로 테르세로가 앞을 지나갈 때는 이렇게 빈정거렸다.

"이젠 부잣집 아가씨 주위를 맴도는 대신, 너와 같은 부류의 아이들하고나 어울려라!"

유모가 나지막하게 비웃었다.

그날 밤 블랑카는 식구들과 함께 식당에서 닭찜 요리로 저녁 식사를 했다. 그들이 트레스 마리아스에 올 때마다 환영하기 위해 마련하는 요리였다. 식사 후에 아버지가 코냑을 마시며 수입한 암소들과 금광에 대해 한참 떠드느라 시간이 자꾸 흘러가도 블랑카는 전혀 초조한 내색을 보이지 않았다. 블랑카는 엄마가 그만 가도 좋다는 신호를 할 때까지 기다렸다. 블랑카는 조용히 자리에서 일어나 식구들에게 일일이 저녁 인사를 건네고는 자기 방으로 돌아갔다. 블랑카는 난생처음 문을 안으로 걸어 잠갔다. 옷을 벗지 않은 채 침대에 앉아서 옆방에서 쌍둥이들이 떠들어대는 소리와 하인들의 발소리가 모두 잠잠해질 때까지 어둠 속에서 기다렸다. 문을 모두 걸어 잠그는 소리가 들리고 집 전체가 잠 속으로 빠져들었다. 그제야 블랑카는 창문을 열어 옛날에 페룰라 고모가 심었던 수국 꽃밭으로 뛰어 내렸다. 청명한 밤이었으며 개구리와 귀뚜라미가 요란하게 울어대고 있었다.

블랑카가 깊이 숨을 들이마시자 과일 조림용으로 뜰에서

말리고 있던 달콤한 배 향기가 공기를 타고 흘러 들어왔다. 블랑카는 눈이 어둠에 적응할 때까지 기다렸다가 걷기 시작했다. 그러나 집을 지키기 위해 밤에 풀어놓은 개들이 짖어대는 소리가 무섭게 들려 계속 걸을 수가 없었다. 낮에는 쇠사슬에 묶어 우리에 가둬놓고 기르는 마스틴 종 네 마리였다. 블랑카는 그 개들을 한번도 가까이에서 본 적이 없었기 때문에 개들이 자기를 알아보지 못할 거라는 사실을 잘 알았다. 순간, 블랑카는 무서워 이성을 잃고 비명을 지를 뻔했다. 그런데 그때 페드로 가르시아 노인이 도둑들은 개가 덤벼들지 못하게 하려고 옷을 몽땅 벗는다고 했던 말이 떠올랐다. 블랑카는 조금도 망설이지 않고 허겁지겁 옷을 벗어 팔 밑에 끼고는 개들이 자신의 두려움을 냄새 맡지 않기를 빌며 침착하게 걸어갔다. 개들이 앞으로 튀어나와 짖어댔지만 블랑카는 발걸음을 멈추지 않고 계속 걸어갔다. 개들이 미심쩍어 으르렁거리며 가까이 다가왔지만 블랑카는 멈추지 않았다. 다른 개들보다 더 과감한 놈 하나가 가까이 다가와 블랑카의 냄새를 맡았다. 등줄기에 후끈한 숨결이 느껴졌지만 과감하게 무시했다. 개들은 블랑카가 가는 길을 따라오면서 한참 으르렁거리며 짖어댔지만 곧 지레 지쳐 되돌아갔다. 블랑카는 안도의 한숨을 내쉬고서야 자신이 온통 땀으로 뒤범벅이 되어 벌벌 떨고 있다는 것을 깨달았다. 블랑카는 나무에 기대어, 금세라도 무릎이 풀릴 것 같은 극도의 피로가 가실 때까지 잠시 기다려야 했다. 그러고는 서둘러 옷을 입고 강가로 달려갔다.

페드로 테르세로가 그들이 지난여름에 만나던 장소에서

블랑카를 기다리고 있었다. 그곳은 옛날에 에스테반 트루에바가 보잘것없는 판차 가르시아의 처녀성을 훔친 곳이기도 했다. 그를 보자 블랑카의 얼굴이 후끈 달아올랐다. 헤어져 있던 몇 달 동안 페드로 테르세로는 남자가 되기 위한 힘든 과정을 거쳐 강인해진 반면, 블랑카는 집과 수녀원 학교의 담장 안에 틀어박혀 세상 풍파와는 아무 상관없이 온실 속의 화초처럼 스코틀랜드 산 울과 뜨개질바늘로 뜨개질이나 하면서 낭만적인 환상을 키워왔다. 그러나 블랑카가 꿈꾸었던 모습은 지금 자기 이름을 속삭이며 가까이 다가오는 이 키 큰 청년의 모습과는 일치하지 않았다.

페드로 테르세로가 손을 뻗어 블랑카의 귀 뒤쪽을 만졌다. 순간, 블랑카는 뭔가 뜨거운 기운이 뼛속을 뚫고 지나가면서 다리에 맥이 풀리는 것 같았다. 그냥 두 눈을 감고 가만히 몸을 맡겼다. 페드로 테르세로가 블랑카를 부드럽게 자기 쪽으로 끌어당겨 양팔로 그녀를 꼭 감싸 안았다. 블랑카는 낯설기만 한 그 남자의 품에 얼굴을 파묻었다. 불과 몇 달 전에 자기와 함께 지칠 때까지 열정적인 애무를 주고받았던 뼈만 앙상한 소년과는 너무 달랐다. 블랑카는 그의 새로운 냄새를 깊이 들이마셨다. 꺼칠한 그의 살결에 자신의 살결을 문질렀다. 마르고 강인한 몸을 손으로 쓰다듬었다. 페드로 테르세로를 서서히 휘감아 오고 있는 흥분과는 상관없이, 블랑카는 거대하고 완벽한 평화를 느꼈다. 그들은 예전에 그랬듯이 혀로 서로의 몸을 더듬었다. 그렇지만 그때가 처음인 것 같은 새로운 감각을 맛보았다. 그들은 격정적으로 키스하면서 무릎을 꿇으며 바닥

274

으로 쓰러져, 축축한 땅을 부드러운 침대 삼아 뒹굴었다. 블랑카와 페드로 테르세로는 처음으로 서로를 발견했고, 더 이상 아무 말이 필요 없었다. 그들은 서로의 몸속 더 깊은 곳으로 파고들어 육체적 사랑을 탐닉하느라 정신이 없어, 달이 지평선 너머로 사라지는 것도 몰랐다.

그날 밤 이후 블랑카와 페드로 테르세로는 매일 밤 같은 장소에서 같은 시각에 만났다. 블랑카는 낮에는 유모의 흡족한 시선을 받으며 수를 놓고 책을 읽거나, 집 주위에서 재미도 없는 수채화를 그렸다. 유모는 그제야 두 발 뻗고 편히 잘 수 있었다. 그러나 클라라는 뭔가 수상한 일이 벌어지고 있다는 것을 직감할 수 있었다. 딸의 기운이 새로운 색채를 띠었으며 그 이유가 어디에 있는지 알 것 같았다. 페드로 테르세로는 평소에 하던 대로 계속 밭일도 하고, 친구들을 만나러 마을에 마실도 갔다. 밤이 되면 피곤해서 죽을 것 같았지만 블랑카를 만날 생각만 하면 기운이 솟구쳤다. 괜히 열다섯 살이 아니었다. 그렇게 그해 여름이 흘러갔다. 먼 훗날 블랑카와 페드로 테르세로는 그 열정적이었던 밤들을 그들 생애에서 가장 행복했던 시절로 회상했다.

한편, 하이메와 니콜라스는 영국인 기숙사 학교에서 금지되었던 일들을 전부 해보며 방학을 보냈다. 그들은 목이 쉴 때까지 고함을 지르기도 하고, 툭하면 시비를 걸어 싸우기도 했다. 무릎에는 딱지가 가득하고, 머리에는 이가 바글거리는 더럽고 추저분한 장난꾸러기 개구쟁이들이 되었다. 그들은 배가 터질 때까지 갓 딴 신선한 과일을 먹고, 태양빛을 흠뻑 받으며 자유를 만끽했다. 하루 종일 고무줄 새총으로 토끼를 사냥하거나, 지칠 때까지 말을 몰기도 하고, 강가에서 빨래하는 여자들을 몰래 훔쳐보기도 하면서 새벽에 나가 해가 질 때까지 집에 돌아오지 않았다.

지진이 일어나 모든 것을 뒤바꿔 놓을 때까지 그렇게 삼 년이란 시간이 흘렀다. 방학이 끝나 쌍둥이들은 유모와 하인들과 함께 짐 대부분을 가지고 다른 식구들보다 먼저 도시로 돌아갔다. 두 소년은 곧바로 기숙학교로 갔고, 유모와 하인들은 주인 식구들을 맞기 위해 모퉁이 큰 집을 대청소하고 정리했다.

블랑카는 며칠 더 부모와 함께 시골에 남아 있었다. 바로 그때부터 클라라가 악몽에 시달리거나, 몽유병 환자처럼 자면서 걷고, 비명을 지르며 잠에서 깨어나기 시작했다. 낮에는 비몽사몽으로 돌아다니며 동물들의 거동을 살피면서 여러 전조를 감지했다. 암탉은 매일 낳던 알을 낳지 않았고, 암소들은 겁에 질려 있었으며, 개들은 죽어라 짖어댔고, 쥐나 거미 같은 벌레들은 숨어 있던 곳에서부터 기어 나왔다. 새들은 둥지를 버리고 긴 대열을 이루며 멀리 날아갔고, 비둘기들은 나무 위에서 배가 고파 비명을 질러댔다. 클라라는 화산이 내뿜는 하얗고 희미한 연기 기둥을 뚫어져라 바라보며, 하늘빛이 변해 가는 과정을 자세히 관찰했다. 블랑카는 진정제가 될 만한 따뜻한 차를 끓여주기도 하고, 미지근한 물로 엄마를 목욕시켜 주기도 했다. 에스테반은 클라라를 진정시키기 위해 조그만 알약이

들어 있는 옛날 약상자에 의존해 보기도 했지만 그녀의 악몽은 계속되었다.

"지진이 일어날 거예요."

클라라가 날이 갈수록 점점 더 창백해지는 얼굴로 불안해하며 말했다.

"제발, 클라라! 지진은 늘 있어왔어!"

에스테반이 대답했다.

"이번에는 달라요. 만 명은 죽을 거예요."

"이 나라 전체 인구도 그 정도는 안 돼!"

에스테반이 클라라를 비웃었다.

그 천재지변은 새벽 4시에 시작되었다. 클라라는 말들이 찢겨져 나가고, 암소들이 바닷물 속으로 내동댕이쳐지고, 사람들이 돌 밑에 깔려 버둥거리고, 땅바닥이 갈라져 그 틈새로 집 한 채가 몽땅 추락하는 묵시론적인 악몽을 꾸고 나서, 지진이 시작되기 조금 전에 깨어났다. 클라라는 공포로 새하얗게 질린 채 일어나 블랑카의 방으로 달려갔다. 그렇지만 매일 밤 그렇듯 블랑카는 그날 밤도 열쇠로 방문을 잠가놓고 창문을 통해 강가로 가고 없었다. 도시로 돌아가기 전 마지막 며칠 동안 여름밤의 열정은 극에 달했다. 새로운 이별이 임박하자 두 청춘 남녀는 기회가 될 때마다 그들의 욕망을 마음껏 발산했다. 그들은 피곤과 추위도 잊은 채 절망 가득한 몸부림을 치면서 강가에서 밤을 보냈다. 블랑카는 구름 사이로 어스름하게 새벽이 모습을 드러낼 때가 되어서야 비로소 집으로 돌아와 창문을 통해 자기 방으로 기어 올라가, 막 첫닭이 울 때 침대 위로 쓰러졌다. 클라라가 블랑카의 방문을 열어보려고 했지만 잠겨 있었다. 노크를 해도 문이 열리지 않자 클라라가 집 밖으로 뛰어나갔다. 집을 돌아서 뒤쪽으로 가보니 창문이 활짝 열려 있었다. 그리고 그 아래 페룰라가 심어놓은 수국들이 짓밟혀 있었다. 클라라는 단번에 딸의 기운에 서려 있던 그 색깔과 눈 밑의 시커먼 그늘, 나른해하며 오전 늦게까지 늦잠을 자는 이유, 그리고 오후에 그리던 수채화의 의미를 알아차렸다. 그리고 그 순간 지진이 시작되었다.

땅이 심하게 흔들려 클라라는 제대로 서 있을 수도 없었다. 그녀는 무릎을 꿇은 채 바닥으로 쓰러졌다. 귀가 먹을 정도로 엄청난 굉음과 함께 지붕 위의 기왓장들이 떨어져 나가 클라라의 주변으로 비처럼 쏟아졌다. 도끼를 휘둘러 댄 것처럼 생벽돌 벽이 그냥 무너져 내렸으며, 악몽에서 본 것처럼 땅바닥이 쩍쩍 갈라졌다. 클라라 앞쪽으로 엄청난 틈새가 벌어지면서 닭장이며 빨래터, 마구간의 일부가 휘말려 들어갔다. 물탱크가 좌우로 심하게 흔들리다가 땅바닥으로 넘어져 터지는 바람에 천 리터나 되는 물이 간신히 살아남은 닭들 위로 쏟아져, 닭들은 필사적으로 날개를 퍼덕거려야 했다. 멀리서 화산이 성난 용처럼 불과 연기를 시뻘겋게 뿜어내기 시작했다. 개들은 쇠사슬에서 풀려 나와 미친 듯이 뛰어다녔으며, 무너진 마구간에서 용케 살아남은 말들은 공포로 허공을 박차며 히이잉거리며 울다가 광활한 들판으로 쏜살같이 달려갔다. 포플러나무는 술 취한 사람처럼 흐느적거렸으며, 뿌리째 뽑혀 나가면서 참새 둥지를 짓이겨 버린 나무도 있었다. 가장 두려운 것은 땅속 깊은 곳에서부터 흘러나오는 절규하는 듯한 소리였다. 거인이 거칠게 숨을 몰아쉬는 것 같은 소리가 허공을 공포로 가득 채우며 한없이 길게 들려왔다. 클라라가 블랑카의 이름을 외치면서 집 쪽으로 기어가 보려고 안간힘을 썼지만 땅이 요동을 치며 뒤흔들려 꼼짝할 수가 없었다. 클라라는 농부들이 공포에 질린 채 집에서 뛰쳐나와, 하늘을 향해 애원하며 서로 부둥켜안는 모습을 바라보았다. 그들은 아이들을 잡아끌고, 발로 개를 걷어차고, 늙은 부모를 밀면서 땅속에서부터 튀어나온 것 같은 벽돌과 기와가 무너지면서 나는 엄청난 굉음 속에서 보잘것없는 가재도구나마 건지려고 발을 동동거리며 다녔다. 세상이 끝날 것 같은 엄청난 굉음이 끝도 없이 계속되었다.

에스테반 트루에바는 집이 달걀 껍데기 갈라지듯 두 쪽이 나는 순간 문지방 앞에 모습을 드러냈다. 그렇지만 집이 먼지 구름을 일으키며 무너져 내리는 바람에 에스테반은 그냥 돌무더기 아래에 깔려버렸다. 클라라가 그의 이름을 외치며 그쪽으로 기어갔지만 아무런 대답도 들리지 않았다.

첫 진동은 거의 일 분간 계속되었는데, 지진이 흔한 그 나라에서도 기록된 것 중에 가장 강한 지진이었다. 첫 진동으로 땅 위에 있던 것들이 거의 모두 허물어져 버렸으며, 그나마 남아 있던 것들도 해가 뜰 때까지 계속된 진동으로 모두 허물어져 버렸다. 트레스 마리아스에서는 해가 뜰 때까지 기다렸다가 사망자의 숫자를 파악하고, 돌무더기 밑에 깔려 신음하는 사람들을 구조해 냈다. 그중에는 에스테반 트루에바도 끼어 있었다. 사람들은 그가 어디에 깔려 있는지 알았지만 살아 있으리라고는 기대하지 않았다. 에스테반을 뒤덮은 먼지와 기왓장, 생벽돌 더미를 치우기 위해 페드로 세군도의 지시를 받아 움직일 장정 네 명이 필요했다. 클라라는 평소 천사와 같던 공허한 표정을 버리고 남자 못지않은 힘으로 돌을 치워냈다.

"그이를 꺼내야 해요! 아직 살아 있어요. 우리 얘기를 다 듣고 있어요!"

클라라는 한 치의 의심도 없이 이렇게 확신했다. 사람들은 그녀의 말에 더 힘을 얻어 작업을 진행했다.

동틀 무렵이 되어서야 블랑카와 페드로 테르세로가 무사히 나타났다. 클라라는 곧장 딸에게 달려가 두 차례 뺨을 후려갈겼다. 그렇지만 곧 딸이 아무 탈 없이 자기 곁에 있다는 사실에 안심이 되어 눈물을 흘리며 블랑카를 꼭 껴안았다.

"네 아버지가 저 안에 있다!"

클라라가 그쪽을 가리켰다.

블랑카와 페드로 테르세르도 다른 사람들과 합세하여 구조 작업에 참여했다. 거의 한 시간이 지나서 고통 어린 대지 위로 태양이 모습을 드러냈을 때쯤 주인 나리를 그 돌무더기 속에서 꺼낼 수 있었다. 에스테반은 셀 수도 없을 정도로 뼈가 많이 부러졌지만, 살아서 두 눈을 뜨고 있었다.

"의사에게 진찰받을 수 있도록 마을로 모시고 가야겠어."

페드로 세군도가 말했다.

부서진 뼈들이 찢어진 자루처럼 살가죽을 뚫고 나오지 않도록 운반할 수 있는 방법을 두고 여러 사람들이 논의하고 있을 때 페드로 가르시아 노인이 나타났다. 그는 장님에다가 노인인 덕택에 아무런 동요 없이 무사히 지진에서 살아남을 수 있었다. 그는 다친 주인 나리 곁에 쭈그리고 앉아 조심스럽게 손으로 더듬거리며 주인의 몸을 살펴보았다. 어느 부위의 뼈가 부러졌는지 한 군데도 빠뜨리지 않고 모두 파악할 때까지 예민한 손가락으로 계속 더듬었다.

"지금 주인 나리를 옮기면 운명하실 거요."

페드로 가르시아 노인이 결론지었다.

에스테반 트루에바는 의식을 잃지 않았기 때문에 노인의 말을 아주 분명하게 들었다. 그는 개미 떼의 습격을 떠올리며 그 노인이 자기의 유일한 희망이라고 굳게 믿었다.

"노인의 말대로 해. 노인은 자기가 무슨 말을 하는지 확실히 알고 있어."

에스테반이 더듬거렸다.

페드로 가르시아 노인은 담요를 가지고 오게 해서, 아들과 손자와 함께 주인 나리를 번쩍 들어 담요 위에 눕혔다. 그러고는 그를 조심스럽게 들어 돌무더기 한가운데에 임시방편으로 만들어놓은 식탁 위에 올려놓았다. 그곳은 어제까지만 해도 앞마당이었지만 지금은 돌무더기와 짐승들의 시체가 악몽처럼 수북이 쌓여 있는 가운데 생긴 조그만 빈터로, 아이들이 우는 소리와 개들이 신음하는 소리, 여자들이 기도하는 소리로 정신이 하나도 없었다. 사람들이 폐허 더미 속에서 포도주 가죽 부대 하나를 찾아냈다. 페드로 가르시아 노인은 포도주를 삼 등분 해서, 먼저 부상당한 주인 나리의 몸을 포도주로 씻겼다. 그러고 나서는 주인 나리에게 마시게 하고, 나머지는 뼈 맞추는 작업을 시작하기 전에 자신이 조금씩 아껴 마셨다. 페드로 가르시아 노인은 아주 침착하게 인내심을 발휘해서 이쪽 뼈는 잡아당기고, 저쪽 뼈는 끼워 맞추면서, 뼈 하나하나를 제자리에 맞추기 시작했다. 그러고 나서는 뼈들이 움직이지 못하도록 부목을 댄 후 기다랗게 자른 시트 조각으로 동여매면서 유능한 치료사들의 주문을 웅얼거리고, 행운을 빌고, 성모 마리아에게 애원했다. 그는 에스테반 트루에바가 쏟아내는 온갖 욕설과 고함을 들으면서도 눈먼 성자와 같은 온화한 표정을 절대 잃지 않았다. 훗날 에스테반을 진찰한 의사들도 믿지 못할 정도로, 페드로 가르시아 노인은 더듬거리는 손으로 뼈들을 기가 막히게 잘 맞춰놓았다.

"나라면 엄두도 못 냈을 겁니다."

나중에 이 이야기를 전해 들은 쿠에바스 박사가 말했다.

지진으로 모든 것이 파괴되어 나라 전체가 초상집이었다. 땅이 흔들려 천하가 뒤집힌 것으로 끝나지 않았다. 바닷물이 몇 마일 밖으로 밀려 나갔다가 엄청난 해일을 동반하여 밀려 들어오는 바람에 배들이 해안에서 멀리 떨어진 산꼭대기까지 튕겨 나갔고, 마을과 도로, 가축들을 일시에 집어삼켰으며, 남쪽에 있던 몇몇 섬들은 해저 1미터 아래로 가라앉기도 했다. 건물들은 부상당한 공룡처럼 맥없이 허물어졌으며, 어떤 건물은 종잇장처럼 구겨지기도 했다. 사상자 수가 수천 명에 이르렀고 식구들 중 한 명이라도 다치지 않은 집이 없을 정도였다. 짠 바닷물이 농작물을 망쳐놓았으며, 화재로 도시와 마을 전역이 파괴되었다. 마지막으로 엎친 데 덮친 격으로 용암까지 흘러나와 마치 대미를 장식하기라도 하려는 듯 그 재가 화산 지역 근처의 마을들 위로 쏟아졌다. 그런 끔찍한 재앙이 다시 찾아올 수 있다는 생각에 공포에 질린 사람들은 더 이상 자기 집에서 자지 않고, 공터에 임시로 텐트를 치거나, 광장이나 길 한복판에서 잠을 청했다.

군인들이 혼란한 상태를 통제해야 했기 때문에 물건을 훔치다가 잡힌 사람들은 어떤 법적 절차도 거치지 않고 무조건 처형당했다. 신자들이 성당으로 몰려들어 자기네가 지은 죄를 용서해 달라고 빌며 하느님에게 분노를 가라앉혀 주십사 하고 애원하는 동안에도, 도둑들은 폐허 더미를 뒤지면서 희생자들이 죽었는지, 깔려서 갇힌 상태로 생존해 있는지 확인도 하지 않은 채 귀고리 달린 귀와 반지 긴 손을 통째로 잘라 갔다. 세균의 물결을 타고, 전국 방방곡곡에 온갖 전염병이 나돌았다. 세계의 다른 쪽에서는 서로 전쟁을 벌이느라 정신이 없어 지구 한쪽 구석에서 자연이 미쳐 날뛰고 있다는 것은 알지도 못했다. 그래도 의약품과 담요, 식량, 건축 자재 등의 구호물자가 도착하기는 했지만 불가사의한 관료 체제의 미로 속에서 행방이 묘연해졌다. 심지어 몇 년이 지나서까지도 독점 판매 상점에서 미국의 통조림 요리나 유럽의 분유가 고가로 팔릴 정도로 당시에는 구호물자가 많이 빼돌려졌다.

에스테반 트루에바는 넉 달 동안 붕대를 두르고 살아야

했다. 접골용 부목에 헝겊을 대고 걸쇠로 걸어놓은 채 끔찍한 고문을 받는 것처럼 아무리 간지러워도 꼼짝도 하지 못했으며 성질이 급해 혼자 애간장을 태우며 보내야 했다. 그 누구도 당해 낼 재간이 없을 정도로 성질도 엄청 포악해졌다. 클라라는 남편을 돌보기 위해 시골에 남았다. 클라라가 더 이상 블랑카까지 돌볼 수 없었기 때문에 다시 차가 다니고 질서가 어느 정도 회복되자 블랑카를 학교 기숙사에 집어넣었다.

수도에서는 지진이 침대에서 자고 있던 유모를 덮쳤다. 도시에 일어난 지진은 남쪽만큼 심하지 않았지만 유모는 놀라서 죽고 말았다. 모퉁이 큰 집은 호도처럼 쫙 갈라졌다. 벽에는 수없이 많은 금이 갔고, 식당 안의 거대한 상들리에는 정신없이 딸그랑 소리를 내면서 바닥으로 떨어져 산산조각이 났다. 그것을 제외하고는 유모의 죽음이 가장 큰 피해였다. 첫 공포의 순간이 지나고 나서야 하인들은 늙은 유모가 다른 사람들처럼 밖으로 뛰어나오지 않았다는 사실을 깨달았다. 하인들이 들어가 찾아보니 유모는 자기 침대에 누워 있었다. 겁에 질린 두 눈을 크게 뜬 채, 몇 올 남지 않은 머리카락이 공포로 곤두서 있었다. 잇따른 혼란으로 유모에게 제대로 된 장례식도 치러주지 못했다. 유모는 아마 그럴싸한 장례식을 바랐을 것이다. 그렇지만 눈물을 흘리거나 조문을 낭독할 겨를도 없이 그냥 서둘러 매장해야 했다. 유모가 그토록 사랑과 정성으로 길렀던 아이들 중 유모의 장례식에 참석한 사람은 아무도 없었다.

지진은 트루에바 가족사에 엄청난 변화를 안겨주었다.

그래서 그때부터 식구들은 모든 사건을 지진 전과 지진 후로 구분했다. 트레스 마리아스에서는 주인 나리가 침대에서 꼼짝도 할 수 없었기 때문에 페드로 세군도 가르시아가 다시 감독 직책을 맡게 되었다. 그의 임무는 일꾼들을 조직해서 평정을 되찾고 폐허가 된 농장 전체를 재건하는 일이었다. 그들은 화산 기슭의 묘지에 고인들을 묻는 일부터 시작했다. 그나마 그곳 묘지는 사방에서 흘러내린 사악한 용암을 용케 피했다. 새로운 무덤들이 애처로울 정도로 작은 묘지에 축제 분위기를 띠게 해주었다. 그들은 무덤을 찾아오는 성묘객들에게 그늘을 제공할 수 있도록 자작나무를 줄지어 심었다. 그리고 예전과 똑같이 작은 벽돌집을 한 채씩 차례로 지었고, 그와 함께 마구간과 낙농장, 곳간도 지었다. 토지는 다행히 화산재와 용암의 피해를 입지 않아 곧바로 곡식을 심을 채비를 할 수 있었다. 페드로 테르세로는 아버지가 자기를 필요로 했기 때문에 마을에 가는 것도 그만두어야 했다. 페드로 테르세로는 자기들이 아무리 주인의 재산을 되찾기 위해 허리가 휘어지도록 일해도 자기네는 전과 마찬가지로 여전히 가난하게 살 뿐이라는 걸 아버지에게 이해시키기 위해 투덜거리며 마지못해 일했다.

"애야, 언제나 그래 왔단다. 네가 하늘의 이치를 바꿀 수는 없다."

아버지가 아들에게 말했다.

"아녜요, 아버지. 바꿀 수 있어요. 바로 지금 그런 일을 하는 사람들이 있어요. 여기선 그런 소식조차 듣지 못하지만요. 바깥세상에서는 중요한 변화가 일어나고 있어요."

페드로 테르세로는 아버지에게 공산주의 선생이나 호세 신부가 했던 말을 거침없이 쏟아냈다.

페드로 세군도는 전혀 동요하지 않고 묵묵히 일만 열심히 했다. 그는 아들이 주인 나리가 다쳐서 감시가 소홀해진 틈을 타 검열 통제를 무너뜨리는 것을 못 본 척 묵인해 주었다. 페드로 테르세로는 금지되어 있던 노조원들의 유인물과 공산주의 선생의 정치적 산물, 호세 신부의 이상한 성경 해석을 트레스 마리아스에 들여와 소개했다.

에스테반 트루에바의 명에 따라 페드로 세군도는 주인집을 예전 그대로 복구하기 시작했다. 심지어 지푸라기와 진흙을 구워서 만든 생벽돌도 현대식 벽돌로 바꾸지 않았고, 좁디좁은 창문들의 크기도 바꾸지 않았다. 유일하게 개선된 것은 욕실에 온수 시설을 설치한 것과 장작을 때서 사용하던 구닥다리 화덕을 파라핀으로 작동하는 오븐으로 대체한 것뿐이었다. 하지만 그 오븐을 제대로 다룰 줄 아는 요리사가 없어 나중에는 그냥 뜰 한가운데 버려져 닭장으로 전락하고 말았다. 집을 짓는 동안에는 아연 지붕을 얹은 판잣집을 세워 그곳에 에스테반의 병상을 갖다 놓았다. 에스테반은 그곳에 누워 창문을 통해 작업이 진행되는 과정을 지켜보면서, 오래도록 꼼짝 못하는 것에 울화통이 치밀어 고래고래 성질을 부리며 명령을 내렸다.

그 몇 달 동안 클라라는 많이 달라졌다. 클라라는 페드로 세군도 가르시아와 함께 구해 낼 수 있는 거라면 뭐든지 닥치는 대로 구해 내야 했다. 이제는 남편이나 페룰라,

유모에게 의지할 수 없었기 때문에 클라라는 난생처음 다른 사람의 도움 없이 물질적인 일에 신경 써야 했다. 아무런 의무도 없이 편하게 관심과 보호만 받으며 살았던, 길고 길었던 유년 시절에서 마침내 벗어난 것이다. 에스테반 트루에바는 클라라가 직접 만드는 음식 이외에는 모두 입에 맞지 않는다며 투정을 부리는 고약한 버릇이 생겼다. 그 때문에 아픈 남편에게 먹일 수프를 끓이기 위해 클라라는 손수 닭털을 뽑거나 빵 반죽을 하면서 하루 중 상당 시간을 부엌에서 보내야 했다. 클라라는 간호사도 되어 스펀지로 남편의 몸을 씻겨주고 붕대를 갈아주고 변기도 치워야 했다. 그렇지만 에스테반은 날이 갈수록 점점 더 포악한 전제 군주로 변해 클라라에게 별의별 것들을 다 시켰다. 베개를 이리 놔라, 아니 더 높게 놔라, 포도주를 갖다줘라, 아니 백포도주라고 했잖아, 창문을 열어라, 창문을 닫아라, 이게 아냐, 배고파, 더워, 등 좀 긁어줘, 더 낮은데…….

클라라는 에스테반이 건강하고 튼튼했을 때보다 지금이 훨씬 더 두려웠다. 건강했을 때의 남편은 굶주린 남자의 냄새를 풍기고 태풍같이 큰 소리로 떠들며 평화스럽기만 한 자신의 생활에 거침없이 끼어들었다. 툭하면 시비를 걸고, 부잣집 귀족처럼 거만을 떨고, 멋대로 자신의 의사를 강요하면서 죽 끓듯하는 변덕으로 자신이 그토록 공들여 저세상의 영혼들과 이승의 불쌍한 영혼들 사이에 유지하고 있던 평정을 마구 들쑤셔 놓았다. 이제 클라라는 남편을 혐오하기에 이르렀다. 뼈가 붙어서 조금씩 움직일 수 있게 되자 에스테반은 아내를 안고 싶은 참기 힘든 욕망을 느꼈다. 그는 아파서 약간 몽롱한 상태가 되자 클라라를 한참 때 자기네 집 부엌이나 침대에서 부리던 건장한 시골 처녀들과 착각했는지, 클라라가 옆으로 지나갈 때마다 그녀를 더럭 움켜잡았다. 클라라는 이제 자기는 그럴 나이가 지났다고 생각했다. 잇따른 불행으로 정신적인 여자가 되었으며, 이젠 자신의 나이와 남편에 대한 사랑의 결핍으로 섹스를 다소 난폭한 소일거리 정도로 여기게 되었다. 섹스를 해봤자 뼈마디만 쑤시고 가구만 헝클어뜨린다고 생각했다.

지진으로 인해 클라라는 짧은 시간에 폭력과 죽음이 무엇인지, 어떤 것이 세속적인지 알게 되었다. 또 여태껏 모르고 지내왔던 기본적인 욕구에 대해서도 깨닫게 되었다. 삼각 테이블이나 차 이파리로 미래를 예언하는 그녀의 능력은 소작인들을 전염병이나 혼란에서 구해 내야 하는 절박한 상황에서는 아무 소용이 없었다. 토지를 가뭄과 달팽이 떼의 습격에서, 소들을 구제역에서, 닭들을 급성 감기에서, 옷을 좀의 습격에서, 자식들을 방치 상태에서, 남편을 죽음과 억누를 없는 거친 분노에서 구해 낼 수가 없었다. 클라라는 너무 지쳤다. 외롭고 혼란스러웠으며, 결단을 내려야 할 때 유일하게 도움을 청할 수 있는 사람은 페드로 세군도 가르시아 단 한 사람뿐이었다. 그는 충직하고 과묵했다. 클라라가 부르면 언제든지 달려올 수 있는 곳에 있었으며, 인생을 송두리째 뒤흔들어 놓은 엄청난 폭풍우 속에서도 어느 정도 안정감을 주는 사람이었다.

오후가 저물 때면 클라라는 자주 페드로 세군도를 찾아

차 한 잔을 대접했다. 그들은 처마 밑의 대나무 의자에 앉아 밤이 어서 찾아와 낮 동안의 긴장을 풀 수 있기를 기다렸다. 그들은 어둠이 부드럽게 내린 하늘 위로 반짝이며 수줍게 모습을 드러낸 별들을 아무 말 없이 바라보며 개구리들이 우는 소리를 함께 들었다. 그들은 얘기할 것도 많고, 아직 결론이 나지 않아 합의를 봐야 할 문제들이 태산같이 쌓여 있지만 침묵 속에서 보내는 그 삼십 분만큼은 두 사람 다 마땅히 누릴 자격이 있다고 생각했다. 그들은 되도록 천천히 차를 마시면서 각기 상대방의 삶에 대해 생각했다. 서로 알고 지낸 지 십오 년이 넘었고 여름마다 가까이에서 지냈지만 그동안 주고받은 대화는 불과 몇 마디도 되지 않았다.

페드로 세군도는 주인 마님을 세상의 세파와는 아무런 상관도 없는 찬란한 여름 요정으로 생각했다. 주인 마님은 자기가 알고 지냈던 여자들과는 전혀 다른 종족 같았다. 심지어 클라라가 두 손에 밀가루를 묻히고 반죽하고 있을 때나 점심 때 먹은 닭의 피로 얼룩진 앞치마를 두르고 있을 때조차도 페드로 세군도에게는 클라라가 햇살이 반사되면서 나타나는 신기루처럼 보였다. 땅거미가 질 무렵에 차 한 잔을 함께 마시며 보내는 그 조용한 순간에야 비로소 그는 클라라의 인간적인 면을 볼 수 있었다. 그는 남몰래 클라라에게 충성을 맹세했다. 때로는 사춘기 소년처럼 클라라를 위해 목숨까지 바치는 환상에 빠지기도 했다. 페드로 세군도는 에스테반 트루에바를 혐오하는 만큼 클라라를 존중했다.

사람들이 전화를 설치하러 왔을 때는 아직 집이 완성되려면 한참 걸릴 무렵이었다. 에스테반 트루에바가 전화를 놓기 위해 사 년을 싸워왔는데, 하필 혹독한 날씨로부터 전화기를 보호해 줄 지붕조차 없는 그때 전화가 나온 것이다. 전화기는 오래가지 못했다. 그렇지만 적어도 쌍둥이들에게 전화를 걸어 그들의 목소리를 듣는 데에는 요긴하게 쓰였다. 그렇지만 귀가 멍해질 정도로 소음이 엄청났으며, 마을의 전화 교환수가 계속 얘기하는 데 끼어들어 쌍둥이들이 마치 다른 은하계에 있는 것처럼 멀리 들렸다. 에스테반과 클라라는 전화상으로 블랑카가 아프고, 수녀들이 블랑카를 책임지려 하지 않는다는 것을 알게 되었다. 블랑카는 계속 기침을 하고, 신열도 자주 일으켰다. 그 당시에는 거의 모든 사람들이 폐결핵의 공포에 시달렸다. 결핵 환자가 한 명이라도 없는 집이 없었으므로 클라라가 가서 블랑카를 데려오기로 했다. 클라라가 떠나던 날 에스테반 트루에바가 지팡이로 전화기를 부숴버리고 말았다. 계속 전화기가 울려대자 에스테반이 이제 곧 갈 테니 그만 시끄럽게 울어대라고 말했지만, 그래도 전화기가 말을 듣지 않고 계속 울려대자 에스테반이 제 성질에 못 이겨 전화통을 부숴버린 것이다. 그리고 그러던 와중에 페드로 가르시아 노인이 간신히 맞춰놓았던 쇄골이 다시 부러졌다.

클라라는 처음으로 혼자 여행했다. 해마다 똑같은 여행을 했지만 그녀가 꿈을 꾸듯 몽롱하게 창밖 풍경만 바라보는 동안 자질구레한 현실적인 일을 신경 써주는 사람들이 늘 있었기 때문에 여행에는 신경도 쓰지 않았었다. 페드로 세군도 가르시아가 클라라를 역에 바래다주고, 기차에 올라가 자리에 앉는 것까지 도와주었다. 작별 인사를 할 때 클라라가 몸을 숙여 그의 뺨에 가볍게 키스하고 미소를 머금었다. 페드로 세군도는 그 허망한 키스의 감촉이 바람에 씻겨 사라질까 봐 얼굴에 손을 갖다 대었다. 페드로 세군도는 까닭 모를 슬픔이 북받쳐 와 미소를 짓지 못했다.

클라라는 세상에 대한 지식이나 논리가 아닌 자신의 직관에만 의지하여 블랑카의 학교까지 아무 탈 없이 무사히 도착했다. 벽에는 피 흘리는 커다란 그리스도 상이 걸려 있고, 테이블 위에는 전혀 어울리지 않는 빨간 장미꽃 한 다발이 놓여 있는 스파르타식 교장실에서 원장 수녀가 클라라를 맞이했다.

"트루에바 부인. 저희가 의사를 불렀습니다. 다행히 폐에는 아무 이상이 없다지만 블랑카를 데리고 가시는 게 좋을 것 같아요. 시골 공기가 좋을 테니까요. 저희로서는 더 이상 그 아이를 책임질 수 없어요. 부인께서 이해해 주시리라 믿습니다."

원장 수녀가 클라라에게 말했다.

원장 수녀가 작은 벨을 울리자 블랑카가 문간에 나타났다. 여느 엄마들이 보았으면 깜짝 놀랄 정도로 눈 주위가 보랏빛으로 변해 훨씬 더 야위고 창백한 모습이었다. 그렇지만 클라라는 딸아이의 병이 몸에 있는 게 아니라 마음에 있음을 금방 알아차렸다. 성숙한 여인의 몸매가 드러나긴 했지만 흉측한 회색 교복 때문에 블랑카는 제 나이보다 훨씬 더 어려 보였다. 블랑카는 엄마를 보고는 깜짝 놀랐다. 블랑카는 엄마를 명랑하고, 웬만한 일에는 신경도 쓰지 않는 하얀 옷을 입은 천사로 기억하고 있었다. 그렇지만 몇 달 사이에 손에 못이 박히고 입 가장자리에 두 줄기 주름까지 생긴 억척스러운 여자로 바뀌어 있었다.

클라라와 블랑카는 쌍둥이를 보러 학교에 갔다. 지진이 발생한 이후로 그들이 모두 함께 모인 것은 그때가 처음이었다. 클라라와 블랑카는 유서 깊은 그 학교만이 그 나라에서 유일하게 재난에 빗겨 갔으며, 그곳에서는 지진이 있었다는 사실조차 몰랐다는 것을 알고는 깜짝 놀랐다. 그 나라에서 만 명이나 되는 사람들이 떼죽음을 당하고 있을 때 그곳 학생들은 영어로 노래 부르고, 크리켓 시합을 하고 지냈으며, 삼 주가 지나서야 뒤늦게 영국에서 도착하는 소식을 통해 얘기를 듣게 되었다. 아랍인과 스페인인의 피가 흐르고, 아메리카 대륙에서도 가장 구석에 있는 나라에서 태어난 두 아이들이 옥스퍼드 억양으로 스페인어를 말하고, 감정 표현이라고 해야 고작 왼쪽 눈썹을 살짝 치켜뜨며 놀라는 것뿐이라는 걸 알고는 클라라와 블랑카는 아연실색했다. 시골에서 뛰어놀던, 힘이 넘쳐흐르고 이가 드글거리던 개구쟁이들과는 영 딴판이었다.

"앵글로색슨 바람이 들어 너희들이 바보처럼 되는 건 원치 않는다."

클라라는 아들들과 작별 인사를 하면서 나지막하게 말했다.

나이는 많았지만, 주인들이 없는 동안에도 모퉁이 큰 집

살림을 맡아서 잘 꾸려 나갔던 유모의 죽음으로 남아 있던 하인들은 혼란 그 자체였다. 감시하는 사람이 없어지자 하인들은 해야 할 일은 내팽겨 둔 채 퍼질러 낮잠을 자거나 잡담을 하면서 시간을 보냈다. 그사이 식물들은 물을 주지 않아 말라 죽어갔고, 집 안 구석구석에는 거미줄이 늘어났다. 상태가 너무 심해 클라라는 아예 그 집을 폐쇄하고 하인들을 모두 해고하기로 결정했다. 그러고 나서 클라라는 블랑카와 함께 이불 시트로 가구들을 모두 덮고 집 안 곳곳에 좀약을 뿌렸다. 새장도 하나씩 열어 그 안에 있던 새들을 모두 날려 보내, 잉꼬와 카나리아, 분홍 방울새, 핀치 새들로 하늘이 가득 찼다. 새들은 갑작스러운 자유에 어안이 벙벙해 빙글빙글 원만 그리다가 마침내 사방으로 흩어져 훨훨 날아갔다. 블랑카는 그 일을 하는 내내 커튼 뒤로 혼령 하나 나타나지 않았고, 육감으로 알고 달려온 장미 십자회 회원도 없으며, 굶주린 시인도 먹을 것을 구하러 오지 않은 것을 깨달았다. 이젠 자기 엄마도 여느 보통 엄마가 된 것 같았다.

"엄마, 많이 변한 것 같아."

블랑카가 말했다.

"변한 건 내가 아니란다. 얘야. 세상이 변한 거지."

클라라가 대답했다.

클라라와 블랑카는 시골로 떠나기 전에 행랑채에 있는 유모의 방으로 갔다. 클라라가 서랍장을 열어 그 착한 여인이 오십 년 동안 사용했던 마분지로 된 가방을 꺼내고, 그녀의 옷장을 둘러보았다. 옷장에는 옷 몇 벌과 낡은 샌들 몇 켤레, 리본이나 고무줄로 묶은 갖가지 모양과 크기의 상자들이 들어 있었다. 유모는 그 상자들 안에다가 첫 영성체나 세례식을 알리는 초대장, 머리 타래, 자른 손톱, 색 바랜 사진, 다 낡아빠진 아기 구두 몇 켤레를 보관해 두었다. 그것들은 모두 유모가 직접 자기 품에 안고 길렀던 델 바예 가문과 트루에바 가문의 아이들을 추억하기 위한 기념품이었다. 클라라는 벙어리로 지냈던 시기에 유모가 자기를 놀래키려고 사용했던 옷가지들이 든 보따리를 침대 밑에서 발견했다. 클라라는 그 보물들을 무릎 위에 올려놓은 채 침대에 걸터앉아, 다른 사람들의 인생을 안락하게 해주기 위해 일생을 바쳤지만 혼자 외롭게 눈을 감았을 유모를 생각하며 한참 울었다.

"날 놀래키려고 그렇게 애쓰더니, 결국 자기가 놀라서 죽다니."

클라라가 말했다.

클라라와 블랑카는 유모의 시신을 가톨릭 묘지에 있는 델 바예 가족묘로 이장했다. 클라라는 유모가 개신교도나 유대인들 사이에 묻히기를 원치 않았을 것이며, 죽어서도 자신이 평생 섬긴 사람들과 나란히 묻히기를 바랐을 거라고 생각했다. 클라라는 비석 옆에 꽃 한 송이를 갖다 놓고는, 블랑카와 함께 트레스 마리아스로 돌아가기 위해 기차역으로 향했다.

기차를 타고 가면서 클라라가 가족들과 아버지의 건강 상태에 대해 블랑카에게 들려주었다. 그러면서 클라라는 블랑카가 가장 궁금해할 이야기를 물어보길 원했지만 블랑카는 페드로 테르세로 가르시아의 이름도 꺼내지 않았고, 클라라도 감히 그 얘기는 꺼내지 못했다. 클라라는 골치 아픈 문제들을 자꾸 들먹이다 보면 그 문제들이 실제로 나타나 더 이상 모른 척할 수 없게 되지만, 그냥 아무 말 하지 않고 덮어두면 시간이 지나면서 저절로 사라질 것이라 믿었다. 역에서는 페드로 세군도가 마차를 가지고 나와 기다리고 있었다. 트레스 마리아스로 가는 길 내내 페드로 세군도가 휘파람을 부는 것을 보고 블랑카는 깜짝 놀랐다. 그는 무뚝뚝한 사람으로 정평이 나 있었기 때문이다.

클라라와 블랑카는 에스테반 트루에바가 자전거 바퀴를 붙이고 파란색 벨벳 천을 씌운 의자에 앉아 있는 것을 보았다. 수도에 주문해 놓은 휠체어를 클라라가 가지고 돌아올 때까지 임시방편으로 쓰기 위한 것이었다. 에스테반이 힘차게 지팡이를 휘두르고 욕설을 퍼부어대며 집 공사를 한참 지휘하고 있었다. 일에 너무 몰두해 있어서 딸과 아내에게 건성으로 키스하고는 딸의 건강에 대해 묻는 것도 잊어버렸다.

그날 밤 그들은 판잣집의 투박한 나무 식탁에 둘러앉아 석유램프 아래서 식사했다. 블랑카는 지진으로 접시가 모두 깨졌기 때문에 벽돌을 굽는 진흙으로 만든 접시에 엄마가 손수 음식을 담는 것을 지켜보았다. 부엌일을 돌볼 유모가 없어지자 식사가 검소할 정도로 극히 단순해졌다. 음식이라고는 걸쭉한 콩 수프에 빵, 치즈, 마르멜로 젤리가 고작이었다. 금식해야 하는 금요일의 기숙사 식사보다 못한 식사였다. 에스테반은 자기가 두 발로 설 수 있게 되면 그때 직접 수도에 가서 새 집에 어울리는 비싸고 세련된 가구들을 장만할 거라고 말했다. 이 빌어먹을 나라의 자연이 가끔 히스테리를 부려서 무식한 농사꾼처럼 사는 것도 이젠 넌덜머리가 난다고 했다. 아버지가 식탁에서 했던 말 중에서 유일하게 블랑카의 귀에 들어온 말은 페드로 테르세로 가르시아가 소작인들에게 공산주의 사상을 퍼뜨리다가 들켜서 다시는 이곳에 얼씬도 하지 말라는 경고와 함께 쫓겨났다는 얘기였다. 블랑카는 그 얘기를 듣고는 안색이 창백해져서 식탁보 위에 순가락을 떨어뜨렸다. 에스테반은 물에 빠진 놈 건져주니까 보따리 내놓으라는 식의 배은망덕한 놈들에 대한 평소의 지론을 열심히 얘기하고 있었기 때문에 클라라만이 딸의 표정이 변한 것을 눈치 챌 수 있었다.

"전부 정치하는 놈들 잘못이야! 새로 나온 그 사회주의 후보 같은 빌어먹을 정치가들 때문이라고. 녀석은 배짱도 좋게 자기 패거리랑 기차를 타고 남쪽에서 북쪽까지 전국을 순회하면서 볼셰비키 사상인지 뭔지를 떠들며 순진한 사람들을 선동하고 다니지. 하지만 이 근처에는 얼씬도 하지 않는 게 좋을 거야. 기차에서 내리기만 했다 하면 우리가 그놈을 가만히 내버려 두지 않을 테니. 우리는 이미 만반의 준비가 되어 있어. 이 근방의 지주치고 내 생각에 동의하지 않는 사람은 단 한 명도 없어! 누가 됐든지 이곳에 와서 정직하게 일하고, 일한 만큼 대가를 받고, 열심히 일해서 잘사는 것에 대해 왈가왈부하도록 가만히 내버려 두지 않을 테니까. 게을러빠진 놈들이 우리와 똑같이 누려야 한다는 건 말도 안 돼. 우리는 해가 뜰 때부터 질 때까지 열심히 일하고, 돈을 투자할 줄 알고, 위험을 감수하고, 또 그에 따른 책임을 질 줄 아는 사람들이야. 다시 말해서 땅은 열심히 일한 사람의 거라는 얘기는 다 그놈들이 제 발등 찧는 얘기야. 왜냐하면 여기서 유일하게 일할 줄 아는 사람은 나 하나거든. 내가 없었으면 이곳은 계속 폐허로 남아 있었을 거야. 예수조차도 우리의 노동의 대가를 게으른 자들과 나누어 가지라는 말은 하지 않았어. 그런데 감히 머리에 피도 안 마른 페드로 테르세로 같은 놈이 내 땅에서 그런 막말을 하다니! 내가 그놈의 머리에 총구멍을 내지 않은 것은 그 녀석 아비를 생각해서야! 또 그 녀석 할아버지가 내 목숨을 구해 줬기 때문이지! 만일 그 녀석이 이 근처를 얼씬거리다 나한테 걸리는 날이면 그놈의 대갈통을 단방에 날려버리겠다고 단단히 못을 박아두었지."

에스테반이 씩씩거렸다.

클라라는 그 대화에 끼어들지 않았다. 그녀는 그릇을 식탁에 갖다 놓고, 또 치우면서 곁눈질로 딸의 동태를 살피느라 정신이 없었다. 그러나 콩 수프가 남은 그릇을 치우다가 남편의 장광설의 끝말을 듣게 되었다.

"에스테반, 당신이 세상이 변하는 걸 막을 수는 없어요. 페드로 테르세로 가르시아가 아니더라도 다른 누군가가 트레스 마리아스에 새로운 사상을 전했을 거예요."

클라라가 말했다.

에스테반 트루에바가 아내의 손에 들려 있던 수프 그릇을 지팡이로 내리치는 바람에, 수프 그릇에 남아 있던 내용물이 사방으로 튀기면서 그릇이 바닥에 내동댕이쳐졌다. 블랑카는 겁에 질려 벌떡 일어났다. 블랑카는 아버지가 엄마에게 그렇게 성질 부리는 것은 처음 보았다. 블랑카는 엄마가 실성한 사람처럼 무아경에 빠져 창밖으로 날아가 스르르 사라져버릴 거라고 생각했지만 그런 일은 일어나지 않았다. 클라라는 평소처럼 차분하게 깨진 그릇 조각을 주워 담으며 에스테반의 입에서 흘러나오는 욕설을 들은 체도 하지 않았다. 클라라는 에스테반이 말을 마칠 때까지 기다렸다가 남편의 뺨에 부드럽게 키스하며 잘 자라고 말한 후 딸의 손을 잡고 그 방을 나왔다.

블랑카는 페드로 테르세로가 없어도 초조해하지 않았다. 그녀는 매일 강가에 나가 기다렸다. 자기가 트레스 마리아스에 왔다는 소식이 조만간 페드로 테르세로의 귀에 들어갈 테고, 그러면 그가 어디에 있든지 사랑의 메시지가 곧 그를 불러들일 것임을 알고 있었다. 그리고 실제로 그렇게 되었다. 닷새째 되던 날 블랑카는 겨울 망토를 두르고 챙 넓은 모자를 쓴 떠돌이가 자기 쪽으로 걸어오는 것을 보았다. 양은 냄비와 놋쇠 주전자, 커다란 법랑 솥과 갖가지 크기의 국자 등 온갖 부엌세간들을 잔뜩 짊어진 당나귀 한 마리를 끌고 와 깡통들이 짤그랑거리는 소리 때문에 십 분 거리가 떨어진 곳에서도 알 수 있었다. 블랑카는 페드로 테르세로를 알아보지 못했다. 그는 지방으로 이 집 저 집 돌아다니며 물건을 사라고 소리치는 가난에 찌든 늙은 장돌뱅이 같아 보였다. 그가 블랑카 앞에 멈춰 서서 모자를 벗었다. 블랑카는 헝클어진 단발머리와 까칠한 턱수염 한

가운데서 유난히 아름답게 빛나는 검은 눈동자를 보았다. 딸랑거리는 그릇들을 짊어진 당나귀가 시끄러운 소리를 내며 풀을 뜯어먹고 있는 동안, 블랑카와 페드로 테르세로는 바위와 덤불들 사이를 뒹굴며 열정적인 신음 소리를 내면서 소식도 전하지 못한 채 떨어져 지냈던 지난 몇 달 동안 쌓이고 쌓였던 굶주림과 갈증을 채웠다. 그러고 나서 그들은 강가의 갈대밭 사이에서 서로 꼭 껴안고 앉았다. 잠자리가 윙윙거리며 날아다니고 개구리가 정신없이 울어대는 가운데 블랑카는 자기 구두 속에 바나나 껍질과 흡수지를 쑤셔 넣어 열이 나도록 했고, 또 진짜로 기침이 나올 때까지 분필 가루를 들이마셔, 수녀들이 자기가 진짜 폐결핵에 걸려 식욕이 없고 안색이 창백해진 거라고 믿게 만들었다고 페드로 테르세로에게 말해 주었다.

"너와 함께 있고 싶었으니까."

블랑카가 페드로 테르세로의 목에 키스하면서 말했다.

페드로 테르세로는 다른 나라들과 자기네 나라에서 어떤 일이 벌어지고 있는지 블랑카에게 들려주었다. 또 먼 곳에서 일어난 전쟁으로 인류의 절반이 총부리 아래에서 신음하고, 강제 수용소에서 고통받고 있으며, 과부와 고아가 쏟아져 나오고 있다는 이야기를 들려주었다. 그리고 자기 권리를 인정받는 미국과 유럽의 노동자들에 대해서도 얘기해 주었다. 몇십 년 전에 노조원들과 사회주의자들이 희생한 덕분에 보다 더 공정한 법률이 생겼고 제대로 된 나라가 세워졌으며, 그 나라에서는 정치가들이 구호물자로 온 분유를 빼돌리지 않는다는 것도 이야기했다.

"그런 일을 항상 맨 나중에 깨닫는 사람들이 바로 우리 농민들이야. 우리는 세상의 다른 곳에서 무슨 일이 일어나고 있는지 알지 못해. 이곳에서는 모두 네 아버지를 증오해. 그렇지만 두려움 때문에 네 아버지에게 대항하기 위해 어떤 조직도 결성하지 못하는 거야. 이해하겠니, 블랑카?"

블랑카는 그의 말을 이해하기는 했지만, 바로 그 순간만큼은 페드로 테르세로에게서 나는 상큼한 곡식 냄새를 맡고, 그의 귀를 핥고, 꺼칠한 그의 턱수염에 손가락을 푹 파묻고, 사랑이 가득한 그의 신음 소리만 듣고 싶었다. 블랑카는 또한 페드로 테르세로가 걱정되기도 했다. 블랑카는 자기 아버지가 엄포한 대로 분명히 그의 머리에 총부리를 겨눌 것이고, 그 지역의 다른 지주들도 서슴지 않고 그와 똑같은 짓을 저지르리라는 것을 잘 알고 있었다. 블랑카는 페드로 테르세로에게 사회주의 지도자의 이야기를 상기시켜 주었다. 이 년 전쯤 그 사회주의 지도자가 자전거를 타고 그 지역 일대를 돌아다니며 농장 내에 팸플릿을 살포하고 소작인들을 선동했다. 그러다가 마침내 산체스 형제가 그를 붙잡아서 몽둥이로 때려죽인 다음, 모든 사람들이 볼 수 있도록 두 갈래 길이 교차하는 지점에 있는 전신주에 매달아 놓았다. 말 탄 경관들이 도착해서 끌어내릴 때까지 그의 시신은 그곳에 하루 종일 대롱대롱 매달려 있었다. 인디오들은 평화로운 사람들이며 닭 한 마리 죽일 위인이 못 되기 때문에 그들이 절대 살인할 리 없다는 건 누구나 다 알고 있을 정도인데도, 경찰은 그 사건을 은폐하기 위해 보호 구역 내의 인디오들에게 그 죄를 덮어씌웠

다. 그러나 산체스 형제는 그의 시신을 무덤에서 다시 꺼
내 전시해 놓기도 했는데, 그것까지 인디오들의 소행으로
돌리기에는 좀 무리가 있었다. 그런데도 불구하고 경찰들
은 다시 개입하려 하지 않았으며, 그와 함께 사회주의자의
죽음은 금세 잊혀졌다.

"너 죽을 수도 있어."

블랑카가 페드로 테르세로를 꺼안으며 애원했다.

"조심할게."

페드로 테르세로가 블랑카를 안심시켰다.

"나는 같은 곳에서는 너무 오래 머물지 않을 거야. 그래
서 너도 매일 만날 수 없을 거야. 바로 여기서 기다려. 올
수 있을 때마다 올게."

"사랑해."

블랑카가 흐느끼며 말했다.

"나도."

블랑카와 페드로 테르세로는 만족할 줄 모르는 젊은 열
정으로 다시 서로를 부둥켜안았으며, 그동안 당나귀는 계
속 풀을 뜯어먹었다.

블랑카는 뜨거운 소금물을 마셔 구역질을 하고, 익지 않
은 자두를 먹어 설사하고, 말의 뱃대끈으로 허리를 꽉 졸
라매 몸을 극도로 피곤하게 만들어 모두 그녀가 아프다고
믿게끔 하여 학교로 돌아가지 않아도 되었다. 그것이 바로
그녀가 바라던 바였다. 블랑카는 의사들까지도 속아 넘어
갈 정도로 갖가지 병 증세들을 잘 흉내 냈으며, 심지어 스

스로도 자기가 아주 병약하다고 생각하기에 이르렀다. 매일 아침 블랑카는 일어나자마자 오늘은 어디가 아플지, 어떤 새로운 증상들로 꾀병을 피워야 할지 궁리했다. 그녀는 기온의 변화에서부터 꽃가루에 이르기까지 아플 핑곗거리만 있다 하면 악착같이 이용했다. 그리고 조금 아픈 걸 가지고도 엄청나게 고통스러운 것처럼 과장했다. 클라라는 건강을 유지하기 위해서는 손을 놓지 않고 열심히 일하는 것만큼 좋은 것이 없다는 주의였기 때문에 블랑카에게 일을 시켜 병이 커지지 않도록 주의했다. 블랑카도 다른 사람들과 마찬가지로 아침 일찍 일어나 찬물로 샤워하고 자기 일을 해야 했다. 아이들을 가르치고, 바느질 방에서 바느질하고, 지혈제를 주는 것부터 바느질용 바늘과 실로 상처를 꿰매는 것까지 간호사 일은 모두 다 해야 했다. 블랑카가 피를 보고 기절하고, 토해 놓은 것을 치우면서 식은 땀을 흘려도 절대 봐주지 않았다.

아흔 살이 다 되어 거의 몸도 가눌 수 없는 페드로 가르시아 노인 역시 클라라처럼 손은 쓰라고 있다는 주의였다. 그래서 어느 날 블랑카가 심한 편두통을 호소하자 페드로 가르시아 노인은 블랑카를 부르더니 느닷없이 점토 반죽을 블랑카의 무릎 위로 내던졌다. 그날 오후 내내 노인은 그 점토로 부엌에서 막 쓸 수 있는 그릇 빚는 법을 블랑카에게 가르쳐주었다. 그걸 배우는 동안 블랑카는 자기가 편두통을 앓았는지조차 그냥 잊어버렸다. 노인은 훗날 블랑카가 불행에 처하게 되었을 때 그녀의 유일한 생존 수단이자 위안거리를 가르쳐주고 있다는 사실을 당시에는 전혀 알지 못했다. 페드로 가르시아 노인은 발로 회전대를 움직이면서 부드러운 점토 반죽을 손으로 돌려가며 꽃병과 항아리 빚는 법도 가르쳐주었다. 그러나 곧 블랑카는 실용적인 물건을 만드는 데 싫증을 느꼈다. 그보다는 사람이나 동물의 형상을 만드는 게 훨씬 더 재미있다는 것을 깨달았다. 시간이 흐르면서 블랑카는 조그만 연장과 부속 부품을 가지고 목수, 세탁부, 요리사 등 갖가지 직업에 종사하는 사람들과 가축들을 조그맣게 빚어 조그만 세상을 창조하는 데 전념했다.

"그건 아무 짝에도 쓸모없는 짓이야."

딸이 작업하는 걸 보고는 에스테반 트루에바가 말했다.

"쓸 데가 있는지 한번 찾아보자꾸나."

클라라가 제안했다.

그렇게 해서 성탄 인형을 만들자는 아이디어가 나왔다. 블랑카는 요셉 가족이 머물렀던 성탄절의 마구간을 만들기 위해 형상들을 제작하기 시작했다. 세 명의 동방 박사와 목자들뿐만 아니라 다양한 사회 계층의 사람들을 만들었고, 베들레헴의 동물군은 정확히 염두에 두지 않고 낙타나 아프리카 얼룩말, 아메리카의 이구아나, 아시아의 호랑이 등 갖가지 종류의 동물들도 만들었다. 그러고는 악어와 코끼리를 반반씩 섞은 상상의 동물까지 만들었다. 블랑카는 로사 이모가 누구인지도 몰랐으며, 그 이모가 어마어마하게 큰 식탁보에 수를 놓았던 것과 똑같은 작업을 자기가 점토로 하고 있다는 것도 전혀 알지 못했다. 클라라는 광기가 집안 식구들 간에 내림으로 전해지는 것이라면 그 광기가 망각 속에 영원히 묻히지 않도록 유전적 기억 장치가 간간이 작동한다고 생각했다.

블랑카의 대중적인 성탄 인형 장식은 선풍적인 인기를 끌었다. 블랑카는 밀려드는 주문을 혼자 다 감당할 수 없었기 때문에 여자아이 두 명을 훈련시켜 조수로 채용해야만 했다. 그해에는 거의 모든 사람들이 블랑카가 만든 성탄 인형 장식을 갖고 싶어 했다. 특히 공짜라 더 인기가 좋았다. 에스테반 트루에바는 집안 좋은 여자가 심심풀이 삼아 점토를 빚는 것은 상관없지만, 만일 그걸 가지고 장사를 하려고 한다면 트루에바 가문의 이름이 철물점에서 못을 팔거나, 시장에서 생선 튀김을 파는 장사치들의 이름과 같은 취급을 받게 될 거라고 했다.

블랑카와 페드로 테르세로의 만남은 점점 더 불규칙적이고 뜸해졌다. 그런 이유로 만남은 더욱 격렬해졌다. 그 몇 년 동안 블랑카는 갑작스러운 만남과 기다림에 익숙해졌다. 자기네들은 평생 이렇게 남모르게 만나야 될 것 같은 예감이 들었다. 그래서 결혼하여 자기 아버지의 벽돌집에서 살려는 꿈은 일찌감치 접었다. 종종 페드로 테르세로의 소식을 듣지 못한 채 몇 주일이 지나가기도 했지만, 그러다가도 갑자기 자전거를 탄 우체부나, 성경책을 겨드랑이에 낀 개신교 선도사나, 이교도의 말을 섞어서 하는 집시가 농장 주변에 나타나기도 했다. 하나같이 고분고분한 모습이라 주인 나리의 감시의 눈길을 용케 피해 아무런 의심도 불러일으키지 않았다. 그러나 블랑카는 새까만 눈을 보고 페드로 테르세로임을 알아보았다. 블랑카만이 그를 기다리는 건 아니었다. 트레스 마리아스의 소작인들과 다른 농장의 농민들도 페드로 테르세로를 기다렸다. 그는 농장주들에게 쫓기는 신세가 된 이후 영웅이 되었다. 모두 그를 하룻밤이라도 자기네 집에서 재워주려고 했으며, 여자들은 그에게 겨울에 입을 판초와 양말을 뜨개질해 주었다. 그리고 남자들은 제일 좋은 소주와 육포를 준비하고 그를 기다렸다.

그의 아버지인 페드로 세군도 가르시아는 아들이 주인 나리의 금지 사항을 어기고 있다는 것을 알아차렸으며, 그가 어떤 흔적들을 남기고 다니는지 대충 감은 잡고 있었다. 그는 아들에 대한 사랑과 농장 관리인으로서의 역할 사이에서 갈등했다. 그래서 그걸 인정하기도 두려웠으며, 주인이 그런 자신의 마음을 눈치 챌까 봐 두렵기도 했다. 그렇지만 한편으로는 시골에서 벌어지고 있는 이상한 사건들의 배후에 자기 아들이 있다는 사실이 내심 뿌듯했다. 그렇지만 아들의 방문이 블랑카가 강가에 산책 나가는 것과 관계가 있으리라고는 꿈에도 생각하지 못했다. 그건 세상의 이치에서 벗어나는 말도 안 되는 일이었다. 페드로 세군도는 자기 식구들끼리만 있을 때를 제외하고는 아들에 대해 아무 말도 하지 않았다. 그렇지만 아들이 자랑스러웠다. 아들이 다른 농사꾼들과 마찬가지로 감자나 심고, 가난이나 거둬들이면서 별반 다를 바 없이 사는 것보다는 차라리 도망자로 사는 게 더 낫다고 생각했다. 페드로 세군도는 사람들이 암탉과 여우 노래를 흥얼거리는 것을 들으면서, 지칠 줄 모르고 끊임없이 배포되는 사회당의 유인물들보다는 자기 아들이 만든 불온 가요가 더 많은 추종자들을 만들어냈다고 생각하며 혼자 빙긋이 웃었다.

6
복수

  지진이 일어난 지 일 년 반 후에 트레스 마리아스는 예전처럼 모범 농장이 되었다. 본채의 모양은 옛날과 똑같았지만, 더 튼튼하게 지어졌고 욕실에 더운물도 나왔다. 연한 초록빛의 물은 가끔 올챙이가 튀어나올 때도 있었지만 세차고 줄기차게 쏟아져 나왔다. 독일제 물 펌프는 실로 놀라웠다. 나는 굵직한 은지팡이 하나에 의지해서 어디든지 다녔는데, 오늘날 내가 쓰고 있는 지팡이가 바로 그 지팡이이다. 손녀딸은 내가 다리를 절룩거려서 지팡이를 사용하는 게 아니라, 지팡이를 휘두르며 내 말에 힘을 싣기 위해 사용한다고 말한다. 나는 오랜 병으로 육신이 많이 망가졌고 성질도 더 고약해졌다. 나중에는 클라라도 내 성질을 가라앉히지 못했다. 다른 사람들 같았으면 그 사고로 평생 불구가 되었을 테지만 내겐 오히려 절망이 큰 버팀목이 되었다. 나는 휠체어에 앉아 산 채로 썩어가던 어머니를 떠올렸다. 그래서 더욱 일어나 걸어야 한다는 집착이 생긴 것이다. 비록 걸어 다닐 때마다 혀끝에 욕을 달고 다니기는 했지만. 나는 가급적 클라라한테만큼은 성질을 부리지 않으려고 많이 참았지만, 내 고약한 성질을 한번도 두려워한 적이 없었던 클라라조차도 늘 겁에 질려 주눅 든 모습으로 다녔다. 그리고 나를 무서워하는 클라라를 보는 것이 더 미칠 것 같았다.

클라라는 조금씩 조금씩 변해 갔다. 피곤해 보였으며 나를 멀리하려 하는 것이 느껴졌다. 이제는 나한테 아무런 애정도 없었고, 내 고통을 보고 동정하지도 않았으며, 짜증을 내지도 않았다. 가급적 나를 피하려고만 하는 것이 느껴졌다. 그 당시에는 클라라가 거실에서 나와 함께 있는 것보다 페드로 세군도와 같이 소젖 짜는 것을 더 편하게 느낀다고 감히 말할 수 있을 정도였다. 클라라가 점점 나에게서 멀어질수록 나는 더욱더 그녀의 사랑을 갈구했다. 결혼하면서부터 클라라에게 느꼈던 욕망은 조금도 줄어들지 않았다. 그녀의 영혼까지 통째로 갖고 싶었다. 그렇지만 투명하기만 한 클라라는 바람처럼 내 곁을 스쳐 지나갈 뿐이었다. 두 손으로 꽉 움켜쥐려 해도, 거칠게 껴안으려 해도 그녀를 붙잡아 둘 수가 없었다. 클라라의 영혼은 나와 함께 있지 않았다. 클라라가 나를 두려워하기 시작하면서부터 우리의 생활은 지옥 그 자체였다.

낮에는 각자 자기 할 일을 하며 지냈다. 우리 둘 다 할일이 아주 많았다. 식사 시간에만 얼굴을 마주 대했으며,

클라라가 구름 속에서 헤매고 있는 것 같았기 때문에 주로 나 혼자 떠들어댔다. 클라라는 거의 아무 말도 하지 않았고, 나를 한눈에 반하게 했던 그 맑고 상쾌한 웃음소리도 잃어버렸다. 이제는 고개를 뒤로 젖힌 채 이를 훤히 다 드러내놓고 웃지 않았다. 미소조차 짓지 않았다. 나는 나이가 든 데다 사고가 나서 우리 부부 관계가 소원해졌다고 생각했다. 클라라가 부부 생활에 권태를 느끼는 것과 같은 일은 모든 부부 관계에서 흔히 볼 수 있는 거라고 생각했다. 게다가 나는 틈틈이 꽃다발을 들고 와서 낯간지러운 말을 할 줄 아는 사근사근한 연인도 못 되었다. 그래도 클라라에게 가까이 다가가 보려고 많이 노력했다. 세상에! 얼마나 많은 노력을 기울였는데! 나는 클라라가 노트에 글을 쓰고 있을 때나 삼각 테이블에 열중해 있을 때 자주 그녀의 방에 들어갔다. 나도 가급적 클라라를 이해하고 싶었다. 그렇지만 클라라는 다른 사람들이 자기 노트를 읽는 것을 좋아하지 않았으며, 내가 나타나면 영감이 통하지 않는다며 영혼과 얘기하던 것도 멈추었다. 그래서 결국 나도 포기할 수밖에 없었다.

블랑카와도 좋은 관계를 만들어보려 했지만 일찌감치 마음을 접어야 했다. 내 딸아이는 어렸을 때부터 유별났다. 내가 바랐던 사랑스럽고 유순한 아이가 아니었다. 사실 블랑카는 아르마딜로와 많이 닮았다. 처음부터 그 아이는 내게 무뚝뚝했으며, 오이디푸스 콤플렉스라는 건 애초부터 가지고 있지 않았기 때문에 극복할 필요도 없었다. 그러나 이제 어느덧 숙녀가 다 되어 있었다. 나이에 비해 지적이고 성숙해 보였으며, 제 엄마와도 꽤 잘 통하는 편이었다. 나는 블랑카가 나를 도와줄 수 있을 거라고 생각했다. 그래서 블랑카를 내 편으로 끌어들이기 위해 선물도 하고, 농담도 건네면서 블랑카와 친해져 보려고 했지만 그 아이역시 나를 피했다. 이젠 나이가 들어 흥분하지 않고서도얘기할 수 있는데, 그게 다 페드로 테르세로 가르시아에대한 사랑 때문이었다. 블랑카는 돈으로 매수할 수가 없었다. 뭔가를 해달라고 조르지도 않았고, 제 엄마보다 더 말이 없었다. 내가 블랑카에게 볼에 키스하라고 강요하면 억지로 마지못해서 했기 때문에 어떤 때는 뺨을 얻어맞은 것처럼 아프기까지 했다.

나는 '도시로 돌아가 문화의 혜택을 받으면 다 달라질거야.'라고 생각했다. 그렇지만 클라라와 블랑카는 전혀트레스 마리아스를 떠나고 싶어 하지 않았다. 오히려 내가그 얘기를 꺼낼 때마다 블랑카는 시골 생활로 자기 건강이많이 호전되기는 했지만, 아직 다 나은 게 아니라고 할 뿐이었다. 클라라는 농장에서 할 일이 아주 많으며, 그냥 내팽개치고 갈 수 없다고 말했다. 아내는 자신이 익숙해 있던 세련된 생활을 그리워하지 않았다. 내가 클라라를 놀래키려고 주문했던 가구와 살림 도구가 도착했을 때도 클라라가 한 말은 "아름답군요."가 고작이었다. 그리고 클라라가 눈곱만큼의 관심도 보이지 않았기 때문에 내가 직접 가구나 물건들을 배치해야 했다. 새 집은 그 어느 때보다 화려하게 단장되었다. 아버지가 전 재산을 말아먹기 전 가장번창했던 시절에도 그 정도로 호화찬란하지는 않았을 것이다. 밤색 오크와 호두나무를 사람 손으로 직접 조각해서 만든 식민지풍의 큼지막한 가구들과 묵직한 울 양탄자, 쇠와 구리를 두드려 만든 램프들도 함께 도착했다. 나는 대사관에서나 볼 수 있는 수제 영국 산 도자기 세트와 크리스털 세트, 장식이 가득 달린 수납 상자 네 개와 리넨 천으로 된 시트와 식탁보, 현대식 축음기와 대중음악과 고전음악 레코드 모음집도 수도에 주문했다. 다른 여자들 같으면 이걸 보고 좋아서 몇 달씩 집 단장을 하느라 눈코 뜰 새 없이 바빴을 테지만 클라라는 그렇지 않았다. 단지 집안일을 할 수 있도록 소작인들의 딸을 훈련시켜 요리사 두어 명과 하녀들을 둘 뿐이었다. 그러고는 밥하고 청소하는 집안일에서 벗어나자 시간이 날 때마다 삶을 기록하는 노트와 타로 카드의 세계로 되돌아갔다.

클라라는 낮에는 거의 바느질 방이나 양호실, 학교에서 바쁘게 보냈다. 그녀는 자애롭고 너그러운 여자였다. 나만 빼고는 자기 주변 사람 모두를 행복하게 해줘야 직성이 풀렸다. 지진으로 모두 무너지고 난 다음 잡화상을 다시 세웠다. 클라라가 분홍 딱지로는 마을에서 물건을 살 수 없고 저금도 할 수 없다고 해서, 단지 클라라를 기쁘게 해주기 위해 분홍색 딱지를 없애고 사람들에게 돈으로 지불하기 시작했다. 그렇지만 클라라의 말은 들어맞지 않았다. 그 돈은 단지 남자들이 산 루카스에 있는 선술집에서 진탕 취하는 데 쓰였을 뿐, 여자들과 아이들은 배를 곯았다. 클라라와 나는 그런 문제들로 많이 다투었다. 우리가 싸우는 건 전부 소작인들 때문이었다. 사실 전부는 아니더라도 거의 그들 때문이었다. 우리는 세계대전 때문에도 싸웠다. 클라라가 연합군을 위해 양말을 짜는 동안 나는 거실 벽에다 지도를 붙여놓고서 나치 군의 행군을 주시했다. 블랑카는 우리와 아무 상관도 없고, 바다 건너편에서 일어나고 있는 전쟁 때문에 우리가 어떻게 그렇게 흥분할 수 있는지 모르겠다며 양손으로 머리를 감싸 쥐었다. 우리는 다른 일로도 서로 이해하지 못하는 면이 많았다. 사실 의견의 일치를 본 적이 거의 없었다. 나는 착한 남편이었고 총각 시절처럼 바람둥이도 아니었기 때문에 그게 모두 내 고약한 성질 때문이라고는 생각하지 않는다. 나한테는 클라라밖에 없었다. 그리고 그건 지금도 마찬가지다.

하루는 클라라가 자신의 침실 문에 빗장을 설치하고는, 내가 아주 간곡히 원해서 자칫 잘못 거절했다가는 영원한 단절을 의미할 수도 있는 그런 절박한 상황을 제외하고는 일절 나를 자기 침대에 받아주지 않았다. 처음에는 여자들이 가끔 걸리는 우울증이나 갱년기 장애 같은 것 때문인 줄 알았다. 그렇지만 그런 상태가 몇 주간 지속되자 결국 나는 클라라와 얘기하기로 마음먹었다. 클라라는 우리의 부부 관계가 너무 악화되어 더 이상 육체적 쾌락을 느끼고 싶은 마음도 생기지 않는다며 차분하게 설명했다. 부부간에 대화가 없으면 침대도 같이 쓸 수 없는 거라고 아주 자연스럽게 결론을 이끌어냈다. 낮에는 내가 자기를 못 잡아먹어서 으르렁거리며 화를 내고 다니다가도, 밤에는 사랑을 원한다는 게 이해가 되지 않는 것 같았다. 내가 그 점에서 여자와 남자가 많이 다르며, 내가 고약하게 굴기는 하지만 그래도 아직 사랑하고 있다고 아무리 이해시키려 해도 소용이 없었다. 그 당시 나는 사고를 당했고 나이도 더 많았지만 클라라보다 훨씬 더 튼튼하고 건강했다. 나이가 들면서 살이 빠져서 몸에는 군살 하나 없었으며, 젊었을 때만큼 지칠 줄 모르고 튼튼했다. 나는 하루 종일 말을 타고 다녔으며, 아무 데서나 누워도 잘 잤다. 다른 사람들이 끊임없이 고통을 호소하는 신장이나 간장과 같은 다른 내장 기관에 대한 걱정 없이 아무 거나 잘 먹었다.

그렇지만 뼈마디는 욱신욱신 쑤셨다. 싸늘한 오후나 습기 찬 밤에는 지진 때 짓이겨진 뼈의 통증이 견딜 수 없을 정도로 심해서 다른 사람들이 내 비명 소리를 듣지 못하도록 베개를 물어뜯어야 했다. 더 이상 참을 수 없을 때는 아스피린 두 알과 소주를 단숨에 집어삼켰지만 그래도 통증은 가라앉지 않았다. 그렇지만 신기하게도 성욕은 나이가 들면서 사람을 가리기는 했지만 그래도 젊었을 때 못지 않게 활활 타올랐다. 나는 여자들을 쳐다보는 것을 좋아했으며, 그건 지금도 마찬가지이다. 그것은 거의 정신적이고 심미적인 쾌락이다. 그렇지만 클라라만이 내 몸속에 있는 진정한 욕망을 즉각적으로 불러일으켰다. 오랜 세월 함께 살아오면서 우리는 서로 상대방에 대해 샅샅이 파악했다. 손끝 하나로 상대방의 몸 구석구석을 잘 알고 있었다. 클라라는 내 몸 어디에 성감대가 있는지 확실하게 꿰뚫고 있었으며, 내가 듣고 싶어 하는 신음 소리를 정확하게 낼 수 있었다. 남자들이 아내에게 싫증을 느끼고 다른 여자의 자극을 필요로 하는 나이에 나는 클라라하고만 신혼 때처럼 지칠 줄 모르는 사랑을 할 수 있다고 자신했다. 다른 여자를 찾고 싶은 생각은 추호도 없었다.

해만 졌다 하면 클라라를 쫓아다녔던 기억이 난다. 오후에 클라라가 앉아서 글을 쓰고 있으면 나는 파이프를 음미하는 체했지만, 사실 클라라를 곁눈질로 살피고 있었다. 클라라가 펜을 닦고, 노트를 덮으면서 자기 방으로 들어갈 채비를 하는 것 같으면 내가 먼저 선수를 쳤다. 나는 절뚝거리며 욕실로 가서 한껏 치장하고, 클라라를 유혹하려고 산 으리으리한 벨벳 가운을 입었다. 그렇지만 클라라는 그 멋진 벨벳 가운에 눈길 한번 주지 않았다. 그러고 나서 나는 문에 귀를 갖다 대고 클라라를 기다리다가 클라라가 복도 쪽으로 걸어오는 소리가 들리면 불쑥 밖으로 튀어나갔다. 클라라에게 아부하고 선물을 안기는 것부터 시작해서 문을 부숴버리겠다느니, 지팡이로 문을 짓이겨 놓겠다느니 하며 협박하는 것까지 안 해본 것 없이 다해 보았지만 우리 둘 사이를 가로막고 있는 높디높은 벽을 허물 수는 없었다. 밤에 아무리 사랑을 구걸하고 매달려도 낮 동안에 자기한테 못되게 군 건 잊을 수 없는 모양이었다.

클라라는 멍한 표정으로 나를 피했고, 난 그런 그녀의 태도를 경멸하게 되었다. 내가 왜 그렇게 클라라에게 매력을 느꼈는지 나 자신도 이해할 수가 없다. 클라라는 애교라고는 약에 쓸래도 없는 중년 여자였다. 걸을 때는 발을 살짝 끌었으며, 젊었을 때 그렇게 매력적으로 보이던, 아무 이유도 없이 쾌활하던 모습도 사라졌다. 클라라는 내게 다정하게 굴지도 않았고, 더군다나 나를 유혹하지도 않았다. 클라라가 나를 사랑하지 않는다는 것도 확신한다. 스스로 절망의 늪에서 허우적거리며 비참해질 정도로 그토록 간절하고 애타게 클라라를 원할 이유가 없었다. 그렇지만 클라라를 사랑하지 않을 수도 없었다. 그녀의 작은 몸집, 깨끗이 빨아 입은 옷에서 나는 은은한 비누 향, 눈빛, 깜찍한 곱슬머리가 찰랑거리는 가늘고 우아한 목덜미 하나하나가 모두 좋았다. 금세라도 바스러질 듯한 연약한 모습이 참을 수 없을 정도로 진한 애정을 불러일으켰다. 클라라를 보호해 주고 싶었다. 클라라를 껴안고 싶었고, 옛날처럼 환하게 웃게 하고 싶었고, 내 곁에 재우고 싶었다. 클라라에게 팔베개도 해주고 싶었다. 서로의 다리를 뒤엉켜 놓은 채, 작고 따뜻한 그녀의 손을 내 가슴 위에 올려놓고 자고 싶었다.

가끔은 클라라에게 무관심한 척해서 따끔하게 벌을 주려고도 했지만 내가 무관심하면 할수록 클라라가 더 편하고 행복해 보였기 때문에 그것도 며칠 가지 못했다. 나는 클라라의 벗은 모습을 보기 위해 욕실 벽에 구멍까지 뚫었다. 하지만 그것이 더 비참하게 느껴졌기 때문에 차라리 회반죽으로 그 구멍을 막아버리는 편이 나았다. 클라라의 기분을 거스르려고 일부러 홍등가에 가는 것처럼 해보기도 했지만 클라라는 그게 시골 여자들을 강간하는 것보다는 낫다는 말만 할 뿐이었다. 나는 클라라가 그것까지 알고 있는지는 몰랐기 때문에 자지러지게 놀랐다. 그래서 클라라의 그 말 때문에라도 일부러 그녀의 기분을 거스르기 위해 다시 강간을 시도해 보기도 했다. 그렇지만 세월과 지진이 내 정력을 많이 감퇴시켰다는 것만 확인했을 뿐이다. 이제는 억센 시골 여자의 허리를 낚아채 안장으로 끌어올릴 힘도 없었고, 더군다나 강제로 옷을 벗겨서 억지로 삽입할 힘은 더더욱 없었다. 게다가 이제는 사랑을 나누기 위해서는 부드러운 애무와 약간의 도움이 필요한 나이였다. 제기랄, 나도 이제 늙은이가 다 되었다.

그만이 자신의 몸이 줄어들고 있다는 것을 알았다. 옷을 보면 알 수 있었다. 옆구리 있는 데만 헐렁해진 게 아니었다. 소매도 길어졌으며 바지통도 헐렁해졌다. 에스테반은 블랑카에게 살이 빠져서 그렇다며 재봉틀로 옷을 줄여달라고 했지만, 페드로 가르시아 노인이 뼈를 잘못 맞춰서 자기 몸이 쪼그라든 게 아닌가 내심 걱정하기도 했다. 에스테반은 자존심 때문에 자신의 고통을 아무에게도 말하지 않은 것처럼, 그 사실 역시 아무에게도 얘기하지 않았다.

한창 대통령 선거를 준비하느라 다들 부산할 무렵이었다. 마을에서 보수주의자들의 식사 모임이 있을 때 에스테반 트루에바는 장 드 사티니라는 백작을 알게 되었다. 백작은 새끼양 가죽 구두를 신고 천연 리넨 재킷을 입었으며, 다른 사람들처럼 땀을 흘리는 대신 은은한 영국 향수 냄새를 풍겼다. 그는 대낮에 막대기로 작은 테두리 안에 공을 집어넣는 취미 때문에 늘 살갗이 검게 그을려 있었다. 그리고 말을 할 때면 마지막 음절은 길게 늘어뜨리고 'rr' 발음은 하지 않았다. 에스테반이 아는 남자들 중에서 유일하게 손톱에 투명 매니큐어를 바르고 눈두덩에 푸른색을 칠하는 남자였다. 그는 자기 가문의 문장이 새겨진 명함을 가지고 다녔으며, 도시의 세련된 매너는 모두 지키려는 사람이었다. 심지어 핀셋으로 아티초크를 집어먹는 것과 같이 스스로 만들어낸 매너로 사람들을 아연실색하게 하기도 했다. 남자들은 등 뒤에서 그를 욕하면서도 점차 그의 우아한 복장이나 새끼양 가죽 구두, 무관심하면서도 교양 있는 태도를 따라하기 시작했다. 백작이라는 작위 덕택에 그는 다른 이민자들과는 격이 다른 위치에 놓여 있었다. 주로 19세기에 페스트를 피해 중앙 유럽에서 건너온 사람들이나 내란을 피해 스페인에서 온 사람들, 전통 음식과 장신구를 팔기 위해 터키와 아시아의 아르메니아 물건들을 가지고 온 중동 사람들하고는 수준부터가 달랐다. 드 사티니 백작은 생계를 위해 돈을 벌지 않았으며, 사람들한테도 드러내놓고 얘기했다. 그에게는 친칠라 사업이 단순한 소일거리에 불과했다.

에스테반 트루에바는 농장 주변에서 친칠라를 본 적이 있었다. 그는 친칠라들이 곡식을 먹어치울까 봐 총으로 사냥한 적은 있지만 그런 보잘것없는 짐승으로 여성 코트를 만들 수 있다는 생각은 해보지도 못했다. 장 드 사티니 백작은 자본과 노동력은 물론 위험 부담까지 모두 책임지면서도, 이익은 정확히 50대 50으로 나눠 가질 수 있는 동업자를 찾았다. 에스테반 트루에바는 절대 모험하지 않는 사람이었지만 프랑스 백작이 워낙 우아하고 영리해서 그에게 호감을 느끼지 않을 수가 없었다. 그래서 에스테반은 친칠라 사업의 전망을 타진하면서 밤을 지새울 때가 많았다.

그러는 동안 드 사티니 백작은 트레스 마리아스에서 귀한 손님 대접을 받으며 한참을 지냈다. 그는 한낮의 뜨거운 태양 아래 작은 공을 갖고 놀았고, 설탕도 타지 않은 멜론 주스를 질리도록 들이켰으며, 블랑카의 도자기에 유난히 많은 관심을 보이기도 했다. 심지어는 블랑카에게 인디오 토속 특산물을 위한 확실한 판로가 있는 다른 나라들에 수출해 보자고 제안하기도 했다. 블랑카는 자기는 물론, 자기 작품들도 인디오와는 아무 상관이 없다고 설명하며 그의 착각을 일깨워 주려고 했지만 언어의 장벽 때문에 백작은 블랑카가 무슨 말을 하려는지조차 이해하지 못했다.

백작이 농장에 머물면서부터 트루에바 가족에게 이웃 농장들과 그 지역 경찰 당국자들의 모임이나 지역 문화 행사 혹은 사회 행사에 참석해 달라는 초대가 빗발쳤기 때문에 트루에바 가족에게는 백작이 곧 사교적 성공을 의미했다. 사람들은 백작과 함께 있으면 그의 우아함에 조금이라도 물들 수 있지 않을까 하는 희망으로 그와 가까이 있고 싶어 했다. 아가씨들은 백작을 보면 안타까운 한숨을 내쉬었으며, 부인들은 그를 사위로 삼고 싶어 몸살을 앓았다. 모두 그를 자기네 집으로 초대하지 못해 안달이었다. 사람들은 친칠라 사업 동업자로 선택된 에스테반 트루에바의 행운을 모두 부러워했다. 프랑스 백작의 매력과 오렌지에 손끝 하나 대지 않고서도 포크와 나이프를 이용해 꽃 모양으로 껍질을 벗겨내거나, 모국어로 프랑스 시인과 철학자를 거침없이 인용하는 모습에 반하지 않은 사람은 클라라뿐이었다. 클라라는 백작을 볼 때마다 이름을 물었으며, 그가 헐거운 실크 가운을 입고 자기 집 욕실을 향할 때마다 깜짝깜짝 놀랐다. 반면에 블랑카는 백작과 함께 있으면서 즐거워했다. 블랑카는 백작이 있어 그나마 제일 좋은 옷을 꺼내 입고, 정성껏 머리치장을 하고 영국 산 도자기와 은촛대로 식탁을 차릴 수 있는 기회가 생긴 것을 고마워했다.

"백작 덕분에 최소한 야만 상태에서도 벗어날 수 있어."

블랑카는 곧잘 그렇게 말했다.

에스테반 트루에바는 백작의 귀족적인 허세보다는 친칠라 사업에 더 깊은 인상을 받았다. 툭하면 감기에 걸려 설사하며 죽는 빌어먹을 암탉이나 1리터의 우유를 만들기 위해 1헥타르의 풀과 비타민 한 상자를 먹어치우고 사방을 똥과 파리로 들끓게 하는 암소나 키우며 수년간 헛수고를 하는 대신, 왜 진작 친칠라 가죽을 벗겨 무두질할 생각을 하지 못했는지 그게 의아할 뿐이었다. 반면에 클라라와 페드로 세군도 가르시아는 친칠라에 대한 에스테반의 흥분에 공감하지 않았다. 클라라는 인도주의적 차원에서 껍질을 벗기기 위해 동물을 키운다는 게 끔찍했으며, 페드로 세군도는 쥐새끼들을 기른다는 얘기는 한번도 들어보지 못했기 때문이었다.

어느 날 밤 백작은 레바논으로부터 특별히 수입해 온 동양 담배도 피우고, 정원에서부터 무럭무럭 피어올라 집 안을 가득히 메운 향긋한 꽃 냄새도 맡기 위해 밖으로 나왔다. 에스테반은 "레바논이 어디 구석에 붙어 있는지 알게 뭐야."라고 곧잘 얘기했다. 백작은 테라스 주변을 어슬렁거리며 저택을 에워싸고 있는 광활한 대지를 바라보았다.

세상에서 제일 외진 곳에 있는 이 나라의 다양한 기후와 산맥, 바다, 계곡, 가장 높은 산봉우리, 유리처럼 맑은 강을 비롯해 독사나 굶주린 야수가 나타날지도 모른다는 걱정 없이 마음 놓고 돌아다닐 수 있는 순한 동물군이 한데 어우러진 경이로운 자연에 감동받아 한숨지었다. 게다가 복수심에 불타는 흑인이나 사나운 인디오도 없어 그 이상 완벽할 수가 없었다. 그는 상어 지느러미로 만든 최음제나 만병통치약이라는 인삼, 에스키모 조각상과 박제된 아마존의 피라냐, 숙녀용 외투에 재료가 되는 친칠라들을 팔면서 이 나라 저 나라를 떠돌며 타향살이하는 데에도 지쳐 있었다. 그는 서른여덟 살이었으며, 적어도 그것만큼은 사실이었다. 마침내 지상 낙원을 발견했으니, 그곳에서 순진한 동업자들과 함께 편안하게 사업할 수 있을 것 같았다.

백작은 어둠 속에서 담배를 피우기 위해 통나무에 걸터앉았다. 그런데 그때 갑자기 그림자 하나가 움직이는 것이 보였다. 처음엔 도둑일지도 모른다는 생각이 스쳐 지나갔지만, 그런 지역에는 포악한 짐승만큼이나 도둑도 있을 것 같지 않아 그 생각은 곧 떨쳐버렸다. 조심스럽게 다가가 보니 블랑카였다. 블랑카가 다리를 창문 밖으로 내밀어 고양이처럼 살며시 미끄러져 내려와 아래쪽에 있는 수국 꽃밭에 살포시 떨어졌다. 남자 옷을 입고 있었다. 그때는 개들도 블랑카에게 익숙해져 있었기 때문에 더 이상 벌거벗고 다닐 필요가 없었다. 장 드 사티니는 블랑카가 처마 밑의 그림자 속에 파묻혀 멀어지는 모습을 지켜보았다. 그는 블랑카를 따라가려다가 곧 마음을 고쳐먹었다. 사냥개들이 무서웠고, 또 한밤중에 창문을 빠져나와 어디론가 사라진 젊은 처녀를 굳이 따라갈 필요가 없었던 것이다. 그렇지만 방금 목격한 장면으로 자기 계획에 큰 차질이 생길 수도 있었기 때문에 꽤 심란했다.

다음 날, 백작은 블랑카 트루에바에게 청혼했다. 딸을 제대로 파악할 시간도 갖지 못했던 에스테반은 딸이 백작에게 친절하게 대하고, 식탁에 열심히 은촛대를 갖다 놓는 모습을 보고는 그걸 사랑이라고 착각했다. 그렇게 재미없고 건강도 나쁜 딸아이가 그 지역에서 가장 인기가 좋은 총각의 마음을 사로잡았다는 게 그렇게 대견할 수가 없었다.

'백작은 그 아이한테서 뭘 본 거지?'

에스테반은 그저 의아하기만 했다.

에스테반은 백작에게 우선 블랑카와 상의해 보겠지만, 자기 생각에는 딸아이가 그 청혼을 마다할 이유가 없으니 자기 가족이 된 걸 축하한다며 미리 축하 인사까지 건넸다. 그러고 나서 에스테반은 학교에서 지리 수업을 하고 있던 딸을 불러 단둘이 서재로 들어갔다. 오 분 후에 서재 문이 벌컥 열리면서 백작은 블랑카가 얼굴이 시뻘게져서 뛰쳐나가는 것을 보았다. 블랑카는 백작 옆을 지나가면서 살기등등한 시선으로 백작을 째려보다가 고개를 휙 돌렸다. 덜 집요한 사람 같았으면 그때 가방을 싸서 그 마을에 있는 유일한 호텔로 떠났겠지만, 백작은 시간만 충분히 준다면 블랑카의 사랑을 얻어낼 수 있다고 에스테반에게 장담했다. 그리고 에스테반은 백작이 필요하다고 생각할 때까지 트레스 마리아스에서 손님으로 머물러도 좋다고 허락했다. 블랑카는 아무 말도 하지 않았지만, 그때부터는 그들과 함께 식사하지 않았다. 그리고 자기는 그 프랑스 백작을 원치 않는다는 것을 틈틈이 내비쳤다. 블랑카는 파티 복과 은촛대를 치우고는, 용의주도하게 백작을 피해 다녔다. 블랑카는 아버지에게 한 번만 더 결혼 얘기를 꺼냈다가는 마을을 지나가는 첫 기차를 타고 수도로 돌아가 자기학교의 수녀가 되겠다고 선언했다.

"곧 생각이 바뀔 게다."

에스테반 트루에바가 으르렁거렸다.

"글쎄요."

블랑카가 대답했다.

그해 여름 쌍둥이들이 트레스 마리아스에 도착하면서 한결 분위기가 나아졌다. 그들이 답답한 집안 분위기에 새로운 활력과 신선함을 불어넣어 주었다. 백작은 쌍둥이들의 호의를 사려고 나름대로 열심히 노력했지만, 두 형제 중 누구도 프랑스 귀족의 매력을 알아보지 못했다. 하이메와 니콜라스는 그의 세련된 매너와 호모들이나 신는 것 같은 신발과 이상한 외국 이름을 비웃었지만 장 드 사티니 백작은 전혀 개의치 않았다. 결국에는 넉살 좋은 그의 성격이 쌍둥이들에게도 먹혀 들어가 여름 내내 친하게 지냈다. 심지어는 쌍둥이들이 백작과 한편이 되어 블랑카에게 똥고집을 버리라고 설득하기에 이르렀다.

"누나는 벌써 스물여섯 살이야. 평생 성자들의 옷이나 입히면서 살고 싶어?"

쌍둥이들이 말했다.

그들은 블랑카에게 머리도 자르고, 패션 잡지에 나오는 유행하는 옷들을 본떠 해 입어보라고 바람을 넣었지만 블랑카는 먼지투성이 시골에서는 감당할 수도 없을 것 같은 그런 남의 나라 유행을 따라하고 싶은 마음이 조금도 없었다.

쌍둥이들은 서로 판이하게 달라 한 형제 같지가 않았다. 하이메는 키가 크고 건장한 체격에 내성적이고 학구파였다. 학교에서 강제로 운동을 시켜서 근육은 웬만한 운동선수 못지않게 발달했지만, 실제로 스포츠는 힘들기만 하고 아무 쓸모 없는 것이라 생각했다. 그래서 그는 공을 손으로 집어넣으면 간단한 것을 장 드 사티니가 아침 내내 구멍 안에다 공을 집어넣기 위해 열심히 막대기를 휘두르며 시간을 보내는 것이 이해하기 어려웠다. 그즈음 하이메에게는 이상한 결벽증이 생겼는데, 그 증상은 살아가면서 점점 더 심해졌다. 하이메는 다른 아이들이 자기 가까이에서 숨을 쉬거나, 악수하자고 손을 내밀거나, 자기한테 개인적인 질문을 건네거나, 자기 책을 빌려달라고 하거나, 자기한테 편지를 보내는 것도 싫어했다. 그 때문에 친구들을 쉽게 사귀지는 못했지만, 그렇다고 외톨박이는 아니었다. 하이메가 겉으로는 우울해 보여도, 그와 얘기하다 보면 오분도 지나지 않아 그가 너그럽고 솔직하며, 정이 많은 사람이라는 게 드러났다. 하이메는 그런 자신의 성격이 부끄러워 가급적 숨기려 했지만 잘 되지 않았다. 스스로는 인정하려 하지 않았지만 남들에게 관심이 많았고 감동도 쉽게 받았다. 트레스 마리아스의 소작인들은 하이메를 '작은 주인 나리'라 불렸으며, 일이 생길 때마다 하이메를 찾아 왔다. 하이메는 아무 말 없이 소작인들이 하는 얘기를 듣다가 단 한마디로 대답하고는 등을 돌렸지만, 그들의 문제를 해결할 때까지 쉬지 않았다.

하이메는 소극적인 아이였다. 클라라는 하이메가 어렸을 때조차도 자기 몸에 손도 대지 못하게 했다고 했다. 그는 어렸을 때부터 특이한 행동을 곧잘 했다. 그는 자기가 입고 있던 옷을 벗어서 다른 사람에게 줄 수도 있을 정도였으며, 실제로도 그런 일이 몇 번 있었다. 하이메는 애정이나 감정 표현을 하면 자기가 못난 것을 드러내는 거라고 생각했다. 그래서 동물하고 있을 때만 그 지나친 결벽증이 나타나지 않았다. 그는 동물들과 한 덩어리가 되어 땅바닥에서 나뒹굴고, 손으로 쓰다듬고, 입으로 먹던 음식을 먹여주고, 동물들을 꼭 껴안고 잠도 같이 잤다. 보는 사람이 없으면 어린애들한테도 동물과 마찬가지로 대했다. 그렇지만 사람들 앞에서는 무뚝뚝하고 고독한 남자의 역할을 자청했다. 십이 년간 영국식 교육을 받았어도 그들이 신사의 제1덕목으로 치는 무미건조한 성격을 하이메에게서는 찾아볼 수 없었다. 그는 지나치다 싶을 만큼 감성적이었다. 그 때문에 정치에 관심을 가지게 되었지만, 아버지가 원하는 것처럼 변호사가 되기보다는 아들을 훨씬 잘 아는 엄마가 권한 대로 가난한 사람들을 돕기 위해 의사가 되기로 결심했다. 하이메는 어렸을 때부터 페드로 테르세로 가르시아와 친하게 지냈지만 그에게 감탄한 것은 그해에 이르러서였다. 페드로 테르세로와 하이메가 만날 수 있도록 블랑카는 두어 번 강가에서의 데이트를 포기해야 했다. 그들은 정의와 평등, 농민 운동과 사회주의에 대해 열띤 토론을 벌였으며, 그동안 블랑카는 한시라도 빨리 자기 애인과 단둘이 있을 수 있도록 그들의 얘기가 끝나기만을 기다리며 초조한 마음으로 귀를 기울였다. 그들의 우정은 에스테반 트루에바에게 들키지 않은 채 죽을 때까지 두 사람을 하나로 묶어주었다.

니콜라스는 계집애처럼 곱상하게 생겼다. 그는 어머니의 곱고 투명한 살결을 물려받았다. 작고 마른 체구에 행동은 여우처럼 약삭빠르고 민첩했다. 머리가 비상하게 좋아 무슨 일을 하든 별다른 노력을 기울이지 않고서도 늘 형을 앞질렀다. 형을 골탕 먹이기 위해 만들어낸 장난도 하나 있었다. 그것은 어떤 논쟁에서든지 무조건 형과 반대 입장에 서서 아주 그럴듯하고 확실한 논리로 결국에는 형이 자신의 의견이 틀렸다는 것을 인정하고 굴복할 수밖에 없도록 만드는 것이었다.

"자, 확실하게 내 논리가 맞지?"

마침내 니콜라스가 형에게 물었다.

"그래, 네 말이 맞아."

고지식한 하이메가 계속 논쟁하기가 싫어서 마지못해 인정했다.

"좋아!"

니콜라스가 외쳤다.

"이제는 형이 옳고, 내가 틀렸다는 걸 증명해 보이겠어. 형이 좀 더 똑똑했더라면 이렇게 저렇게 해서 내가 틀렸다는 걸 주장했어야 했어."

그러면 하이메는 인내심을 잃고 니콜라스한테 덤벼들었지만, 자기가 니콜라스보다 훨씬 더 힘이 셌기 때문에 곧 동생을 때린 것을 후회했다. 하이메는 자기가 힘이 센 것이 늘 미안했다. 학교에서 니콜라스는 그 좋은 머리를 써서 아이들을 못살게 굴었다. 그러다가 싸움이 벌어지면 얼른 형을 불러 애들이 자기를 때리지 못하게 하고는, 자기는 형 뒤에 숨어서 열심히 싸움을 응원했다. 하이메는 니콜라스를 두둔하는 데 이골이 나, 나중에는 아예 동생 대신 벌을 받고, 동생 숙제를 대신 해주고, 동생의 거짓말을 덮어주는 일에 익숙해졌다. 사춘기 시절 니콜라스의 주 관심사는 여자들을 빼면 자기 엄마처럼 미래를 예언할 수 있는 능력을 개발하는 것이었다. 그는 비밀 협회나 별자리 운세 등 초능력과 관련된 서적들을 닥치는 대로 사 모았다. 그해 니콜라스는 기적의 비밀을 밝히는 데 몰두했다. 그는 문고판으로 나온 『성인들의 생애』라는 책을 사서, 가장 비상한 영혼들의 기적에서 평범한 설명을 찾으면서 여름을 보냈다. 엄마는 그런 니콜라스를 놀려댔다.

"얘야, 너는 전화가 어떻게 작동하는지도 이해하지 못하면서 어떻게 기적을 이해하려고 하니?"

클라라가 말했다.

초자연적인 것에 대한 니콜라스의 관심은 몇 해 전에 시작되었다. 니콜라스는 신비한 학문을 배우기 위해 기숙사에서 나올 수 있는 주말마다 옛날 방앗간에서 사는 모라세 자매를 찾아갔다. 그러나 곧 자기에게는 투시력이나 염력과 같은 타고난 재능이 없다는 걸 깨닫고는 점성 카드나 타로 카드, 주역의 점괘 원리를 이해하는 것으로 만족할 수밖에 없었다. 그렇지만 모든 일이 꼬리에 꼬리를 물고 일어나는 것처럼, 니콜라스는 모라 세 자매의 집에서 자기보다 연상인 아만다라는 아름다운 처녀를 알게 되었으며, 그녀가 니콜라스에게 요가 명상과 침술을 가르쳐주었다. 니콜라스는 그 기술을 훗날 류머티즘이나 다른 자질구레한 병들을 치료하는 데 사용했고, 그것으로 하이메가 칠 년간의 학업 끝에 터득한 전통적인 의술보다 더 많은 것을 해낼 수 있었다. 그러나 그건 훨씬 뒤의 일이었다.

그해 여름 니콜라스는 스물한 살이었고, 시골 생활을 지루해했다. 하이메는 니콜라스가 시골 처녀들을 괴롭힐까 봐 한시도 감시의 눈길을 늦추지 않았다. 하이메는 트레스 마리아스 처녀들의 순결을 지켜주겠다고 자청하고 나섰지만, 그래도 니콜라스는 자신의 매력을 한껏 발산해 그 일대 거의 모든 처녀들의 가슴을 설레게 했다. 니콜라스는 그 지역의 처녀들이 제대로 구경도 못해 봤을 멋진 매너로 여자들의 가슴을 녹여놓았다. 그리고 그 외 시간에는 기적을 연구하고, 엄마가 염력으로 소금통을 움직일 때 어떤 기술을 사용하는지 배우려 했다. 그리고 아만다에게 열정적인 시들도 써 보냈다. 그러면 아만다가 교정해서 훨씬 더 나은 시로 만들어서 우편으로 되돌려 보냈지만 그래도 니콜라스는 절대 기죽지 않았다.

페드로 가르시아 노인은 대통령 선거를 며칠 앞두고 세

상을 떠났다. 나라는 선거 운동으로 한바탕 몸살을 앓고 있었다. 특별히 편성된 기차가 북에서 남으로 종단하면서 별다른 비전도 없는 후보자들을 선거 운동원들과 함께 실어 날랐다. 그들은 온갖 깃발을 휘두르면서 합창단의 탬버린 소리와 크나큰 확성기 소리로 조용한 산천초목을 뒤흔들고 가축들을 놀래켰지만 내걸은 공약은 모두 한결같았다. 페드로 가르시아 노인은 너무 오래 살아서, 누런 가죽을 뒤집어씌운 유리 뼈를 한 무더기 쌓아놓은 것 같았다. 얼굴에는 주름살이 레이스처럼 자글자글했다. 걸어 다닐 때에는 캐스터네츠처럼 짝짝거리는 소리가 들렸으며, 이빨도 다 빠져서 갓난아이용 이유식이나 간신히 먹을 수 있었다. 눈과 귀는 멀었지만 알아보지 못하는 사물이 없었고, 오래전에 있었던 일이든 얼마 전에 일어난 일이든 모두 생생하게 기억했다. 페드로 가르시아 노인은 해 질 녘에 대나무 의자에 앉은 채 세상을 떠났다. 그는 자기 집 문간에 앉아 해 지는 오후의 느낌을 즐기고 있었다. 기온의 미묘한 변화와 마당에서 들리는 소리들, 부엌에서 달그닥거리는 소리, 갑자기 조용해진 닭들을 통해 저녁이 찾아왔음을 느낄 수 있었다. 그리고 그곳에서 죽음을 맞이했다.

노인의 발치에는 증손주인 에스테반 가르시아가 있었다. 그 무렵 그는 열 살이었는데, 병아리의 눈에 못을 박느라 정신이 없었다. 성까지는 아니더라도 유일하게 주인 나리의 이름을 물려받은 사생아인 에스테반 가르시아의 아들이었다. 그의 출생이나 그가 그런 이름을 갖게 된 연유에 대해 아는 사람은 증손주인 에스테반 가르시아 말고는 아무도 없었다. 그 아이의 할머니인 판차 가르시아는 죽기 전에 만일 그 아이의 아버지가 블랑카나 쌍둥이 대신 태어났더라면 트레스 마리아스를 상속받았을 테고, 원한다면 그 나라 대통령까지도 될 수 있었을 거라는 허망한 말로 아이의 유년기를 들쑤셔 놓았다. 사생아나 아비의 얼굴도 모르는 서자가 하나 둘이 아닌 그 지역에서 아마 에스테반 가르시아만이 유일하게 자신의 이름을 증오하면서 자랐을 것이다. 그는 주인 나리에 대한 증오와 속수무책으로 허물어진 할머니, 사생아로 태어난 아버지, 별 볼일 없는 한심한 농사꾼으로 태어난 자신의 비참한 운명을 증오하며 끔찍한 나날을 보냈다.

에스테반 트루에바는 에스테반 가르시아를 농장에 사는 아이들 중의 하나로 보았을 뿐, 그를 알아보지 못했다. 학교에서 국가를 부르고, 크리스마스 선물을 받기 위해 줄을 서는 여러 아이들 중 하나일 뿐이었다. 에스테반 트루에바는 판차 가르시아나, 판차 가르시아가 자기 아들을 낳았다는 사실 모두 잊어버렸다. 그러니 그를 경멸하면서도 그의 몸짓과 말투를 흉내 내려고 먼발치서 그를 지켜보고 있는 그 의뭉스러운 손자에 대해서는 더더욱 알 수가 없었다. 아이는 주인과 주인 자식들이 모두 끔찍한 병에 걸려 죽거나, 사고로 죽어 자기가 유산을 물려받는 상상을 하면서 밤을 지새웠다. 그렇게만 된다면 트레스 마리아스를 자기 왕국으로 만들 수도 있었다. 그는 자기가 상속받을 일은 절대 없다는 것을 잘 알면서도 평생 그런 환상을 키워갔다. 그는 자신의 불행한 삶이 모두 트루에바 때문이라고 원망했으며, 훗날 권력의 꼭대기에 올라 모든 것을 자기 손아귀에 쥐었을 때에도 여전히 자기가 부당한 대우를 받고 있다고 생각했다.

아이는 노인에게서 뭔가 다른 기운을 느꼈다. 아이가 노인에게 다가가 그의 몸을 만지는 순간 노인이 비틀거렸다. 그 순간 페드로 가르시아 노인은 뼈를 한 가득 담아둔 자루처럼 맥없이 땅바닥으로 쓰러졌다. 노인의 두 눈은 사 반세기 동안 서서히 빛을 차단시켜 왔던 우윳빛 막으로 덮여 있었다. 에스테반 가르시아가 못을 집어 들어 노인의 눈에 꽂으려는 순간 블랑카가 와서 그를 밀쳐냈다. 블랑카는 가무잡잡하고 못되게 생긴 그 아이가 자기 조카이며, 몇 년 후에는 자기 집안 식구들을 몰락시킬 비극의 도구로 쓰일 인물이라는 걸 짐작도 하지 못했다.

"세상에, 페드로 가르시아 할아버지가 돌아가시다니!"

블랑카는 자신의 어린 시절을 재미있는 이야기로 가득 채워주고, 남몰래 하는 자신의 사랑을 감싸주었던 노인의 구부러진 몸에 기대어 흐느껴 울었다.

페드로 가르시아 노인은 경비는 일체 아끼지 말라는 에스테반 트루에바의 지시에 따라 성대하게 삼일장을 치른 후 매장되었다. 사람들은 그가 결혼했을 때도 입었고, 선거하러 갈 때나 크리스마스 때 50페소를 받기 위해 입었던 제일 좋은 옷을 입혀 거친 송판으로 만든 관에 시신을 안치했다. 사람들은 나이가 들면서 몸이 움츠러들어 목 주위가 헐렁해진 흰색 단벌 와이셔츠를 그에게 입히고, 상복 넥타이를 매주고, 축제 때처럼 단춧구멍에 붉은 카네이션을 꽂아주었다. 손수건으로 턱을 고정시키고, 머리에는 검은 모자를 씌웠는데, 그것은 그가 나중에 죽어서 모자를 벗고 하느님한테 인사하고 싶다는 말을 자주 했기 때문이었다. 노인에게는 구두가 없었지만, 사람들이 모두 보는 앞에서 맨발로 천당에 들어가지 않게 하려고 클라라가 남편의 구두 한 켤레를 가져왔다.

　장 드 사티니는 장례식을 보고 흥분했다. 그가 자기 짐 중에서 카메라와 삼각대를 꺼내들고 나타나 고인의 사진을 마구 찍어대는 바람에 유족들은 사진이 고인의 영혼을 훔쳐 갈까 봐 혹시 하는 마음에 감광판을 부수어버렸다. 페드로 가르시아 노인이 일 세기 가까이 살아오면서 그 지방의 많은 농부들과 친척 관계에 있었기 때문에 장례식에는 곳곳에서 온 농부들이 많이 참석했다. 페드로 가르시아 노인보다 훨씬 더 나이가 많은 인디오 치료사도 자기 부족의 인디오들을 거느리고 참석했다. 그녀가 명을 내리자 인디오들이 일제히 곡을 시작하더니 사흘 후 초상이 끝날 때까지 계속 곡을 하였다. 사람들은 페드로 가르시아 노인의 집 밖에 모여 술 마시고, 기타 치고, 송아지 굽는 것을 지켜보았다. 신부 두 명이 페드로 가르시아의 유해에 신의 가호를 빌고 장례식을 주관하기 위해 자전거를 타고 도착했다. 그중 한 신부는 강한 스페인 억양을 지닌 혈색 좋고 덩치가 큰 호세 둘세 마리아 신부로, 에스테반은 그의 이름만 알고 있었다. 그는 자기 땅에 호세 신부를 들어오지 못하게 하려 했지만, 클라라가 농부들의 기독교적 열성보다 정치적 증오심을 앞세울 때가 아니라며 에스테반을 설득했다.

"적어도 신부가 영혼의 문제는 조금이라도 다룰 줄 알잖아요."

클라라가 말했다.

결국 에스테반 트루에바는 호세 신부를 맞아들여, 함께 온 동료와 함께 자기 집에서 머물도록 초대했다. 호세 신부와 함께 온 신부는 고개를 푹 숙이고 두 손을 모은 채 입도 열지 않고 땅바닥만 바라보았다. 주인 나리는 개미 떼의 습격에서 농작물을 구해 주었을 뿐만 아니라, 자기 목숨까지도 구해 준 노인의 죽음에 마음이 많이 약해져 있었다. 그래서 모든 사람들이 그 장례식을 성대하게 잘 치렀다고 기억해 주기를 바랐다.

신부들은 소작인과 조문객을 학교에 모아놓고 복음서를 읽고 페드로 가르시아 노인의 영혼이 영원한 휴식을 얻을 수 있도록 미사를 올렸다. 그러고 나서 두 신부는 주인집에 마련된 방으로 물러갔고, 다른 사람들은 신부들의 도착으로 잠시 중단되었던 왁자지껄한 잔치를 다시 시작했다. 그날 밤 블랑카는 기타 소리와 인디오들의 곡소리가 그치고 모든 사람들이 잠자리에 들기를 기다렸다가 침실 창문을 뛰어내려, 어둠의 보호를 받으며 평소에 가던 곳으로 달려갔다. 블랑카는 두 신부가 떠날 때까지 사흘 밤 계속 그곳에 갔다. 블랑카의 부모를 제외한 사람들 모두 그녀가 강가에서 신부 중 한 명과 밀회한다는 것을 알고 있었다. 그 신부는 바로 페드로 테르세로 가르시아로, 할아버지 장례식에 참석하기 위해 성직자로 변장해서 나타난 것이었다. 페드로 테르세로는 그 기회를 이용해 소작인들의 집집

마다 돌아다니며, 앞으로 다가올 대통령 선거는 자기네가 평생 속박되어 살아왔던 굴레를 떨쳐버릴 수 있는 좋은 기회라고 설명했다. 소작인들은 놀라면서도 당혹스러운 마음으로 페드로 테르세로의 말을 들었다. 그들에게 시간은 계절별로 나뉘어 흘러갔으며, 사고는 세대별로 나뉘어 흘러갔다. 그들은 느리고 신중한 사람들이었다. 라디오와 뉴스를 듣고, 때로 마을에 나가 노조 사람들과 얘기를 해본 젊은이들만이 페드로 테르세로가 하는 얘기의 흐름을 이해할 수 있었다. 그 외에는 페드로 테르세로가 지주들에게 쫓기는 영웅이라 그의 말에 귀를 기울였을 뿐, 마음속으로는 모두 쓸데없는 헛소리라 생각했다.

"우리가 사회주의자들한테 투표하려 한다는 걸 주인 나리가 아는 날이면 우리는 끝장이야."

소작인들이 말했다.

"알 방법이 없어요! 선거는 비밀 투표로 치러져요!"

가짜 신부가 반박했다.

"그거야 네 생각이지, 아들아."

그의 아버지인 페드로 세군도가 대답했다.

"말은 비밀 투표라고 하지만 지주들은 우리가 누구한테 표를 던졌는지 금세 정확하게 파악하고 말걸. 게다가 너희 당이 선거에서 이긴다면 지주들이 당장 우리를 쫓아낼 거다. 그럼 우린 일자리를 잃게 돼. 난 평생 이곳에서 살아왔다. 내가 뭘 할 수 있겠니?"

"전부 쫓아낼 수는 없어요! 소작인들이 나가면 지주들이 더 많은 손해를 입게 될 테니까요."

페드로 테르세로가 반격했다.

"우리가 어느 쪽에 투표하든 달라지는 건 아무것도 없다. 언제나 그들이 이겨왔으니까."

"그들은 투표용지까지 바꿔치기하잖아요."

농민들의 모임에 앉아 있던 블랑카가 말했다.

"이번에는 달라."

페드로 테르세로가 말했다.

"투표장을 감시하고, 그들이 투표함을 밀봉했는지 확인하기 위해 우리 당에서도 사람이 나갈 거예요."

그러나 농부들은 페드로 테르세로의 말을 믿지 않았다. 구전으로 떠도는 불온 가요에서 이야기하는 것과는 반대로 결국에는 여우가 암탉을 잡아먹게 될 것임을 경험으로 알고 있었다. 그래서 열렬한 연설로 엄청난 수의 군중을 휘어잡은 카리스마 넘치는 사회당의 새 후보인 근시의 의사를 실은 기차가 도착했을 때 농부들은 역에서 지주들이 엽총과 곤봉으로 무장하고 철저히 감시하는 가운데 그를 보았다. 농부들은 존경 가득한 마음으로 후보가 하는 말에 열심히 귀를 기울이기는 했지만, 무서워서 그를 반기는 표정조차 짓지 못했다. 단지 쇠꼬챙이와 몽둥이로 무장한 날품팔이들만 몇 명 무리를 지어 몰려와 열렬히 환호를 보냈다. 그들은 고정된 일자리도 없고, 가족도 주인도 없이 시골을 떠도는 유랑자들이기 때문에 잃을 것도, 무서울 것도 없는 사람들이었다.

페드로 가르시아 노인이 숨을 거두고 기억에 남을 장례식이 끝난 후에 블랑카는 사과 빛처럼 발그스름하던 생기를 잃어갔다. 숨을 참아서 생긴 것이 아닌 진짜 피로가 몰려들었으며, 미지근한 소금물을 마셔서 생긴 것이 아닌 진짜 구토에 아침마다 시달렸다. 블랑카는 과식해서 그렇다고 생각했다. 잘 익은 복숭아와 살구의 계절이자 질그릇 냄비에 바질 향을 넣고 찌는 여린 옥수수의 계절이고, 또 한겨울에 먹을 잼과 과일 젤리를 만드는 계절이라 너무 많이 먹었던 것이다. 그러나 금식을 해도, 소화를 도와주는 만사니야 차를 마셔도, 장 청소하는 약을 먹어도, 푹 쉬어도 아무 소용이 없었다. 블랑카는 학교와 양호실 일은 물론, 진흙으로 굽는 성탄 인형에도 완전히 흥미를 잃었다. 만사가 점점 시들해지면서 자꾸 졸렸고, 다른 것에는 아무런 관심도 보이지 않은 채 몇 시간씩 그늘에 누워 하늘만 바라보았다. 블랑카가 유일하게 계속 관심을 보인 것은 페드로 테르세로와 강가에서 만날 약속이 있을 때 야밤에 창문을 통해 밖으로 빠져나가는 일뿐이었다.

장 드 사티니는 자신의 구애가 실패했음을 인정하지 않고 계속 블랑카를 주시했다. 그는 신중하게 행동하기 위해 한동안은 마을 호텔에서 묵으며 수도로 며칠씩 짤막하게 여행했다. 여행에서 돌아올 때면 친칠라와 친칠라 우리, 친칠라 사료와 질병, 친칠라의 번식 방법과 친칠라 껍질을 무두질하는 방법 등 숙녀의 코트가 될 운명을 지니고 태어난 이 작은 동물에 관한 책자란 책자는 모두 가지고 돌아왔다. 백작은 트레스 마리아스에서 거의 여름 내내 손님으로 지냈다. 그는 예의 바르고, 쾌활하고, 차분하고, 유쾌한 손님이었다. 그는 늘 혀끝에 친절한 말을 달고 다니며 요리가 맛있다고 칭찬하고, 오후에는 거실에서 피아노를 연주하며 주인 가족을 즐겁게 해주었다. 그의 피아노 연주는 클라라가 연주하는 쇼팽의 야상곡과 쌍벽을 이루었으며, 수도 없이 많은 일화들을 탄생시켰다.

백작은 아침 늦게 일어나 한두 시간 동안 몸단장하고, 운동하고, 거친 농민들의 야유에도 아랑곳하지 않고 종종걸음으로 주변을 산보했다. 그러고 나서는 욕조에 뜨거운 물을 받아 목욕하고, 오늘은 어느 옷을 입을까 한참 고민하며 옷을 골랐다. 그렇지만 그가 멋 내는 것을 알아주는 사람이 아무도 없었기 때문에 쓸데없는 수고였다. 그가 영국제 승마복과 벨벳 조끼와 작은 깃털이 달린 티롤 모자를 쓰고서 어쩌다 얻어내는 게 있다면 그건 시골 분위기에 맞게 옷을 입으라는 클라라의 충고뿐이었다. 물론 클라라는 좋은 의도에서 하는 이야기였다. 그래도 장 드 사티니는 절대 기죽지 않았다. 그는 집주인의 빈정거리는 미소나 블랑카의 찡그린 얼굴, 일 년이 지났는데도 아직까지 자신의 이름을 묻는 클라라의 영원한 무관심을 다 받아주었다. 그는 프랑스 요리 몇 가지를 아주 완벽하고도 근사하게 요리할 줄도 알았으며, 가끔 손님들이 왔을 때 그가 맡아서 식탁을 차리기도 했다. 손님들은 남자가 요리에 관심이 있는 것은 처음 보았지만 그게 유럽의 관습일 거라 추측하고는 무식하다는 소리를 들을까 봐 감히 드러내놓고 그를 비웃지는 못했다.

장 드 사티니는 수도에 갔다 오면서, 친칠라에 관한 책자 이외에도 패션 잡지나 군인 영웅 신화를 탄생시키기 위해 유행되던 전쟁 책자와 블랑카에게 줄 로맨스 소설도 가지고 왔다. 그는 가끔 식사 후의 대화에서 리히텐슈타인이나 프랑스 남부 해변인 코트다쥐르 지역의 성에서 유럽 귀족들과 함께 보낸 여름에 대해 아주 지겹다는 투로 이야기했다. 그리고 자기는 그 모든 것을 다 버리고 아메리카의 매력에 흠뻑 매료되어 너무 행복하다는 얘기도 빠뜨리지 않았다. 블랑카가 그에게 이국적인 것을 찾는다면 왜 카리브 해안이나 혼혈 미녀들, 그리고 코코야자와 북이 있는 나라를 선택하지 않았느냐고 물었다. 그러면 그는 모두에게 잊혀진 세상 끝에 있는 이 작은 나라만큼 좋은 곳은 없다고 주장했다. 이 프랑스인은 대화하는 상대방이 조금만 영리해도 알아들을 수 있도록 자신의 화려한 과거와 어마어마한 재산, 귀족 태생에 대해 살짝 흘리는 것 이외에는 자신의 사생활에 대해서 일절 얘기하지 않았다. 자기가 기혼인지 미혼인지, 나이는 얼마인지, 가족은 있는지, 프랑스 어느 지방 출신인지 정확하게 얘기하지 않았다. 클라라는 비밀이 많은 사람에겐 뭔가 켕기는 게 있다는 주의라 타로 카드로 프랑스 백작의 실체를 캐어보려고 했지만, 장드 사티니는 카드 점을 보려고 하지 않았고, 손금도 읽지 못하게 했다. 물론 자신의 별자리도 얘기하지 않았다.

에스테반 트루에바는 백작의 과거에 조금도 관심이 없었다. 그는 백작이 체스나 도미노 판으로 자기를 재미있게만 해주면 그만이었다. 백작이 똑똑하고, 친절하고, 자기한테 돈을 꿔달라고 하지 않으면 그걸로 족했다. 장 드 사티니가 그들의 집을 방문하기 시작한 이후로 시골에서는 아무것도 할 일이 없는 오후 5시의 무료함이 그나마 참을 만해 졌다. 더구나 에스테반은 그 귀한 손님을 트레스 마리아스 에 데리고 있다는 이유로 이웃사람들의 부러움을 한 몸에 받는 게 기분이 좋았다.

장이 블랑카 트루에바에게 청혼했다는 소문이 돌았지만, 혼기에 찬 딸을 둔 어머니들은 여전히 그를 최고의 신랑감 으로 꼽았다. 클라라 역시 그에게 딸을 시집보내려는 속셈 은 없었지만 그를 높이 평가했다. 한편 블랑카도 백작에게 조금씩 익숙해졌다. 백작이 워낙 신중하고 매너 좋은 태도 를 유지하자 블랑카는 그가 자기한테 청혼했다는 사실을 조금씩 잊어갔다. 심지어는 백작이 농담했던 거라고 생각 하기에 이르렀다. 블랑카는 다시 찬장에서 은촛대를 꺼내 영국 산 도자기 그릇들과 함께 식탁에 놓았고, 느지막한 오후 티타임 때는 다시 도회지 옷을 꺼내 입었다. 장은 종 종 블랑카를 마을로 초대하거나, 수많은 사교 모임에 함께 가자고 청하기도 했다. 에스테반 트루에바가 그 문제에 있 어서만큼은 아주 완고했기 때문에 그럴 때는 클라라가 늘 그들과 동행했다. 에스테반은 공개 석상에 블랑카와 프랑 스 백작 단둘이 모습을 드러내는 걸 원치 않았다. 하지만 너무 멀리 가지 않거나, 어두워지기 전에만 돌아온다면 농 장에서는 보호자 없이 산책해도 좋다고 허락했다. 클라라 는 딸의 처녀성을 지키기 위해서 그러는 거라면 그것이 우 즈카테기 가문의 농장에 차 마시러 가는 것보다 훨씬 더 위험한 일이라고 말했다. 그렇지만 에스테반이 장은 아주 고상한 성품이라 그에 관해서라면 걱정할 필요가 없다며 자신만만해했다. 딸의 평판에 금이 갈 수 있기 때문에 사람들의 입놀림만 조심하면 된다는 것이었다.

장과 블랑카는 시골길을 산책하면서 차츰 친해지더니, 마침내는 서로 사이좋게 지내게 되었다. 그들은 느지막한 아침 나절에 말 타고 나가는 것을 좋아했다. 간식거리가 담긴 바구니와 장의 카메라 도구가 든 가죽 가방과 천 가방 몇 개를 싣고 나갔다. 백작은 말을 멈출 때마다 경치를 배경으로 블랑카의 사진을 찍었다. 블랑카가 어색하다며 싫다고 버티긴 했지만 그래도 틈틈이 찍었다. 그런 어색한 느낌은 현상된 사진들에 잘 나타났다. 블랑카는 평소 자기 미소가 아닌 어정쩡한 미소에 불편한 자세로, 그다지 유쾌하지 않은 표정을 한 채 찍혀 있었다. 그러면 장은 블랑카가 자연스럽게 포즈를 취할 줄 몰라서 그런 거라고 했고, 블랑카는 그가 자기에게 억지로 비틀린 자세로 서서 셔터를 누를 때까지 몇 초 동안 숨을 못 쉬게 해서 그렇다고 했다.

그들은 주로 나무 그늘 아래에 담요를 펴놓고 몇 시간씩 앉아 있었다. 그들은 유럽과 책, 블랑카 가족의 일화와 장이 다녀온 여행들에 관한 얘기를 했다. 블랑카는 그 나라 최고의 시인의 시집을 장에게 선물로 주었다. 장은 그 시집에 흠뻑 매료되어 많은 부분을 외워서 완벽하게 낭송할 수 있을 정도가 되었다. 장은 그 시가 여태껏 쓰여진 시들 중 최고이며, 예술의 언어인 프랑스어로 된 시 중에서도 그 시와 견줄 만한 작품이 없다고 극찬했다. 그들은 자신들의 감정에 대해서는 얘기하지 않았다. 장은 블랑카를 간절히 원했지만, 애걸하거나 집요하게 굴지 않았다. 차라리 오빠 같은 편한 상대였다. 헤어질 때 장이 블랑카의 손에 입맞춤을 해도, 그는 연애 감정은 일절 배제한 채 남학생 같은 덤덤한 얼굴로 입술을 가져다 대었다. 또한 블랑카가 입은 옷이나 블랑카가 만든 음식 혹은 성탄 인형을 칭찬할 때도 장의 어조는 블랑카가 여러 가지로 해석할 수 있을 정도로 상당히 아이러니했다. 블랑카에게 꽃을 꺾어주거나, 말에서 내릴 때 도와주는 행동도 장이 무덤덤한 표정을 지은 탓에 애인을 유혹하려는 몸짓이 아닌, 단순한 우정에서 비롯된 것처럼 보였다. 그래도 블랑카는 확실히 해두기 위해 틈틈이 기회가 될 때마다 자기는 죽어도 그와 결혼하지 않을 거라고 밝혀두었다. 장 드 사티니는 그럴 때마다 매혹적인 미소를 지었으며, 블랑카도 장이 페드로 테르세로보다 훨씬 더 잘생겼다는 걸 인정하지 않을 수 없었다.

블랑카는 장이 자신을 감시하고 있다는 것을 알지 못했다. 장은 블랑카가 남장을 하고 창문을 통해 빠져나가는 모습을 여러 번 목격했다. 가끔 블랑카를 따라 한참 가보기도 했지만, 어둠 속에서 개들이 튀어나올까 봐 무서워서 그냥 돌아오곤 했다. 그러나 블랑카가 가는 방향을 보고는 그녀가 늘 강 쪽으로 간다는 것을 알 수 있었다.

한편, 에스테반 트루에바는 아직 친칠라 사업에 대해 마음을 결정하지 못했다. 우선 실험 삼아 거대한 패션 사업을 소규모로 흉내 내 친칠라 몇 쌍을 사육할 우리부터 만들어보기로 했다. 장 드 사티니가 일하겠다고 소매를 걷어

붙인 건 그때가 처음이었다. 그렇지만 친칠라들은 쥐들이 걸리는 특유의 병에 전염되어 이 주일도 지나지 않아 모두 죽어버렸다. 털이 거무죽죽하게 변하더니 뜨거운 물에 데친 닭처럼 털이 숭숭 빠져나갔기 때문에 가죽을 무두질할 수도 없었다. 장은 털이 몽땅 빠진 채 다리가 뻣뻣하게 굳어 눈을 허옇게 뜨고 죽은 친칠라들을 보고는 자지러지게 놀랐다. 그렇게 사망률이 높은 것을 보고 에스테반 트루에바가 모피 장사에 대한 흥미 자체를 잃어버렸기 때문에 이제 에스테반을 설득하려는 계획은 모두 수포로 돌아갔다.

"사업을 크게 벌였다가 이 병이 덮쳤으면 나는 아주 쫄딱 망했을 거야."

에스테반 트루에바는 이렇게 결론 내렸다.

친칠라의 전염병과 블랑카의 야밤 탈출로 백작은 몇 달간의 시간을 허비한 꼴이 되었다. 장은 서서히 그런 절차들이 지겨워지기 시작했으며, 블랑카가 절대 자기의 유혹에 넘어오지 않으리라는 생각이 들었다. 장은 친칠라 사업이 이젠 아무런 전망도 없게 되자, 웬 약삭빠른 놈이 나타나 상속녀를 가로채 가기 전에 서둘러 일을 해치우는 게 낫겠다고 결심했다. 게다가 그도 블랑카가 좋아지기 시작했다. 블랑카는 이제 많이 건강해졌고, 그녀의 나른한 자태가 시골 여자의 거친 면을 많이 감해 주었다. 장은 차분하고 통통한 여자를 좋아했다. 그리고 블랑카가 낮잠 자는 시간에 쿠션을 베고 하늘을 바라보는 모습을 보고 있으면 어머니 생각이 나기도 했다. 때로는 블랑카가 그의 마음을 뭉클하게 하기도 했다.

장은 다른 사람들은 눈치도 채지 못하는 여러 세세한 부분들로 미뤄 짐작해, 블랑카가 언제 한밤중에 몰래 강가로 나가려 하는지 감을 잡을 수 있었다. 그럴 때면 블랑카는 머리가 아프다는 핑계로 저녁 식사 때 자리만 지키고 앉아 있다가 먼저 일어나겠다며 양해를 구했다. 그때 블랑카의 두 눈에는 이상한 광채가 감돌았으며, 그녀의 행동이 왠지 초조하고 간절해 보여 눈치 챌 수가 있었다. 장은 언제까지 계속될지 모르는 그 만남을 끝내기 위해 어느 날 밤 블랑카를 끝까지 따라가 보기로 결심했다. 장은 블랑카에게 애인이 있긴 하지만 그렇게 심각한 관계는 아닐 거라고 생각했다. 개인적으로 장 드 사티니는 처녀성에 대한 선입견이 없었다. 그래서 블랑카에게 청혼했을 때에도 그 문제는 별로 염두에 두지 않았다. 블랑카에 대한 장의 관심은 다른 데 있었으며, 강가에서 잠시 잠깐 쾌락의 순간을 보냈다고 해서 그걸 포기할 수는 없었다.

블랑카가 자기 방으로 돌아가고, 나머지 식구들도 모두 각자의 방으로 돌아간 뒤에도 장 드 사티니는 블랑카가 창문으로 몰래 빠져나갈 시간이 될 때까지 어두컴컴한 거실에 앉아 집 안에서 들려오는 소음 하나하나에 촉각을 곤두세우고 있었다. 그는 블랑카가 나갈 시간이 되었을 즈음 마당으로 나가 나무 밑에 숨어서 블랑카를 기다렸다. 그는 괜히 잘못해서 밤의 평온을 깨지 않도록 주의하면서 반 시간 이상을 어둠 속에서 웅크리고 기다렸다. 기다리다가 지쳐서 막 들어가려는 순간, 블랑카 방의 창문이 열려 있는 것이 눈에 띄었다. 그제야 자신이 블랑카를 감시하기 위해

뜰에 나오기도 전에 그녀가 창문을 뛰어넘었다는 걸 알게 되었다.

"빌어먹을."

장이 프랑스어로 중얼거렸다.

장은 개들이 짖어 온 집안을 깨우고 자기에게 덤벼들지 않기를 바라면서 몇 번 블랑카가 가는 것을 본 적이 있는 길로 해서 강가로 나갔다. 우아한 신발을 신고서 갈아 뒤 덮어 놓은 땅을 걸어가는 것도, 돌멩이를 뛰어넘는 것도, 웅덩이를 피해 가는 것도 익숙지 않았지만, 그래도 환상적 인 광채를 내뿜으며 하늘을 밝게 빛내는 아름다운 보름달 덕택에 그날 밤은 유난히 밝았다. 개에 대한 공포가 사라 지자 장은 그 아름다운 순간을 음미할 수 있었다. 한 십오 분가량 걷자 강둑을 따라 자란 갈대들이 처음으로 희미하 게 보였다. 그는 바짝 긴장하고 살금살금 걸어갔다. 괜히 마른 나뭇가지라도 밟아 들킬까 봐 상당히 조심했다. 강물 에 달이 유리처럼 반짝이며 훤히 비쳤으며, 갈대와 나무 꼭대기가 산들바람에 부드럽게 흔들렸다. 가장 완벽한 침 묵이 지배하고 있었으며, 장은 자기가 몽유병 환자가 되어 꿈을 꾸고 있는 건 아닌가 하는 생각까지 잠깐 하게 되었 다. 마법에 걸려 한 장소에서 계속 제자리걸음만 하면서 앞으로 나가지도 못하고 계속 걷기만 하는 그런 꿈을 꾸는 것 같았다. 시간이 정지되어 있고, 손만 뻗으면 금세라도 나무들이 닿을 것 같아 손을 뻗지만 허공만 쥐어지는 그런 곳에 와 있는 꿈을 꾸는 것 같았다. 장은 평소의 현실적이 고 실리적인 마음 상태를 찾기 위해 안간힘을 써야 했다.

강이 휘어지는 곳에서, 달빛이 훤히 내리비치는 큼지막한 회색 바위들 사이로 장은 거의 만질 수도 있을 정도로 가까운 거리에서 그들을 보았다. 그들은 벌거벗은 채였다. 남자는 얼굴을 하늘로 향한 채 두 눈을 감고 약간 등지고 누워 있었다. 그렇지만 그가 페드로 가르시아 노인의 장례식 미사를 거들었던 예수회 신부임을 알아보는 건 어렵지 않았다. 그래서 장은 더욱 깜짝 놀랐다. 블랑카는 애인의 평평하고 까무잡잡한 배를 베고 자고 있었다. 여린 달빛에 반사되어 그들의 몸이 쇳조각처럼 반짝거렸다. 장 드 사티니는 그 순간만큼은 더할 나위 없이 완벽하게 조화를 이룬 블랑카를 보고 온몸에 전율을 느꼈다.

고상한 프랑스 백작은 두 연인의 모습과 잔잔한 밤, 달, 들판의 침묵이 어우러져 자기도 모르게 휩쓸려 들어갔던 그 꿈결 같은 상태에서 벗어나, 상황이 생각했던 것보다 훨씬 더 심각하다는 것을 곧 깨달았다. 장은 그들에게서 아주 오래된 연인 특유의 편안하고도 거리낌 없는 태도를 느낄 수 있었다. 그가 목격한 장면은 그가 생각했던 여름밤의 에로틱한 불장난이 아니라, 영혼과 육체의 완벽한 결합 그 이상이었다. 장 드 사티니는 블랑카와 페드로 테르세로가 처음 봤을 때부터 그런 모습으로 같이 잤으며, 요근래 몇 년간 기회가 될 때마다 그렇게 잤다는 걸 알 리 없었다. 그렇지만 느낌으로 알 수 있었다.

장은 가급적 아주 작은 소리도 내지 않으려고 애쓰면서 이 상황을 어떻게 수습해야 좋을지 궁리하며 집으로 돌아갔다. 집으로 돌아가면서 그는 이 문제를 해결하기 위해서

는 에스테반 트루에바의 불같은 성질이 가장 확실한 방법
이라 생각하고는 그에게 말하기로 마음먹었다. '저희들끼
리 해결하도록 내버려 둬야지.' 하고 생각한 것이다.

장 드 사티니는 아침까지 기다리지 않았다. 그는 집주인
의 방문을 두드리고는, 에스테반 트루에바가 미처 잠을 깨
기도 전에 자신이 짠 이야기를 들려주었다. 더워서 잠을
잘 수가 없어 바람이라도 쐬려고 강가 쪽으로 산보를 갔는
데, 그때 장차 자기의 아내가 될 여자가 휘한 달빛을 받으
며 발가벗은 채 턱수염을 길게 기른 예수회 신부와 껴안고
잠들어 있는 낙심천만한 광경을 목격했다고 말했다. 에스
테반은 자기 딸이 호세 둘세 마리아 신부와 잤다는 건 상
상도 할 수 없었기 때문에 잠시 혼란스러웠다. 그렇지만
곧 무슨 일이 일어났는지 깨달았다. 페드로 가르시아 노인
의 장례식 때 자신이 웃음거리가 되었으며, 딸을 유혹한
놈이 다름 아닌 잡아 죽여도 성이 차지 않을 그 빌어먹을
개자식 페드로 테르세로 가르시아라는 것을 알아차렸다.
에스테반은 서둘러 바지를 입고는, 장화를 신고 엽총을 어
깨에 둘러메고 벽에 걸려 있던 말채찍을 움켜쥐었다.

"백작은 여기서 기다리고 계시오."

에스테반이 프랑스인에게 말했다. 어쨌든 그도 에스테반
을 따라갈 생각은 전혀 없었다.

에스테반 트루에바는 마구간으로 뛰어가서 안장도 얹지
않고 단숨에 말에 뛰어올랐다. 그는 분노로 헐떡거렸으며,
온몸이 산산조각 날 것 같은 심정을 간신히 억눌렀다. 심
장이 가슴속에서 마구 뛰었다. "둘 다 죽여버리겠어." 그

는 기도문을 읊조리듯 중얼거렸다. 에스테반은 프랑스인이 가르쳐준 길을 따라갔다. 그러나 중간쯤에서 블랑카와 마주쳤기 때문에 강가까지 갈 필요가 없었다. 블랑카는 머리카락이 죄다 헝클어진 채 지저분해진 옷을 입고 더 이상 바랄 게 없다는 행복한 표정으로 콧노래를 부르며 오고 있었다. 에스테반 트루에바는 딸을 본 순간, 그 고약한 성질을 억누를 수가 없었다. 허공에 채찍을 휘두르며 말을 탄 채 곧바로 딸을 덮쳐, 딸이 쓰러져 진흙탕 속에서 꼼짝도 못할 때까지 인정사정없이 채찍을 휘둘러댔다. 에스테반은 말에서 뛰어내려 블랑카가 정신을 차릴 때까지 마구 뒤흔들었다. 그러고는 격한 순간에 나올 수 있는 욕이란 욕은 다 퍼부어댔다.

"누구야? 누군지 말해. 그렇지 않으면 너를 죽여버리겠어."

에스테반이 딸을 추궁했다.

"절대 말할 수 없어요."

블랑카가 흐느껴 울었다.

에스테반 트루에바는 자기를 닮아 고집스러운 딸에게 이런 방법을 써서는 아무것도 얻어낼 수 없다는 걸 깨달았다. 항상 그랬듯이, 이번에도 자신이 지나쳤음을 깨달았다. 에스테반은 딸을 말에 태우고 집으로 돌아왔다. 본능 때문인지, 아니면 개들이 짖어서인지 클라라와 하인들이 불이란 불은 죄다 훤히 밝히고 긴장한 채 문간에 나와 서 있었다. 아무리 둘러보아도 백작 한 사람만이 보이지 않았다. 백작은 그 소란을 틈타 얼른 가방을 챙겨 마차를 타고 마을 호텔로 떠나버렸다.

"오, 맙소사! 에스테반, 당신 무슨 짓을 한 거예요?"

클라라가 온몸이 흙과 피로 범벅이 된 딸을 보고 놀라서 소리 질렀다.

클라라와 페드로 세군도 가르시아가 블랑카를 양쪽에서 부축해서 침대로 데리고 갔다. 페드로 세군도는 새파랗게 질려 있었지만 아무 말도 하지 않았다. 클라라가 딸을 씻기고, 멍든 곳에 차가운 습포를 붙여준 뒤 딸이 진정할 때까지 달래주었다. 딸이 잠든 후에 클라라는 남편에게 따지러 갔다. 에스테반은 서재에 틀어박혀 성난 걸음걸이로 왔다 갔다 하면서 채찍으로 벽을 휘갈기고, 욕을 퍼부어대며 가구들을 발로 걷어차고 있었다. 그는 클라라를 보자 그녀에게 모든 화풀이를 해댔다. 딸을 방탕한 무신론자처럼 도덕도 신앙도 원칙도 없이 키웠다며 클라라를 마구 몰아세웠다. 더군다나 블랑카가 집안 좋은 남자하고 그랬다면 이해가 가겠지만 이건 계급 관념도 하나 없어서, 촌놈에다가 얼간이에 사상도 불순하고 게으르며 좋은 점이라고는 어디 한 군데 찾아볼 수 없는 그런 놈하고 붙어났다며 고래고래 소리 질렀다.

"내가 죽이겠다고 했을 때 그놈을 죽였어야 했어! 감히 내 딸과 놀아나다니! 맹세코 이놈을 붙잡아 고자로 만들어버리겠어! 죽어도 반드시 그렇게 하고 말겠어! 어머니의 영혼을 두고 맹세컨대, 그놈이 이 세상에 태어난 걸 후회하게 만들어주겠어!"

"페드로 테르세로 가르시아는 당신이 하지 않은 일을 한

게 아니에요!"

남편이 잠시 틈을 보일 때 클라라가 얼른 말했다.

"당신도 당신 계급이 아닌 처녀들과 잤잖아요. 차이가
있다면 페드로 테르세로는 사랑 때문에 그랬다는 거지요.
그리고 그건 블랑카도 마찬가지고요."

에스테반은 놀라서 꼼짝도 하지 않고 클라라를 노려보았
다. 한순간 분노가 가라앉는 듯했다. 그러나 곧 클라라가
자기를 비웃고 있다는 생각이 들자 피가 거꾸로 치솟는 것
같았다. 그는 자제심을 잃고서 클라라가 벽 쪽으로 나가떨
어질 정도로 세차게 그녀의 얼굴을 후려갈겼다. 클라라는
아무 소리도 내지 못하고 바닥에 쓰러졌다. 에스테반은 그
순간 제정신이 들어 클라라 옆에 무릎을 꿇고는 자기가 잘
못했다고 울면서 더듬거리며 자기변명을 늘어놓았다. 에스
테반은 클라라와 단둘만이 있을 때만 사용하는 애칭을 부
르며 용서를 구했다. 자기가 어떻게 클라라에게 손을 댈
수 있었는지 스스로도 이해할 수가 없었다. 실제로 그에게
는 클라라가 가장 소중한 사람이었으며, 함께 살아오면서
최악의 순간에도 아내에게만큼은 절대 손을 대지 않았다.
에스테반이 아내를 두 팔로 안아 조심스럽게 소파에 앉히
고는 손수건을 적셔 이마에 얹어주고, 아내에게 약간의 물
이라도 먹여보려고 조바심을 쳤다. 마침내 클라라가 눈을
떴다. 코피가 흘러내렸다. 클라라가 입을 열자 이빨 몇 개
가 마룻바닥에 떨어졌고, 피 섞인 침이 턱과 목을 타고 흘
러내렸다.

클라라는 조금이라도 몸을 움직일 수 있게 되자 에스테

반을 밀쳐내고는 힘겹게 몸을 일으켜 똑바로 걸으려고 애쓰면서 서재를 나갔다. 문밖에 페드로 세군도 가르시아가 있다가 클라라가 비틀거리자 얼른 부축했다. 클라라는 페드로 세군도가 자기 옆에 있다는 것을 안 순간 쓰러졌다. 클라라는 자기 인생에서 최악의 순간마다 항상 자기 곁에 있어주었던 남자의 가슴에 부어오른 얼굴을 기댄 채 엉엉 울었다. 페드로 세군도 가르시아의 셔츠가 피로 물들었다.

그 후 클라라는 죽을 때까지 다시는 남편과 말하지 않았다. 그녀는 남편의 성을 사용하지 않았으며, 이십 년 전 바라바스가 도살용 칼로 잔인하게 살해되었던 그 끔찍한 밤에 에스테반이 자신의 손가락에 끼워주었던 가느다란 결혼 금반지도 빼버렸다.

이틀 후에 클라라와 블랑카는 트레스 마리아스를 떠나 수도로 돌아갔다. 에스테반은 굴욕감과 분노로 치를 떨면서도 자기 인생에서 가장 중요한 무엇인가가 영원히 파괴되었다는 느낌을 떨쳐버릴 수가 없었다.

페드로 세군도가 안주인과 주인 딸을 역까지 배웅 나갔다. 그날 밤 이후 페드로 세군도는 클라라와 블랑카를 다시는 만나지 못했다. 그날 그는 유난히 말이 없었으며, 잔뜩 주눅 들어 있었다. 페드로 세군도는 모녀를 기차에 태우고는 어떻게 작별 인사를 해야 좋을지 몰라 모자를 손에 쥔 채 바닥만 내려다보며 가만히 서 있었다. 클라라가 그를 꼭 안아주었다. 그러자 그는 처음에는 깜짝 놀라 몸이 경직되었지만, 차츰 감정이 이끄는 대로 조심스럽게 두 팔로 클라라를 포옹하고는 느껴지지도 않을 정도로 가볍게 그녀의 머리카락에 입을 맞췄다. 페드로 세군도와 클라라는 차창을 통해 마지막으로 서로의 모습을 바라보았다. 그들의 눈에는 눈물이 가득 고여 있었다. 충실한 감독관은 그의 작은 벽돌집으로 돌아와 얼마 되지 않는 짐을 챙겨 수년 동안 가까스로 모은 몇 푼 안 되는 돈을 손수건에 싸서 떠났다. 트루에바는 페드로 세군도가 소작인들과 작별 인사를 나누며 말에 오르는 것을 보았다. 트루에바는 그 일이 페드로 세군도와는 아무런 관계가 없는 일이며, 아들 때문에 일자리에 친구, 집과 안정된 생활까지 모두 잃는 것은 옳지 않다고 설명하면서 페드로 세군도가 떠나는 것을 말리려 했다.

"주인 나리께서 제 아들놈을 찾아냈을 때 여기에 있고 싶지 않습니다."

페드로 세군도 가르시아가 큰길가 쪽으로 사라지기 전에 한 마지막 말이었다.

그 후 얼마나 외로웠던가! 그때는 내가 늘 외로움에 절어 살게 될 것이며, 여생 동안 내 곁에 있어줄 유일한 사람이 로사처럼 초록빛 머리카락을 가진 보헤미안풍의 괴짜 손녀딸이라는 것을 알지 못했다. 그러나 그 일은 몇 년 뒤에나 있을 일이었다.

클라라가 떠난 뒤 주변을 둘러보았을 때, 트레스 마리아스에 못 보던 얼굴들이 많이 생겼다는 것을 알게 되었다. 오랜 친구들은 벌써 죽거나 멀어진 지 오래였다. 이제 나에게는 아내와 딸이 없었다. 아들들과는 거의 접촉이 없었다. 어머니, 누나, 유모, 페드로 가르시아 노인 모두가 죽었다. 로사도 절대 잊혀지지 않을 고통처럼 다시 나타나나를 괴롭혔다. 이제는 삼십오 년간 내 곁을 지켜주었던 페드로 세군도 가르시아에게 의지할 수도 없었다. 나는 울음을 멈출 수가 없었다. 눈물이 얼굴을 타고 흘러내렸으며, 아무리 손으로 닦아내도 멈추지 않았다. "젠장, 전부지옥에나 나가떨어져라."라고 소리치며 나 혼자 집구석을 돌아다니며 씩씩거렸다. 나는 텅 빈 방들을 돌아다녔다. 아내가 쓰던 물건들을 발견할 수 있을 거라는 기대로 아내의 침실에 들어가 옷장과 서랍장을 뒤졌다. 아내가 사용했던 물건에 코를 대고, 짧은 순간이라도 달콤하고 깨끗한 아내의 냄새를 다시 맡아보고 싶었다. 나는 아내의 침대에 누워 아내의 베개에 머리를 묻고 아내가 경대 위에 남겨둔 물건들을 쓰다듬으면서 더할 나위 없는 적막감을 느꼈다.

이 모든 것이 페드로 테르세로 가르시아 그놈 때문이었다. 그놈 때문에 블랑카가 떠났고, 아내와 싸웠으며, 페드로 세군도가 농장을 떠났고, 소작인들이 증오의 눈빛으로 나를 바라보고, 내 등 뒤에서 속닥거리게 되었다. 언제나 그놈이 말썽이었다. 애초에 그놈을 내쫓아 버렸어야 했다. 그런데 그놈의 아버지나 할아버지를 봐서 그냥 내버려 두었던 것이 화근이었다. 그날 날강도 같은 놈이 내가 이 세상에서 가장 아끼고 사랑하는 것을 가로채 갔다. 나는 마을에 있는 부대로 찾아가서 그놈을 찾을 수 있게 도와달라고 특수 경찰들을 매수했다. 나는 군인들에게 그놈을 잡으면 가두어두지 말고 조용히 나에게 넘기라고 명했다. 그러고는 선술집이나 이발소, 클럽, 사창가에다가 그놈을 넘겨주는 사람에게는 후하게 보상하겠다는 입 소문을 냈다.

"조심하십시오, 어르신. 어르신이 직접 복수하시면 안 됩니다. 이제는 어르신 멋대로 법을 주무를 수가 없어요. 산체스 형제 때와는 사정이 많이 달라졌습니다."

사람들은 내게 이렇게 충고했다. 그렇지만 나에게는 그들이 하는 말이 들리지 않았다. 이런 상황에서 법이 무엇을 할 수 있단 말인가? 법은 아무것도 하지 않을 것이다.

별다른 소식 없이 보름이 그냥 지나갔다. 나는 말을 타고 나가 농장을 둘러보고, 이웃 농장들에도 가서 소작인들을 감시했다. 소작인들이 그놈을 숨겨주고 있다는 확신이 들었다. 나는 보상금 액수를 올리고, 특수 경찰들에게 무능하다며 해고시키겠다고 협박도 해보았지만 모두 헛수고였다. 시간이 흐를수록 분노만 커져갔다. 나는 전례를 찾을 수 없을 정도로, 심지어는 총각 시절에도 그렇게 마신 적이 없을 정도로 심하게 폭음을 했다. 잠을 거의 자지 못했으며, 다시 로사의 꿈을 꾸기 시작했다. 하루는 내가 클라라를 때렸던 것처럼 로사를 때려서 이빨 몇 개가 땅바닥에 굴러 떨어지는 꿈을 꾸기도 했다. 비명을 지르며 깨어났지만 나는 혼자였고, 내 비명을 들을 사람은 아무도 없었다. 모든 의욕을 잃어버린 나는 면도도 하지 않고, 옷도 갈아입지 않았다. 그때는 목욕도 하지 않았던 것 같다. 음식은 모두 쓰디썼고, 입에서는 쓴맛이 가시질 않았다. 벽을 치다 손마디가 부러지기도 했으며, 나를 산채로 잡아먹을 듯한 분노를 가라앉히기 위해 죽을힘을 다해 말을 달리다가 말까지 죽이기도 했다. 그 시절에는 내 곁에 가까이 오려는 사람이 없었다. 하녀들은 벌벌 떨면서 음식 시중을 들었는데, 그래서 더 내 비위를 건드리기도 했다.

어느 날 낮잠을 자기 전에 통로에서 담배 한 대를 피워 물었는데, 까무잡잡한 사내아이가 나타나 말없이 내 앞에 섰다. 에스테반 가르시아라는 아이였다. 그 아이는 내 손 자이지만, 나는 그 사실을 전혀 몰랐다. 에스테반 가르시 아의 소행으로 일어난 끔찍한 사건을 겪고 난 지금에야 그 아이가 내 핏줄이라는 것을 알게 되었다. 그는 페드로 세 군도의 누이동생인 판차 가르시아의 손자였다. 사실 나는 판차 가르시아도 기억이 나질 않는다.

"뭘 원하는 거냐, 꼬마야?"

내가 아이에게 물었다.

"페드로 테르세로 가르시아가 어디에 있는지 알아요."

아이가 내게 대답했다.

내가 깜짝 놀라 후다닥 일어나는 바람에 앉아 있던 대나 무 안락의자가 뒤로 발랑 넘어졌다. 나는 아이의 어깨를 움켜쥐고 뒤흔들었다.

"어디냐? 그놈이 어디에 있는 거냐?"

내가 소리 질렀다.

"보상금을 주실 건가요, 주인 나리?"

아이가 겁에 질려 더듬거리며 말했다.

"걱정 마라. 그렇지만 우선 그 말이 거짓이 아니라는 것 부터 확인해야겠다. 자, 어서 가자! 그 버러지 같은 놈이 있는 곳으로 안내해라!"

나는 엽총을 가지고 집을 나섰다. 그 아이는 페드로 테르세로가 트레스 마리아스에서 몇 마일 떨어진 레부스 제재소 안에 숨어 있다며 말을 타고 가야 한다고 했다. 왜 나는 그곳을 생각하지 못했을까? 그곳은 완벽한 은신처였다. 해마다 이맘때면 독일인 소유의 제재소는 닫혀 있는데다가 큰길에서도 멀리 떨어져 있었다.

"페드로 테르세로가 그곳에 숨어 있는지 어떻게 알았지?"

"주인 나리만 빼고는 다 알아요."

아이가 대답했다.

그곳의 지형에서는 말을 달릴 수 없기 때문에 우리는 걷는 속도로 갔다. 채석장은 산중턱에 위치하고 있었으며, 그곳에는 말을 타고 올라가기가 어려웠다. 올라가려고 안간힘을 쓰는 말발굽이 돌멩이에 부딪혀 불꽃이 튀었다. 말굽 소리가 찌뿌듯하고 조용한 오후에 그 주변에서 나는 유일한 소리였다. 숲으로 들어서자 경치가 바뀌면서 서늘해졌다. 햇빛도 들어오지 않을 정도로 나무들이 빽빽이 뻗어 있었다. 땅바닥에 부드럽고 불그스레한 양탄자를 깔아놓은 듯 말이 발걸음을 내디딜 때마다 푹푹 빠졌다. 순간 우리는 깊은 침묵에 휩싸였다. 아이는 안장이 없는 말을 타고, 말과 한 몸이라도 된 듯 말에 딱 달라붙어서 내 앞에서 갔고, 나는 말없이 분노에 휩싸인 채 뒤쫓아갔다. 한순간, 내가 늘 품고 있었던 분노보다도 강하고, 페드로 테르세로에 대한 증오심보다도 큰 슬픔이 덮쳐왔다. 두 시간쯤 지나자 숲 속의 반원형의 공터 안에 있는 제재소의 나지막한 헛간들이 언뜻 시야에 들어왔다. 그곳은 나무와 소나무 향이 너무 강렬해서 한동안 내가 무슨 일 때문에 왔는지조차 깜빡 잊어버릴 정도였다. 나는 그곳의 경치와 숲과 깊은 침묵에 압도당했다. 그러나 그처럼 마음이 약해진 순간은 일 초도 되지 않았다.

"여기서 기다리면서 말들이나 지키고 있어라. 꼼짝하지 말고."

나는 말에서 내렸다. 아이가 말의 고삐를 잡고, 나는 총을 양손으로 쥔 채 기다시피 하며 걸어갔다. 예순 살이란 나이도 느껴지지 않았고, 부서진 늙은 뼈들이 아픈지도 몰랐다. 복수하겠다는 일념뿐이었다. 희미한 연기가 헛간 지붕에서 피어올랐으며, 문 옆에 말이 매여 있는 게 보였다. 나는 그곳에 페드로 테르세로가 숨어 있을 거라 생각하고는 머릿속으로 온갖 생각을 하며 그 헛간으로 다가갔다. 마음이 급해 이빨까지 딱딱 부딪쳤다. 그 녀석을 한 방에 죽이고 싶지는 않았다. 그렇게 죽이면 너무 싱거울 테고, 쾌감도 한순간에 사라지고 말 것 같았다. 그놈을 갈가리 찢어 죽이는 순간을 음미하고자 너무나도 오랫동안 기다려 오지 않았던가. 그러나 그놈에게 달아날 기회를 주고 싶지도 않았다. 놈은 나보다 훨씬 젊기 때문에 급습하지 않으면 놓치기 십상이었다. 셔츠가 땀에 흠뻑 젖어 몸에 딱 달라붙었다. 눈앞이 침침하기는 했지만 황소 못지않은 힘을 자랑하는 스무 살이 된 기분이었다.

나는 조용히 헛간 안으로 기어 들어갔다. 심장이 북을 두드리는 것처럼 쿵쾅거렸다. 바닥에 톱밥이 가득 쌓인 넓은 창고 안으로 들어갔다. 거대한 목재 더미가 쌓여 있었고, 먼지를 타지 않도록 기계들 위로는 초록색 무명천이 덮여 있었다. 목재 더미 뒤에 숨어 조금씩 앞으로 나가자 곧 페드로 가르시아 그놈이 보였다. 놈은 담요를 둘둘 말아 베고는 바닥에 누워 자고 있었다. 그 옆에는 작은 모닥불과 물을 끓이기 위한 주전자가 놓여 있었다. 나는 우뚝 멈춰 서서, 그 까무잡잡한 얼굴을 내 기억 속에 영원히 간직하기 위해 세상의 모든 증오심을 담아 놈을 실컷 노려보았다. 턱수염은 변장을 위한 것일 뿐, 거의 어린아이 같은 얼굴이었다. 나는 내 딸이 저 평범한 털북숭이에게서 무엇을 봤는지 이해할 수가 없었다. 대략 스물다섯 살 정도일 테지만 잠든 모습은 어린아이 같았다. 나는 손과 이빨이 마구 떨려 자제하기가 힘들었다. 나는 총을 들어 몇 발자국 더 앞으로 나아갔다. 조준하지 않고서도 놈의 머리를 날려버릴 수 있을 정도로 가까이 있었지만 맥박이 가라앉을 때까지 잠시 숨을 돌리기로 했다.

하지만 잠깐 지체한 그 순간 모든 일을 그르치고 말았다. 놈은 늘 숨어 다니다 보니 청각이 아주 발달해 있었을 테고, 본능적으로 위험에 처해 있음을 알아챘을 것이다. 놈이 순식간에 잠에서 깨어난 게 분명했다. 하지만 눈은 그대로 감고 있었다. 놈은 몸의 근육을 모두 긴장시켜 있는 힘을 모아 단숨에 몸을 일으켰다. 그 순간 나도 발사했지만 놈에게서 1미터 정도 비켜 나갔다. 놈이 잽싸게 몸을 웅크려 나무토막을 집어던져 총에 맞히는 바람에 총이 내 손에서 떨어져 날아가 다시 조준할 수가 없었다. 나는 무기를 잃어버린 순간 온몸에 전율이 느껴질 정도로 심한 공포를 느꼈지만, 곧 놈이 나보다 더 겁에 질려 있다는 것을 알 수 있었다. 우리는 상대방의 움직임을 주시하면서 아무 말 없이 헐떡이며 서로 노려보았다. 그때 도끼가 눈에 띄었다. 손만 뻗으면 잡을 수 있을 정도로 도끼가 가까이 있었다. 그래서 나는 두 번 생각할 것도 없이 즉시 행동으로 옮겼다. 나는 도끼를 집어 들고서 뱃속 깊은 곳에서부터 나오는 엄청난 괴성을 지르며 놈에게 달려들었다. 단 한 번의 도끼질로 놈을 두 동강 낼 작정이었다. 도끼가 허공에서 번쩍거리며, 페드로 테르세로 가르시아 놈 위로 떨어졌다. 순간 핏줄기가 내 얼굴로 튀었다.

마지막 순간에 놈이 팔을 들어 도끼를 막으면서 도끼날이 놈의 오른손 손가락 세 개를 깨끗하게 잘라냈다. 너무 세게 도끼를 휘두른 탓에 나는 몸이 앞으로 튕겨 나가 무릎을 꿇으며 꼬꾸라졌다. 놈은 손을 꼭 붙잡아 가슴에 붙인 채, 목재 더미와 바닥에서 뒹구는 통나무를 뛰어넘어 문밖으로 뛰쳐나갔다. 놈은 말이 있는 곳으로 뛰어가 안장에 올라타서는, 끔찍한 괴성을 지르며 소나무 그림자 사이로 모습을 감추었다. 그 뒤로는 흥건한 핏자국만 남아 있었다.

나는 숨을 헐떡이며 손으로 바닥을 짚고 엎드려 있었다. 몇 분이 지난 뒤 간신히 진정되면서, 그제야 놈을 죽이지 못했다는 것을 깨달았다. 우선 안도감이 들었다. 놈의 뜨끈뜨끈한 피가 내 얼굴에 튄 순간 갑자기 분노가 누그러졌던 것이다. 내가 왜 그놈을 죽이려 했는지 생각이 나질 않았다. 숨이 막히고, 가슴이 터지고, 귓가가 윙윙거릴 정도였고, 내가 왜 그리 난폭했는지 설명할 수가 없었다. 그걸 깨닫기까지는 한참이 걸렸다. 나는 절망감에 휩싸인 채 입을 벌려 공기를 들이마시려고 했다. 두 발로 간신히 일어서기는 했지만 곧 비틀거렸다. 두어 발자국 앞으로 나가다가 다시 쓰러져 목재 더미 위로 엎어졌다. 머리가 어지럽고 숨쉬기가 어려웠다. 정신을 잃는 줄로만 알았다. 가슴속에서 심장이 고장 난 기계처럼 마구 뛰었다. 시간이 한참 흘렀던 것 같은데, 나도 정확히는 모르겠다. 마침내 나는 고개를 들고 다시 일어나 총을 찾았다.

어린 에스테반 가르시아가 나를 가만히 쳐다보며 내 옆에 있었다. 아이는 잘려 나간 손가락들을 주워 피 묻은 아스파라거스 꽃다발처럼 들고 있었다. 그 광경을 본 순간 나는 구역질을 참을 수가 없었다. 입에 침이 흥건히 고였다. 내가 장화 위에다가 모두 토해 내는 동안 아이는 싸늘하게 웃고 있었다.

"그걸 내려놔, 이 더러운 꼬마 녀석아!"

나는 아이의 손을 내리치면서 소리 질렀다.

잘려 나간 손가락들이 톱밥 위로 떨어져 톱밥을 붉게 물들였다.

나는 총을 집어 들고는 비틀거리며 문 쪽으로 걸어 나갔다. 차가운 저녁 공기와 진한 소나무 향기가 내 얼굴을 스쳐 지나가면서 나를 현실로 되돌려 놓았다. 나는 허겁지겁 공기를 들이마셨다. 나는 힘겹게 말 있는 곳까지 갔다. 온몸이 안 아픈 데가 없었고, 양손은 뻣뻣하게 굳어버렸다. 아이는 내 뒤를 따라왔다.

해가 지면서 금세 어두워졌기 때문에 우리는 어둠 속에서 길을 더듬거리며 트레스 마리아스로 되돌아왔다. 나무들이 많아 앞으로 나아가기가 힘들었다. 말들이 돌과 덤불에 채여 넘어졌으며, 지나갈 때마다 나뭇가지가 얼굴을 할퀴었다. 나는 다른 세계에 와 있는 것 같았다. 나 스스로 내 난폭함이 혼란스럽고 무서웠으며, 페드로 테르세로가 도망친 게 고마웠다. 만일 그놈이 바닥에 쓰러졌다면 분명 놈이 죽을 때까지 도끼를 휘둘러 댔을 것이다. 놈의 머리에 구멍을 내겠다고 작정을 하고 갔으니 인정사정없이 놈을 토막 내어 죽였을 게 분명했다.

사람들이 나에 대해 뭐라고 수군거리는지 잘 알고 있다. 무엇보다도 사람들은 내가 몇 사람은 죽였을 거라고 말한다. 그들은 몇몇 농민들의 죽음을 내 탓으로 보고 있다. 하지만 그건 사실이 아니다. 살인을 저지른 적이 있다면 나는 그 사실을 인정했을 것이다. 지금의 나이 정도 되면 개의치 않고 모든 일을 사실대로 말할 수 있다. 이젠 죽을 날도 얼마 남지 않았다. 나는 절대 사람을 죽이지 않았으며, 사람을 거의 죽일 뻔한 적은 그날 페드로 테르세로 가르시아에게 도끼를 휘둘렀을 때뿐이다.

우리가 집에 도착한 것은 한밤중이 다 되어서였다. 나는 어렵사리 말에서 내려 테라스 쪽으로 걸어갔다. 집에 돌아오면서 아이가 입도 뻥긋하지 않았기 때문에 나는 동행한 아이를 까맣게 잊고 있었다. 그래서 아이가 내 옷소매를 잡아당겼을 때는 깜짝 놀랐다.

"이제 보상금을 주시겠어요, 주인 나리?"

아이가 말했다.

나는 아이를 한 손으로 밀쳐냈다.

"배신자에게는 보상금 따윈 없어! 아, 그리고 아까 있었던 일은 아무에게도 말해선 안 된다, 알았지?"

나는 이렇게 소리 질렀다.

나는 집으로 들어가자마자 술을 병째 들이마셨다. 코냑이 목구멍을 화끈하게 달구면서 몸에 온기가 되살아났다. 그리고 나서 나는 숨을 헐떡거리며 소파에 드러누웠다. 그때까지도 심장이 불규칙하게 마구 뛰었으며, 현기증도 느껴졌다. 나는 손등으로 뺨에 흐르는 눈물을 닦아냈다.

에스테반 가르시아는 닫힌 문 앞에 서 있었다. 그 아이도 나처럼 분노로 울고 있었다.

7
형제들

클라라와 블랑카는 끔찍한 재난을 당한 사람들처럼 흉측한 몰골로 수도에 도착했다. 둘 다 울어서 눈이 시뻘겋게 충혈되었고, 얼굴은 퉁퉁 부어 있었다. 그리고 오랫동안 기차를 타고 와서 옷은 모두 구겨져 있었다. 블랑카는 엄마보다 키가 크고 젊었으며, 몸무게도 많이 나갔지만 훨씬 허약했다. 블랑카는 아빠에게 맞은 이후로는 깨어 있을 때면 한숨을 짓고, 자는 동안에는 훌쩍거리며 계속 비탄에 잠겨 있었다. 그러나 클라라는 불행만 되씹는 여자는 아니었다. 그래서 그들이 거대한 무덤과도 같은, 텅 비어서 애처롭기까지 한 모퉁이 큰 집에 도착했을 때 클라라는 이제 눈물 흘리고 한탄하는 것은 그만두고 즐겁게 살아야 할 시간이 되었다고 결심했다.

클라라는 딸이 슬픔을 떨쳐낼 수 있도록 여러 가지 일을 시켜 자기를 돕게 했다. 새 하인들을 고용하고, 덧문을 죄다 열고, 가구들을 덮어두었던 천을 걷어내고, 등에 씌워두었던 천을 벗겨내고, 문에 채운 자물쇠를 열고, 먼지를 털어내고, 집 안에 빛과 공기를 들어오게 했다. 이렇게 클라라와 블랑카가 한참 대청소를 하고 있는데, 익숙한 야생 오랑캐꽃 향기가 집 안 가득히 퍼지면서, 텔레파시 때문인지 순수한 애정 때문인지는 몰라도 모라 세 자매가 도착했다는 것을 알 수 있었다. 세 자매가 즐겁게 재잘거리며 차가운 습포도 붙여주고, 마음도 위로해 주고, 그들 특유의 매력을 발산하며 두 모녀의 상처투성이 육신과 슬픔에 잠긴 영혼을 달래주었다.

"새들을 새로 다시 사야겠다."

클라라가 텅 빈 새장들과, 올림포스 신들의 조각상이 벌거벗은 모습으로 비둘기 똥에 뒤덮인 채 서 있는, 잡초만 무성한 정원을 창밖으로 내다보며 말했다.

"엄마는 이빨도 없는 상황에서 무슨 새들 생각을 하는지 모르겠어."

블랑카가 말했다. 그녀는 이빨이 빠진 엄마의 새로운 모습에 아직 적응이 되질 않았다.

클라라는 모든 일들을 세심하게 일일이 살폈다. 이 주일이 채 지나지 않아 새장 안에는 새들이 가득 찼다. 클라라는 남아 있는 어금니에 교묘하게 부착할 수 있는 자기로 된 의치를 주문했지만 막상 끼어보니 너무 불편했다. 그래서 차라리 그 의치를 리본에 매달아 목에 걸고 다니는 편을 더 좋아했다. 그러다가 식사할 때만 착용했으며, 때로

사교 모임이 있을 때도 착용했다. 클라라는 집에 다시 활력을 불어넣었다. 부뚜막에 항상 불을 지펴놓도록 요리사에게 명했고, 손님이 많이 와도 즉시 요리를 대접할 수 있도록 만반의 준비를 갖추라고 지시했다. 이렇게 지시한 데에는 다 그럴 만한 이유가 있었다.

며칠 지나지 않자 심령술사 친구들과 장미 십자회 회원들, 견신론자들, 침술가들, 텔레파시 연구가들, 인공 강우사들, 소요학파와 안식일 재림론자들, 배고픈 예술가들과 불행에 처한 예술가들, 즉 평소 클라라의 궁전을 자주 드나들던 사람들이 모두 그 집으로 몰려들었다. 클라라는 이빨이 없는 작고 명랑한 여왕처럼 그들 위에 군림했다. 그즈음 클라라는 외계인들과 진지하게 교신을 시도하기 시작했다. 클라라가 기록해 놓았듯이, 그녀는 추와 삼각 테이블을 통해 얻어지는 영적 메시지들에 대해 처음으로 의심을 품기 시작했다. 클라라는 그 메시지가 다른 차원에서 떠도는 죽은 자의 영혼이 보내는 메시지가 아니라, 어쩌면 다른 행성의 외계인이 지구인과 유대를 맺어보려고 보내는 메시지일지도 모른다고 종종 생각했다. 그렇지만 외계인이 눈에 보이지 않는 물질로 이루어져 있어서 영혼과 쉽게 혼동될 수 있다고 했다. 니콜라스는 그런 과학적인 해석을 듣고 좋아했지만, 극히 보수적인 모라 세 자매에게는 똑같은 호응을 얻지 못했다.

블랑카는 이런 의구심들과 아무 상관 없이 살았다. 블랑카에게는 다른 행성에 사는 외계인이나 영혼이나 다 똑같은 범주에 들어갔다. 그렇기 때문에 그들의 본질을 파악하겠다며 흥분하는 엄마나 다른 사람들을 이해할 수 없었다. 클라라가 살림에 소질이 없다는 핑계로 집안일을 모두 블랑카에게 떠맡겼기 때문에 블랑카는 살림을 하느라 상당히 분주했다. 모퉁이 큰 집을 깨끗이 유지하기 위해서는 일개 대대의 하인이 필요했으며, 어머니 주위로 몰려드는 사람들 때문에라도 부엌에는 늘 사람들이 교대로 지키고 있어야 했다. 몇몇 사람들에게는 곡류와 푸성귀를, 몇몇 사람들에게는 야채와 날생선을, 모라 세 자매에게는 과일과 신 우유를 대접해야 했으며, 하이메와 니콜라스에게는 즙 많은 고기 요리와 단 과자를 비롯해서 다른 여러 가지 주전부리를 챙겨주어야 했다. 쌍둥이 형제는 물릴 줄 모르는 엄청난 식욕을 자랑했는데, 그때는 아직 그들 특유의 식습관이 생기기 전으로, 시간이 흐르면서 둘 다 소식을 하게 되었다. 하이메는 가난한 사람들과의 강한 유대감 때문에 소식했고, 니콜라스는 영혼을 정화하기 위해 소식했다. 그러나 그 당시에는 둘 다 인생을 즐기기에 여념이 없는, 활기 넘치고 건강한 젊은이들이었다.

하이메는 대학에 들어갔고, 니콜라스는 자신의 운명을 찾아 방황했다. 하이메와 니콜라스는 집에서 훔친 은쟁반을 판 돈으로 낡은 고물차 한 대를 사서 굴리고 다녔다. 그들은 델 바예 외할아버지와 외할머니를 기려 차에 '코바동가'라는 이름을 붙였다. 코바동가는 여러 번 해체되었다가 다른 부속품들로 다시 조립되어서 간신히 굴러다니는 정도였다. 녹슨 엔진으로는 귀청이 찢어질 것 같은 소음이 뿜어져 나왔고, 배기 파이프로는 연기와 불똥을 토해 내면서 차가 움직였다. 쌍둥이 형제는 그 차를 현명하게 나눠서 사용했다. 짝수 날에는 하이메가 사용했고, 홀수 날에는 니콜라스가 사용했다.

클라라는 아들들과 같이 지내게 된 것이 너무 행복했다. 그래서 그들과 친밀한 관계를 맺고 싶었다. 클라라는 아들들이 어렸을 때는 그들과 거의 접촉을 하지 않았고, 빨리 '남자가 되는 것'을 보고 싶은 성급한 마음에 아들들이 재롱을 부리던 가장 예쁠 때를 그냥 흘려보냈다. 클라라는 가급적 애정 표현도 자제했었다. 이제 그들이 어른이 되고 나서야 클라라는 그들이 어렸을 때 부리고 싶어 했던 응석을 받아주고 싶었지만, 이미 늦어버린 뒤였다. 쌍둥이 형제는 엄마의 애정 없이도 성장했으며, 이제는 그 애정을 필요로 하지 않았다. 클라라는 이제 더 이상 아이들이 자기의 소유가 아니라는 것을 깨달았다. 그렇지만 그 때문에 속상해하지는 않았고, 특유의 낙천적인 성격도 잃지 않았다. 클라라는 아들들을 있는 그대로 받아들이고, 아무것도 바라는 것 없이 그들과 함께 있는 순간을 만끽하고 싶었다.

하지만 동생들이 집 안을 돼지우리처럼 어질러놓았기 때문에 블랑카는 늘 불만이었다. 동생들이 한번 휩쓸고 지나갔다 하면 성한 물건이 없었으며, 모든 게 뒤죽박죽 엉망이고 시끄러웠다. 블랑카는 한눈에 보기에도 몸이 많이 불어났으며, 하루가 다르게 나른해하고 신경질도 많이 부렸다. 하이메가 누나의 배를 눈여겨 살펴보더니 엄마한테 곧장 달려갔다.

"엄마, 제가 보기에는 블랑카 누나가 임신한 것 같아요."

하이메가 서론도 없이 단도직입적으로 말했다.

"내가 보기에도 그런 것 같다, 얘야."

클라라가 한숨을 내쉬었다.

블랑카는 임신 사실을 부인하지 않았다. 임신이 확인되자 클라라가 삶을 기록하는 자신의 노트에 동그스름한 필체로 그 사실을 기록했다. 니콜라스는 중국 점성술을 연습하고 있다가 고개를 치켜들고는, 이제 몇 주 후면 그 사실을 모든 사람들이 알게 될 테니 우선 아버지에게 알려야 한다고 말했다.

"애 아버지가 누군지는 절대 말하지 않을 거야."

블랑카가 단호하게 말했다.

"애 아버지를 얘기하는 게 아니라, 우리 아버지를 얘기하는 거야."

동생이 말했다.

"아버지는 다른 사람을 통해서가 아닌, 우리를 통해서 알 권리가 있어."

"시골에 전보를 치려무나."

클라라가 울상이 되어 얘기했다. 클라라는 남편이 그 사실을 아는 순간, 블랑카의 아이가 비극을 맞게 되리라는 것을 알고 있었다.

니콜라스는 그 지역의 전화 교환수가 전보 내용을 읽고 소문내지 않도록 아만다에게 시를 써 보낼 때처럼 암호문 형식으로 전보 내용을 작성했다.

"블랑카가 지침을 바라고 있음. 이상."

에스테반 트루에바는 전화 교환수 못지않게 무슨 말인지

366

이해할 수가 없었다. 그래서 수도에 있는 가족들에게 전화를 걸어 그 말이 무슨 뜻인지 확인부터 해야 했다. 하이메가 총대를 메고 아버지에게 블랑카의 임신 사실을 알렸다. 그와 함께 임신한 지 너무 오래되어서 극단적인 결단은 내릴 수 없다는 말도 덧붙였다. 수화기 건너편에서는 끔찍한 침묵이 한참 감돌았다. 잠시 후에 에스테반은 전화를 그냥 끊었다. 트레스 마리아스에서 에스테반 트루에바는 분노와 충격으로 새하얗게 질려 지팡이를 집어 들고는 두 번째로 전화기를 박살냈다. 자기 딸이 그렇게 끔찍한 바보짓을 저지르리라고는 꿈에도 상상해 본 적이 없었다. 아이 아빠가 누구인지 알고 있었기 때문에 기회가 되었을 때 그놈의 뒷덜미를 쏘아버리지 못한 게 금세 후회되었다. 에스테반은 블랑카가 사생아를 낳든 소작인의 자식과 결혼하든, 둘 다 어마어마한 스캔들이 될 것임을 잘 알았다. 어느 경우에도 상류 사회는 딸아이를 용납하지 않을 것이다.

에스테반 트루에바는 집 안에서 몇 시간이나 서성거리면서 지팡이를 휘둘러 가구들을 때려 부수고 벽을 내리치고 이를 갈며 있는 대로 욕을 퍼부어댔다. 블랑카를 엑스트라마두라에 있는 수녀원으로 보내는 것부터 때려죽이는 것까지 온갖 말도 안 되는 계획을 구상해 보았다. 마침내 좀 진정이 되자 기적처럼 아이디어 하나가 머릿속을 번뜩 스쳐 지나갔다. 그 즉시 에스테반은 말에 안장을 얹고 마을 쪽을 향해 전력질주로 내달렸다.

에스테반은 장 드 사티니를 찾아갔다. 자신을 깨워서 블랑카의 연애 사실을 알려주었던, 그 끔찍했던 밤 이후 한

번도 그를 보지 못했다. 장은 마을에 하나밖에 없는 제과점에서 설탕을 타지 않은 멜론 주스를 홀짝거리며 마시고 있었다. 인달레시오 아기라사발의 아들과 함께 있었다. 그는 쩨지는 목소리로 말하는 비쩍 마른 멋쟁이로, 루벤 다리오의 시를 낭송하고 다녔다. 에스테반은 예의도 차리지 않고 무작정 프랑스인의 멋진 스코틀랜드풍 재킷의 옷깃을 잡아 끌어올리더니 거의 질질 끌다시피 해서 그를 제과점 밖으로 끌고 나와 길 한복판에 세워놓았다.

"백작은 나한테 너무 많은 문제를 안겨주었소. 처음에는 그 빌어먹을 친칠라로 나를 골탕 먹이고, 그 다음은 내 딸 일로 말이오. 이젠 나도 지쳤소. 나와 함께 수도로 가야 하니까 백작의 물건을 챙겨 오시오. 백작은 블랑카와 결혼하게 될 거요."

에스테반은 장이 정신을 가다듬을 시간도 주지 않았다. 에스테반은 마을 호텔까지 그와 같이 가서, 한 손에는 채찍을 들고 다른 손에는 지팡이를 든 채 장 드 사티니가 가방을 쌀 때까지 기다렸다. 그러고 나서는 드 사티니를 데리고 곧바로 역으로 가서 무작정 기차에 올라탔다. 여행 내내 드 사티니 백작은 자신이 그 일과는 아무 상관이 없으며, 블랑카 트루에바에게는 손끝 하나 대지 않았고, 그 일의 책임은 분명 블랑카가 밤에 강가에서 만나던 그 수염 난 신부에게 있다며 변명하려고 애썼다. 에스테반 트루에바가 아주 매서운 눈초리로 백작을 노려보았다.

"이봐, 나는 당신이 도대체 무슨 얘기를 하는지 모르겠군. 당신이 꿈을 꾸었나 보오."

에스테반이 백작에게 말했다.

에스테반 트루에바가 결혼 계약 조항을 조목조목 백작에게 설명해 주자 프랑스 백작도 차츰 흥분을 가라앉혔다. 블랑카의 지참금과 매달 들어오는 수입을 비롯해 상당한 액수의 재산을 상속받을 수 있다는 기대감으로 근사하게 포장하고 나니, 그것도 손해 보는 장사는 아니었다.

"백작도 보면 알겠지만, 이게 친칠라 사업보다 훨씬 더 나은 장사일 거요."

미래의 장인이 불안해서 우는소리 하는 젊은이를 싹 무시한 채 얘기했다.

그렇게 해서 에스테반 트루에바는 순결을 잃은 딸의 남편이자 어린 사생아의 아버지가 될 사람을 데리고 토요일에 모퉁이 큰 집에 도착했다. 에스테반은 화를 내며 길길이 날뛰었다. 손을 휘둘러서 현관에 있는 국화 화분을 넘어뜨렸으며, 상황을 설명하기 위해 끼어들었던 니콜라스의 뺨을 후려갈겼다. 그리고 블랑카에게는 꼴도 보기 싫으니, 결혼식 때까지는 방 밖으로 나오지도 말라며 소리소리 질러댔다. 클라라는 남편을 맞으러 나가지도 않았다. 클라라는 자기 방 안에 있으면서, 심지어 남편이 은지팡이로 문을 마구 두드려대도 문을 열어주지 않았다.

집 안 전체가 전쟁의 소용돌이에 휘말린 듯 마구 술렁거렸다. 숨 막힐 듯한 기운이 감돌았으며, 심지어 새들도 새장 안에서 침묵을 지켰다. 하인들은 명령이 잠시라도 지체되었다가는 난리가 나는 무뚝뚝하고 성질 급한 주인 나리 때문에 분주히 뛰어다녀야 했다. 클라라는 남편을 거들떠

보지도 않고 말 한마디도 건네지 않은 채 자기 생활을 계속해 나갔다. 말만 새신랑이지, 거의 미래의 장인에게 포로로 끌려오다시피 한 백작은 수많은 객실 중 한 곳에 묵으며 할 일이 아무것도 없어 그곳에서 빈둥거리며 지내야 했다. 그는 블랑카도 보지 못했으며, 자기가 어쩌다가 이런 일에 휘말리게 되었는지 도무지 이해할 수가 없었다. 그는 자기가 야만적인 원주민들의 희생물이 된 것을 슬퍼해야 할지, 아니면 자기 소원대로 돈 많고 젊고 아름다운 남미의 상속녀와 결혼하게 된 것을 기뻐해야 할지 갈피를 잡을 수가 없었다. 원래 낙천적인 성격이었던 백작은 프랑스인 특유의 현실 감각으로 두 번째 해석을 택하기로 마음먹었다. 그래서 그 주일이 끝나갈 무렵에는 마음이 꽤 진정되었다.

에스테반 트루에바는 보름 이내로 결혼식 날짜를 잡았다. 그는 오히려 결혼식을 성대하게 치러 과감하게 맞서는 것이 스캔들을 피할 수 있는 최선책이라고 판단했다. 에스테반은 딸이 들러리 소년 소녀들이 받쳐 들고 가는 6미터 길이의 천이 달린 화려한 흰색의 웨딩드레스를 입고 주교의 축복을 받으며 결혼식을 올리는 모습을 보고 싶었다. 신문의 사회면에 사진이 실릴 정도로 성대한 파티를 열어, 신부의 배를 주목하는 사람이 아무도 없기를 바랐다. 그러나 이러한 에스테반의 계획에 찬성한 사람은 장 드 사티니뿐이었다.

에스테반 트루에바는 웨딩드레스를 맞추기 위해 블랑카를 재단사에게 보내던 날, 딸을 때린 이후 처음으로 딸을 보게 되었다. 에스테반은 딸의 몸이 엄청나게 불어난 것과 얼굴이 온통 기미로 뒤덮인 것을 보고는 몹시 충격을 받았다.

"저는 결혼하지 않을 거예요. 아버지……."

블랑카가 말했다.

"입 닥치고 있어."

에스테반이 으르렁거렸다.

"너는 결혼해야만 해. 내 집안에 사생아가 생기는 건 용납할 수 없어. 내 말 알아듣겠어?"

"이미 몇 명 있는 걸로 알고 있는데요."

블랑카가 대답했다.

"나한테 말대꾸하지 마! 페드로 테르세로 가르시아, 그놈은 벌써 죽었다는 걸 네가 알았으면 좋겠다. 내 손으로 직접 그놈을 죽였다. 그러니 그놈은 잊어버리는 게 좋을 거다. 그리고 너를 결혼 제단으로 인도할 남자한테나 좋은 아내가 되도록 노력하거라."

블랑카는 울음을 터뜨렸으며, 며칠 동안 그치지 않고 계속 울었다.

블랑카는 절대 원치 않았던 결혼식이 대성당에서 주교의 축복을 받으며 성대하게 치러졌다. 그 나라 최고의 재단사가 만든 멋지고 우아한 드레스를 입고 결혼식을 올렸다. 재단사는 꽃을 여러 겹으로 달고, 그리스 로마 양식으로 주름을 잡아 제법 불룩하게 나온 신부의 배를 감쪽같이 눈속임하는 기적을 낳았다. 결혼식은 호화찬란한 파티로 절정을 이루었다. 파티복 차림으로 모퉁이 큰 집에 몰려든 오백여 명의 하객들은 온갖 산해진미를 즐기면서 고용된 악사들이 연주하는 음악에 맞춰 흥청거렸다. 값비싼 향신료를 곁들인 엄청난 크기의 통구이 고기와 신선한 해물 요리, 발트 해 산 캐비어와 노르웨이 산 연어, 버섯으로 속을 채운 새 요리, 철철 흘러넘치는 양주와 샴페인의 홍수, 레이디 핑거, 밀포이에, 에클레어, 슈거 쿠키, 설탕을 넣어 졸인 과일들이 잔뜩 담긴 거대한 유리잔, 아르헨티나 산 딸기, 브라질 산 코코넛, 칠레 산 파파야, 쿠바 산 파인애플과 기억할 수도 없을 정도로 많은 맛난 디저트 요리들이 정원을 빙 둘러 차려놓은 기다란 테이블 위에 차려져 있었으며, 장 드 사티니의 친구인 나폴리 출신의 이탈리아 예술가가 디자인한 거대한 삼층짜리 웨딩케이크도 놓여 있었다. 그 예술가는 계란, 밀가루, 설탕과 같은 하찮은 재료를 하얀 머랭을 얹은 고대 그리스 성채로 바꿔놓았다. 그 위에는 신화 속의 연인인 비너스와 아도니스가 서 있었다. 아몬드 반죽으로 장밋빛 살결과 금발 머리에 코발트블루의 눈빛을 거의 비슷하게 빚어놓았으며, 통통한 큐피드도 함께 있었다. 물론, 큐피드도 먹을 수 있는 재료로 만들어졌다. 자신만만한 신랑과 낙담한 신부는 은 나이프를 들어 케이크를 잘랐다.

블랑카를 강제로 결혼시킨다는 생각에 처음부터 반대했던 클라라는 결혼식 파티에 참석하지 않기로 결심했다. 클라라는 바느질 방에 틀어박혀 신혼부부의 암담한 미래를 점쳤으며, 나중에 모두가 확인한 것처럼 그 점괘는 딱 들어맞았다. 마침내 에스테반이 클라라를 찾아와, 손님들의 의심스러운 시선을 불식시키기 위해 단 십 분간이라도 좋으니 옷을 갈아입고 나와 얼굴이라도 비춰달라고 간청했다. 클라라는 내키지 않았지만 딸에 대한 사랑으로 의치를 끼고 나와, 모여 있던 손님들에게 웃음을 지어 보이려고 애썼다.

하이메는 의학도로서 첫 실습을 나가 있는 빈민 구제 병원에서 늦게까지 일해야 했기 때문에 파티가 끝날 무렵이 되어서야 도착했다. 그리고 하이메의 뒤를 이어 아만다와 니콜라스가 도착했다. 최근에 사르트르를 알게 된 아만다는 유럽 실존주의자들의 기괴한 분위기를 연출했다. 온통 검정 옷 일색에 창백한 표정이었으며, 아랍인처럼 생긴 눈을 시커멓게 화장하고 허리춤까지 까만 머리를 길게 늘어뜨렸다. 또 움직일 때마다 요란한 소리를 내는 목걸이, 팔지, 귀걸이를 치렁치렁 달고 있었다. 한편 니콜라스는 간호사처럼 온통 하얀색 옷을 입고 있었으며, 목에는 부적을 두르고 있었다. 아버지가 나가서 니콜라스의 팔을 붙잡아 강제로 욕실에 밀어 넣고는 부적을 사정없이 잡아 뜯기 시작했다.

"이제 네 방으로 올라가 점잖은 넥타이를 매거라! 그리고 파티장으로 돌아오면 예의 바른 신사답게 행동하도록 해! 손님들한테 사이비 종교 얘기는 꺼낼 생각도 하지 말거라! 그리고 네가 데려온 그 마녀 같은 여자한테 가서 목의 단추나 잠그라고 해!"

에스테반이 니콜라스에게 소리 질렀다.

니콜라스는 엉망진창이 된 기분으로 아버지가 시킨 대로

했다. 원래 술을 마시지 못했지만 기분이 나빠 몇 잔 들이켜다 보니 술에 취해 옷 입은 채로 정원의 분수에 뛰어들었다가, 나중에 물에 빠진 생쥐 같은 비참한 몰골로 꺼내졌다.

블랑카는 그날 저녁 내내 의자에 앉아서 멍한 표정으로 케이크만 바라보며 눈물을 흘렸다. 반면에 새신랑은 장모가 모습을 드러내지 않는 것은 갑자기 천식 발작을 일으켰기 때문이며, 신부가 하염없이 우는 것은 결혼식 때문에 흥분해서 그런 거라고 애써 변명하며 테이블 사이를 분주히 돌아다녔다. 하지만 새신랑의 말을 믿는 사람은 아무도 없었다. 장 드 사티니가 끊임없이 블랑카의 목에 키스하고, 신부의 손을 잡아주고, 샴페인을 따라주고, 맛있게 생긴 왕새우를 골라 손수 발라서 신부의 입에 넣어주면서 위로했지만 아무 소용이 없었다. 블랑카는 하염없이 울기만 했다.

그래도 파티는 에스테반 트루에바가 계획한 대로 대성공이었다. 손님들은 마음껏 먹고 마셨으며, 동이 틀 때까지 오케스트라의 선율에 맞춰 밤새 춤을 추었다. 그렇지만 그때 시내에서는 해고된 노동자들이 신문지를 모아 불을 지핀 조그만 모닥불 주위로 몰려들어 몸을 데우고 있었고, 거무칙칙한 셔츠를 입은 젊은이들이 무리를 지어 독일 다큐멘터리에서 봤던 것처럼 팔을 뻗어 인사하며 행진했다. 그리고 각 정당 수뇌부들의 집에서는 다가오는 선거를 위해 막판 전략을 짜느라 여념이 없었다.

"사회당이 이길 거야."

하이메가 말했다. 그는 빈민 구제 병원에서 프롤레타리아들과 많은 시간을 보내다 보니 약간 제정신이 아니었다.

"그렇지 않단다, 하이메. 늘 이기던 사람들이 이기게 되어 있다."

클라라가 말했다. 클라라는 카드로 알고 있었으며, 또 상식적으로도 그렇게 말할 수 있었다.

파티가 끝난 후 에스테반 트루에바는 사위를 서재로 데리고 들어가 수표를 건네주었다. 그것이 그의 결혼 선물이었다. 에스테반은 그들 부부가 북부 지방으로 가서 살 수 있도록 만반의 준비를 해두었다. 그곳에서 장 드 사티니는 아내의 돈에 의존해, 일찌감치 부른 아내의 배에 민감하게 반응을 보이는 날카로운 관찰자들에게서 가급적 멀리 떨어져 안락한 생활을 할 수 있기를 기대했다. 장은 인디오의 도자기와 미라로 사업을 시작할 생각이었다.

신혼부부는 파티장을 떠나기 전에 신부의 어머니에게 작별 인사를 하러 갔다. 클라라가 그때까지도 울음을 멈추지 않고 계속 눈물을 흘리고 있는 블랑카를 한쪽 구석으로 데리고 가서 은밀하게 말했다.

"애야, 그만 울어라. 너무 많이 울면 아기한테 해로울 뿐만 아니라, 그 애가 불행해질 수도 있어."

클라라가 말했다.

블랑카는 다시 흐느끼면서 대답을 대신했다.

"애야, 페드로 테르세로는 살아 있단다."

클라라가 덧붙였다.

"엄마가 그걸 어떻게 아세요?"

블랑카가 물었다.

"꿈에서 그를 보았어."

클라라가 대답했다.

그 말은 블랑카를 안심시키기에 충분했다. 블랑카는 눈물을 닦고 고개를 똑바로 치켜들었다. 그러고는 고통이나 외로움을 비롯한 다른 여러 이유들이 없었던 것은 아니지만 칠 년 후 어머니가 세상을 떠날 때까지 다시는 눈물을 보이지 않았다.

항상 가깝게 지내던 딸과 헤어진 클라라는 다시 혼란스럽고 우울한 시간을 보냈다. 그녀의 생활은 전과 마찬가지였다. 모퉁이 큰 집의 문은 항상 열려 있었고, 심령 연구 모임이나 문학 모임으로 늘 사람들이 붐볐다. 그렇지만 이제 클라라는 평소처럼 쉽게 웃지 않았으며, 자주 자기 생각에만 몰두해 앞만 뚫어져라 바라보았다. 클라라는 끔찍하게 지체되어 도착하는 우편 제도를 벗어나 블랑카와 직접 연락할 수 있는 방법을 찾아보려고 노력했다. 그렇지만 텔레파시가 언제나 통하는 것은 아니었고, 메시지가 제대로 전달되는지 확인할 방법도 없었다. 클라라는 자신이 보내는 통신이 자기도 통제할 수 없는 힘의 영향을 받고 있으며, 자기가 의도한 것과 다른 의미로 해석될 때도 있다는 것을 알았다. 게다가 블랑카는 이런 심령 실험들에는 관심도 없었으며, 엄마와 아주 가깝게 지내면서도 영적인 현상들에는 눈곱만큼의 흥미도 느끼지 못했다. 블랑카는 실리적이고 세속적이었으며 의심이 많았다. 텔레파시로 교신할 때는 블랑카의 현대적이고 실용적인 성격이 가장 큰 걸림돌이 되었다. 클라라는 관례적인 방법을 사용할 수밖에 없었다. 그래서 엄마와 딸은 거의 매일 편지를 주고받았다. 이렇게 몇 달 동안 쌓인 엄청난 양의 편지들이 클라라의 삶을 증언하는 노트를 대신했다. 따라서 블랑카는 모퉁이 큰 집에서 일어나는 일들을 그때그때 모두 알 수 있었으며, 자기는 여전히 식구들과 함께 있고, 결혼은 단지 기분 나쁜 악몽이었다는 환상을 키워 나갈 수 있었다.

하이메와 니콜라스는 달라도 너무 달랐기 때문에, 그해 두 형제는 영원히 다른 길로 접어들게 되었다. 그즈음 니콜라스는 플라멩코의 매력에 흠뻑 빠져들었다. 그는 한번도 외국에 나가본 적이 없으면서 그 춤을 스페인 그라나다의 동굴에 사는 집시들에게서 직접 배웠다며 떠벌렸다. 그렇지만 니콜라스가 워낙 설득력이 뛰어나다 보니 그의 식구들마저 그런가 하며 고개를 갸우뚱할 정도였다. 그는 조금만 부추겨도 잽싸게 나서서 자신의 춤 실력을 과시했다. 니콜라스가 식당의 식탁 위로 뛰어 올라가 미친 사람처럼 손뼉을 치고, 경련을 일으키듯 구두를 두드려대고, 팔짝팔짝 뛰며 날카롭게 비명을 질러대는 바람에 결국에는 그 집 식구들은 물론 이웃 사람들까지 모두 몰려들었으며, 가끔 특수 경찰까지 손에 곤봉을 들고 군화를 신은 채 양탄자를 진흙투성이로 만들며 달려올 때도 있었다. 그렇지만 결국에는 모두 박수를 치고 "올레!"를 외치는 것으로 끝났다. 니콜라스가 올라가 춤추는 식탁은 옛날에 로사의 상을 지낸 커다란 떡갈나무 식탁으로 클라라가 물려받은 것이었다. 식탁은 일주일 만에 푸줏간에서 송아지를 도살하는 데 쓰는 탁자처럼 되어버렸지만 그래도 용케 버텨냈다.

당시 폐쇄된 도시 사회에서 플라멩코는 거의 실용성이 없었다. 그렇지만 니콜라스는 신문에 그 열정적인 춤을 가르치겠다는 광고를 조심스럽게 냈다. 이튿날 그는 한 여대생을 가르치게 되었고, 주말쯤에는 그의 매력에 대한 소문이 쫙 퍼지면서 젊은 여자들이 물밀듯이 들이닥쳤다. 여자들은 처음에는 부끄러워하고 수줍어했지만 니콜라스가 그들을 빙글빙글 돌리고, 그들의 허리에 팔을 감고서 가장 유혹적인 미소를 띠고 큰 소리를 지르며 발을 구르기 시작하면 곧 열광의 도가니로 빠져들었다. 니콜라스의 춤 교습은 대성공이었다. 식탁은 거의 쪼개지기 일보 직전이었고, 클라라는 두통을 호소했으며, 하이메는 자기 방 안에 틀어박혀 밀랍으로 귀를 막고서 공부에 집중하기 위해 안간힘을 써야 했다. 에스테반 트루에바는 자기가 집에 없는 동안 무슨 일이 벌어졌는지 알고는 당연히 노발대발 화를 내며, 니콜라스가 댄스 교습소나 다른 어떤 용도로도 집을 사용하는 것을 금지시켰다.

니콜라스는 할 수 없이 춤 교습을 그만두어야 했다. 그렇지만 그 경험으로 니콜라스는 그 시절 가장 인기 있는 젊은이로 급부상하여 파티의 왕이 되었으며, 젊은 여자들의 가슴에 불을 지펴놓았다. 다른 남자들이 공부에 정신이 팔려 있고, 회색 줄무늬 양복을 입고 볼레로의 리듬에 맞춰 콧수염을 기르려고 했던 반면, 니콜라스는 자유연애를 외치며 프로이트를 인용하고 페르노 칵테일을 마시고 플라멩코를 추었기 때문에 인기가 좋았다. 그렇지만 사교계에서 성공을 거두었어도 엄마의 영적 능력에 대한 관심은 누그러지지 않았다. 니콜라스는 엄마에게 맞서보려 했지만 번번이 실패로 돌아갔다. 그는 열심히 연구하고, 건강이 위태로울 지경까지 연습했으며, 아버지가 금지했어도 모라세 자매와 함께 금요일 밤의 모임에 참석했다. 아버지는 미신이 남자들에게 어울리지 않는다는 주의였다. 클라라가 그의 실패를 위로해 주려고 했다.

"이건 배우거나 물려받을 수 있는 게 아니란다. 얘야."

니콜라스가 손도 대지 않은 채 소금통을 움직이려고 갖은 애를 다 쓰며 집중하려다가 사팔눈이 된 모습을 볼 때면 클라라가 이렇게 말했다.

모라 세 자매는 니콜라스를 아주 좋아했다. 세 자매는 니콜라스에게 자신들의 비서(秘書)를 빌려주었으며, 그가 별자리나 카드 점괘를 해석하는 것을 도와주었다. 그들은 니콜라스를 가운데 놓고 둥글게 둘러앉아 서로 손을 맞잡고 니콜라스에게 유체를 채워주려 했지만 영적 능력을 부여하지는 못했다. 그들은 아만다와 니콜라스의 사랑을 전적으로 지지했다. 처음에 아만다는 삼각 테이블과 니콜라스의 집에 모이는 머리가 긴 예술가들에게 관심이 있는 것 같았지만, 금세 혼령들을 부르고 당시 입에서 입으로 구전되던 그 나라 최고의 시인의 시구를 낭송하는 데 싫증을 내고 신문사에 기자로 취직했다.

"그건 단정한 직업이 아니다."

에스테반 트루에바는 아만다의 직업을 알았을 때 그렇게

단정 지었다.

에스테반은 아만다를 좋아하지 않았다. 심지어 아만다가 자기 집에 오는 것도 싫어했다. 에스테반은 아만다가 자기 아들에게 좋지 않은 영향을 끼친다고 생각했으며, 그녀의 긴 머리라든가 짙은 눈 화장, 유리구슬 액세서리가 어딘지 모르게 악의 징후처럼 여겨졌다. 그리고 아만다는 원주민처럼 신발을 벗어던지고 바닥에 앉아 책상다리 하고 있기를 좋아했는데, 그것은 남자 같은 우악스러운 여자들이나 하는 짓이라고 생각했다.

아만다는 세상에 대해 아주 비관적인 생각을 갖고 있었는데, 그런 우울증을 견뎌내기 위해 아편을 피웠다. 니콜라스도 아만다와 함께 아편을 피웠다. 클라라는 아들이 힘들게 지내고 있다는 건 알고 있었지만, 그녀의 놀랄 만한 직관력으로도 이 동양식 파이프 때문에 아들이 가끔 헛소리를 하고, 졸린 듯 맥을 못 추고, 괜히 기분이 들떠서 난리를 피운다는 생각은 꿈에도 하지 못했다. 클라라는 그런 마약과 같은 것에 대해서는 들어본 적도 없기 때문에 전혀 눈치 채지 못했다.

"나이 때문에 그런 거야. 곧 괜찮아질 거야."

클라라는 아들이 실성한 사람처럼 구는 것을 보면서 그렇게 말했다. 하지만 같은 날 태어난 하이메에게는 그런 미친 증상이 없다는 것을 깜빡 잊었다.

하이메의 광기는 전혀 다른 형태로 나타났다. 하이메는 희생과 궁핍한 생활을 자청하고 나섰다. 그의 옷장에는 달랑 와이셔츠 세 장과 바지 두 벌밖에 없었다. 클라라는 아들에게 따뜻하게 입히기 위해 열심히 털옷을 짜며 겨울을 보냈지만, 하이메는 가난한 사람들에게 옷을 벗어서 주기 전까지만 그 옷을 입을 뿐이었다. 아버지가 주는 돈은 모두 병원에서 그가 돌보는 가난한 사람들의 호주머니로 들어갔다. 말라비틀어진 개가 길 가다가 자기를 쫓아오면 그 개를 데리고 집까지 왔다. 그리고 버려진 아이라든가 미혼모, 또는 그의 도움을 필요로 하는 몸을 못 쓰는 노파의 얘기를 들으면 하이메가 그들을 집으로 데리고 와서, 엄마에게 그들의 문제를 해결하도록 했다.

클라라는 사회봉사의 전문가가 되었다. 그녀는 국가와 교회에서 불쌍한 사람들을 위해 제공하는 혜택에 대해 훤히 꿰뚫게 되었다. 그리고 그런 혜택을 얻어내지 못하면 자기 집에 그 불쌍한 사람들을 데리고 있었다. 클라라가 친구들 집에 찾아갈 때마다 뭔가를 부탁했기 때문에 친구들은 점점 클라라를 꺼리게 되었다. 클라라와 하이메의 조직망은 계속 확장되어 자기네가 얼마나 많은 사람을 돌보고 있는지조차 모를 지경에 이르렀다. 그래서 가끔 낯선 사람들이 찾아와 자기도 기억하지 못하는 도움을 받았다며 고맙다는 인사를 할 때면 스스로 놀랄 때가 많았다. 하이메는 마치 종교의 부름이라도 받은 것처럼 열심히 의학 공부에 매달렸다. 그는 노는 데 빠져서 책을 멀리하거나 시간을 낭비하는 것은 자기가 봉사하기로 맹세한 인류에 대한 배신이라고 생각했다.

"이 아이는 성직자가 되어야 했는데."

클라라는 이렇게 말하곤 했다.

하이메는 복종이나 청빈, 동정 등의 수도 서원은 기꺼이 이행할 수 있었다. 그렇지만 그는 이 세상 불행의 절반이 종교에서 비롯되었다고 생각하고 있었기 때문에 엄마가 그런 말을 하면 화를 버럭 냈다. 하이메는 기독교 역시 대부분의 미신과 마찬가지로 인간을 더 나약하게 만들고, 쉽게 단념하게 만든다고 말했다. 그리고 하늘에서 보상받을 것을 기대할 게 아니라, 지상에서 자신의 권리를 위해 싸워야 한다고 주장했다. 이런 화제를 두고 에스테반 트루에바와 토론한다는 것은 거의 불가능했기 때문에 주로 엄마와 단둘이 있을 때만 이러한 이야기를 주고받았다. 에스테반은 대개 얘기하다가 쉽게 흥분한 나머지 고래고래 소리 지르며 문을 쾅 닫고 나가는 것으로 대화를 끝냈다. 에스테반은 미친 사람들하고 같이 사는 게 넌덜머리가 나며, 어느 정도의 정상적인 생활만이 그가 바라는 유일한 것이라고 말했다. 그러나 불행히도 괴짜인 여자와 결혼하는 바람에 자기 인생에 고통만 안겨주는 아무짝에도 쓸모없는 미치광이만 셋을 낳았다고 했다. 하이메는 가급적 아버지와 다투지 않았다.

하이메는 집에서 그림자와 같은 존재였다. 엄마를 보면 건성으로 키스를 한 뒤 곧장 부엌으로 가서 선 채로 남들이 먹다 남긴 음식을 먹고 곧 자기 방에 들어가 책을 읽거나 공부했다. 하이메의 침실은 책들의 미로였다. 벽마다 바닥에서 천장까지 책들이 꽉 들어찬 나무 선반으로 뒤덮여 있었다. 그리고 그가 항상 열쇠로 문을 잠그고 다녔기 때문에 아무도 먼지를 털어내지 않아 책들마다 먼지가 수

북이 쌓여 있었다. 그곳은 거미와 쥐의 완벽한 보금자리였다. 방 한가운데에 군용 침대가 놓여 있었으며, 천장 머리 위쪽으로 갓 없는 전구 하나만 매달려 불빛을 비추어주었다.

한번은 클라라가 깜빡 잊고 지진이 일어나리라는 것을 예언하지 않았다가 지진이 일어나, 선로에서 기차가 이탈한 듯한 엄청난 굉음이 들린 적이 있었다. 그때 사람들이 간신히 문을 열고 들어가 보니 침대가 엄청난 책 더미 아래 깔려 있었다. 책장들이 벽에서 떨어져 나가면서 하이메가 그 아래 깔려 있었다. 다행히 긁힌 자국 하나 없이 하이메를 구해 낼 수 있었다. 클라라는 책들을 치우면서 옛날 지진을 떠올렸다. 그리고 그런 순간을 이미 경험한 것 같은 생각이 들었다. 그 지진을 계기로 하이메의 굴속 같은 방의 먼지를 털어내고, 빗자루로 벌레들과 거미줄을 몰아낼 수 있었다.

하이메는 아만다가 니콜라스의 손을 잡고 집 안을 돌아다닐 때만 유일하게 자기 집의 현실에 눈을 돌렸다. 하이메는 아만다에게 거의 말도 걸지 않았으며, 아만다가 그에게 말을 걸면 얼굴이 지나칠 정도로 벌겋게 달아올랐다. 하이메는 아만다의 이국적인 외모를 믿지 않았다. 만일 아만다가 다른 여자들과 같은 헤어스타일을 하고 짙은 눈 화장을 지워버린다면, 시퍼렇고 비쩍 곯은 생쥐와 같은 모습일 거라고 확신했다. 그러면서도 아만다에게서 시선을 뗄 수가 없었다. 아만다가 항상 차고 다니는 팔찌의 짤랑거리는 소리가 들리면 공부가 되지 않았으며, 마치 최면에 걸린 닭처럼 아만다를 쫓아 집 안을 돌아다니지 않기 위해 초인적인 노력을 기울여야 했다. 하이메는 독서에도 집중하지 못하고 혼자 침대에 드러누워, 아만다가 검은 머리를 늘어뜨리고 시끄러운 장신구만 걸친 채 벌거벗고 있는 모습을 우상이라도 되듯 상상해 보았다.

하이메는 고독을 즐기는 사람이었다. 아이 때는 말이 없었으며, 어른이 되어서는 수줍음을 많이 탔다. 그는 자기 자신을 사랑하지 않았고, 그래서 다른 사람의 사랑도 받을 자격이 없다고 생각했다. 아주 사소한 애정 표현이나 감사 표시에도 그는 말할 수 없이 당혹스러워했다. 아만다는 모든 여성적인 것의 본질을 상징했다. 그렇지만 그녀는 니콜라스의 애인이었기 때문에 모든 금지된 것들의 본질을 상징하기도 했다. 하이메는 자유분방하고 다정하고 모험을 즐기는 아만다의 성격에 매료되었다. 그리고 변장한 생쥐와 같은 아만다의 모습은 고통스러운 보호 본능을 불러일으켰다. 하이메는 절망에 가까울 정도로 아만다를 원했지만 혼자 마음속으로도 감히 그 사실은 인정하지 못했다.

그 시절 아만다는 트루에바 집안에 자주 놀러 왔다. 신문사의 융통성 있는 스케줄 덕분에 아만다는 모퉁이 큰 집에 올 때마다 가능한 한 동생인 미겔도 함께 데리고 왔다. 항상 사람들이 들끓어 왁자지껄한 그 집에서 그들은 거의 눈에 띄지 않았다. 당시 미겔은 다섯 살이었다. 조용한 아이였고, 깔끔했으며 말썽도 일으키지 않았다. 미겔은 벽지의 모양이나 가구들과 뒤섞여 제대로 눈에 띄지도 않았다. 정원에서 혼자 놀았고 클라라를 엄마라 부르며 그 뒤만 졸

줄 쫓아다녔다. 그리고 하이메를 아빠라고 불러서, 사람들은 아만다와 미겔이 고아일 거라고 추측했다. 아만다는 어디에 가든지 동생을 데리고 다녔다. 직장에도 데리고 갔으며, 아무 때나 아무 거라도 주는 대로 먹고, 불편해도 신경 쓰지 않고 어디서든지 잘 수 있도록 길들였다. 아만다는 열정적이면서도 거칠게 동생에 대한 강한 애정을 표현했다. 강아지를 다루듯 예뻐하며 쓰다듬어 주었으며, 화가 나서 소리를 지르다가도 곧 달려가 동생을 꼭 껴안아 주었다. 아만다는 다른 사람들이 자기 동생을 야단치거나 무엇을 하라고 시키는 것을 절대 용납하지 않았다. 그리고 사람들이 자기가 동생을 이상하게 교육시키는 것을 놓고 왈가왈부하도록 내버려 두지도 않았다. 사람들이 동생을 해칠 생각을 하지 않았는데도, 아만다는 암사자처럼 달려들어 동생을 보호했다.

오직 클라라만이 미겔의 교육에 대해 얘기할 수 있었다. 클라라는 미겔이 일자무식으로 자라는 걸 원치 않는다면 학교에 보내야 한다며 아만다를 설득했다. 클라라도 반드시 정규 교육을 받아야 한다고 생각하지는 않았지만, 미겔의 경우에는 제 또래의 아이들과 어울려서 몇 시간이라도 수업을 받을 수 있도록 하는 게 필요하다고 생각했다. 클라라가 직접 나서서 미겔을 학교에 등록시키고, 학용품과 교복도 사주었다. 그리고 수업 첫날에는 아만다와 동행했다. 아만다와 미겔은 교문 앞에서 서로 부둥켜안고 엉엉 울었다. 미겔이 누구든지 자기 가까이 오는 사람이 있으면 소리소리 지르고 발길질을 해대는 데다 누나의 치마를 이빨로 물고 손톱으로 꽉 움켜쥐었기 때문에 선생님도 아이를 누나의 치맛자락에서 떼어놓지 못했다. 결국 클라라의 도움을 받아 선생님이 가까스로 미겔을 건물 안으로 끌고 들어간 다음에야 교문을 닫을 수 있었다.

아만다는 오전 내내 길바닥에 앉아 있었다. 클라라도 아만다와 함께 그곳에 있었다. 클라라는 자기가 그런 어마어마한 슬픔을 불러일으킨 것 같아 미안했으며, 자기의 결정이 현명했는지에 대해 회의마저 들었다. 정오가 되자 종소리가 울려 퍼지면서 교문이 열리고 아이들이 떼 지어 몰려나왔다. 그 가운데 미겔이 눈물 자국도 없이 조용히 줄 서서 나왔다. 코에는 연필 자국이 묻어 있었으며, 양말이 신발 안으로 말려 들어가 있었다. 그 몇 시간 동안 어린 미겔은 누나의 손을 잡지 않고서도 이 세상을 살아가는 방법을 배운 것이다. 아만다는 미친 듯이 자기 품 안에 미겔을 꼭 끌어안았다. 그리고 순간의 흥분에 휩싸여 미겔에게 말했다.

"나는 너를 위해 목숨까지 내놓을 거야, 미겔."

그때 아만다는 나중에 정말로 그럴 일이 생기리라고는 짐작도 하지 못했다.

한편, 에스테반 트루에바는 날이 갈수록 점점 더 외로워하고 화를 잘 냈다. 아내가 이제 다시는 자기와 말할 것 같지 않아, 아내를 설득하는 것도 포기했다. 가는 곳마다 쫓아다니며 아내에게 사정사정하고 매달리는 것도, 애원하는 눈길로 간절하게 바라보는 것도, 욕실 벽에 구멍을 뚫는 것도 다 지겨워 정치에 투신하기로 결심했다. 클라라가 예언했듯 항상 승리하던 자들이 선거에서 이겼다. 그렇지만 아주 근소한 차이로 이겨서 나라 전체에 비상이 걸렸다. 에스테반 트루에바는 자기가 국가와 보수당의 이익을 위해 나서야 할 때가 되었다고 생각했다. 그가 입버릇처럼 말하는 바에 의하면, 자기만큼 정직하고 타락하지 않은 정치를 펼 인재가 없었다. 또 자기는 혼자 노력으로 자수성가했고, 일꾼들에게 일자리와 좋은 생활 여건을 제공했으며, 벽돌집을 갖춘 유일한 농장주라는 게 그 이유였다. 자기는 법과 국가와 전통을 존중해 왔고, 탈세 이외의 다른 죄목으로는 자기를 비난할 수 없다고 했다.

에스테반은 페드로 세군도 가르시아를 대신할 감독을 고용해 그에게 트레스 마리아스의 알 낳는 암탉과 수입 소의 관리를 맡기고, 자기는 수도에 정착했다. 에스테반은 몇 달 동안 보수당의 지지를 등에 업고 선거 운동을 펼쳤다. 보수당에서도 다가올 국회의원 선거를 위해 사람이 필요했고, 에스테반의 재산도 필요했다. 에스테반은 대의명분을 위해 자신의 재산을 내놓았다. 모퉁이 큰 집은 정치 선전 전단과 당원들로 가득 찼다. 사실상 그들이 복도에 떠도는 혼령들과 장미 십자회 회원들, 모라 세 자매와 뒤섞여 그 집을 점령했다고 봐도 좋을 정도였다. 클라라의 무리는 점차 뒷방으로 밀려났다. 에스테반 트루에바가 점령한 지역과 그의 아내가 점령한 지역 사이에는 보이지 않는 경계가 생겨났다. 귀족적이고 고상한 그 건축물에는 클라라의 영감과 그때그때의 필요에 따라 골방이나 계단, 다락방, 발코니가 하나씩 증축되었다. 묵어가야 할 손님이 한 명 늘어날 때마다 인부들이 와서 방을 하나씩 더 만들어 모퉁이 큰 집은 점차 미로와 같은 구조를 갖추게 되었다.

"언젠가 이 집은 호텔처럼 되고 말 거야."

니콜라스가 말했다.

"아니면 작은 병원이 될 수도 있지."

하이메가 덧붙였다. 그는 환자들을 자기 집으로 데려올 수도 있다는 생각을 조금씩 품고 있었다.

모퉁이 큰 집의 정면에는 아무런 변화가 없었다. 앞쪽에는 여전히 웅장한 기둥들과 베르사유 궁전풍의 정원이 있었다. 그렇지만 뒤쪽으로는 그런 양식이 조금씩 허물어져 갔다. 뒤쪽에 위치한 정원은 마치 뒤엉킨 밀림처럼 되어, 갖가지 식물과 꽃이 자라고 클라라의 새들이 쉬지 않고 재잘댔으며, 개들과 고양이들이 몇 대에 걸쳐 살았다. 그 많은 가축들 가운데 가족들이 특히 기억하고 있는 동물은 미겔이 데려온 토끼였다. 그 측은하고 불쌍하게 생긴 토끼를 개들이 하도 열심히 핥아대는 바람에 나중에는 털이 몽땅 빠져 가죽에 무지갯빛이 서린, 커다란 귀가 달린 파충류의 몰골이 되어 그 종족 중에서는 유일하게 털 없는 토끼가 되었다.

선거 날짜가 다가오면서 에스테반 트루에바는 점점 신경이 예민해졌다. 그는 이번 정치판에 모든 것을 걸었다. 하루는 더 이상 참을 수가 없어 클라라의 침실 문을 두드렸다. 클라라가 문을 열어주었다. 클라라는 삶을 기록하는 노트에 글을 쓰면서 비스킷을 즐겨 먹었기 때문에 잠옷 차림에 의치를 끼고 있었다. 에스테반이 첫날 푸른 실크 벽지가 발라진 그 침실에 아내를 데리고 와서 바라바스의 생가죽 위에 세워놓았을 때와 마찬가지로 아내는 젊고 아름다워 보였다. 에스테반은 그 기억을 떠올리며 미소 지었다.

"미안해, 클라라."

에스테반이 남학생처럼 얼굴을 발갛게 붉히며 말했다.

"외롭고 힘들어서 왔어. 당신만 괜찮다면 여기서 잠깐 있고 싶은데."

클라라 역시 미소를 띠었지만 말은 하지 않았다. 클라라가 안락의자를 가리키자 에스테반은 그곳에 가서 앉았다. 그들은 한 지붕 아래 살면서도 오랫동안 서로 못 보고 지냈기 때문에 잠시 동안 묵묵히 비스킷을 먹으면서 서로 어색하게 바라보았다.

"당신은 내가 무엇 때문에 전전긍긍하고 있는지 알 것 같은데."

마침내 에스테반 트루에바가 입을 열었다.

클라라가 고개를 끄덕였다.

"내가 당선될 것 같소?"

클라라가 다시 고개를 끄덕였다. 그러자 에스테반은 클라라가 자기한테 보증서라도 써준 것처럼 확실하게 안심이 되었다. 그는 기분 좋게 거침없이 한바탕 크게 웃었다. 그러고는 일어나서 클라라의 양쪽 어깨에 손을 얹고는 이마에 키스했다.

"당신은 정말 멋진 여자야, 클라라. 당신이 그렇게 말했으니 나는 상원의원이 될 거야."

에스테반이 탄성을 질렀다.

그날 밤 이후 두 사람 간의 적대감은 많이 줄어들었다. 클라라는 여전히 남편에게 말을 하지 않았지만 에스테반은 아내의 침묵에 신경 쓰지 않았다. 그는 아내의 작은 몸짓을 대답으로 알아듣고 정상적으로 아내에게 말을 걸었다. 필요할 때면 클라라가 하인들이나 아이들을 통해 남편에게 메시지를 보냈다. 클라라는 남편이 잘 지내는지 궁금해했고, 남편의 일을 도와주었으며, 남편이 요청하면 함께 가기도 했다. 때로 남편을 보며 미소를 머금기도 했다.

열흘 후에 에스테반 트루에바는 클라라가 예언한 대로 상원의원에 당선되었다. 그는 파티를 열어 자기와 뜻을 함께한 동료들과 친구들을 초대해서 당선을 축하했다. 고용인들과 트레스 마리아스의 소작인들에게는 현금 보너스를 지급했으며, 클라라의 침대 위에 오랑캐꽃 한 다발과 에메랄드 목걸이를 놓아두었다. 클라라는 사교 리셉션과 정치 행사에 참석하기 시작했다. 대중과 보수당이 좋아하는 가정적이고 평범한 가장의 이미지를 구축하려면 클라라가 그런 곳에 자주 모습을 드러내야 했다. 그럴 때면 클라라는 의치를 끼고 남편이 선물한 보석들을 달았다. 클라라는 사교 모임에서 가장 우아하고 신중하고 매력 있는 부인 행세를 했다. 사람들은 가장 이상적으로 보이는 이 부부가 서로 말도 하지 않고 지내리라고는 생각도 하지 못했다.

에스테반 트루에바가 새로운 지위를 얻게 되자 모퉁이 큰 집에는 훨씬 더 많은 사람들이 몰려들었다. 클라라는 자기가 먹이는 입의 숫자와 생활비를 계산할 수도 없었다.

모든 청구서는 곧바로 국회에 있는 트루에바 상원의원의 사무실로 보내졌고, 그곳에서 그는 아무런 질문도 하지 않은 채 곧바로 지불했다. 에스테반은 자기가 돈을 더 많이 쓸수록 재산이 더 쑥쑥 불어난다는 것을 깨달았다. 그는 클라라가 아무리 무분별하게 사람들을 대접하고 자선 활동을 벌인다 해도 그것 때문에 자기가 망할 리는 없다는 결론에 이르렀다. 에스테반은 처음에는 정치권력을 새로운 장난감처럼 받아들였다. 돈도 없고, 백도 없고, 자존심과 야망 이외에는 아무런 밑천도 없는 가난한 청년이었을 때 맹세했던 돈과 권력, 명예를 거머쥔 남자가 마침내 되고 만 것이다. 그는 중년에 이르러 그 맹세를 실현한 것이다.

그렇지만 에스테반은 얼마 지나지 않아 자신이 평소와 다름없이 여전히 혼자라는 사실을 깨달았다. 두 아들은 여전히 자기를 피했고, 블랑카와는 전혀 연락을 하지 않았다. 에스테반은 아들들의 얘기를 통해 딸의 안부를 듣는 게 고작이었다. 그는 장 드 사티니에게 약속한 수표나 한 달에 한 번씩 보낼 뿐이었다. 아들들과도 거의 접촉이 없었으며, 무슨 대화를 시작할라 치면 늘 소리 지르며 싸우는 것으로 끝났다. 에스테반은 니콜라스가 개망나니 짓을 하고 다닌다는 것을 너무 늦게 알았다. 즉, 모든 사람들이 그 사실을 알고 쑥덕거릴 때에야 알게 된 것이다. 또한 하이메가 어떻게 사는지도 몰랐다. 만일 하이메가 페드로 테르세로와 자주 만나 친형제 못지않게 가깝게 지낸다는 사실을 조금이라도 눈치 챘더라면 아마 입에 게거품을 물고 쓰러졌을 것이다. 그러나 하이메는 그런 얘기를 절대 아버지에게 내비치지 않았다.

페드로 테르세로 가르시아는 시골을 떠났다. 주인과 그렇게 끔찍하게 대면한 이후, 호세 둘세 마리아 신부가 그를 자기 교구에 머물 수 있도록 받아주고 손도 치료해 주었다. 그렇지만 페드로 테르세로는 블랑카도 잃고, 자기의 유일한 위안이었던 기타도 칠 수 없게 되자 깊은 우울증에 빠져 살아봤자 아무 의미가 없다는 말만 계속 반복했다. 호세 둘세 마리아 신부는 강한 체질인 페드로 테르세로의 손의 상처가 아물 때까지 기다렸다가 그를 짐마차에 태워 인디오들의 주거 지역으로 데리고 갔다. 그곳에서 신부는 류머티즘으로 손이 오그라들었지만 발로 광주리를 만드는 의욕 넘치는 백 살 먹은 노파를 소개해 주었다.

"이 노파가 발로 광주리를 만들 수 있다면 자네도 손가락 없이 기타를 칠 수 있네."

신부가 페드로 테르세로에게 말했다. 그러고 나서 이 예수회 신부는 자기 얘기를 들려주었다.

"나 역시 자네 나이 때 사랑에 빠졌었네. 내 애인은 우리 마을에서 가장 아름다운 처녀였지. 우리는 결혼까지 약속했어. 내 애인은 혼수 준비를 위해 수를 놓기 시작했고, 나는 우리가 살 집을 마련하기 위해 저축을 시작했지. 그런데 그때 군대에 불려가야 했어. 내가 다시 돌아왔을 때 내 애인은 이미 푸줏간 주인과 결혼해서 뚱뚱한 아줌마가 되어 있더군. 난 발에 무거운 돌을 매달고 강에 몸을 던지려고 했지. 그렇지만 곧 마음을 바꿔 신부가 되기로 결심했네. 내가 신부가 된 지 일 년 후에 그녀가 과부가 되었어. 그런데 그녀가 성당에 나와 나른한 시선으로 나를 바라보는 거야."

덩치 큰 신부의 솔직 담백한 웃음을 보자 페드로 테르세로도 기분이 좋아져 삼 주 만에 처음으로 미소를 머금었다.

"그러니 여보게."

호세 둘세 마리아 신부가 결론을 내렸다.

"자네는 희망을 잃을 이유가 없네. 자네는 곧 블랑카를 다시 만나게 될 걸세."

몸과 영혼이 모두 치유된 페드로 테르세로 가르시아는 옷 보따리 하나와 신부가 자선함에서 꺼내준 동전 몇 닢만 가지고 수도로 떠났다. 신부는 또한 페드로 테르세로에게 수도에 사는 한 사회당 지도자의 주소도 적어주었다. 그 사회당 지도자가 자기 집에서 처음 며칠간 그를 머물게 하면서 보헤미안 카페에서 가수로 일하도록 일자리도 마련해주었다. 페드로 테르세로는 가난한 사람들이 모인 동네에 있는 나무로 된 판잣집에서 살았지만 그에게는 궁궐과 다름없었다. 가구라고는 허름한 침대 하나와 매트리스 하나, 의자 하나, 탁자로 쓰는 상자 두 개가 고작이었지만 상관없었다. 그는 그곳에서부터 사회주의를 설파하는 한편 블랑카가 다른 남자와 결혼했다는 사실에 배신감을 느끼며 괴로워했다. 그는 하이메의 위로와 변명의 말도 받아들이고 싶지 않았다. 그는 곧 오른손을 숙달시켰으며, 남은 손가락 두 개를 사용할 수 있는 범위를 확대시켜 암탉들과 쫓겨난 여우 노래를 계속 작곡했다.

어느 날 페드로 테르세로는 한 라디오 프로그램에 출연

요청을 받았다. 그리고 그것이 계기가 되어 페드로 테르세로 자신도 생각하지 못했던 엄청난 인기가 시작되었다. 라디오에서 자주 그의 목소리를 듣게 되었고, 그의 이름도 꽤 유명해졌다. 그렇지만 트루에바 상원의원의 집에서는 라디오를 틀 수 없었기 때문에 그의 이름을 듣지 못했다. 에스테반 트루에바는 라디오를 무식한 사람들이나 듣는 거라고 생각했으며, 나쁜 영향만 끼치고 속된 생각만 전한다고 믿었다. 에스테반보다 대중음악과 거리가 먼 사람도 찾기 힘들 것이다. 그가 유일하게 참고 견딜 수 있는 음악은 오페라 시즌의 오페라 음악과 겨울마다 스페인에서부터 오는 사르수엘라 극단의 음악이었다.

하이메가 집에 돌아와서 성을 바꾸고 싶다고 얘기한 날, 에스테반 트루에바는 인내심을 잃고 아들의 뺨을 후려갈길 뻔했다. 그렇지만 이번만큼은 호락호락 물러나지 않겠다는 단호한 결의가 아들의 시선에 담겨 있었기 때문에 꾹 참았다. 아버지가 보수당의 상원의원으로 당선된 이후 학교에서는 친구들이 그를 고운 눈길로 보지 않았고, 빈민 구제 병원에서는 더 이상 그를 신뢰하지 않았다.

"나는 내 자식들에게 내 성을 물려주기 위해 결혼한 거다! 엄마의 성을 물려받아야 하는 사생아들을 낳은 게 아니란 말이야!"

에스테반이 분노로 새하얗게 질려 소리 질렀다.

이 주일 후에 에스테반은 국회의 복도와 클럽의 휴게실에서 자기 아들 하이메가 브라질 광장 한복판에서 거지한테 바지를 벗어주고, 자기는 팬티 차림으로 환호성을 지르며 따라오는 아이들과 구경꾼들을 몰고 집까지 열다섯 블록이나 되는 거리를 걸어갔다는 얘기를 들었다. 남들의 조롱과 입방아로부터 자신의 명예를 지키느라 지친 에스테반은 트루에바만 빼고 아무 성이라도 써도 좋다고 아들에게 허락하고 말았다. 그날 에스테반은 서재에 틀어박혀 실망과 분노에 휩싸여 울고 말았다. 그는 아들의 유별난 행동도 나이가 들면 차츰 사라져서, 조만간 자기 사업을 물려받아 말년에 자기한테 큰 버팀목이 될 수 있는, 제대로 된 인물이 될 거라며 늘 스스로 위로하고자 했다.

반면에 다른 아들에 대한 기대는 이미 오래전에 접어버렸다. 니콜라스는 계속 황당무계한 사업만 벌이고 다녔다. 당시 그의 주요 관심은 마르코스 할아버지가 아주 오래전에 시도했던 것처럼 특별한 운송 기구를 타고 산맥을 횡단하는 것이었다. 니콜라스는 열기구를 타고 비행하기로 마음먹었다. 구름 사이를 둥둥 날아다니는 거대한 풍선이 자아낼 장관은 어떤 탄산음료 회사라도 적극적으로 후원할 만큼 아주 매력 있는 선전 도구가 될 거라고 확신했다. 그는 공기를 뜨겁게 데워 비행하는 시스템으로 아주 용감한 사람 한두 명 정도 태울 수 있는, 세계대전 이전의 독일의 열기구를 모델로 삼았다. 그는 엄청나게 큰 소시지 모양으로 부풀릴 수 있는 방법과 열기구의 메커니즘과 기류 방향, 기체 역학의 법칙 등을 배우고 점괘를 치느라 한창 바빴다. 엄마와 모라 세 자매와 갖는 금요 모임도 몇 주간 참석하지 못했으며, 아만다가 이제는 자기 집에 오지 않는다는 사실에도 주목하지 못했다.

마침내 열기구는 완성되었지만 예기치 못한 난관에 부딪히고 말았다. 탄산음료 회사의 책임자인 아칸소 주 출신의 양키가 니콜라스가 그 기구를 타고 가다가 죽으면 음료 판매가 오히려 줄어들 거라고 변명하면서 그 계획에 자금을 대지 못하겠다고 말을 바꾼 것이다. 니콜라스는 다른 스폰서를 찾아보았지만 아무도 관심을 보이지 않았다. 그렇다고 해서 그만둘 니콜라스도 아니었다. 그는 아무런 대가를 받지 못하더라도 무조건 비행하기로 결심했다. 열기구를 띄우기로 한 날, 다른 식구들이나 이웃 사람들, 친구들은 그 엉뚱한 기구를 타고 산맥을 횡단하겠다는 말도 안 되는 계획 때문에 안절부절못하고 있었지만, 클라라는 열심히 준비를 하는 아들에게는 신경도 쓰지 않은 채 태연하게 뜨개질이나 하고 있었다.

"기구가 뜨지도 못할 것 같은 예감이 드는구나."

클라라가 뜨개질하는 손을 멈추지 않은 채 말했다.

그리고 클라라가 말한 대로 되었다. 마지막 순간에 경찰들을 가득 태운 트럭이 니콜라스가 비행장으로 선택한 시민 공원에 나타났다. 경찰들이 시의 허가증을 요구했고, 당연히 니콜라스는 그런 것은 갖고 있지도 않았다. 그는 허가증을 얻어낼 수도 없었다. 나흘 동안 이곳저곳을 쫓아다니며 필사의 노력을 기울였지만, 무지한 관료주의의 벽에 부딪히고 말았다. 니콜라스는 경찰들을 가득 태운 트럭이나 끝도 없는 서류문서들 뒤에 자기 아버지의 영향력이 있다는 건 조금도 눈치 채지 못했다. 에스테반은 그런 모험은 절대 용납할 수가 없었다. 니콜라스는 탄산음료 회사의 소극적인 태도와 항공국 관리들과 싸우다가 지친 끝에 비밀리에 기구를 띄우지 않는 한 그 일은 절대 성사시킬 수 없다는 결론에 이르렀다. 그렇지만 어마어마한 열기구의 크기 때문에 그것은 불가능한 일이었다.

니콜라스는 불안과 초조로 괴로웠지만 엄마가 열기구의 도구들을 뭔가 실용적인 목적으로 사용해서 투자한 돈을 조금이라도 회수해 보라고 충고해 그나마 좀 기운을 차렸다. 그래서 떠올린 것이 샌드위치 공장이었다. 치킨 샌드위치를 만들어서 조각낸 기구의 천에 싸서 사무실에서 근무하는 사람들에게 파는 사업을 구상하게 되었다. 자기 집의 널찍한 부엌도 이 사업에 딱 들어맞아 보였다. 곧 뒤쪽 정원에는 양다리가 묶인 닭들이 가득 들어찼다. 그 사업을 위해 특별히 고용된 닭 잡는 사람 두 명이 그 많은 닭들을 차례차례 손질했다. 뜰은 닭털로 가득 찼고, 올림포스 신상들 곳곳에 닭피가 튀었다. 닭 삶는 냄새가 모든 사람들을 메스껍게 만들었으며, 닭 내장 때문에 동네 전체에 파리가 들끓었다. 결국 클라라가 옛날 벙어리로 지냈던 시절로 다시 돌아갈 정도로 신경 발작을 일으키면서 그 학살은 대단원의 막을 내렸다. 니콜라스 역시 그렇게 많은 닭을 죽인 데 양심의 가책을 느꼈고 속이 메스꺼웠기 때문에, 다시 사업에 실패한 것에도 그다지 개의치 않았다.

"아만다를 우리 집에서 못 본 지도 꽤 됐는데."

하이메가 더 이상 초조한 마음을 참지 못하고 마침내 말을 꺼내고 말았다.

그제야 니콜라스도 아만다를 떠올리고는, 적어도 삼 주 이상은 집에서 아만다를 보지 못했다는 사실을 깨달았다. 아만다는 열기구를 띄우려던 시도가 실패로 돌아갔을 때나 치킨 샌드위치 사업을 시작했을 때에도 보이지 않았다. 니콜라스가 클라라에게 물어보았지만 클라라 역시 아만다에 대해 아는 게 아무것도 없었으며, 오히려 아만다의 존재를 잊어가고 있었다. 클라라는 이제 자기 집이 사람들이 오다 가다 들르는 정거장처럼 되었다는 사실을 인정하지 않을 수 없었다. 또 클라라의 말대로 그녀의 영혼 역시 보이지 않는 사람들까지 모두 걱정할 수도 없었다. 그제야 니콜라스는 아만다를 찾아가 보기로 결심했다. 니콜라스는 자기가 불안한 나비와 같은 아만다를 보고 싶어 하며, 모퉁이 큰 집 빈방에서 아무 말 없이 자기를 꼭 껴안아 주던 그 포옹을 그리워하고 있다는 사실을 깨달았다. 니콜라스와 아만다는 클라라의 감시가 소홀하거나, 미겔이 집 안 한쪽 구석에서 혼자 놀거나 자고 있을 때마다 틈틈이 빈방을 찾아 들어가 강아지처럼 비벼대며 정신없이 서로를 탐미했다.

아만다가 동생과 함께 사는 하숙집은 오십 년 전에는 웅장하고 멋졌을 테지만 도시가 산기슭 쪽으로 확장되면서 그 고색창연한 멋을 잃어버린 옛날 집이었다. 처음에는 아랍 상인들이 분홍색 석고를 발라 눈에 띄게 장식하고 그 집에 살았다. 그러다가 아랍인들이 터키 구역으로 사업을 옮겨 가면서 주인이 그 집을 하숙집으로 개조했다. 가난한 세입자들을 위한, 빛도 거의 들어오지 않고 우중충하고 불편한 데다 볼품도 없는 방들만 잔뜩 들였다. 싸구려 콜리

플라워 수프와 양배추 삶는 냄새가 사시사철 진동하는 좁고 습기 찬 복도들이 미로처럼 뒤엉켜 있었다. 하숙집 주인아줌마가 직접 나와서 문을 열어주었다. 턱이 세 겹이나 되는 어마어마하게 뚱뚱한 여자였다. 기름기가 자글자글한 주름 사이로 쫙 찢어진 눈이 보였고 손가락마다 반지를 줄줄이 끼고 있었으며, 수녀처럼 거만한 표정이었다.

"우린 남자 방문객은 들여보내지 않아요."

하숙집 주인 여자가 니콜라스에게 말했다.

그렇지만 니콜라스는 플레이보이답게 감히 저항할 수 없는 매력적인 미소를 머금은 채, 주홍색 매니큐어가 칠해진 때 낀 손을 보고도 전혀 개의치 않고 그 손에 입을 맞추고 반지들이 아름답다고 감탄하면서 자기는 아만다의 사촌 동생이라고 소개했다. 결국 하숙집 주인 여자도 그 감언이설에 넘어가 요염 가득한 미소를 머금고 코끼리만 한 몸집을 뒤뚱거리며 니콜라스를 안내했다. 먼지가 잔뜩 쌓인 계단을 올라가 3층 아만다의 방문을 가리켰다.

니콜라스는 침대에 누워 있는 아만다를 보았다. 아만다는 색 바랜 숄로 몸을 감싼 채 동생인 미겔과 체커 게임을 하고 있었다. 그녀는 몰라볼 정도로 야위고 창백해져 있었다. 아만다는 딱딱하게 굳은 얼굴로 니콜라스를 바라보면서 반갑다는 말 한마디 하지 않았다. 하지만 미겔이 일어나 허리춤에 양손을 얹고는 니콜라스 앞에 와 섰다.

"이제야 왔군요."

미겔이 니콜라스에게 말했다.

니콜라스는 침대 가까이 다가가, 나긋나긋하고 까무잡잡

한 아만다를, 자기 집 어두컴컴한 빈방에서 만났던, 굴곡 있는 몸매에 향긋한 냄새를 풍기던 아만다를 떠올려보려고 애썼다. 그렇지만 올이 뭉친 숄과 회색 담요 사이에서 말할 수 없이 차가운 시선으로 자기를 응시하는, 커다랗고 초점 없는 눈을 가진 낯선 여인만 있을 뿐이었다.

"아만다!"

니콜라스는 아만다의 손을 잡으면서 그녀의 이름을 나지막하게 불러보았다. 반지나 은팔찌도 끼지 않은 아만다의 손은 죽어가는 새의 다리만큼이나 연약해 보였다. 아만다가 동생을 불렀다. 미겔이 침대 가까이 다가가자 아만다가 미겔에게 뭐라고 귓속말로 속삭였다. 아이는 천천히 문가로 가더니 문지방에서 마지막으로 니콜라스를 사납게 째려본 뒤 조용히 문을 닫고 밖으로 나갔다.

"용서해 줘, 아만다."

니콜라스가 더듬거렸다.

"그동안 너무 바빴어. 왜 아프다고 얘기하지 않았어?"

"나는 아픈 게 아니야."

아만다가 대답했다.

"나 임신했어."

그 말에 니콜라스는 뺨을 한 대 세차게 얻어맞은 것 같았다. 그는 창문 유리에 등이 닿을 때까지 계속 뒷걸음질쳤다. 니콜라스는 어둠 속에서 실존주의자다운 그녀의 옷가지들에 뒤엉킨 채 처음으로 아만다의 옷을 더듬거리며 벗겼을 때부터 아만다가 경험이 많으니까 자기가 스물한 살에 가장이 되고 그녀가 스물다섯 살에 미혼모가 되지 않도록 다 알아서 할 거라고 생각했다. 아만다의 벗은 모습을 보지 못했을 때 그 모습이 어떨지 상상하며 전율을 느끼면서도 임신 걱정은 하지 않았다. 아만다는 전에도 애인이 여러 명 있었고, 자유연애를 먼저 제안한 사람도 그녀였다. 아만다는 사르트르나 보부아르처럼 구속이나 미래에 대한 약속 없이 서로 좋은 느낌을 가지고 있는 동안에만 사귀자고 단호히 주장했다. 처음에 니콜라스에게는 이런 합의가 상당히 충격적이고 냉정하게 들렸지만 곧 그것이 편해졌다. 그는 살면서 다른 것들을 받아들일 때와 마찬가지로, 결과를 생각하지 않고 느긋하고 즐겁게 그 사랑을 받아들였다.

"우리 이제 어떻게 해야 하지!"

니콜라스가 외쳤다.

"당연히 유산시켜야지."

안도의 물결이 니콜라스를 덮쳐왔다. 그는 한번 더 지옥에서 빠져나왔다. 그가 벼랑 끝에 서 있을 때마다 늘 그보다 강한 누군가가 나타나 그 일을 떠맡았다. 학창 시절에도 쉬는 시간에 니콜라스가 다른 애들을 놀리고 까불다가 전세가 바뀌어 애들이 그에게 올라타서 때리려는 마지막 순간, 그가 공포에 질려 온몸이 얼어붙으면 바로 그때 하이메 형이 나타나 아이들의 앞을 가로막으면서 공포가 환희로 바뀌었다. 그러면 니콜라스는 마당의 기둥 뒤로 달려가 몸을 숨기고는 그 안전한 피난처에서 소리소리 지르며 아이들에게 온갖 욕을 퍼부었다. 그사이 형은 코피를 흘리면서 마치 기계처럼 아무 말 없이 쉬지 않고 펀치를 날렸다. 그런데 지금은 아만다가 그를 대신해서 책임을 지려 하고 있다.

"아만다, 우리 결혼해도 돼……. 만약 네가 원한다면."

니콜라스가 체면을 차리느라 더듬거리며 말했다.

"아니."

아만다가 잠시도 주저하지 않고 대답했다.

"난 그 정도로 너를 사랑하지 않아, 니콜라스."

순간 한번도 이런 일을 겪어본 적이 없었던 니콜라스는 기분을 싹 잡치고 말았다. 그때까지 그는 누군가에게 거절 당하거나 버림받은 적이 없었다. 여자를 사귈 때마다 어떻게 하면 상처를 주지 않고 빠져나올 수 있을까 별의별 궁리를 다 하곤 했다. 니콜라스는 아만다가 처해 있는 상황을 생각해 보았다. 가난하고 외로운 데다 임신까지 한 상태이다. 자기 말 한마디로 아만다를 트루에바 가문의 품위 있는 여자로 만들면서 그녀의 운명까지 바꿔놓을 수도 있었다. 순간 이런 계산들이 머리를 스쳐 지나갔지만 곧 스스로가 부끄러워졌다. 그런 생각이나 하고 있는 자신이 수치스러웠다. 그러면서 갑자기 아만다가 위대해 보이기까지 했다.

아만다와 함께했던 멋진 순간들이 떠올랐다. 쾌감을 얻기 위해 함께 바닥에 드러누워 파이프로 아편을 피우면서 마른 똥내가 나 환각 효과는 별로 없지만 상상력은 왕성하게 작동시켰던 그 풀을 마구 비웃기도 했다. 둘씩 짝 지어 요가와 명상을 하는 동안 완전히 긴장을 풀고 서로 얼굴을 맞대고 앉아 눈을 바라보며 열반에 이를 수 있도록 산스크리트어를 중얼거리다 보면, 오히려 역효과가 나서 남들의 눈을 살짝 피해 밖으로 빠져나와 정원의 덤불 아래서 열정적으로 사랑을 나누기도 했다. 또 열정과 사랑에 흠뻑 취해 촛불을 비추며 책을 읽기도 했고, 전후 염세주의 철학가들에 대해 한없이 토론하던 집회도 가졌고, "네."라고 대답할 때는 두 번, "아니오."라고 대답할 때는 세 번 움직이는 삼각 테이블을 움직이기 위해 정신을 집중하기도 했다. 그럴 때마다 클라라는 그들을 비웃었다. 니콜라스는 침대 옆에 무릎을 꿇고 앉아 아만다에게 자기를 버리지 말아달라고 사정했다. 자기를 용서하고, 아무 일도 일어나지 않은 것처럼 계속 사귀자고, 그것은 본질적으로는 자기들 관계에 아무 영향도 미칠 수 없는 불행한 사고일 뿐이라고 말했다. 그러나 아만다는 니콜라스의 얘기를 듣지도 않는 것 같았다. 그녀는 애인이 아닌 엄마와 같은 태도로 니콜라스의 머리를 쓰다듬었다.

"다 소용없어, 니콜라스. 내 영혼은 아주 늙었는데, 네 영혼은 아직도 어린애야. 모르겠니? 너는 항상 어린애일 거야."

아만다가 니콜라스에게 말했다.

니콜라스와 아만다는 아무런 욕망도 없이 그저 서로 어루만지면서 변명과 추억들을 되살리며 상대방을 괴롭혔다. 그들은 벌써부터 작별의 아픔을 맛보고 있었지만, 아직도 화해하는 건지 작별하는 건지 분간이 잘 되지 않았다. 아만다가 두 사람이 함께 마실 차를 준비하려고 침대에서 일어났다. 니콜라스는 아만다가 잠옷으로 아주 낡은 슬립을 입고 있는 것을 보았다. 살이 많이 빠져 종아리가 연민을 불러일으킬 정도로 측은해 보였다. 아만다는 어깨에 숄을 두르고 헝클어진 머리를 그냥 놔둔 채 맨발로 방 안을 돌아다녔다. 탁자도 되고, 책상도 되고, 식탁도 되는 테이블 위에 놓인 석유곤로 주변을 서성거렸다.

니콜라스는 아만다가 살고 있는 지저분한 곳을 바라보면서 자기가 그때까지 아만다에 대해 아는 것이 거의 없었다는 사실을 깨달았다. 아만다가 동생 이외에는 다른 식구가 없고, 아주 작은 월급으로 생활하고 있다는 건 어렴풋이 추측하고 있었지만 그녀가 진짜 어떤 상황에서 살고 있을지는 한번도 생각해 보지 못했다. 니콜라스에게 가난은 트레스 마리아스에 사는 소작인들과 하이메 형이 도와주는 가난한 사람들에게만 해당되는 추상적이고 동떨어진 개념이었다. 니콜라스는 한번도 가난을 접해 본 적이 없었다. 아만다가, 그렇게 친밀하게 느껴지고 잘 안다고 생각했던 아만다가 갑자기 낯선 사람처럼 느껴졌다. 니콜라스가 아만다의 옷을 바라보았다. 아만다가 입고 있을 때는 여왕의 옷처럼 보였지만, 지금 벽에 걸려 있는 모습을 보니 거지들이 입는 누더기나 다를 바 없었다. 니콜라스는 녹슨 세면대 위의 유리컵에 담긴 아만다의 칫솔과 구두약을 하도 여러 번 덧칠해서 원래의 형태를 찾아볼 수 없이 일그러진 미겔의 학교 구두, 곤로 옆에 있는 낡은 타자기, 커피 잔 사이에 놓인 책들, 신문지를 덧댄 깨진 유리창을 바라보았다.

그곳은 또 다른 세상이었다. 니콜라스로서는 전혀 생각

도 못하던 세상이 존재하고 있었다. 그때까지는 비참하고 가난한 사람들과 자신과 같은 부류의 사람들 사이에 확실한 경계선이 그어져 있었다. 그리고 아만다는 자신과 같은 부류에 속해 있었다. 넥타이를 매고 일하는 제대로 된 직업을 가지고 있지만 가난에서 벗어나지 못한 채 자기와 같은 돈 많은 얼간이들을 부러워하는 동시에 무시하는 중간 계급이 있다는 건 전혀 몰랐다. 으리으리한 트루에바 저택에서 아만다가 자신의 가난을 드러내지 않기 위해 집안 식구들 대부분에게 주문을 걸어야 할 때가 여러 번 있었을 테지만 아무것도 모르는 자신은 그녀를 도와주지 못했다는 사실을 생각하면서 혼란스럽기도 하고 당황스럽기도 했다. 니콜라스는 가난했던 아버지의 어린 시절과 자기 나이에 어머니와 누나를 부양하기 위해 직장을 가져야 했다던 아버지의 얘기를 떠올렸다. 니콜라스는 교훈적이라고만 생각했던 그런 일화들을 자기가 본 현실과 난생처음으로 연결해 볼 수 있었다. 니콜라스는 아만다의 삶이 바로 그와 같았을 거라고 생각했다.

의자가 하나밖에 없어서 그들은 침대에 앉아 차를 마셨다. 아만다가 니콜라스에게 자신의 과거와 가족들에 대한 이야기를 들려주었다. 북부 지방에서 선생님이었지만 알코올 중독자였던 아버지와 여섯 명이나 되는 자식들을 먹여 살리기 위해 죽어라 일만 해야 했던, 삶에 지치고 가난에 찌든 어머니에 대해 얘기했다. 그리고 혼자 앞가림할 수 있을 나이가 되었을 때 자기가 어떻게 집을 떠나게 되었는지도 얘기했다. 그녀는 열다섯 살 때 수도에 와서 한동안 그녀를 도와준 너그러운 대모의 집에서 기거했다. 그 후 어머니가 돌아가시자 장례식 때 고향에 갔다가 아직 기저귀를 찬 갓난아기인 미겔을 데리고 돌아온 것이다. 그때부터는 그녀가 엄마 노릇을 했다. 아버지나 다른 동생들에 대해서는 그 후 아무런 소식도 듣지 못했다. 니콜라스는 아만다를 지켜주고 돌봐주고 싶은 마음이, 모자라는 것은 뭐든지 채워주고 싶은 마음이 점점 더 커져갔다. 니콜라스는 그때만큼 아만다를 사랑해 본 적이 없었다.

해 질 녘이 되자 미겔이 발그스름하게 붉어진 뺨을 하고서 등 뒤로 선물을 감춘 채 머뭇거리면서 돌아왔다. 누나에게 줄 빵 봉투였다. 미겔은 선물을 침대 위에 놓고서 누나에게 애정 어린 키스를 하고 고사리 같이 작은 손으로 누나의 머리를 쓰다듬으며 베개를 바로 해주었다. 니콜라스는 온몸에 전율을 느꼈다. 그 어린아이의 몸짓에는 자기가 살면서 여자들에게 보여줬던 그 어떤 관심이나 애무보다도 큰 애정과 사랑이 담겨 있었다. 그제야 니콜라스는 아만다가 한 말의 의미를 깨달았다.

"난 배울 게 많아."

니콜라스가 중얼거렸다.

그는 기름때가 낀 창문 유리에 이마를 대고서, 과연 자신이 받기를 바라는 만큼 베풀 수 있는 사람일까 생각해 보았다.

"우리 이제 어떻게 해야 하지?"

니콜라스가 그 끔찍한 단어는 감히 입에 올리지 못하고 돌려서 물었다.

"하이메에게 도움을 청해 봐."

아만다가 제안했다.

하이메는 책들이 미로처럼 뒤엉켜 있는 자기 방에서 니콜라스를 맞았다. 그는 천장 머리맡에 매달린 단 하나뿐인 전구의 외로운 불빛을 받으며 침대에 누워, 그 나라 최고의 시인이 쓴 사랑의 소네트들을 읽고 있었다. 문학 모임에서 그 시인이 거대한 우주를 모두 포함하는 듯한 목소리로 시 낭독하는 것을 클라라가 처음으로 듣고 예언했던 것처럼 그는 이미 세계적으로 유명한 시인이 되어 있었다. 하이메는 어쩌면 그 시들이 자기 집 정원에서 아만다를 보고 영감을 받아 쓴 것일지도 모른다는 생각이 들었다. 시인은 모퉁이 큰 집의 문턱이 닳도록 드나들던 시절, 차를 마시며 절망적인 시에 대해 얘기하는 것을 좋아했다. 하이메는 니콜라스가 자기를 찾아온 걸 보고는 깜짝 놀랐다. 학교를 졸업한 이후 둘은 점점 사이가 멀어졌다. 최근에 이르러서는 서로 할 말도 없었으며, 어쩌다 문간에서 마주치면 고개만 까닥하여 인사를 나눌 뿐이었다. 하이메는 삶의 초월적인 문제에 니콜라스를 끌어들일 생각은 아예 하지도 않았다.

하이메는 여전히 동생의 경박스러운 행동을 개인적으로 부끄럽게 생각했다. 극빈자 지역에서 해야 할 일이 얼마나 많은데, 열기구나 띄우고 닭을 잡아 죽이는 데 시간과 정력을 낭비하는 니콜라스를 용납할 수가 없었던 것이다. 하이메는 이제 동생을 억지로 병원에 데리고 가려고 하지도 않았다. 다른 사람들의 고통을 보면서 철새처럼 한 곳에 오래 머물지 못하는 동생의 마음을 잡아보겠다는 일념으로, 가까이에서 고통을 접하게 하려고 해본 적도 있었지만 이제는 다 그만두었다. 그리고 못사는 동네의 맨 끝 골목에 있는 페드로 테르세로 가르시아의 집에서 사회주의자들과 갖는 모임에도 더 이상 동생을 초대하지 않았다. 그들은 매주 목요일마다 경찰의 감시를 받으며 모임을 가졌다. 니콜라스는 사도 같은 사명감을 가진 얼간이나 양초 꼬투리를 들고 비참함과 추악함을 찾아 세상 속으로 뛰어들 거라며 하이메가 사회 문제에 관심을 갖는 것을 비아냥거렸다. 그런데 그런 니콜라스가 지금 자기 앞에서 평소 자기의 마음을 움직이기 위해 지었던 애처로우면서도 간곡한 표정으로 자기를 간절하게 바라보고 있었다.

"아만다가 임신했어."

니콜라스가 서론도 없이 단도직입적으로 얘기를 꺼냈다.

하이메가 알아들었다는 몸짓이나 대답도 하지 않은 채, 평소의 무뚝뚝한 표정으로 꼼짝도 하지 않고 가만히 있었기 때문에 니콜라스는 한번 더 얘기해야 했다. 그러나 하이메는 마음속으로 심한 좌절감을 느끼며 숨이 막혀 죽을 것만 같았다. 하이메는 아만다라는 이름이 주는 달콤한 느낌에 매달려 자제심을 잃지 않기 위해, 소리 없이 아만다라는 이름을 되뇌었다. 그동안 그는 아만다와 니콜라스가 손이나 잡고 순진하게 산책하고, 압생트에 대해 얘기하면서 어쩌다 한 번씩 자기한테 들킨 가벼운 키스나 하는 풋사랑 정도의, 별다른 사이가 아닐 거라고 상상하며 스스로를 위안했었다.

하이메는 지금 자기 앞에 드러난 괴로운 진실을 인정하고 싶지 않았다.

"왜 나한테 그런 얘기를 하는 거지? 나하고는 아무 상관도 없는 얘기인데."

하이메가 간신히 대답했다.

니콜라스가 침대 끝 쪽에 털썩 주저앉으며 양손으로 머리를 감쌌다.

"제발 부탁이야. 형이 아만다를 도와줘야 해."

니콜라스가 애원했다.

하이메는 두 눈을 감고 거칠게 숨을 몰아쉬었다. 니콜라스를 죽여버리고 싶고, 아만다를 데리고 멀리 달아나 결혼하고 싶고, 무기력과 절망감으로 통곡하고 싶었지만 금세라도 미쳐버릴 것만 같은 그 거센 감정을 억누르기 위해 안간힘을 써야 했다. 그는 아만다의 이미지를 마음속 깊이 간직한 채 사랑으로 고통스러워 몸부림치게 될 때마다 가만히 그 모습을 떠올려보곤 했다. 아만다가 동생인 미겔의 손을 잡고서 마치 한 줄기 신선한 공기처럼 자기 집을 드나드는 모습을 떠올렸고, 아만다가 테라스에서 밝게 웃는 그 웃음소리를 떠올렸고, 정오의 환한 대낮에 자기 옆을 스쳐 지나갈 때 그녀의 살결과 머리카락에서 풍기던 달콤하면서도 은은한 향기를 떠올렸다. 하이메는 혼자 있을 때마다 그런 모습으로 아만다를 그려보았다.

특히 하이메는 아만다가 딱 한 번 자기 방에 들어와, 토굴과도 같은 은밀한 분위기 속에서 단둘이 있었던 그 순간을 자주 떠올렸다. 그가 침대에 누워서 책을 읽고 있는데 아만다가 노크도 없이 들어와 굽이치는 긴 머리카락과 가녀린 두 팔을 팔랑거리면서 터널과도 같은 그 방을 가득 채웠다. 아만다는 쉬지도 않고 계속 뭐라고 재잘거리면서 허락도 없이 하이메의 책들을 만졌으며, 심지어는 신성한 책장에서 책들을 꺼내 예의도 없이 먼지를 훅 불어서 턴 다음 침대 위로 휙 던졌다. 그사이 하이메는 욕망과 놀라움으로 벌벌 떨고만 있었다. 백과사전 못지않게 많은 어휘들을 알고 있었지만 아만다에게 더 있다 가라는 말도 어떻게 해야 할지 몰라 한마디도 못하고 있었다. 그러다가 아만다가 하이메의 뺨에 입맞춤하고 나갈 때까지도 가만히 있었다. 화상을 입은 것처럼 후끈거리는 입맞춤이었다. 그는 그 단 한 번의 끔찍한 입맞춤을 가지고 두 사람이 서로 사랑하는 공주와 왕자인 꿈의 미로를 만들어갔다.

"하이메 형, 형은 의학에 대해 잘 알잖아. 제발 좀 형이 나서줘."

니콜라스가 사정했다.

"나는 학생일 뿐이야. 의사가 되려면 아직도 멀었어. 나는 그런 것에 대해서는 전혀 아는 게 없어. 그리고 아무것도 모르는 무식한 사람이 수술을 해서 죽은 여자들도 숱하게 봤어."

하이메가 말했다.

"아만다는 형을 믿어. 형이 유일하게 자기를 도와줄 수 있는 사람이라고 그랬어."

니콜라스가 말했다.

하이메가 니콜라스의 멱살을 붙잡아 바닥에서 들어 올렸다. 하이메는 동생을 꼭두각시 인형처럼 뒤흔들면서 욕이란 욕은 모두 퍼부어댔지만 곧 자기 슬픔에 복받쳐 그만두었다. 니콜라스는 안도감을 느끼며 훌쩍거렸다. 그는 형을 잘 알았다. 항상 그래 왔듯이 결국에는 형이 자기의 보호자 역할을 맡아주리라는 것을 알고 있었다.

"고마워, 형!"

하이메는 아무런 의욕도 없이 니콜라스를 툭 치고는 자기 방에서 몰아냈다. 그는 열쇠로 방문을 걸어 잠그고는, 남자들이 실연당하고서 울 때처럼 쉰 목소리로 꺽꺽 울면서 침대에 엎드려 온몸을 떨었다.

그들은 일요일까지 기다렸다. 하이메는 의사 실습 과정을 밟고 있는 극빈자 지역의 병원에서 니콜라스와 아만다를 만나기로 했다. 하이메가 가장 늦게까지 병원에 남아 있었기 때문에 병원 열쇠를 가지고 있었다. 그래서 병원 안으로 들어가기는 쉬웠다. 그렇지만 그렇게 늦은 시각에 병원에 있을 이유가 없었기 때문에 마치 도둑질하는 기분이 들었다.

하이메는 지난 사흘 내내 수술 과정 하나하나를 자세히 공부해 두었다. 책에 있는 단어들을 하나도 빠짐없이 완벽한 순서로 암기할 정도였지만 그래도 안심이 되지 않았다. 하이메는 떨고 있었다. 그는 거의 다 죽어가며 병원 응급실에 실려 온 여자들을 떠올리지 않으려고 무진장 애를 썼다. 바로 그 진료실에서 자기가 그 여자들의 목숨을 구해 주기도 했었다. 그렇지만 그 침대에서 양 가랑이 사이로 피를 철철 흘리면서 창백하게 죽어간 여자들도 있었다. 과학의 힘으로도 여자들의 목숨이 그 구멍 사이로 빠져나가는 것을 막을 수는 없었다. 하이메는 아주 가까이에서 그 모든 드라마를 다 지켜보았다. 그렇지만 그때까지는 절망한 여자들을 구해 주면서 도덕적인 갈등을 느껴본 적이 단 한 번도 없었다. 그러니 아만다의 경우에는 말할 필요도 없었다. 하이메는 불을 켜고 하얀 의사 가운을 입었다. 그러고는 암기했던 수술 절차를 하나하나 커다랗게 소리 내 반복하면서 수술 도구를 준비했다. 하이메는 지구 가장 깊은 곳까지 모두 뒤흔들 정도로 엄청나게 큰 천재지변이 일어나 지금 자신이 하려는 일을 하지 않아도 되기를 간절히 바랐다. 그러나 약속된 시간까지 아무 일도 일어나지 않았다.

그사이 니콜라스는 구닥다리 코바동가를 타고 아만다를 데리러 갔다. 시커먼 매연을 내뿜으며 여기저기 쿨렁쿨렁하면서 굴러가기는 했지만 그래도 비상시에는 요긴하게 쓰였다. 아만다는 미겔의 손을 잡고, 하나밖에 없는 의자에 앉아 기다리고 있었다. 평소와 다름없이 정신적으로 깊이 결합되어 있는 남매의 모습을 보며 니콜라스는 소외감을 느꼈다. 아만다는 신경을 많이 쓴 데다가, 지난 몇 주 동안 몸도 안 좋고 마음을 졸이며 살아서 그런지 안색도 창백하고 야위어 보였다. 그렇지만 니콜라스보다는 훨씬 더 침착해 보였다. 니콜라스는 횡설수설 주절거리며 한시도 가만히 있지를 못했다. 괜히 기분 좋은 척 쓸데없는 농담으로 아만다의 기분을 풀어주려고 애썼다. 니콜라스는 엄마 방에서 슬쩍 가지고 온 석류석과 다이아몬드로 된 옛날

반지를 아만다에게 선물로 주려고 가지고 왔다. 니콜라스는 엄마가 물건을 잘 간수하지 못하기 때문에 그 반지를 잃어버린 것도 기억하지 못할 테고, 설사 아만다의 손가락에 끼워진 반지를 본다 해도 절대 알아보지 못할 거라고 확신했다. 하지만 아만다는 그 반지를 부드럽게 니콜라스에게 돌려주었다.

"이봐, 니콜라스. 넌 여전히 어린애야."

아만다가 웃지도 않은 채 말했다.

가야 할 시간이 되자 어린 미겔이 판초를 입고서 누나의 손을 꽉 잡았다. 니콜라스는 하숙집 주인 여자에게 미겔을 맡기기 위해 한번 더 그의 매력과 억지를 총동원해야 했다. 하숙집 주인 여자는 요 며칠 사이 셋방 사는 처녀의 사촌이라는 남자에게 완전히 넘어가서, 평소 자신의 규율을 어기고 그날 밤 미겔을 맡아주었다.

니콜라스와 아만다는 묵묵히 차를 타고 가면서 각자 두려움에 휩싸여 있었다. 니콜라스에게 아만다의 적대감은 둘 사이를 갈라놓는 페스트와도 같았다. 지난 며칠 동안 아만다는 죽음에 대해 곰곰이 생각하게 되었다. 그렇지만 그날 밤 참아내야 할 고통과 수치심이 죽음보다 더 두려웠다. 니콜라스는 어둡고 좁은 골목길들을 지나 낯선 도시 구역으로 코바동가를 몰았다. 높은 공장 벽 옆으로는 쓰레기가 수북이 쌓여 있었고, 굴뚝의 숲이 하늘을 뒤덮고 있었다. 떠돌이 개들이 쓰레기 더미에 코를 처박고 킁킁거리고 있었고, 거지들이 신문지를 뒤집어쓰고 남의 집 대문 앞에서 잠을 자고 있었다. 니콜라스는 형이 매일 그런 곳에서 일한다고 생각하자 놀라움을 금할 수 없었다.

하이메가 병원 앞에서 그들을 기다리고 있었다. 하얀 가운을 입은 데다 얼굴에 근심이 가득 차 있었기 때문에 자기 나이보다 훨씬 더 늙어 보였다. 하이메는 미로와 같은 차가운 복도를 지나 미리 준비해 둔 수술실로 그들을 안내했다. 하이메는 아만다가 지저분한 그곳의 풍경을 보지 않았으면 하고 바랐다. 월요일에 세탁하려고 쌓아둔 누런 수건들이 가득 들어 있는 상자며 온갖 낙서들이 새겨진 벽, 다 떨어져 나간 타일 바닥과 끊임없이 물이 떨어지는 녹슨 파이프를 보지 않았으면 하고 바랐다. 수술실 문 앞에 이르자 아만다가 공포에 질린 표정으로 발걸음을 멈추었다. 수술 도구들과 산부인과 수술대가 눈에 들어온 것이다. 그때까지는 죽을 수도 있다는 가능성이 추상적으로만 어렴풋이 느껴졌지만 그 순간 갑자기 현실로 다가왔다. 니콜라스도 창백해졌다. 그렇지만 하이메가 그들의 팔을 잡아끌어 안으로 들어갔다.

"아만다, 아무것도 보지 말아요. 당신이 아무것도 느끼지 못하도록 잠들게 할 테니까."

하이메가 아만다에게 말했다.

하이메는 마취를 시켜본 적도 없었고, 외과 수술을 해본 경험도 없었다. 의학도로서 행정적인 업무를 보고, 회계를 보고, 차트를 적고, 치료와 상처의 봉합과 같은 사소한 일들만 거들었을 뿐이었다. 하이메는 아만다보다 훨씬 더 불안했다. 그렇지만 아만다에게는 그 수술이 일상적인 것처

럼 보이게 하기 위해 의사들이 환자들 앞에서 취하는 권위
적이면서도 느긋한 자세를 취했다. 하이메는 아만다가 자
기 앞에서 옷을 벗어야 하는 당혹스러움을 면하고, 또 자
기도 아만다가 옷 벗는 모습을 봐야 하는 괴로움을 피하기
위해 아만다가 옷을 입은 채 수술대 위로 올라가 눕도록
했다. 하이메는 손을 씻고 니콜라스에게도 어떻게 손을 씻
어야 하는지 가르쳐주면서 아만다의 긴장을 풀어주기 위해
이 얘기 저 얘기를 들려주었다. 금요 모임 때 클라라 앞에
스페인 혼령이 나타나서 그 집에 보물이 숨겨져 있다고 알
려주었던 일화도 얘기했고, 대대로 미친 사람이 많아서 혼
령들까지도 비웃었다는 자기 가족에 대해서도 얘기했다.
그렇지만 아만다에게는 아무 얘기도 들리지 않았다. 아만
다는 백지장처럼 새하얗게 질려, 이빨을 덜덜 떨고 있었다.

"이 가죽끈은 뭐에 쓰는 거예요? 나를 묶지 말아요."

아만다가 벌벌 떨었다.

"절대 묶지 않을게요. 니콜라스가 당신한테 에테르를 가
져다줄 거예요. 그럼 놀라지 말고 편안히 숨을 들이켜요.
당신이 깨어날 때쯤이면 모두 끝났을 겁니다."

하이메가 마스크 너머로 눈웃음을 지어 보이며 아만다에
게 말했다.

니콜라스가 아만다의 얼굴 위로 마취용 마스크를 갖다
대었다. 아만다가 어둠 속으로 빨려 들어가기 전에 마지막
으로 본 것은 하이메가 사랑스러운 눈길로 자기를 바라보
는 모습이었지만 아만다는 그것도 꿈인 줄 알았다. 니콜라
스는 이 짓이 강간보다 더 못할 짓이라 생각하면서 아만다

를 벌거벗겨 테이블에 묶었다. 그사이 하이메가 양손에 장
갑을 낀 채 기다리고 있었다. 그는 아만다를 바라보며, 자
기의 마음을 송두리째 앗아간 여인이 아니라, 매일 아프다
고 비명을 지르며 그 테이블 위를 지나갔던 다른 수많은
여자들 중 하나라고 생각하려고 애썼다. 하이메는 천천히,
주의 깊게 수술을 시작했다. 눈 위로 땀이 비 오듯 쏟아지
는 가운데, 그는 어떻게 해야 할지 다시 정리하며 달달 외
웠던 책의 내용을 나지막하게 중얼거렸다. 아만다의 호흡
과 피부 색깔, 심장의 리듬을 예리하게 살피며, 아만다가
아파서 신음할 때마다 니콜라스에게 에테르를 증가시키라
는 신호를 보냈다. 하이메는 제발 아무 일도 일어나지 말
아달라고 간절히 바라면서 아만다의 몸속 깊이 들어갔다.
그러면서도 마음속으로는 니콜라스를 계속 욕했다. 만에
하나 이 아이가 니콜라스의 자식이 아니라 자기 자식이라
면 이 구질구질한 병원에서 이렇게 난도질해 하수구로 흘
려보내지 않고, 제대로 건강하게 태어나도록 했을 것이다.
만일 자기 자식이라면 숟가락으로 이렇게 퍼내는 대신, 자
기가 품에 안고 끝까지 지켜주었을 것이다. 이십오 분이
지나자 수술은 모두 끝났다. 하이메는 에테르의 효과가 사
라지기 전에 아만다가 편하게 누워 있을 수 있도록 거들어
달라고 니콜라스에게 말했지만, 고개를 들어보니 니콜라스
가 벽에 기대어 온몸을 벌벌 떨며 심하게 구역질하고 있
었다.

"머저리 같은 자식!"

하이메가 소리 질렀다.

"화장실로 가서 네가 지은 죄를 죄다 토해 내고 난 다음 대기실에서 기다리고 있어! 아직도 한참 더 있어야 해!"

니콜라스가 비틀거리며 밖으로 나갔고, 하이메는 마스크와 장갑을 벗고서 아만다를 묶은 가죽끈을 풀었다. 하이메는 아만다에게 조심스럽게 옷을 입히고 수술 중에 흘린 핏자국을 지운 뒤, 아만다가 고문 기구 같은 수술 도구들을 보지 못하도록 깨끗이 치웠다. 그러고는 아만다를 자기 가슴에 품을 수 있는 그 순간을 음미하며 손수 그녀를 자기 팔에 안아, 깨끗한 시트를 깔아 미리 준비해 둔 침대로 옮겼다. 그것은 도움을 청하러 병원을 찾아오는 여자들에게 해주는 것보다 훨씬 더 후한 대접이었다. 하이메는 아만다에게 옷을 입혀주고 그 옆에 앉았다.

하이메는 난생처음 아만다를 마음껏 바라볼 수 있었다. 아만다가 점쟁이처럼 차려입고 시끄러운 장신구들을 쩔렁거리며 사방을 돌아다닐 때보다 훨씬 더 작고 부드러워 보였다. 그리고 자기가 평소 생각했던 대로, 여성스러운 몸매가 별로 드러나지 않는 마르고 작은 체구였다. 요란스러운 헤어스타일과 스핑크스 같은 짙은 눈 화장이 없으니까 열다섯 살 소녀 같았다. 하이메에게는 아만다의 약한 모습이 전에 자기를 유혹하던 그 어느 때보다 더 매혹적으로 다가왔다. 하이메는 자기가 아만다보다 두 배나 더 크고, 두 배나 더 무겁고, 천 배나 더 강하게 느껴졌다. 그렇지만 아만다를 보호해 주고 싶은 마음과 연민으로 시작도 해보기 전에 벌써 싸움에서 진 것 같았다. 하이메는 주체할 수 없는 자신의 감상주의를 저주했다. 그러고는 아만다를 동생의 연인으로, 자기가 막 낙태 수술을 마친 여자로 보려고 노력했다. 그렇지만 그게 모두 소용없는 짓임을 곧 깨닫고는 아만다를 마음껏 사랑하고 싶어졌다. 그 사랑으로 고통을 받든 행복을 얻든 상관없었다. 하이메는 아만다의 투명한 손을 어루만졌다. 그녀의 가느다란 손가락과 귓바퀴를 애무했으며, 혈관 사이로 흐르는 알아들을 수 없는 생명의 소리에 귀를 기울이면서 그녀의 목을 어루만졌다. 그녀의 입술 가까이로 자신의 입술을 가져가 강한 마취제 냄새를 열심히 들이마셨지만 감히 키스하지는 못했다.

아만다가 천천히 잠에서 깨어났다.. 처음에는 추위가 느껴지다가 곧 심하게 구역질을 하며 토해 냈다. 하이메가 동물이나 빈민 구제 병원에 오는 아이들한테 속삭이던 은밀한 언어로 달래주자 아만다도 점차 안정을 되찾아갔다. 아만다가 흐느끼기 시작하자 하이메가 아만다를 가만히 다독거려 주었다. 그들은 아무 말 없이 가만히 있었다. 아만다는 나른하게 졸리다가도 심하게 구역질이 나고, 불안하기도 하고, 배도 쥐어뜯는 듯 아파오기 시작해 아무 말 하지 않았다. 하이메도 그 밤이 영원히 끝나지 않기를 바라며 아무 말 하지 않았다.

"나중에라도 다시 아이를 가질 수 있을까요?"

아만다가 마침내 얘기를 꺼냈다.

"그럴 거예요."

하이메가 대답했다.

"하지만 책임감 있는 아버지를 찾아보세요."

하이메와 아만다가 안도감으로 웃음 지었다. 아만다는

자기 가까이에서 몸을 숙이고 있는 하이메의 얼굴에서 니콜라스와 닮은 점을 찾아보려 했지만 찾을 수가 없었다. 자신의 떠돌이 인생에서 처음으로 누군가에게 보호받고 있다는, 그런 안정된 느낌이 들었다. 아만다는 만족스러운 한숨을 내쉬고는 주변의 누추한 모습과 여기저기 벗겨진 벽, 차가운 금속성 캐비닛, 무시무시한 수술 도구들, 소독약 냄새, 그리고 자신의 몸속에 주리를 튼 혹독한 아픔까지도 모두 잊었다.

"제발 내 옆에 누워 나 좀 꼭 껴안아 줘요."

아만다가 말했다.

하이메는 수줍게 좁은 침대에 누워 아만다에게 두 팔을 둘렀다. 하이메는 아만다가 불편해하거나 까딱 잘못하다가 침대에서 떨어질까 봐 가급적 움직이지 않고 가만히 있었다. 한번도 사랑받아 보지 못한 사람처럼 어색하고 즉흥적이지만 다정한 포즈였다. 아만다는 두 눈을 감고 미소를 지었다. 두 사람은 완벽한 고요 속에서, 서서히 날이 밝아 창문으로 들어오는 빛이 불빛보다 더 강해질 때까지 오누이처럼 그렇게 가만히 있었다. 이윽고 하이메가 아만다가 일어서도록 도와주었다. 그녀의 어깨에 코트를 걸쳐주고 팔을 부축해서 대기실로 데리고 갔다. 가보니, 니콜라스가 의자에 기대어 잠들어 있었다.

"일어나! 엄마가 돌봐줄 수 있도록 아만다를 우리 집으로 데리고 가자. 며칠 동안은 혼자 있지 않는 게 좋아."

"형, 형이 우리를 도와줄 줄 알았어."

니콜라스가 감격해하며 고마워했다.

"나쁜 놈, 너 때문에 그런 거 아니야. 아만다를 위해서 그런 거지."

하이메가 니콜라스에게 등을 돌리면서 투덜거렸다.

클라라는 아무것도 묻지 않고 모퉁이 큰 집에서 그들을 맞이했다. 어쩌면 클라라는 카드나 영혼들에게 직접 물어봤을지도 몰랐다. 동이 틀 무렵이라 아직 일어난 사람이 아무도 없어서 그들이 클라라를 깨워야만 했다.

"엄마, 아만다를 도와주세요."

그런 일은 엄마가 적극적으로 도와줄 거라는 확신으로 하이메가 클라라에게 부탁했다.

"아만다가 몸이 안 좋아서 여기서 며칠 묵어야만 해요."

"미겔은?"

아만다가 물었다.

"내가 데리러 갈게."

니콜라스가 말하고 나서 집을 나섰다.

그들은 손님 방 중의 하나를 준비해서 아만다를 묵게 했다. 하이메가 아만다의 체온을 재고 난 뒤 휴식을 취해야 한다고 말했다. 하이메는 방을 나가려다가 여전히 마음이 놓이질 않아 문간에 서 있었다. 그때 클라라가 세 사람이 마실 커피를 쟁반에 받쳐 들고 왔다.

"엄마한테 설명드려야 할 것 같은데."

하이메가 나지막하게 말했다.

"아니다, 얘야."

클라라가 흔쾌하게 대답했다.

"안 좋은 거라면 차라리 모르는 게 낫다. 이 기회에 아만다의 응석이나 좀 받아주자꾸나. 아만다에겐 그게 필요하단다."

하이메도 엄마를 따라 밖으로 나갔다. 하이메는 머리를 뒤로 늘어뜨리고 흰 가운을 걸치고서 맨발로 몇 발자국 앞에서 걸어가는 엄마를 바라보았다. 엄마가 자기가 어렸을 때 생각했던 것처럼 키가 크고 강하지 못하다는 것을 깨달았다. 하이메가 손을 뻗어 엄마의 어깨를 잡았다. 엄마가 돌아보며 엷은 미소를 띠었다. 그 순간 하이메는 충동적으로 엄마를 꼭 껴안고는 그새 수염이 자라 꺼칠한 턱으로 엄마의 이마를 마구 비벼댔다. 어렸을 때 본능적으로 엄마의 가슴에 매달린 이후 하이메가 자기도 모르게 엄마에게 애정을 표현한 것은 그때가 처음이었다. 클라라 역시 아들이 훌쩍 커버린 것을 알고서 깜짝 놀랐다. 아들은 역도 선수 같은 가슴과 자신을 무서운 힘으로 짓이기고도 남을 망치 같은 팔뚝을 갖고 있었다. 클라라는 감격스럽기도 하고 행복하기도 해서, 곰같이 어마어마한 힘과 예비 수녀처럼 순진한 이 털북숭이 거인이 어떻게 자기 뱃속에, 그것도 둘씩이나 들어 있을 수 있었을까 생각해 보았다.

그 후로 며칠 동안 아만다는 신열에 시달렸다. 하이메가 놀라서 꼼짝도 안 하고 아만다의 곁을 지키며 간호했다. 클라라도 아만다를 돌보았다. 클라라는 니콜라스가 조심스럽게 아만다의 안부를 물어보면서도, 직접 보려고는 하지 않는다는 것을 눈치 챘다. 반면에 하이메는 아만다와 함께 온종일 방 안에 틀어박혀, 자기가 가장 좋아하는 책들을 아만다에게 빌려주고, 전에는 그런 일이 한번도 없었지만 미친 사람처럼 혼자 횡설수설 중얼거리며 집 안을 돌아다니고. 심지어는 목요일의 사회주의자 모임도 잊어버릴 정도로 정신이 없었다.

그렇게 아만다는 한동안 트루에바 가족의 일원이 되었다. 그리고 미겔은 뜻밖의 상황으로 인해서 트루에바 가문에서 알바가 태어나던 날 벽장 속에 숨어서 출산을 목격하게 되었다. 미겔은 산모가 날카로운 비명을 지르고. 다른 여자들이 산모 주변에서 바쁘게 움직이며 돌아다니는 가운데. 핏덩어리 아이가 세상 밖으로 나오던 웅장하면서도 소름 끼치는 섬뜩한 광경을 평생 잊지 못했다.

그동안 에스테반 트루에바는 미국 여행을 하고 있었다. 뼈의 통증과 자기 혼자만이 감지할 수 있는 비밀스러운 병에 지쳐 외국인 의사에게 검사를 받아보기로 결심한 것이다. 에스테반은 라틴 아메리카의 의사들은 과학자보다는 원주민 마법사에 더 가까운 돌팔이라는 성급한 결론에 이르렀다. 그는 아무도 눈치 채지 못할 정도로 아주 조금씩. 서서히. 은밀하게 몸이 줄어들고 있었다. 그는 한 치수 작은 신발을 사야 했으며. 바짓단을 줄이고 와이셔츠의 소매를 한 단이나 안으로 집어넣어야 했다. 하루는 여름 내내 쓰지 않았던 칼라녜스 모자*를 썼더니 모자가 귀까지 완전히 덮어버렸다. 그래서 에스테반은 깜짝 놀라서 자신의 뇌가 졸아들고 있다면 사고력 역시 시들어버릴 거라고 생각했다.

---

* 19세기 전통 의상의 하나로 검정색 고깔 모양이다.

미국인 의사들은 에스테반의 몸의 치수를 재고, 각 부위마다 일일이 무게를 재고, 영어로 질문하고, 바늘로 몸속에 액체를 주입시켰다가 다른 바늘로 그 액체를 다시 뽑아냈다. 엑스레이도 찍고 장갑을 뒤집듯 그의 몸을 완전히 뒤집어 놓았다. 심지어는 항문에 발광체를 끼워 넣기도 했다. 마침내 미국 의사들은 모든 게 그의 상상에서 비롯된 것이며, 몸이 쪼그라들고 있다고 생각하지 말라고 했다. 그는 언제나 똑같은 사이즈였으며, 자기가 옛날에는 키 1미터 80센티미터에 42 사이즈의 신발을 신었다고 착각한 것이 틀림없다는 결론을 내렸다. 에스테반 트루에바는 화가 나서 자기 나라로 돌아왔다. 나폴레옹부터 히틀러까지 역사적으로 위대한 정치가들이 키가 크지 않았기 때문에 이제는 더 이상 키 문제에 신경 쓰지 않기로 했다. 집에 돌아와 보니 미겔이 정원에서 놀고 있었고, 아만다가 하이메와 함께 테라스에 앉아 있었다. 아만다는 훨씬 더 야위고 눈 밑이 시꺼메진 데다가, 평소 주렁주렁 달고 다니던 목걸이나 팔찌도 하지 않고 있었다. 그렇지만 에스테반은 자기 집 지붕 아래서 낯선 사람들과 함께 사는 것에 익숙해 있었기 때문에 아무 질문도 하지 않았다.

세계문학전집 **78**

영혼의 집 1

1판 1쇄 펴냄 2003년 7월 5일
1판 38쇄 펴냄 2021년 2월 23일
1판 39쇄 펴냄 2021년 8월 5일

지은이 이사벨 아옌데
옮긴이 권미선
발행인 박근섭, 박상준
펴낸곳 (주)민음사

출판등록 1966. 5. 19. (제 16-490호)
서울특별시 강남구 도산대로1길 62(신사동) 강남출판문화센터 5층 (우편번호 06027)
대표전화 02-515-2000 팩시밀리 02-515-2007
www.minumsa.com

한국어 판 © (주)민음사, 2003. Printed in Seoul, Korea

ISBN 978-89-374-6078-4 04800
ISBN 978-89-374-6000-5 (세트)

세계문학전집 목록

세계문학전집은 계속 간행됩니다.